세라피나와 조각난 심장

SERAFINA and the SPLINTERED HEART

로버트 비티 지음 / 김지연 옮김

세라피나와 조각난 심장

SERAFINA and the SPLINTERED HEART

세라피나 빌트모어 대저택의 지하실에 숨어 살았으나, 검은 망토를 무찌르며 친구도 사귀고 엄마도 찾는다. 하지만 뒤틀린 지팡이를 든 새로운 적이 등장하면서 빌트모어를 지키기 위한 혈투를 벌인다. 그 과정에서 자신이 흑표범으로 변신할 수 있는 존재임을 깨닫고, 진정한 빌트모어의 수호자로 거듭난다.

유라이아 강력한 흑마법사이자 변신술사. 조지 밴더빌트에 대한 복수심에 사로잡혀 빌트모어를 공격한다.

로웨나 유라이아의 딸. 아빠의 능력을 물려받아 마법과 변신이 가능하다. 또한 배신과 속임수에 능하다.

세라피나의 사람들

세라피나 아빠 빌트모어의 수리공. 빌트모어 대저택 공사에 참여했으며, 저택에 있는 모든 기계 장치를 수리하는 일을 맡았다. 숲속에 버려진 세라피나를 데려와 정성껏 길렀다. 무뚝뚝하고 투박한 성격이라 잘 표현하지 못하지만, 사실 그 누구보다 세라피나를 사랑하고 있다.

세라피나 엄마 십이 년 만에 만난 세라피나의 엄마. 검은 망토에 흡수되어 십이 년 동안 그 안에 갇혀 있었다. 인간과 퓨마로 변신할 수 있다.

웨이사 갈색 퓨마. 인간과 퓨마로 변신이 가능하다. 위험에 처한 세라피나를 여러 차례 구해 주며 친해진다. 세라피나에게 수영하는 법과 퓨마로 변신하는 법도 알려 준다.

빌트모어의 사람들

브레이든 밴더빌트 밴더빌트 가문의 도련님. 어릴 때 부모님을 잃고 삼촌인 조지 밴더빌트의 집에서 함께 산다. 사람보다는 말, 강아지 같은 동물들과 함께 있는 시간을 좋아한다. 세라피나는 브레이든에게 첫 사람 친구이다.

기디언 커다란 도베르만. 브레이든의 충견이자 든든한 친구이다.

세드릭 흰색과 갈색이 섞인 세인트버나드. 조지 밴더빌트의 애견이다.

조지 밴더빌트 브레이든 밴더빌트의 삼촌. 미국 최고의 부호이자 빌트모어 대저택의 주인. 물려받은 유산으로 노스캐롤라이나주 서쪽 깊은 숲속에 대저택을 지었다. 미국에서 가장 크고 웅장한 저택을 말이다. 각계각층의 사람들을 초대하여 저택은 항상 손님들로 붐빈다.

이디스 밴더빌트 조지 밴더빌트의 아내. 밝은 성격과 따뜻한 마음씨를 지녔다. 브레이든을 친아들처럼 살뜰히 보살피고, 이웃의 어려움도 모른 척하지 않는다.

에시 빌트모어에서 가장 어린 하녀. 상냥한 얼굴에 검은 머리카락을 한 사랑스러운 여자아이이다. 세라피나에게 호의적이다.

빌트모어 대저택

노스캐롤라이나주 애쉬빌

눈을 뜨자 주변이 온통 깜깜했다. 눈을 떴는데도 여전히 눈을 감고 있는 것만 같았다.

세라피나는 어디선가 희미하게 자신을 부르는 목소리에 잠에서 깼다. 하지만 주변은 온통 깊은 어둠뿐이었다. 꿈을 꾸듯 정신이 몽롱했다. 하지만 이제는 희미하게 들려오던 목소리마저 사라지고 아무 소리도 들려오지 않았다. 아무 움직임도 느껴지지 않았다.

고양잇과 맹수 특유의 눈 덕분에 세라피나는 빛이 가장 희미한 곳에서도, 그림자가 가장 짙은 곳에서도 잘 볼 수 있었다. 하지만 지금은 칠흑같이 깜깜했다. 가느다란 빛이라도 한 줄기 찾으려고 눈으로 사방을 더듬었다. 그러나 창문으로 들어오는 달빛도, 복도 저편에서 깜박이며 다가오는 랜턴 불빛도 보이지 않았다. 아무것도 보이지 않았다.

오로지 어둠뿐이었다.

세라피나는 눈을 감았다가 다시 떴다. 그러나 변한 건 아무것도 없었다. 여전히 칠흑 같은 어둠만 가득했다.

내가 장님이 된 건가? 세라피나는 혼란스러웠다.

빌트모어의 미로 같은 지하실에서 복도 구석구석에 숨은 쥐를 사냥할 때처럼 어둠 너머로 들려오는 소리에 귀를 기울였다. 하지만 저택 어딘가에서 삐걱거리는 소리도, 멀리 떨어진 방에서 하인들이 일하는 소리도, 바로 옆 간이침대에서 들려오는 아빠의 코 고는 소리도, 기계가 내는 웅웅 소리도, 시곗바늘이 째깍거리는 소리도, 발소리도 들리지 않았다. 아무 소리도 들리지 않았다. 평생 단 한 번도 경험하지 못한 차가움과 고요함이었다. 여기는 빌트모어가 아니었다.

세라피나는 자신을 깨운 목소리를 떠올리면서 다시 한 번 귀를 기울였다. 꿈결에 잘못 들은 걸까 목소리는 더 이상 들려오지 않았다.

여기가 어디지? 내가 왜 여기 있는 거지?

그때 세라피나의 질문에 답이라도 하듯 마침내 어떤 소리가 들려왔다.

두근두근.

그게 다였다.

두근두근, 두근두근.

세라피나의 심장과 맥박이 뛰는 소리였다.

두근두근, 두근두근, 두근두근.

세라피나는 느릿느릿 혀를 움직여 바싹 말라 부르튼 입술을 축였다. 아릿한 쇠 맛이 났다.

그러나 쇠는 아니었다.

피였다. 세라피나의 혈관을 타고 흐르던 피가 혀와 입술을 적시고 있었다.

목을 가다듬으려는 순간 갑작스레 들어온 공기에 목구멍이 컥 소리와 함께 고통스럽게 뚫렸다. 난생처음 공기를 들이마신 듯한 느낌이었다. 동시에 팔다리에 피가 돌기 시작했다. 찌릿찌릿한 감각이 온몸에 퍼졌다.

이게 뭐지? 대체 나한테 무슨 일이 생긴 거야?

세라피나는 기억을 되짚어 나갔다. 지하 작업실에서 아빠와 단둘이 살던 기억, 브레이든과 힘을 합쳐 검은 망토와 뒤틀린 지팡이에 맞서 싸운 기억이 떠올랐다. 밤의 세계에서만 지내다가 비로소 화려한 위층 사람들이 사는 낮의 세계에 발을 디딘 기억도 떠올랐다. 그런데 그다음에 무슨 일이 일어났는지 도무지 기억이 나지 않았다. 손에 잡힐 듯 생생했던 꿈이 눈을 뜨는 순간 연기처럼 손가락 사이로 빠져나가 버린 것 같았다. 조각난 전생의 기억을 애써 떠올리려는 사람처럼 세라피나는 혼란스러웠다. 지금 이 순간이 그저 아득하게 느껴질 뿐이었다.

아직 몸을 움직여 보진 않았지만 등에 닿은 바닥이 편평하다는 사실은 알 수 있었다. 세라피나는 다리를 곧게 뻗고 양손을 가슴에 가지런히 포갠 채 누워 있었다. 마치 누군가 세라피나를 이곳에 정성스레 눕혀 놓기라도 한 것 같았다.

세라피나는 천천히 양손을 내려 바닥을 만졌다.

거칠고 단단한 나무판자가 만져졌다. 그런데 나무판자가 이상하리만치 차가웠다. *나무판자는 원래 차갑지 않은데.* 세라피나는 생각했다. *나무판자가 이렇게 차가울 리 없는데.*

세라피나의 심장이 쿵쾅거렸다. 두려움이 솟았다.

몸을 일으키자마자 곧 딱딱한 무언가에 이마를 쿵 찧었다. 그 바람에 도로 쓰러지면서 뒷머리도 바닥에 쾅 찧었다. 예상치 못한 고통에 세라피나가 저도 모르게 인상을 찌푸렸다.

세라피나는 손을 뻗어 위에 있는 나무판자를 더듬었다. 지금은 손이 눈 대신이었다. 나무판자는 부서진 곳도 구멍 난 곳도 없었다. 손바닥에서 땀이 나기 시작했다. 호흡이 가빠졌다. 두려움이 온몸을 엄습했다. 세라피나는 팔을 양옆으로 뻗어 보았다. 그러나 옆도 한 뼘 정도 되는 거리에 나무판자가 있었다. 발길질을 해 보았다. 주먹질도 해 보았다. 아니나 다를까 마찬가지였다. 사방이 나무판자로 가로막혀 있었다.

세라피나는 절망과 공포, 분노에 휩싸여 으르렁거렸다. 손톱으로 긁고 발버둥을 치고 힘껏 밀어도 보았지만 도저히 벗어날 방법이 없었다. 길고 납작한 나무 상자가 세라피나를 완전히 가두고 있었다.

혹시나 틈새로 바깥에서 나는 냄새라도 맡을 수 있지 않을까 기대하며 세라피나는 덫에 걸린 작은 짐승처럼 코를 킁킁

대며 구석구석 냄새를 맡았다. 어느 쪽에서나 똑같은 냄새가 났다.

흙냄새야. 세라피나가 생각했다. *사방이 온통 축축하고 썩은 흙이야.*

누군가 날 산 채로 묻었어!

세라피나는 차갑고 깜깜한 관 속에 갇힌 채 땅속에 묻혀 있었다. 공포가 온몸을 휘감았다.

여기서 나가야 해. 숨을 쉬려면 산소가 필요해. 난 죽지 않았단 말이야!

하지만 아무것도 보이지 않았다. 몸을 움직일 수도 없었다. 세라피나가 내쉬는 거친 숨소리 말고는 아무것도 들리지 않았다. 땅속에서 산소 없이 얼마나 버틸 수 있을까? 폐가 쪼그라들고 심장이 죄어들었다. 아빠가 나타나길 바랐다. 아니면 엄마가 와서 꺼내 주길 바랐다. 누구든 와서 구해 주길 바랐다! 세라피나는 젖 먹던 힘까지 쥐어짜 관 뚜껑을 밀었다. 하지만 꿈쩍도 하지 않았다. 세라피나의 비명이 이 끔찍하고 깜깜한 밀폐된 공간에서 고막을 찢을 듯이 메아리쳤다.

문득 세라피나는 아빠가 여기에 있다면 뭐라고 충고했을까 생각했다. "딸아, 머리를 써야지. 무엇을 해야 하는지 생각부터 하고 행동에 옮기거라."

세라피나는 길게 심호흡한 뒤 마음을 가라앉히고 차근차근 생각했다. 눈으로는 아무것도 할 수 없었지만 손은 달랐다. 세라피나는 입고 있는 드레스의 치맛자락과 소매를 쓸어 보았다. 심하게 찢어져 있었다. 만약에 제대로 장례를 치렀다면 새 드레스를 입고 있어야 마땅했다. 아무래도 누군가 급하게 세라피나를 묻은 것 같았다. 누군지는 모르겠지만 세라피나가 죽은 줄 알았던 걸까? 아니면 끔찍한 방법으로 세라피나가 죽길 바랐던 걸까?

그 순간 위에서 작은 움직임이 느껴졌다. 가슴이 희망으로 부풀었다. *발소리다!*

"도와주세요! 제발 도와주세요!" 세라피나가 목청껏 소리 질렀다.

관 뚜껑을 향해 닥치는 대로 주먹질과 발길질을 퍼부었다. 그러나 발소리는 점차 멀어지다가 이내 사라졌다. 처음부터 잘못 들은 게 아닐까 싶을 정도로 완전한 침묵만이 남았다.

누구지? 나를 여기에 묻은 장본인일까? 무덤 위에 마지막으로 흙 한 줌을 뿌리고 떠난 걸까? 아니면 우연히 지나던 행인일까? 세라피나는 주먹으로 관 뚜껑을 마구 치며 소리 질렀다. "제발 도와주세요! 여기 땅속에 사람이 갇혀 있어요!"

하지만 아무 소용이 없었다.

세라피나는 혼자였다.

절망감이 엄습했다.

탈출할 길이 없었다.

여기서 살아 나가지 못할 것이다.

아니야. 세라피나는 이를 악물고 마음을 다잡았다. *여기서 이렇게 죽을 순 없어. 난 포기하지 않을 거야. 용기를 잃지 않을 거야. 탈출할 방법을 찾고야 말겠어.*

세라피나는 관 끝 쪽을 발로 찼다. 버려진 사과 상자를 대충 못질해서 만든 것처럼 관은 두께도 얇고 엉성했다. 하지만 주변을 둘러싼 흙이 너무나 견고해서 관을 부수기란 불가능해 보였다.

그때 좋은 생각이 떠올랐다.

"180센티미터." 몇 년 전 세라피나가 사람이 죽으면 그 시체는 어떡하느냐고 물었을 때 아빠는 이렇게 대답했다. "이 지역에서는 180센티미터 깊이로 땅에 구덩이를 파서 죽은 사람을 묻는단다." 세라피나는 구두 상자 안에 들어간 조그마한 새끼 고양이처럼 꼼지락꼼지락 몸을 말았다. 그리고 관 뚜껑 중앙에 손바닥이 닿도록 자리를 잡았다. 흙이 180센티미터나 쌓여 있다면 그 무게는 틀림없이 어마어마할 것이다. 나무판자에서는 정중앙이 가장 약한 지점이라고 아빠에게 배웠던 기억이 떠올랐다.

아빠에게 또 뭘 배웠더라……. 세라피나는 기억을 더듬으며 관 뚜껑을 두드렸다. 그리고 들려오는 소리에 귀를 기울였다. *똑똑똑.* 몸을 움직여 한 뼘 정도 아랫부분을 또 두드렸다. *똑똑똑.* 세라피나는 계속해서 관 뚜껑을 두드렸다. 다른 부분보다 조금 더 소리가 울리는 곳을 찾아야 했다. 거기가 흙이 가장 적게 쌓인 곳이었다. "찾았다."

그런데 이제 어쩌지? 어찌어찌 나무판자를 부수는 데 성공하더라도 곧바로 산더미 같은 흙이 세라피나를 덮칠 것이다. 입과 코로 흙이 쏟아져 들어와 질식사하고 말 것이다. "그러면 곤란한데……."

그때 좋은 생각이 떠올랐다. 세라피나는 드레스에 달린 단추를 목 끝까지 채운 뒤에 치맛자락을 뒤집어 머리에 썼다. 관은 너무 비좁아서 몸을 마음껏 움직일 수 없었다. 그래도 용케 드레스로 얼굴을 감싸고 두 손은 자유롭게 쓸 수 있도록 소매 밖으로 꺼내는 데 성공했다. 운이 따라 준다면 뒤집어쓴 치맛자락이 시간을 벌어 줄 것이다.

손바닥 힘만으로 나무판자를 부수기란 역부족이었다. 세라피나는 몸을 뒤집어 어깨가 관 뚜껑 중앙에 오도록 자세를 잡았다.

세라피나는 손바닥으로 바닥을 짚고 무릎을 꿇은 채 온몸으로 관 뚜껑을 들어 올렸다. 팔을 다 펼 수 없을 정도로 비좁았지만 세라피나는 몸을 공처럼 동그랗게 말았다가 어깨로 관 뚜껑을 있는 힘껏 들이받고 또 들이받았다. 나무판자가 한 번에 부서지지 않으리라는 것쯤은 이미 알고 있었다.

그렇다고 약하게 여러 번 치는 건 소용이 없었다. 일정한 박자에 맞추어 강하게 반복적으로 쳐야 했다. *쿵, 쿵, 쿵.* 세라피나는 계속해서 어깨를 부딪쳤다. 기다란 관 뚜껑이 조금씩 구부러지기 시작했다. "거의 다 됐어." 세라피나가 중얼거렸다. *쿵, 쿵, 쿵.* 어깨를 계속 부딪쳤다. "조금만 더!" 입 밖으로 신음 소리가 새어 나왔다. 그 순간 흙 무게에 관 뚜껑 중앙이 삐걱거렸다. "조금만 더!" 세라피나는 계속 밀어붙였다. *쿵, 쿵, 쿵.* 마침내 나무판자에 금이 가기 시작했다. 바로 다음 순간 세라피나의 어깨 위로 차가운 것이 쏟아졌다. 계획이 성공했다는 사실에 기뻐할 새도 없이 두려움이 밀려들었다. 뚜껑이 부서졌다! 관이 무너졌다! 차갑고 축축한 흙이 세라피나에게 와르르 쏟아졌다. 얼굴에 드레스를 뒤집어쓰지 않았다면 관 뚜껑이 부서지는 순간 세라피나는 흙더미에 파묻혀 질식사하고 말았을 것이다.

앞이 보이지 않으니 의지할 건 두 손밖에 없었다. 세라피나는 갈라진 틈새로 무너져 내리는 흙더미를 정신없이 관 구석으로 보냈다. 그러나 흙은 그야말로 쉴 새 없이 쏟아져 내렸다. 엄청난 무게의 흙이 세라피나를 짓눌렀다. 다리와 어깨와 머리가 흙으로 뒤덮였다. 점점 움직이기가 힘들어졌다. 얼굴에 치맛자락을 뒤집어쓴 채로 세라피나는 거칠게 숨을 들이켰다. 숨이 턱 막혔다. 산소가 부족했다!

관이 흙으로 차서 더 이상 빈 공간이 없어지자 비로소 세라피나는 탈출을 감행했다. 세라피나는 관 뚜껑에 난 틈새로 고개를 드밀고 다리에 힘을 주며 손으로는 땅 위로 올라가기 위해 흙을 팠다. 하지만 흙더미가 무너져 내리는 속도가 더 빨랐다. 머리 위로 열심히 땅을 팠지만 이대로 가다간 흙더미에 질식해 죽는 건 시간문제였다. 엄청난 무게의 흙이 세라피나의 가슴 부근을 강타했다. 깊숙한 곳에서 외마디 비명이 터져 나왔다.

세라피나가 흙을 파는 속도보다 머리와 어깨로 흙이 무너져 내리는 속도가 훨씬 빨랐다. 흙더미가 온몸을 짓눌렀다. 하지만 세라피나는 아무것도 보이지 않는 깜깜한 어둠 속에서 손발을 허우적거리며 오로지 위만 보고 꿈틀꿈틀 올라갔다. 얼굴에 달라붙는 드레스 자락을 뚫고 필사적으로 숨을 들이쉬었다. 쏟아져 내리는 흙 때문에 드레스 자락이 입안 깊숙이 들어와 목구멍을 막았다. 숨이 막히자 폐가 고스란히 그 고통을 떠안았다.

그때 위에서 발톱으로 빠르게 땅을 긁는 소리가 났다. 어떤 동물이 열심히 땅을 파는 소리 같았다. 세라피나는 친구 브레이든의 강아지 기디언이 자신을 구하러 온 것이길 간절히 바랐다. 그러나 뒤이어 낮고 위협적인 으르렁 소리가 들려왔다. 절대 개가 낼 수 있는 소리가 아니었다. 정확히는 알 수 없었지만 거대한 발톱을 지닌 맹수가 엄청난 힘으로 땅을 파헤치고 있었다. 곰인가? 아무래도 상관없었다. 세라피나는 땅 위로 올라가야만 했다. 숨을 쉬어야만 했다!

날카로운 발톱이 손등을 할퀴고 지나갔다. 너무 아파서 비명이 터져 나왔다. 하지만 세라피나는 꾹 참고 맹수의 앞발을 덥석 움켜쥐었다. 잡았다! 그 발이 지금 이 순간만큼은 세라피나에게 생명의 동아줄이나 다름없었다. 맹수가 앞발을 홱 잡아당겼다. 그 힘에 세라피나의 몸이 위로 쑥 올라갔다.

맹수가 으르렁거리며 세라피나를 떼어 내려고 앞발을 거칠게 흔들었다. 하지만 그럴수록 세라피나는 앞발을 더욱더 단단히 붙들었다.

마침내 머리가 흙을 뚫고 땅 위로 올라오는 순간 세라피나는 헉하고 공기부터 들이켰다. 폐가 새로운 생명으로 부풀어 올랐다. 공기다! 마침내 숨을 쉴 수 있게 됐다!

그제야 세라피나는 생명 줄처럼 붙들고 있던 맹수의 앞발을 놓았다. 앞발이 튕겨 나가다시피 멀어졌다. 그 틈에 세라피나는 아직 흙 속에 파묻혀 있던 어깨랑 팔을 끄집어 올렸다.

가슴속에 희망이 차올랐다. 해냈다! 마침내 탈출에 성공했다! 그런데 얼굴에 뒤집어쓰고 있던 치맛자락을 내리는 순간 거대한 포효와 함께 날카로운 발톱이 세라피나를 덮쳤다. 세라피나가 반사적으로 고개를 숙였다. 맹수의 발톱이 아슬아슬하게 머리 위를 스치고 지나갔다. 손으로 거칠게 흙을 움켜잡고 재빨리 무덤 밖으로 몸을 마저 빼낸 세라피나가 땅을 짚고 방어 자세를 취했다.

세라피나가 기어 나온 곳은 달빛이 내리쬐는 묘지였다. 나무와 덩굴 식물이 울창하게 우거진 조그마한 빈터 한가운데에 두 날개를 하늘 높이 펼친 천사 조각상이 서 있었다. 어떻게 여기까지 왔는지는 알 수 없었지만 너무나도 낯익은 장소였다. 여기는 천사 조각상이 있는 빈터였다. 그러나 어찌 된 영문인지 생각할 겨를도 없이 바로 등 뒤에서 맹수가 울부짖는 바람에 세라피나는 휙 돌아서야만 했다.

흑표범 한 마리가 금방이라도 몸을 날릴 듯 한껏 자세를 낮추고 귀를 뒤로 눕힌 채 돌진해 오고 있었다. 공기를 가르는 맹렬한 기세에 맹수의 얼굴이 부르르 떨렸다. 언제라도 물어뜯을 준비가 되었다는 듯 커다랗게 벌린 입 사이로 드러난 기다란 송곳니가 달빛을 받아 번쩍거렸다.

세라피나는 성난 흑표범의 얼굴을 뚫어져라 쳐다보았다. 사납기 그지없는 샛노란 눈동자는 지금까지 보았던 그 어떤 야생 동물의 눈동자보다도 무시무시했다. 세라피나는 몸을 낮추고 방어 태세를 갖추었다. 흑표범이 새하얀 송곳니를 드러내며 또다시 으르렁거리는 순간 이에 질세라 세라피나도 이를 드러내고 모든 힘을 끌어모아 사납게 울부짖었다. 그런데 놀랍게도 흑표범이 고개를 돌리더니 슬그머니 숲속으로 사라져 버렸다.

긴장이 탁 풀린 세라피나가 땅바닥에 털썩 주저앉아 기나긴 안도의 한숨을 쉬었다. *하마터면 저 커다란 고양이한테 잡아먹힐 뻔했네.* 세라피나가 속으로 생각했다. *그런데 왜 한 대 얻어맞은 주머니쥐처럼 갑자기 숲속으로 꽁무니를 뺀*

걸까?

세라피나가 제자리에 드러누워 숨을 돌렸다. 그리고 어찌 된 영문인지 곰곰 생각에 빠졌다. 누군가 세라피나를 묻었다. 다른 곳도 아닌 수십 년 동안 버려져 잡목만 무성한 이 오래된 공동묘지에 말이다.

게다가 생각하면 할수록 방금 눈앞에서 벌어진 일이 도저히 믿기지가 않았다. *흑표범이 어떻게 이곳에 있는 거지?*

세라피나의 엄마는 원할 때마다 퓨마로 변신할 수 있는 변신술사였다. 하지만 세라피나는 달랐다. 마침내 변신하는 방법을 터득하고 나서야 세라피나는 깨달았다. 세라피나는 엄마 같은 퓨마가 아니라 아빠 같은 흑표범이었다. 흑표범은 보기 드문 종이었다. 산마을 사람들 사이에서 옛날부터 전해 내려오는 이야기에 따르면 흑표범은 한 시대에 한 마리씩만 태어난다고 했다.

방금 만난 그 흑표범이 아빠가 아닐까 생각해 보았다. 하지만 아빠는 십이 년 전 세라피나가 태어나던 날 밤 흑마법사와 싸우다가 전사했다. 세라피나에게 아빠는 그날 밤 숲속에서 우연히 발견한 세라피나를 거두어 키워 준 인간 아빠밖에 없었다. 게다가 생각하면 할수록 방금 본 흑표범은 다 자란 성체가 아니라 날렵하고 불안정한 모습이 아직 어린 티가 역력했다. 비록 아빠는 다르지만 같은 엄마에게서 태어난 남동생과 여동생이 훌쩍 자랐나 생각해 보았다. 하지만 둘은 아직 점박이 새끼 퓨마에 불과했다. 친구 웨이사도 까만색이 아니라 짙은 갈색 털을 지닌 퓨마였다. 어쩌면 빛 때문에 세라피나가 털 색깔을 착각한 것일지도 몰랐다. 하지만 만약 웨이사였다면 세라피나를 보고 도망갈 이유가 없었다.

의문이 꼬리에 꼬리를 물고 이어졌다. 그런데 문득 몸의 감각이 느껴졌다. 아까 흑표범의 발톱이 스치고 지나간 정수리에서 피가 흐르고 있었다. 다행히 상처가 깊진 않았다. 폐로 공기가 들어왔다 나가는 느낌이 너무너무 좋았다. 살랑살랑 부는 봄바람이 살갗을 스치고 지나갔다. 바람에 클로버와 고사리 냄새가 실려 왔다. 밤하늘을 수놓은 별들이 찬란하게 빛났다. 예전보다 모든 감각이 훨씬 예민해진 것 같았다.

팔다리에 다시 기운이 돌았다. 세라피나는 온몸에 묻은 흙을 탈탈 털어 내고 상아색 드레스를 가지런히 정리했다. 그때 갈비뼈 쪽에 묻은 커다란 핏자국이 눈에 들어왔다. 세라피나가 깜짝 놀라 재빨리 몸 여기저기를 살폈다. 몸통이며 어깨며 팔이며 온몸에 말라붙은 핏자국이 있었다. 하지만 최근에 난 상처는 아닌지 흉터만 남아 있었다.

문득 모든 기억이 소리 없이 흐르는 강물처럼 머릿속을 스쳐 지나갔다. 아빠와 함께 작업실에서 저녁을 먹던 기억, 브레이든과 빌트모어 지붕에 누워 밤하늘의 별을 세던 기억, 흑표범으로 변신해 엄마, 웨이사와 신나게 숲속을 달리던 기억, 빌트모어 도서관 벽난로 앞에 앉아 밴더빌트 씨가 들려주는 이야기를 듣던 기억, 임신한 밴더빌트 부인과 나란히 앉아 차를 마시던 기억이 차례로 떠올랐다.

빌트모어에서 하녀로 일하는 친구 에시도 떠올랐다. 에시는 세라피나가 크리스마스 파티에 가기 위해 브레이든에게 선물받은 아름다운 상아색 드레스를 입을 때 옆에서 도와주었다. 에시가 보여 준 거울 속에 비친 자신의 모습도 떠올랐다. 그 속에는 고양이처럼 높이 솟은 광대뼈에 샛노란 눈과 반지르르 윤기가 흐르는 새까만 생머리를 가진 열두 살 소녀가 있었다. 그때 소녀는 태어나서 처음으로 제자리를 찾은 것 같았다.

크리스마스 파티에서의 기억도 주마등처럼 스쳐 갔다. 대연회장을 밝히던 은은한 촛불, 벽난로에서 타닥타닥 타던 장작, 미소 짓던 아빠, 대연회장에 나란히 들어서던 순간 등에 살포시 내려앉던 브레이든의 손길. 이 모든 게 어제 일처럼 생생했다. 더할 나위 없는 평화와 승리의 시간이었다. 단순히 브레이든과 힘을 합쳐 적을 무찔렀기 때문이 아니라 진정한 소속감을 느꼈기 때문이었다.

세라피나는 어젯밤 기억을 떠올렸다. 여느 때와 다르지 않은 겨울밤이었다. 세라피나는 평소처럼 빌트모어를 순찰했다. 세라피나는 악마나 위험으로부터 빌트모어를 지키는 수호자였다. 모두가 잠자리에 들면 빌트모어의 깜깜한 복도는 전부 세라피나 차지였다. 세라피나는 그 느낌이 참 좋았다. 밴더빌트가에서 로지아라고 부르는 저택 뒤편 테라스로 나갔던 기억이 떠올랐다. 달빛을 받아 반짝이던 새하얗고 투명한 커튼이 차가운 겨울바람에 펄럭거렸다. 세라피나는 빌트모어 영지 너머로 뻗은 숲과 산맥을 바라보았다. 산봉우리에는 보름달이 걸려 있었다.

저택은 쥐 죽은 듯 고요했다. 그런데 공기의 움직임이 이상하다고 느끼는 찰나 등골이 오싹해졌다. 목덜미에 난 털이 오스스 일어섰다. 등 뒤로 갑자기 서늘한 기운이 느껴졌다. 세라피나는 재빨리 뒤돌아보았다. 하지만 눈앞은 깜깜했다. 벽과 창문이 있어야 할 자리에는 어둠만이 가득했다.

다음 순간 무언가 세라피나를 공격했다. 갑작스레 고통이 온몸을 훑고 지나갔다. 바람이 소용돌이처럼 주위를 휘감았다. 아무런 생각조차 할 틈이 없었다. 세라피나는 이빨을 드러내고 발톱을 세운 채 으르렁거리며 있는 힘을 다해 저항했다. 피가 사방으로 튀었다.

그러나 다음 순간 모든 기억이 끊겼다. 머릿속이 온통 깜깜했다.

그리고 지금 세라피나는 창백한 달빛 아래, 천사 조각상이 있는 빈터 한가운데 자리한 자신의 무덤 옆에 서 있었다. 집에서 수 킬로미터나 떨어진 곳이었다. 무덤에서 스스로 기어 나오다니 이 얼마나 기괴한 일인가! 흙바닥에는 사람의 발자국과 삽질의 흔적이 남아 있었다. 봉긋하게 쌓아 올린 흙더미만 있을 뿐 묘비는 따로 없었다. 누군지는 몰라도 세라피나를 여기에 묻고 들키지 않길 바랐던 모양이다. 누군가 세라피나를 살해하고 시체를 숨긴 걸까?

세라피나는 천사 조각상을 올려다보았다. “그날 밤 무엇을 보셨나요?”

하지만 천사 조각상은 말이 없었다. 언제나처럼 돌로 된 단상 위에서 침묵을 지키고 서 있을 뿐이었다. 얼룩덜룩한 이끼와 녹청(녹이 슬어 생기는 푸른빛의 물질)에서는 세월의 흔적이 고스란히 느껴졌다. 곱슬곱슬 긴 머리를 드리운 아름다운 얼굴 위로 두 뺨에 흘러내린 검은색 눈물 자국이 도드라졌다. 천사 조각상은 모든 걸 알면서도 침묵하고 있는 것처럼 보였다. 사랑하는 사람들의 운명을 감당하기 힘들 만큼 속속들이 알고 있는 것처럼 보였다. 등 뒤로 깃 하나하나까지 섬세하게 조각된 날개가 생동감 넘치는 모습으로 하늘 높이 펼쳐져 있었다. 한 손에는 길고 날카로운 검이 들려 있었다. 세라피나가 검은 망토를 파괴할 때 빌렸던 바로 그 검이었다.

천사 조각상은 싱그러운 초록색 잔디가 펼쳐진 조그마한 빈터 한가운데 서 있었다. 이 빈터에서 자라는 풀과 나무는 사계절 내내 푸르렀다. 뜨거운 여름 햇볕 아래서도 시들지 않았고 가을에도 단풍이 들지 않았으며 겨울에도 잎이 지지 않았다. 천사 조각상이 자리한 이 빈터는 영원한 봄이었다.

빈터 북쪽으로 깊숙이 이어진 공동묘지는 숲에 침범당한 지 오래였다. 묘비는 덩굴 식물로 뒤덮여 있었고 거무죽죽 말라비틀어진 나뭇가지마다 이끼가 늘어져 있었다. 묘비는 대부분 기울어지거나 넘어지거나 땅속에 반쯤 묻혀 있었다. 끝없이 이어진 묘비의 행렬은 그 아래 수백 명의 영혼이 잠들어 있다는 표식이자 수백 구의 시체가 썩어 가고 있다는 표식이었다. 희뿌연 아지랑이가 머물 자리를 찾아 헤매듯 묘비 사이를 떠다녔다. 세라피나는 속으로 오늘 밤 무덤에서 기어 나온 시체가 자신뿐이기를 바라며 한참 동안이나 공동묘지를 바라보았다.

마침내 세라피나가 입을 열고 땅속에 묻힌 동지들에게 인사를 건넸다. "혼자만 먼저 떠나서 미안해. 난 그냥 잠시 들른 거였나 봐."

세라피나는 천사 조각상이 있는 빈터 반대쪽으로 걸음을 옮겼다. 빈터를 사이에 두고 공동묘지 맞은편에 자리한 숲은 세라피나에게는 너무나도 익숙한 곳이었다. 숲속을 바라보고 있노라니 고양잇과 맹수인 엄마 생각이 절로 났다. 세라피나는 엄마에게 많은 것을 배웠다. 함께 숲속을 달리며 사냥할 때면 엄마는 세라피나에게 밤에 활동하는 새들은 어떻게 우는지, 숲속에 사는 야생 동물들은 어떻게 움직이는지 가르쳐 주었다. 지금쯤이면 엄마가 세라피나의 기척을 느꼈을 법도 한데 왜 아직까지 찾으러 오지 않는지 의아했다.

아빠도 세라피나를 찾으러 오지 않았다. 브레이든도 오지 않았다.

아무도 세라피나를 찾으러 오지 않았다.

세라피나는 혼자였다.

두려움이 스멀스멀 고개를 들었다. 행여나 사랑하는 사람들에게 무슨 일이 생긴 건 아닐까 심장이 덜컹 내려앉았다. 무엇이 세라피나를 공격했는지, 얼마나 오랫동안 땅속에 묻혀 있었는지 짐작조차 가지 않았다. 무덤에서 나와 잔뜩 흙을 묻힌 채 빌트모어로 돌아온 세라피나를 보고 사람들이 과연 어떤 반응을 보일까 궁금했다. 하지만 진짜 두려움은 따로 있었다. 막상 빌트모어로 돌아갔는데 아무도 없을까 봐, 그림자만 들어찬 텅 빈 저택을 발견하게 될까 봐, 세라피나는 무엇보다 그게 두려웠다.

세라피나는 불안에 떨며 빌트모어로 이어진 길을 따라 숲속으로 걸음을 내디뎠다. 집으로 돌아갈 시간이었다.

세라피나는 걸음을 재촉했다. 빌트모어로 이어진 어두운 숲길을 따라 오래된 단풍나무와 솔송나무가 우거진 산골짜기로 들어섰다. 이 숲의 가장 오래된 주민인 거대한 나무 사이사이를 가로지르는 세라피나의 발걸음은 힘차고 안정적이었다.

청개구리와 여러 곤충의 울음소리가 귓전을 울렸다. 달맞이꽃과 밤나팔꽃 향기가 코끝을 스쳤다. 밤에 피는 꽃들은 낮에는 꽃잎을 닫았다가 밤이 되면 어김없이 꽃잎을 활짝 열고 향기를 뿜었다.

오늘 밤은 이상하리만치 생동감이 넘쳤다. 온몸의 감각이 마치 새로 태어난 것처럼 살아 있었다.

숲은 점점 깊어졌다. 은은한 달빛 아래 흐드러지게 핀 연분홍 철쭉이 반짝반짝 빛났다. 박각시나방이 꿀을 빨아 먹느라 꽃잎 사이를 들락날락했다. 밤공기를 가르는 나방의 날갯짓 소리까지 들리는 것 같았다.

어둠 속에서도 반드르르 윤이 나는 초록색 월계수 위로 반딧불이 떼가 날아다녔다. 그 뒤로 구름 낀 하늘에서 번갯불이 희미하게 번쩍였다. 어두운 하늘 저편에서 천둥소리가 낮게 울렸다. 여름 특유의 무더운 열기가 살랑살랑 바람을 타고 스쳐 지나갔다.

"이상하다……." 세라피나는 두리번거리며 중얼댔다. 세라피나가 기억하는 어젯밤은 분명히 겨울이었다. 그런데 지금은 이상하리만치 공기가 따뜻했다. 게다가 청개구리와 박각시나방과 반딧불이 그리고 철쭉은 겨울에 볼 수 있는 동식물이 아니었다. 천사 조각상이 있는 빈터에만 머물던 봄의 마법이 어느새 숲 전체로 퍼진 건가?

그런데 고개를 들어 달을 본 순간 세라피나는 제자리에 굳어 버렸다. 완전하진 않았지만 크고 밝은 달은 보름달에 가까웠다. 그런데 그림자에 가린 쪽이 오른쪽이 아니라 왼쪽이었다.

"말도 안 돼." 세라피나가 인상을 쓰며 혼잣말을 했다. 어젯밤 로지아에서 배를 깔고 누워 있었을 때만 해도 달은 분명히 보름달이었다. 그러므로 달은 지금 저런 모양일 수가 없었다.

달이 보름달이 되는 건 한 달에 한 번뿐이었다. 보름달이 되고 나면 달은 14일 동안 서서히 오른쪽부터 그림자에 가리다가 하룻밤 동안 완전히 모습을 감춘다. 그러고 나서 14일 동안 서서히 오른쪽부터 그림자가 걷히면서 다시 보름달이 된다. 달은 그렇게 다달이 이지러졌다가 차오르기를 반복했다.

달은 훌륭한 달력이었다. 한밤중에 홀로 빌트모어 영지를 돌아다닐 때면 세라피나는 밤하늘에 뜬 달을 달력 삼아 날짜를 헤아리곤 했다. 때가 되면 어김없이 차고 기우는 달, 째깍째깍 움직이는 수많은 별, 그리고 곡선을 그리며 태양 주위를 도는 하늘에서 가장 밝은 행성들은 세라피나에겐 오랜 세월 변함없는 친구 같은 존재였다. 달과 별과 행성은 세라피나에겐 한밤중의 형제이자 새벽녘의 자매 같은 존재였다. 세라피나는 달과 별과 행성에게 말도 걸고 또 많은 것을 배웠다.

하지만 오늘 밤 세라피나는 자매나 다름없는 달을 혼란스러운 표정으로 올려다보았다. 눈앞에 보이는 달의 모양이 무엇을 의미하는지 이해하려고 애썼다. 왠지 모를 불길한 예감에 관자놀이가 쿵쿵 뛰기 시작했다. 달은 *오른쪽이* 밝았다. 그 말은 곧 달이 *차오르고* 있다는 뜻이었다. 달이 밤마다 조금씩 커지고 있다는 뜻이었다. 하지만 어젯밤 이미 보름달이었던 달이 어떻게 또다시 차오를 수 있단 말인가?

시간이 어젯밤으로 다시 돌아간 걸까? 아니면 달이 다시 기울고 찰 동안 세라피나가 땅속에 묻혀 있었던 걸까? 둘 다

말이 안 되기는 매한가지였다.

“28일이 흘렀다는 건데, 아니면 그보다 더 지났거나…….” 세라피나가 믿을 수 없다는 듯 중얼거렸다.

나무 위를 스치는 바람 소리가 마치 숲의 정령들이 세라피나가 우주의 비밀을 알아낼까 봐 노심초사하며 속삭이는 소리처럼 들렸다. 시간이 앞으로 흘렀다. 시간이 거꾸로 흘렀다. 어느 쪽도 눈앞에 보이는 현실과 어긋났다. 사람들은 땅속에 묻혔다가도 살아 돌아왔다. 세라피나는 이쪽과 저쪽의 경계가 명확하지 않은 일이 빈번한 세상에 살고 있었다.

하늘에서 또다시 번개가 소리 없이 번쩍거렸다. 뒤따라 울려 퍼진 천둥소리가 산골짜기에 메아리쳤다.

세라피나가 보통 사람들보다 밤눈이 밝은 건 어제오늘 일이 아니었다. 하지만 오늘 밤은 유난히 눈이 잘 보였다. 달빛 아래 피어나는 꽃잎과 별빛 아래 반짝이는 벌레의 날갯짓까지도 느린 화면처럼 다 보였다. 숲이 마법에라도 걸린 것 같았다. 나뭇가지 사이를 지나 세라피나의 몸을 휘감는 공기의 움직임까지도 하나하나 다 느껴졌다. 발 딛고 서 있는 단단한 흙과 돌도 전부 생생하게 느껴졌다. 나뭇잎에 맺힌 조그만 이슬이 반짝이는가 싶더니 다음 순간 저 멀리서 새하얀 번갯불이 번쩍하고 시야를 메웠다. 물, 흙, 빛, 하늘…… 세라피나는 마치 이 세상을 이루고 있는 가장 조그만 입자들과 한 덩어리가 된 듯한 느낌을 받았다. 밤의 왕국을 이루고 있는 크고 작은 입자들 속에 지금껏 경험해 보지 못한 새로운 방식으로 섞여 들어간 듯한 느낌이 들었다.

세라피나는 쉬지 않고 걸었다. 발을 계속 놀리면서도 저 멀리 나무들 사이로 어두운 틈처럼 보이는 무언가에서 눈을 떼지 않았다. 세라피나가 고개를 갸우뚱했다. 그림자인가? 정체를 알 수 없었다. 그런데 눈을 가늘게 뜨고 자세히 바라보는 순간 깨달았다. 정체 모를 그 무언가가 *움직이고* 있었다. 세라피나 쪽으로 가까워지지도 멀어지지도 않고, 그저 어두운 파도처럼 공중을 떠다니고 있었다.

팔에 소름이 돋았다. 빌트모어에서 세라피나를 공격했던 검은 그림자와 연관이 있을 것 같다는 생각을 떨칠 수가 없었다.

세라피나는 머리로는 상관하지 말아야 한다고 생각하면서도 호기심 때문에 도저히 그냥 지나칠 수가 없었다. 세라피나는 한 발 한 발 다가가 검은 그림자를 관찰했다. 150센티미터쯤 되는 검은 그림자가 산들바람에 이리저리 나부끼는 기다란 깃발처럼 땅에서 조금 떨어진 채 공중을 떠다니고 있었다. 검은 그림자는 완전히 새카맸다. 그렇게 검디검은 물체는 일찍이 본 적이 없었다.

갑자기 나무 사이로 한 줄기 바람이 불어왔다. 다음 순간 바닥에서 돌풍이 일었다. 바닥에 깔려 있던 나뭇잎들이 작은 회오리처럼 세라피나의 주변을 휘감았다. 세찬 바람을 이기지 못한 나뭇가지들이 등 굽은 노인의 팔다리처럼 삐걱거리며 휘어졌다. 그 길고 앙상한 손가락이 세라피나의 머리와 어깨 위에서 달랑거렸다. 얼굴 위로 차가운 빗방울이 후드득 떨어졌다. 태풍이 오고 있었다. 그때였다. 나무 사이로 그림자 하나가 세라피나 쪽으로 다가왔다.

세라피나는 헉하고 숨을 들이켜며 재빨리 바닥으로 몸을 숙였다. 반쯤 쓰러진 나무가 보였다. 땅 위로 드러난 나무뿌리가 이리저리 얽히고설켜 조그만 동굴을 이루고 있었다. 세라피나는 얼른 그 안으로 몸을 숨겼다. 최대한 깊은 곳까지 들어가 뿌리 사이의 조그만 틈새로 바깥을 살폈다.

사람인지 동물인지 모를 무언가가 세라피나 쪽으로 천천히, 곧장 다가왔다. 먹잇감을 노리는 맹수 같았다. 두 다리가 가늘고 길었다. 등은 굽어 있었고 고개는 아래로 꺾여 있었다. 양옆을 번갈아 볼 때마다 어깨가 이리저리 흔들렸다. 등을 구부리고 있는데도 키가 꽤 컸다. 몸 앞으로 나온 길고 굽은 팔은 사마귀를 연상케 했다. 뼈만 앙상한 손가락에 갈고리 모양으로 굽은 손은 날카롭게 휘어진 발톱의 맹금류를 떠올리게 했다. 바닥에 깔린 나뭇잎을 헤치며 일정한 속도로 움직일 때마다 뼈에서는 우두둑 나뭇가지 부러지는 듯한 소리가 났다.

세상에, 저게 도대체 뭐지? 세라피나는 구멍 안에 몸을 숨긴 채 생각했다. *저 끔찍한 생명체도 나처럼 무덤에서 나온 건가?*

그게 점점 더 가까이 다가왔다. 이제 둘 사이의 거리는 한두 걸음 안팎으로 좁혀졌다. 몸이 오들오들 떨렸다. 세라피나는 제발 저 괴상한 생명체가 나무뿌리 밑에 숨은 자신을 못 보고 지나치기만을 간절히 바랐다.

이제 숨소리까지 들릴 정도로 거리가 가까워졌다. 상처 입은 동물처럼 쌕쌕거리는 거친 숨소리와 함께 그 모습이 시야에 뚜렷하게 들어왔다. 꺼져 가는 모닥불에서 피어오르는 연기처럼 희뿌연 아지랑이가 괴생명체의 주위를 떠다녔다. 허옇게 센 머리는 썩어 가는 시체에 달라붙은 머리카락처럼 멋대로 헝클어져 있었다. 그런데 그 괴생명체가 휙 고개를 돌리는 순간 세라피나는 헉하고 숨을 삼켰다. 끔찍한 상처가 얼굴 한가운데를 가로지르고 있었다. 영원히 아물지 않을 것처럼 곪아 터진 상처에서 검붉은 피가 새어 나오고 있었다. 사람인지 악마인지 아니면 그 둘을 섞어 놓은 무엇인지 분간할 수 없는 존재가 손을 앞으로 덜렁덜렁 뻗은 채 고개를 앞뒤로 흔들며 눈으로 숲속을 훑었다. 날카롭고 뾰족한 이가 부딪칠 때마다 딱딱 소리가 났다.

처음에는 그냥 지나쳐 가는가 싶었는데 갑자기 세라피나가 숨어 있는 나무뿌리 바로 위에서 우뚝 걸음을 멈추었다.

맹금의 발톱 같은 손이 나무뿌리를 꽉 움켜쥐었다. 바로 그 아래 세라피나가 숨어 있었다. 세라피나는 공포에 질려 들이킨 숨을 내뱉을 생각조차 못했다. 괴생명체가 고개를 돌려 숲 한쪽을 바라보더니 다시 반대편을 바라보았다. 세라피나가 여기 있다는 사실을 알아차린 것 같았다. 하지만 정확히 어디에 숨어 있는지는 모르는 것 같았다. 세라피나는 조그만 굴에 웅크리고 숨은 토끼처럼 온몸을 덜덜 떨었다.

괴기스러운 생명체가 입을 벌렸다. 그러자 낮은 쇳소리가 진동하듯 흘러나왔다. 그리고 세라피나는 똑똑히 보았다. 폐에서 새하얀 공기가 마구 쏟아져 나왔다. 단순한 날숨이나 비명이 아니었다. *폭풍이었다.* 세라피나를 둘러싼 공기가 요동치기 시작했다. 나뭇잎이 회오리처럼 날아올랐다. 나뭇가지가 삐걱거리며 휘어졌다. 소용돌이치던 공기가 비바람으로 변했다. 정체 모를 괴생명체의 입에서 나오는 끔찍한 소리가 점점 더 커졌다. 그럴수록 폭풍우도 점점 더 거세졌다.

폭풍우를 불러온 괴생명체가 돌연 나무뿌리 아래로 고개를 숙여 세라피나를 정면으로 바라보았다. 은색 눈동자가 번쩍거렸다. 극심한 공포가 세라피나를 덮쳤다. 나무뿌리를 움켜잡고 있던 손에 힘이 들어가는가 싶더니 이내 나무뿌리가 으스러졌다. 곧이어 양손으로 나무뿌리를 인정사정없이 잡아뜯기 시작했다. 괴생명체가 이를 딱딱 부딪치며 세라피나를 향해 거침없이 다가왔다.

갑작스런 공격에 세라피나는 스스로를 방어하고자 본능적으로 흑표범으로 변신하려 했다. 그런데 어찌 된 영문인지 변신할 수가 없었다. 다시 정신을 집중하고 흑표범으로 변신한 자신의 모습을 떠올리려 했지만 두 번째도 실패했다. 세라피나는 여전히 인간의 모습이었다.

세라피나는 당황했다. 무자비하게 나무뿌리를 잡아 뜯으며 다가오는 저 손아귀에 붙잡힐세라 몸을 한껏 웅크렸다. 맨손으로 달려들어 싸울까 하는 생각도 해 보았지만 상대는 너무 강해 보였다. 손이 몸에 막 닿으려던 찰나 세라피나는 재빨리 기어 나와 반대편으로 무작정 달렸다.

폭풍우가 휘몰아쳤다. 폭우가 쏟아져 한 치 앞도 분간하기 어려웠다. 강풍이 불어닥쳐 머리카락과 옷자락이 얼굴과 몸에 달라붙었다. 바람은 세라피나를 날려 버리는 데서 그치지 않고 아예 산산조각 낼 기세였다.

그러나 세라피나는 속도를 늦추지 않았다. 괴생명체가 세라피나를 잡으러 쫓아오고 있을 터였다. 한시라도 빨리 달아나야 했다. 세라피나는 쏟아지는 비를 뚫고 앞만 보며 달리고 또 달렸다.

세라피나가 어깨 너머로 뒤를 힐끗 보았다. 당연히 바로 뒤에 있을 줄 알았던 괴생명체가 보이지 않았다. 세라피나를 쫓는 대신 여전히 저 멀리서 세라피나가 숨어 있던 나무뿌리를 찢어발기고 있었다.

어리둥절했지만 어쨌거나 천만다행이었다. 세라피나는 재빨리 시선을 거두고 몸을 돌려 다시 달아나려고 했다. 그런데 그 순간 하마터면 정면으로 충돌할 뻔했다. 괴생명체의 공격을 받기 전 세라피나가 살피던 검은 형체였다. 독뱀이라도 마주친 듯 세라피나가 움찔 뒤로 물러났다.

세라피나의 눈앞을 떠다니는 검은 형체는 눈으로 보고도 믿기지 않을 만큼 새카맸다. 달빛과 별빛마저 집어삼켜 버렸다. 그 너머에 무엇이 있는지조차 전혀 보이지 않았다. 떨어지는 빗물마저 집어삼켜 버렸다. 세상이 거대한 천이라면 저 부분만 찢겨 나간 것 같았다.

검은 형체를 바라보고 있노라니 심장이 죄어들었다. 살갗에 소름이 돋았다. 세라피나는 뒷걸음질을 치다가 덤불 속에 몸을 숨겼다.

검은 형체가 세라피나 쪽으로 두둥실 날아왔다. 세라피나는 너무 놀란 나머지 숨이 멎을 뻔했다. 검은 형체가 이쪽으로 오는 게 강풍에 떠밀려서인지 아니면 어떤 힘이 작용해서인지 헷갈렸다.

어두운 기운을 뿜으며 검은 형체가 느릿느릿 점점 더 가까이 다가왔다. 세라피나는 덤불 깊숙이 숨어 있으면 안전할 거라고 생각했다. 그런데 검은 형체가 닿는 곳마다 이파리가 우수수 떨어지고 나뭇가지가 와지끈 부러졌다. 검은 형체가 앞을 가로막는 덤불을 하나하나 제거하며 세라피나 쪽으로 다가왔다.

세라피나가 질겁하며 몸을 뒤로 뺐지만 검은 형체의 가장자리가 세라피나의 어깨에 닿고 말았다. 불에 달군 칼날에 베인 듯한 통증이 어깨를 파고들었다. 세라피나는 고통에 비명을 내지르며 몸을 비틀었다.

세라피나는 덤불에서 뛰쳐나와 돌무더기가 보이는 쪽으로 냅다 달렸다. 가파른 내리막이 나오자 무작정 뛰어내렸다.

바닥에 몸이 쿵 닿기가 무섭게 세라피나의 몸이 흙으로 된 언덕을 데굴데굴 굴러갔다. 팔다리가 바위와 나무에 이리저리 부딪쳤다. 구르던 몸이 멈추자마자 세라피나는 벌떡 일어나 다시 달아나기 시작했다.

세라피나는 전속력으로 숲속을 내달렸다. 숨이 턱 끝까지 차올랐다. 하지만 폭풍우를 부르던 정체 모를 괴생명체와 검은 형체가 쫓아올세라 뒤를 흘긋거리며 달리고 또 달렸다.

휘몰아치던 비바람이 잦아들었다. 폭풍우에서 빠져나왔지만 세라피나는 속도를 늦추지 않았다.

구름 사이로 삐져나온 달빛을 보고서야 세라피나는 마음을 놓았다. 낮을 사는 사람들은 해가 동쪽에서 뜨고 서쪽으로 진다는 사실은 잘 알면서도 달도 똑같다는 사실은 잘 몰랐다. 나무 사이로 드리운 달그림자가 집으로 돌아가는 길을 가리키는 화살표처럼 보였다. 정신이 돌아오자마자 세라피나는 금세 방향 감각을 되찾았다. 세라피나는 걸음을 재촉했다. 한시라도 빨리 빌트모어로 돌아가 숲속에서 본 것을 알려야 했다.

그러나 겨우 속도가 붙기 시작하던 찰나 강물이 세라피나의 앞길을 가로막았다. 당황한 세라피나가 주위를 두리번거렸다.

"설마 길을 잃은 건 아니겠지." 세라피나가 스스로를 꾸짖었다.

집에 거의 다 왔다고 생각했던 참이었다. 세라피나가 기억하기로는 이쯤에 가볍게 건너뛸 수 있는 얕은 개울이 하나 있었다. 그런데 지금 눈앞에는 나무를 쓰러뜨릴 것 같은 기세로 콸콸 흐르는 거대한 강줄기가 있었다. 보통 강물처럼 양옆이 자갈밭이 아니라 불어난 강물에 숲이 잠긴 상태였다.

너무도 달라진 풍경이 낯설었다. 세라피나의 기억 속 작은 개울은 소용돌이치는 급류로 변해 있었다. 방금 세라피나가 겨우 빠져나온 것과 같은 폭풍우가 그동안 수차례 지나간 모양이었다. 불길한 생각이 피어올랐다. 콸콸 흐르는 물만큼 강력하고 파괴적인 힘을 지닌 것도 드물었다. 이 산골짜기를 지금과 같은 모습으로 조각한 것이 바로 거센 물줄기였다.

집에 돌아가려면 강을 건너야만 했다. 세라피나는 어두운 강물에 발을 담갔다. 거친 물살이 날카로운 유리 파편처럼 맨살에 부딪쳤다. 여러 번 강을 건너 보았지만 이토록 낯설고 두려웠던 적은 없었다. 한 발 더 내디딘 뒤에야 세라피나는 깨달았다. 세라피나가 건너기에 강은 너무 깊었고 물살은 너무 강했다. 강은 마치 세라피나를 집어삼켜 아래로 끌어내리고 싶어 하는 것처럼 보였다.

강 건너편을 바라보다가 세라피나는 할 말을 잃었다. 나무 한 그루가 나뭇가지며 밑동이며 뿌리까지 통째로 급류에 휩쓸려 떠내려가고 있었다. 그 모습이 마치 거대한 바다 괴물 같았다. 비단 그 나무만 그런 것이 아니었다. 강가에 있던 가장 거대하고 오래된 나무 대다수가 거센 물살에 뿌리를 뽑힌 채 쓰러져 있었다.

세라피나는 강물이 불어 넘친 강가에서 뒷걸음질했다. 어둡고 사악한 강물은 세라피나도 집어삼킬 게 뻔했다. 여기서 강을 건너기란 불가능했다. 하지만 여기가 세라피나가 생각한 곳이 맞다면 근처에는 도로도 없었고 다리도 없었다.

"이거 진짜 곤란하게 됐는데……. 이 상황에서 어떡할 것이냐, 그것이 문제구나." 세라피나는 혼잣말로 아빠가 했을 법한 말을 중얼거렸다.

그때 좋은 생각이 떠올랐다.

세라피나는 강 가장자리를 따라 상류로 올라가다가 강 위로 가지를 드리운 채 위태롭게 서 있는 커다란 나무 한 그루를 발견했다. 사방으로 뻗은 나뭇가지가 강 건너편에 있는 나무에 닿을락 말락 했다. 얼마 못 가서 거친 물살에 쓰러지고 말 테지만 지금으로서는 저 나무가 세라피나가 강 건너편으로 갈 수 있는 유일한 길이었다.

세라피나는 나무를 타고 올라가 가지에서 가지로 건너뛰었다. 발아래 사나운 강물이 넘실대고 있었다. 세라피나의 목표는 나뭇가지를 다리 삼아 다람쥐처럼 잽싸게 강을 건너는 것이었다.

그러나 끝으로 이동할수록 어리고 여린 연녹색 나뭇가지가 많아서 바람에 이리저리 휘어졌다. 바람이 세라피나를 떨어뜨리려고 작정이라도 한 것 같았다. 심하게 흔들리는 나뭇가지 끝에서 온몸에 있는 근육이 바짝 죄어들었다. 반대편에 있는 나무 중에 가장 가까운 나무가 눈에 들어왔다. 잎이 바늘처럼 뾰족한 커다란 소나무였다. 하지만 세라피나가 건너뛰기는 무리였다. 거리가 너무 멀었다.

세라피나는 아래를 내려다보았다. 30미터 아래에 보이는 것이라곤 온통 소용돌이치며 흘러가는 검디검은 강물뿐이었다. 여기서 중심을 잃거나 반대편 소나무로 건너뛰려다가 잘못되면 강물로 곤두박질칠 것이 뻔했다. 그러면 그대로 빠져 죽거나 급류에 휩쓸려 가다가 익사하고 말 것이다. 어느 쪽이든 강물은 바람대로 세라피나를 집어삼키고 말 것이다.

어떡해야 하나 고민하고 있는데 저 아래 숲 바닥에서 나뭇가지 하나가 툭 부러지는 소리가 들렸다. 세라피나가 몸을 돌려 숲속을 살폈다. 폭풍우를 일으키던 괴생명체가 세라피나의 냄새를 쫓아 여기까지 따라온 걸까? 그런데 그때 세라피나는 나무 사이로 천천히 움직이는 망토를 뒤집어쓴 누군가를 발견했다.

이번에는 또 어떤 악마야? 세라피나는 짜증이 솟구쳤다. *이제 그만 집에 가고 싶다고!*

상대가 누구인지 혹은 무엇인지 파악하려고 세라피나는 눈을 가늘게 뜨고 나뭇가지 사이로 숲속을 내려다보았다.

밴더빌트 씨의 책에서 보았던 고대 영국의 켈트족 사제처럼 머리 끝부터 기다란 망토를 뒤집어쓴 남자였다.

망토를 입은 남자는 손바닥을 펼친 채 숲길을 지나고 있었다. 손이 창백하고 섬세했다. 갑자기 손바닥에서 조그만 번갯불 같은 파란 불꽃이 화르르 피어오르더니 망토 입은 남자의 어깨 위로 두둥실 떠올랐다. 파란 불꽃이 캄캄한 숲길을 밝혔다.

마법사다. 세라피나는 몸을 낮춘 채 생각했다. 심장이 두근거렸다. *폭풍우를 일으키던 괴생명체도, 숲속을 떠다니던 검은 형체도, 폭풍우도 모두 저 마법사 짓이로구나.* 세라피나는 지금까지 목격했던 모든 것이 저 마법사의 소행일 거라 미루어 짐작했다. 로지아에서 세라피나를 공격했던 것도 저

마법사일까? 빌트모어가 이미 저 마법사 손에 넘어간 걸까? 어서 빨리 집으로 돌아가야 했다.

하지만 어떻게 돌아가지? 세라피나는 지금 30미터 높이에 있는 나뭇가지 위에서 더 이상 나아가지 못하고 있었다. 아래로는 성난 강물이 소용돌이치고 있었다.

그때 까만색 망토를 입은 마법사가 우뚝 걸음을 멈추었다. 세라피나의 목덜미에 소름이 돋았다. 온몸이 부들부들 떨리기 시작했다. 모든 감각이 도망가라고 아우성이었다. *도망가.* 세라피나의 마음이 속삭였다. *너무 늦기 전에 도망가!*

마법사가 천천히 고개를 들어 세라피나가 있는 나뭇가지를 똑바로 바라보았다.

세라피나가 들키지 않으려고 허둥지둥 나뭇가지 끝으로 이동했다. 나뭇가지는 끝으로 갈수록 더 가늘어졌다. 게다가 바람이 불어 위아래로 요동쳤다. 그 움직임에 세라피나는 속이 울렁거렸다.

세라피나는 강 건너편에 있는 나뭇가지를 훑어보았다. 방금 전까지만 해도 건너뛰기에는 거리가 너무 멀어 보였지만 지금은 이 자리를 벗어나야 한다는 생각이 앞섰다. 공포로 온몸에 있는 근육이 터질 것만 같았다.

세라피나는 반대편 나뭇가지를 뚫어져라 쳐다보았다. 고개를 기울여 각도를 점검한 다음 소리 없는 기합과 함께 공중으로 뛰어올랐다.

몸을 날리면서 세라피나는 흑표범으로 변신했을 때의 자신을 머릿속에 떠올렸다. 생생하게 그려졌다. 지금이었다. 세라피나의 몸은 공중에 떠 있었다. 지금 *변신해야* 했다!

그러나 변신이 되지 않았다.

여전히 인간의 모습으로 세라피나는 반대편에 있는 소나무 가지를 잡으려고 가느다란 팔을 최대한 멀리 뻗었다. 손끝이 가지에 닿는 순간 세라피나는 때를 놓치지 않고 재빨리 나뭇가지를 움켜잡았다. 세라피나가 해냈다! 그런데 몸이 심하게 흔들리는 바람에 그만 손을 놓치고 말았다. 세라피나의 몸이 추락하기 시작했다.

세라피나는 떨어지는 와중에도 *무엇이라도* 잡으려고 팔을 사방으로 휘저었다.

그 순간 두꺼운 나뭇가지와 쿵 충돌했다. 엄청난 고통에 숨이 멎을 것 같았다. 세라피나는 어떻게든 나뭇가지를 잡으려고 몸을 비틀었지만 실패했다.

다시 추락이 이어졌다. 나뭇가지에 몸이 부딪칠 때마다 붙잡으려고 손을 뻗었지만 번번이 실패했다. 거듭된 실패에 성이 난 세라피나가 바락바락 악을 썼고 마침내 나뭇가지 하나를 단단히 붙잡는 데 성공했다.

추락하기 시작했던 곳에서 15미터쯤 아래에 있는 소나무 가지에 세라피나가 대롱대롱 매달려 있었다. 팔다리 여기저기 긁힌 상처에서 피가 흐르고 있었다. 길게 휘어진 세라피나의 척추뼈는 보통 사람보다 훨씬 유연하고 강한데도 찌르는 듯한 통증이 느껴졌다. 떨어지면서 단단한 나뭇가지를 움켜잡느라 손톱이 손을 파고드는 바람에 고통스러웠다.

이미 너무 큰 소란을 일으켰다는 두려움과 추락의 여파로 아직 가시지 않은 고통에 세라피나는 이를 악물고 재빨리 소나무 가지 안쪽에 몸을 숨겼다.

세라피나는 몸을 숨기고 조심스레 숲속을 살폈다. 마법사는 분명히 세라피나가 낸 소음을 들었을 것이다. 세라피나는 마법사가 세라피나 쪽을 똑바로 쳐다보고 있거나 주문을 외거나 세라피나를 끝장내기 위해 검은 형체를 소환하고 있을 줄 알았다.

그러나 예상과 달리 동그란 파란색 불꽃이 나무 사이를 지나 두둥실 세라피나에게로 다가왔다. 마법사가 아래에서도 잘 볼 수 있도록 파란 불꽃은 나무 위를 환히 밝혔다. 으스스한 파란 불꽃이 가까워질수록 세라피나는 나무 사이에 몸을 꽁꽁 숨겼다.

윙윙거리는 파란 불꽃에서는 천둥 번개를 동반한 폭풍우 냄새가 났다. 정전기라도 일으키는 듯 세라피나의 머리카락이 부스스 일어났다. 하지만 세라피나는 조용히 숨을 죽이고 숨어 있었다. 살갗이 따끔따끔했다.

마침내 파란 불꽃이 숲속으로 되돌아갔고 마법사도 가던 길을 다시 가기 시작했다.

세라피나는 그제야 기나긴 안도의 한숨을 내쉬었다.

세라피나는 강 가장자리를 따라 자라난 고사리 덤불 속으로 걸어가는 마법사를 지켜보았다. 마법사가 몸을 숙이더니 어떤 식물을 뽑았다.

그때 세라피나는 시야 바깥쪽에서 이쪽으로 다가오는 무언가를 포착했다. 재빨리 고개를 돌리자 별빛을 받아 은색으로 반짝이는 거대한 거미줄이 보였다. 거미줄 가장자리에서 다리 여덟 개에 눈이 여러 개 달린 거미가 세라피나를 쳐다보고 있었다. 거미가 움직이자 거미줄에 맺힌 반짝이는 이슬이 또르르 숲 바닥으로 굴러떨어지기도 하고 거미줄 위를 굴러다니기도 했다. 세라피나는 이슬이 거미줄 위를 굴러가는 장면을 눈으로 보았을 뿐만 아니라 그 소리를 귀로도 *들었다.* 상식적으로 말이 안 되는 일이었지만 세라피나는 똑똑히 들었다. 게다가 척추를 타고 내려가는 떨림처럼 거미줄을 타고 굴러가는 이슬의 움직임이 똑똑히 *느껴졌다.*

깜짝 놀란 세라피나가 거미줄과 멀어지려고 나무를 타고 조금 아래로 내려가 숲을 내려다보았다. 켈트족 사제를 닮은 마법사가 이제 무릎을 꿇고 앉아 있었다. 파란 불꽃이 랜턴처럼 그 주위를 떠다니며 어둠을 밝혀 주고 있었다. 마법사는 강물이 넘쳐 늪지대로 변한 흙 속을 파고 항아리처럼 생긴 식충 식물을 모으고 있었다.

세라피나가 슬며시 걸음을 옮기려던 순간 마법사가 입을 열었다. 마법사는 하던 일을 멈추지도 않았고 주위를 둘러보지도 않았다. 게다가 세라피나의 예상과는 달리 마법사의 목소리는 굵고 위협적이지 않았다. 대신 놀라울 정도로 부드럽고 차분했다. 세라피나가 수십 미터 떨어진 나무에 숨어 있는 것이 아니라 바로 옆에 있는 듯 무심한 목소리로 마법사가 말했다.

“난 널 볼 순 없지만 네가 거기 있는 거 다 알아.”

그 말에 세라피나가 숨어 있던 곳에서 튀어나왔다. 가지에서 가지로 건너뛰며 순식간에 나무 아래로 내려왔다. 땅바닥에 발이 닿자마자 세라피나는 맨발로 숲 바닥을 디디며 달아나기 시작했다. 어깨 너머로 뒤를 확인했지만 마법사는 보이지 않았다. 그래도 세라피나는 계속 달렸다.

어두운 강을 뒤로하고 세라피나는 나무가 우거진 바위산을 올라 드넓은 산골짜기로 달아났다. 눈에 익은 나무 종류가 보이기 시작하자 세라피나는 비로소 속도를 늦추었다. 빌트모어가 가까웠다. 저 멀리 보이는 은은한 불빛이 마치 등대처럼 세라피나를 집으로 이끌었다.

빌트모어 가장자리에 있는 저수지를 지나다가 세라피나는 저수지로 졸졸졸 흘러들던 조그만 개울이 빗물 때문에 엄청나게 불어나 있는 것을 보았다. 저수지에도 평소보다 훨씬 많은 물이 고여 있었다. *폭풍우가 오고 있구나.* 세라피나는 생각했다.

잔잔한 저수지 수면 위로 달과 별이 떠 있었다. 하지만 감탄하며 꾸물거릴 시간이 없었다. 한시라도 빨리 집으로 돌아가 브레이든과 아빠가 안전한지 확인하고 숲속에서 본 위험을 알려야 했다.

세라피나는 정원으로 난 산책로를 따라 올라갔다. 흐드러지게 핀 분홍빛과 주홍빛 철쭉이 달빛이 무색하리만큼 반짝반짝 빛나고 있었다. 언덕을 오르던 세라피나는 정체불명의 희미한 초록빛을 발견하고 걸음을 멈추었다. 세라피나는 빌트모어의 정원이라면 훤히 꿰고 있었지만 저런 초록빛은 한 번도 본 적이 없었다.

마법사가 벌써 도착해서 빌트모어를 손아귀에 넣은 건 아닐까 하는 생각부터 들었다. 그때 여러 사람이 웅성거리는 소리가 들려왔다.

세라피나는 가까이 다가갔다. 초록색 불빛은 주문을 외는 마법사가 아닌 파티가 열리고 있는 식물원에서 나온 것이었다. 난초와 파인애플 꽃과 야자수 잎에 반사된 불빛이 유리 온실에 난 수많은 유리창을 통해 밖으로 새어 나오고 있었다.

세라피나는 식물원 가장자리를 따라 살금살금 걸어가 돌담 정원 안을 들여다보았다. 하늘하늘한 여름 드레스와 까만 턱시도를 차려입은 신사 숙녀 수백 명이 모여 파티를 즐기고 있었다. 그 뒤로 빌트모어 대저택의 남쪽 바깥벽과 탑, 반짝이는 창문이 보였다. 어둠 속에서 우뚝 솟은 빌트모어 대저택은 마치 마법에 걸린 성 같았다.

돌담 정원에는 세라피나의 아빠가 사용하던 에디슨 전구가 은은한 빛을 내며 주렁주렁 걸려 있었다. 돌담 정원 한가운데에 있는 나무 정자에는 그보다 작은 전구가 달려 있었다. 덩굴과 꽃잎 사이에 끼워 둔 전구는 마치 잎사귀 사이사이에 숨은 작은 요정 같았다. 세라피나는 그토록 수많은 전구가 한꺼번에 켜진 아름다운 광경은 난생처음 보았다.

장미 재배사가 창고로 사용하는 작은 벽돌집 옆 덤불 속에 숨어서 세라피나는 사람들 사이를 훑었다. 브레이든은 보이지 않았다. 브레이든은 내성적인 소년이라 사람들의 관심을 끄는 인물이 아니었다. 하지만 밴더빌트 부부는 브레이든이 되도록이면 빌트모어에서 열리는 사교 모임에 참석하도록 격려했다. 세라피나와 브레이든은 모험을 함께했다. 수많은 일을 함께 겪었다. 브레이든은 세라피나의 가장 가까운 친구이자 가장 신뢰할 수 있는 친구였다. 세라피나는 한시라도 빨리 브레이든을 만나고 싶었다.

화려하게 차려입은 사람들이 완벽하게 손질된 정원에서 파티를 즐기고 있었다. 다들 고운 손으로 우아하게 잔을 들고 그 안에 든 샴페인을 홀짝이며 장미와 달리아와 백일초가 어우러진 산책로를 거닐며 담소를 나누었다. 식물원을 밝힌 아름다운 불빛에 젖어 현악 사중주단이 아름다운 음악을 연주했다. 검은색과 흰색 복장을 단정하게 차려입은 하인들이 커스터드 크림이 듬뿍 올라간 타르트와 갓 구운 슈크림과 치즈가 담긴 접시를 들고 손님들 사이를 돌아다녔다. 그 모습을 본 세라피나는 불현듯 허기를 느꼈다.

그런데 한편으로 세라피나는 이 파티가 하나부터 열까지 당황스러웠다. 이 정도 규모의 파티를 열려면 준비하는 데만 몇 주가 걸렸을 것이다. 그런데 어젯밤까지만 해도 세라피나는 이 파티와 관련한 어떠한 이야기도 듣지 못했다. 게다가 왜 브레이든이 보이지 않는 걸까? 낯선 얼굴이 너무나도 많았다. 밴더빌트 부부는 어디에 있는 거지?

호기심 많은 몇몇 어른과 그 자녀들이 옹기종기 모여서 등에 초를 켜고 하늘 높이 날리고 있었다. 초를 켜고 손을 놓자 마법처럼 등이 밤하늘로 두둥실 떠올랐다. 세라피나는 다른 아이들과 마찬가지로 천천히 하늘로 올라가는 등을 넋을 잃고 바라보았다. 눈으로 등을 쫓던 세라피나는 저도 모르게 미소를 지었다. 그런데 불쑥 서러움이 북받쳤다. 바보 같은 생각인 걸 알면서도 세라피나는 이렇게 근사한 파티에 초대받지 못했다는 사실이 서글펐다. 이 파티는 저녁에 열리는 파티였다. 그리고 세라피나는 밤의 존재였다! 이 파티에 초대받아야 할 사람이 있다면 그건 바로 세라피나였다. 너무나 많은 게 변한 것 같은 기분이 들었다. 마치 세상이 세라피나만 빼놓고 굴러간 것 같았다.

검은 망토를 파괴하고 그 안에 갇혀 있던 빌트모어에서 사라진 아이들을 풀어 준 일을 계기로 세라피나는 위층 사람들이 사는 낮의 세계에 발을 디뎠다. 밴더빌트 부부는 세라피나를 따뜻하게 맞아 주었다. 세라피나는 이제 어엿한 빌트모어의 일원이 되었다. 그런 줄로만 알았는데 왜 세라피나는 이 파티에 초대받지 못한 걸까? 이런 생각을 하니 속이 메슥거렸다. 무슨 일이 일어난 거지? 무엇을 놓치고 있는 걸까? 아무도 세라피나가 안 보인다는 사실을 알아차리지 못했나?

불과 수 킬로미터 떨어진 곳에서 폭풍우가 휘몰아치고 있는 와중에 파티에 참석하고자 이토록 많은 사람이 한자리에 모인 것도 의문이었다. 언덕 아래로 조금만 내려가도 불어난 개울 때문에 저수지에 물이 넘치는 상황이었다. 어둠의 세력이 빌트모어를 향해 시시각각 다가오고 있었지만 그 사실을 아는 사람은 아무도 없는 것 같았다.

멀리서 밴더빌트 부인의 상냥한 웃음소리가 들려왔다. 세라피나는 기대감을 안고 그쪽으로 몸을 돌렸다. 당연히 브레이든도 함께 있을 줄 알았는데 밴더빌트 부인과 밴더빌트 씨 옆에는 몇몇 손님들밖에 없었다.

까만 머리와 콧수염, 날렵하고 영리해 보이는 얼굴에 호기심 많은 눈동자를 가진 밴더빌트 씨는 어디서나 쉽게 눈에 띄었다. 오늘은 멋진 연미복을 차려입고 하얀색 넥타이를 매고 있었다. 세라피나가 지난 몇 년 동안 관찰하기로 신사들은 대부분 목소리가 크고 태도가 요란했다. 하지만 밴더빌트 씨는 조용하고 차분하고 생각이 많은 유형의 신사였다. 보통 도서관에서 책을 읽으며 시간을 보내거나 사람들과 함께 있을 때는 말을 하기보다는 가만히 듣는 쪽이었다. 밴더빌트 씨는 대화를 할 때면 상대가 손님이든 하인이든 일꾼이든 누구에게나 마음을 열고 진심으로 대했다. 하지만 파티에서는 멀찍이 떨어져서 사람들을 바라보는 것을 즐기기도 했다.

밴더빌트 부인은 손님들을 대할 때 더 적극적이고 말이 많고 사교적이었다. 밴더빌트 씨처럼 까만 머리에 비슷한 지성미를 풍겼지만 밴더빌트 부인 쪽이 한결 다가가기 쉬운 매력과 환한 미소를 지녔다. 밴더빌트 부인은 오늘 편안하게 흘러내리는 아름다운 연보랏빛 드레스를 입고 있었다. 하지만 세라피나를 놀라게 한 건 다름 아닌 밴더빌트 부인의 배였다. 마지막으로 밴더빌트 부인을 보았을 때만 해도 임신한 티가 전혀 나지 않았는데 지금은 배가 남산만큼 불러 있었다.

28일만 지난 게 아니었어. 세라피나는 깊고 어두운 우물 안으로 가라앉고 있는 듯한 기분이 들었다. *내가 무덤에 묻힌 지 벌써 수개월이 지난 거야……. 모두들 날 까맣게 잊은 거야…….*

“그나저나 오늘 밤 사랑스러운 조카 분은 보이지 않네요?” 부인들 중 한 명이 밴더빌트 부인에게 물었다.

“그러게요.” 부인의 남편도 거들었다. “브레이든 도련님은 어디 계신가요?”

"아, 근처에 있을 거예요." 밴더빌트 부인이 짐짓 아무렇지도 않게 말했다. 하지만 밴더빌트 부인은 그렇게 말하면서도 주위를 전혀 둘러보지 않았다. 마치 조카가 근처에 있지 않다는 사실을 이미 알고 있는 사람 같았다. 손님들 앞에서는 쾌활한 척 행동하고 있었지만 세라피나에게는 밴더빌트 부인의 목소리에 깃든 근심이 느껴졌다.

밴더빌트 부인이 친구들과 계속 대화를 나누는 동안 밴더빌트 씨가 슬쩍 뒤로 물러나 도서관 테라스를 올려다보았다. 세라피나에게는 밴더빌트 씨의 눈동자와 입매에 서린 걱정이 보였다.

"그래서 브레이든은 어떻게 지내고 있나요?" 손님 한 명이 밴더빌트 부인에게 물었다.

"아, 잘 있어요." 밴더빌트 부인이 대답했다. "잘 지내요. 잘 지낸답니다."

*잘 지내요*라는 대답은 한 번만으로도 충분했다. 두 번씩이나 강조해서 말할 필요는 없었다. 무언가 잘못된 것이 틀림없었다.

"잠시만 실례하겠습니다." 밴더빌트 씨가 아내의 팔을 가볍게 어루만진 뒤 자리를 떴다.

밴더빌트 씨는 사람들 사이를 재빨리 가로질러 걸어갔다. 몇몇 손님들이 파티를 주최한 밴더빌트 씨에게 말을 붙이려 했지만 밴더빌트 씨는 정중하게 양해를 구하며 가던 길을 재촉했다. 덩굴 식물로 만들어진 울타리 뒤로 몸을 숨기고 세라피나가 밴더빌트 씨를 쫓았다. 몇 개월 동안 사라졌다가 갑자기 나타난 세라피나를 보면 밴더빌트 씨가 화들짝 놀랄 것이 분명했기 때문이다. 세라피나는 밴더빌트 씨가 홀로 있을 때를 기다렸다가 모습을 드러내고 숲속에서 보았던 위험을 털어놓을 작정이었다. 그 증거로 물이 불어난 저수지를 보여 주면 될 것이다. 그런데 밴더빌트 씨의 걸음걸이에서는 무언가 긴박함이 느껴졌다.

밴더빌트 씨는 계단을 올라 아치형으로 된 돌담 정원 입구로 들어갔다. 그리고 또 다른 계단을 올라 떨기나무 정원으로 들어갔다. 세라피나도 손님들 눈에 띄지 않도록 조심하며 장미 덤불 속을 지나 과일나무 뒤에 몸을 숨기고 밴더빌트 씨를 쫓아갔다. 변신 능력은 잃어버렸지만 소리 없이 들키지 않고 이동하는 기술만큼은 여전했다. 언제나 그랬듯이 세라피나의 발은 가볍고 빨랐다.

잎이 보랏빛을 띠는 너도밤나무를 지나고 가지가 낮게 뻗은 느릅나무를 지나 밴더빌트 씨는 퍼걸러(정원에 덩굴 식물이 타고 올라가도록 만들어 놓은 아치형 구조물_옮긴이)에 다다랐다.

"와인 한잔 하시겠습니까?" 빈 접시를 채워 서둘러 파티 장소로 돌아가던 하인이 밴더빌트 씨를 발견하고 물었다.

"아니, 괜찮네. 고마워, 존." 밴더빌트 씨가 말했다. "혹시 달콤한 차 좀 있나?"

"아, 그럼요." 뜻밖의 요청에 하인이 당황한 듯 말했다. 달콤한 차는 밴더빌트 씨의 취향과는 거리가 멀었기 때문이었다. *브레이든에게 주려는 거구나.* 세라피나가 생각했다.

"정말 고맙네, 존. 그리고 손님들을 잘 부탁하네." 밴더빌트 씨는 서둘러 테라스로 이어진 계단을 올라갔다.

"네, 알겠습니다." 사라지는 주인 나리의 뒷모습을 바라보는 하인의 목소리에서는 걱정이 묻어났다.

한참 만에 시선을 거둔 하인이 다시 파티장으로 걸음을 재촉했다.

하인에게 들킬세라 나무 뒤에 숨어 있던 세라피나는 사람들이 주변에서 일어나는 일에 너무 무신경하다고 생각했다. 세라피나는 머리로는 손님들 사이를 자유롭게 걸어 다닐 수 있다는 사실을 알고 있었다. 이렇게 홀로 숨어 다니노라면 소외감이 드는 것도 사실이었다. 하지만 솔직히 말하면 세라피나는 아직도 파티에 참석하는 것보다는 몰래 숨어서 지켜보는 편이 훨씬 편했다. 게다가 여기저기 찢어져 흙과 피로 얼룩진 드레스 차림에 물에 빠진 생쥐 꼴로 나타나 모두를 놀라게 하고 싶진 않았다. 지금 세라피나의 눈은 오직 한 사람, 밴더빌트 씨에게만 고정되어 있었다.

세라피나는 밴더빌트 씨 뒤를 바짝 쫓아갔다. 자갈이 깔린 산책로를 가로질러 뛰어갈 때조차 거의 아무런 소리도 내지 않았다. 자갈밭을 지나 빌트모어 대저택 남동쪽 모퉁이에 있는 돌계단을 뛰어올라 도착한 곳은 도서관 테라스였다. 도서관 유리문을 열면 바로 이 테라스가 나왔다. 테라스에서는 블루리지산맥과 숲이 보였다. 테라스에는 등나무 그늘이 있었다. 정자 기둥을 감고 올라간 보랏빛 덩굴이 격자 모양으로 가로놓인 목제 지붕을 뒤덮고 있었다. 열린 문으로 도서관에서 새어 나온 따듯한 호박색 불빛이 테라스를 은은히 밝히고 있었다.

테라스 벤치에 한 소년이 숲을 바라보며 앉아 있었다. 처음에 세라피나는 소년이 누군지 알아보지 못했다. 가까이 다가가 소년의 얼굴을 확인한 후에야 세라피나는 비로소 알아차렸다.

브레이든이었다.

그런데 브레이든이 앉아 있는 모양새며 얼굴에 드러난 표정이며, 눈앞에 보이는 충격적인 장면에 세라피나는 헉하고 숨을 들이켰다. 너무 놀란 나머지 평소처럼 곧바로 브레이든에게 다가가지도 못했다. 세라피나는 그림자 속에 숨어서 대체 무슨 일이 벌어진 건지 이해해 보려 애썼다.

우선 브레이든이 사랑해 마지않는 까만 도베르만 기디언이 평소와 달리 브레이든의 발밑에 배를 깔고 엎드려 있지 않았다. 기디언은 브레이든과 몇 미터 떨어진 곳에 고개를 푹 숙이고 귀를 축 늘어뜨린 채 풀 죽은 얼굴로 있었다. 브레이든에게 꾸중을 듣고 쫓겨난 모양새였다.

브레이든은 벤치에 홀로 앉아 있었다. 전혀 춥지 않은데도 무릎에 체크무늬 담요를 덮고 있었다. 브레이든은 이전보다 훨씬 작고 연약해 보였다. 갈색 머리는 부쩍 길었고 피부는 마치 오랫동안 바깥출입을 하지 않은 사람처럼 창백했다. 그러나 무엇보다 세라피나의 눈길을 사로잡은 건 브레이든의 옆얼굴에 난 기다란 흉터와 가죽과 쇠로 된 보조기에 묶여 있는 오른쪽 다리였다.

세라피나의 마음에 슬픔이 차올랐다. 브레이든에게 다가가고 싶었다. 도대체 무슨 일이 있었던 거지? 숲속에서 보았던 어둠의 힘이 벌써 브레이든을 공격하기라도 한 건가?

"나다. 괜찮니?" 밴더빌트 씨가 조카에게 다가가며 다정하게 말했다.

"네." 브레이든이 우울한 목소리로 대답했다. "괜찮아요." 그러나 괜찮다는 말과는 달리 기운 없는 말투가 세라피나의 심장에 콕 박혔다.

브레이든은 너무나도 슬퍼 보였다. 입가에는 우울함이 걸려 있었다. 눈동자는 생기를 잃었다. 조금 더 가까이 다가가 살펴본 브레이든의 얼굴은 더 어둡고 절망적이었다. 크나큰 괴로움이 브레이든을 막 덮친 것 같았다.

하지만 브레이든은 삼촌을 위해서 마음의 평정을 잃지 않으려고 애쓰고 있었다. "절 위해서 여기까지 올라오신 거예요?" 브레이든이 물었다.

"밑에서 딱히 할 일이 있는 것도 아니었단다." 밴더빌트 씨가 옅은 미소를 지으며 말했다. 브레이든도 다 안다는 듯 희미한 미소를 지어 보였다.

밴더빌트 씨가 유리잔에 든 달콤한 차를 브레이든에게 건넸다. 차갑고 달달한 차는 브레이든이 가장 좋아하는 음료였다. 그런데 차를 받으려고 내민 브레이든의 왼손이 덜덜 떨리고 있었다. 그냥 보기에도 너무 심하게 떨려서 잔을 제대로 쥘 수 없을 정도였다.

"됐어요! 안 마실래요!" 결국 브레이든이 삼촌에게 날카롭게 소리 질렀다.

밴더빌트 씨가 뒤로 물러나 길게 심호흡을 했다. 빌트모어의 주인인 밴더빌트 씨는 이런 대접에 익숙지 않았다. 하지만 잠시 후 밴더빌트 씨는 다시 한 번 브레이든에게 다가갔다.

"다시 해 보렴." 밴더빌트 씨가 브레이든에게 잔을 건네며 다정하게 말했다. "오른손은 괜찮을 거다."

브레이든이 삼촌을 쏘아보았다. 하지만 이내 오른손을 뻗어 잔을 받았다. 오른손도 떨렸지만 왼손만큼 심하진 않았다.

브레이든은 흔들리지 않도록 양손으로 잔을 꼭 쥐고서 말없이 차 한 모금을 한참 동안이나 마셨다. 마침내 잔에서 입을 뗀 브레이든이 작게 고개를 끄덕였다. 좋아했던 음료 맛을 잊고 살다가 이제야 기억해 낸 사람 같았다. "감사해요." 브레이든이 삼촌에게 말했다. 잠시나마 밝고 쾌활했던 예전의 브레이든으로 돌아온 것 같았다. 하지만 이내 브레이든은 입술을 꼭 다물고 눈물을 참으려는 듯 고개를 흔들었다.

밴더빌트 씨가 브레이든의 옆자리에 앉았다. "오늘 밤은 별로 기분이 좋지 않은 모양이구나."

브레이든이 고개를 끄덕였다. "이제야 조금 괜찮아졌나 싶었는데 갑자기 기분이 너무너무 안 좋아요."

"파티 때문이니?" 밴더빌트 씨가 후회 섞인 목소리로 물었다.

"그런 것 같진 않아요." 브레이든이 고개를 저으며 말했다. "모르겠어요. 어쩌면…… 달빛이며 별빛이 너무 예뻐서인지도 몰라요. 세라피나는 오늘 같은 밤을 정말 좋아했거든요."

"유감이구나." 밴더빌트 씨가 말했다.

"어떨 땐 다시 정상으로 돌아갈 수 있을 것 같다가도 또 어떨 땐 세라피나가 바로 제 옆에 있는 것처럼 마음이 너무 아파요."

나 여기 있어, 브레이든. 세라피나가 속으로 외쳤다. *나 여기 있다고!* 하지만 모든 장면이 세라피나를 얼어붙게 만들었다. 눈으로 보는 것 말고는 아무것도 할 수 없는 꿈속에 갇힌 듯한 느낌이었다.

"슬픔을 이겨 내고 살아가야 하는 것이 인생이란다." 밴더빌트 씨가 부드럽게 말했다. "세라피나가 빌트모어를 떠난 데에는 여러 사정이 있겠지. 만에 하나 최악의 일이 일어났다고 하더라도 가슴에 간직해야 하지 않겠니. 그러면 우리 기억 속에서는 영원히 살아 있을 테니 말이다. 우리 마음속에서도 말이다. 세라피나는 착하고 용감한 소녀였다. 너한테 얼마나 특별한 친구였는지 나도 안다."

브레이든이 삼촌 말에 하나도 빠짐없이 동의하듯 고개를

끄덕였다. 그러나 세라피나는 브레이든의 얼굴에 떠오른 표정을, 그 고갯짓에 깃든 망설임을 단박에 알아차렸다. 세라피나는 브레이든을 누구보다 잘 알았다. 브레이든이 삼촌에게 말하지 못한 무언가가 있었다.

밴더빌트 씨가 조카의 어깨에 다정하게 팔을 둘렀다. "무슨 일이 있어도 함께 헤쳐 나가자꾸나."

자기 자신이 사라진 세상을 보고 듣는 일은 묘하게 흥미로웠다. 하지만 세라피나는 더 이상은 참을 수 없었다. 브레이든과 밴더빌트 씨에게 자신이 살아 있다는 사실을 알려야 했다. 다시 집에 돌아왔다는 사실을 알려야 했다. 그리고 무엇보다 위험을 알려야 했다. 갈고리 같은 손을 가진 정체 모를 괴생명체, 검은 형체, 폭풍우, 어두운 강물, 그리고 마법사까지…… 이 모든 것이 거리를 좁혀 오고 있었다.

세라피나는 크게 심호흡을 한 후 기둥 뒤에서 나와 두 사람 앞에 모습을 드러냈다.

"브레이든, 나야. 내가 돌아왔어."

브레이든과 밴더빌트 씨는 고개를 돌려 세라피나를 바라보기는커녕 아무런 반응도 없었다. 세라피나가 바로 앞에 있는데도 세라피나의 목소리가 들리지도, 세라피나의 모습이 보이지도 않는 것 같았다.

"브레이든, 나라니까!" 세라피나가 더 가까이 다가서며 큰 소리로 한 번 더 외쳤다. "밴더빌트 씨, 저예요. 세라피나! 제 말 안 들리세요?"

하지만 둘 다 아무런 반응이 없었다. 세라피나는 믿을 수가 없었다. 이건 말이 되지 않았다.

"브레이든!" 세라피나가 울부짖었다. 바로 눈앞에 서 있는데도 두 사람은 세라피나를 보지 못했다! 이게 도대체 어찌 된 일인가! 세라피나는 두려움에 온몸이 떨렸다.

파티장으로 돌아가려고 일어선 밴더빌트 씨가 브레이든의 어깨를 두드리며 부드럽게 말했다. "네가 있고 싶은 만큼 여기 있어도 좋다. 하지만 마음이 바뀌면 언제라도 다시 파티장으로 내려오거라."

"그럴게요." 브레이든이 대답했다. "아름다운 파티네요. 여기서도 반짝이는 불빛들이 보여요."

"세라피나의 아버지가 딸이 언제라도 집을 잘 찾아올 수 있도록 불을 이토록 환히 밝힌 게 아닌가 싶구나." 밴더빌트 씨가 안쓰러움이 가득한 목소리로 말했다.

저만치에서 혼자 엎드려 있던 기디언이 파티장으로 돌아가는 밴더빌트 씨의 뒷모습을 눈으로 좇다가 다시 우울한 표정으로 브레이든을 바라보았다.

"기디언, 넌 내 말 들려?" 세라피나가 오랜 친구인 기디언에게 말을 걸었다. 하지만 기디언은 세라피나가 있는 쪽을 쳐다보지도, 뾰족한 귀를 쫑긋 세우지도 않았다. 그저 슬픔에 잠긴 눈으로 브레이든을 바라볼 뿐이었다.

이게 어떻게 된 일이지? 밤이 밤인 것만큼이나 분명하게 두 사람 앞에 서 있었다.

세라피나는 브레이든을 쳐다본 다음 자기 자신을 내려다보았다. 등나무 덩굴 사이로 들어온 달빛이 세라피나의 몸 위로 떨어져 얼룩덜룩 새하얗고 으스스한 그림자를 만들어 냈다.

내가 진짜로 여기에 있는 게 맞나? 세라피나는 문득 그런

의문이 들었다.

아니면 여전히 관 속에 갇혀 땅 밑에 묻혀 있는데 나 혼자 기어 나왔다고 착각하는 건가?

저주에라도 걸렸나?

아니면 난 지금 유령이나 귀신이나 영혼 같은 건가?

세라피나는 숲속에서 갈고리 같은 손을 가진 정체 모를 괴생명체에게서 얼마나 빨리 도망쳤는지, 또 마법사는 얼마나 능숙하게 따돌렸는지, 그리고 파티에서 단 한 명의 손님에게도 들키지 않고 얼마나 조용히 빠져나왔는지를 떠올렸다.

세라피나는 흐르는 눈물을 훔쳤다. 감정이 북받쳐 올랐다. 나한테 무슨 일이 일어난 거지?

이대로 가만있을 수 없어서 세라피나는 브레이든에게로 한 걸음 더 가까이 다가갔다.

"나야, 브레이든. 내가 돌아왔다고." 세라피나의 목소리가 갈라졌다.

하지만 브레이든에게선 아무런 대답도 돌아오지 않았다. 브레이든은 그저 달빛 아래 펼쳐진 숲과 뜰을 바라보고만 있었다. 브레이든은 외롭고 어두워 보였다. 이렇게 날카로운 표정을 짓고 있는 브레이든을 지금까지 본 적이 없었다.

세라피나는 천천히 손을 들어 올려 달빛에 이리저리 비추어 보았다. 모든 것이 다 그대로인데 브레이든은 세라피나를 보지 못했다. 세라피나는 아까 배고픔을 느꼈다. 하지만 그건 그저 눈앞에 음식이 있었기 때문일지 몰랐다. 나무에서 떨어질 때 아픔도 느꼈다. 하지만 그것도 그저 *상상*이었을지 몰랐다. 그저 모든 감각을 *기억*하고 있는 것뿐일까?

브레이든이 긴 한숨을 내쉬더니 몸을 움직였다. 브레이든은 떨리는 팔로 벤치 손잡이를 잡고 구부러진 다리로 힘겹게 몸을 일으켰다. 몸이 고장이라도 난 것처럼 브레이든은 비스듬히 서 있었다. 두 발로 일어서느라 지친 듯 브레이든은 기둥에 어깨를 기대고 잠시 서 있었다.

이윽고 브레이든이 앞으로 몇 걸음을 옮겼다. 처음에는 괜찮아 보였지만, 이내 움찔하더니 다리가 휘청거렸다. 브레이든은 보조기에 발이 걸려 중심을 잃었다. 세라피나가 본능적으로 앞으로 뛰쳐나가 브레이든이 넘어지지 않도록 부축했다. 그러나 돌바닥에 그대로 고꾸라진 브레이든이 고통 섞인 신음을 내뱉었다.

당황한 세라피나가 뒤로 물러났다. 분명히 브레이든이 넘어지기 전에 붙잡았는데 브레이든은 그대로 고꾸라졌다.

브레이든이 몸을 일으키려고 끙끙댔다. 세라피나가 다시 다가가 브레이든을 부축했다. 세라피나는 브레이든의 팔을 붙잡았다고 생각했다. *그래야만 했다.* 브레이든의 팔을 붙들고 있는 손이 똑똑히 보였기 때문이다. 그런데 그때 세라피나는 뒤늦게 깨달았다. 브레이든의 체온이 느껴지지 않았다. 느낄 수 있어야 했다. *상상*할 수는 있었다. 그러나 그건 *기억*에 불과했다.

다리를 절단한 사람이 병원 침대에 누워 여전히 다리가 제

자리에 있는 것처럼 움직임을 느끼고 고통을 느끼듯이 세라피나의 영혼도 물리적 세계를 기억하고 있었다.

세라피나는 천천히 손을 뻗어 브레이든의 어깨를 만지고 브레이든의 손을 잡았다. 손바닥 아래로 무언가 있다는 것은 느껴졌다. 하지만 살아 있는 생명체가 가진 따뜻한 온기는 느껴지지 않았다. 그리고 무엇보다 브레이든은 세라피나의 손길을 전혀 알아차리지 못했다.

세라피나는 과거의 기억에 기대서 세상과 교류했던 것이다. 그런데 이제 세라피나는 절단 수술 후 없어진 다리를 눈으로 직접 확인한 환자처럼 현실을 마주했다. 세라피나는 자신을 둘러싼 물리적 세계에 영향을 미칠 수 없는 존재가 되어 있었다. 세라피나는 무슨 일이 일어나고 있는지 깨달을수록 자신의 존재가 희미해지는 느낌이었다.

세라피나는 이를 악물고 마음을 다잡으려고 애썼지만 소용없었다. 세라피나는 양손에 얼굴을 묻고 눈을 꼭 감은 채 호흡에 집중하려고 했다. 당황스럽고 무서워서 눈물이 났다. 머리가 어지럽고 속이 메스꺼웠다. 금방이라도 기절할 것 같았지만 정신을 차려야 했다.

브레이든이 천천히 아픈 다리를 이끌고 테라스로 나갔다. 돌난간에 매달리다시피 한 자세로 브레이든은 저 멀리 깜깜한 어둠 속을 바라보았다. 브레이든이 어떤 기억을 떠올리듯 생각에 잠겼다. 처음에 세라피나는 브레이든이 숲과 밤하늘을 떠다니는 구름을 바라보는 줄 알았다. 그런데 다음 순간 세라피나는 브레이든이 자신이 떠나온 바로 그곳을 바라보고 있다는 사실을 깨달았다. 브레이든은 정확히 오래된 공동묘지와 천사 조각상이 있는 빈터를 바라보고 있었다.

"아니, 세라피나는 *실종*된 게 아니에요." 아직 삼촌이 옆에 있기라도 한 것처럼 브레이든이 입을 열었다. "세라피나는 죽어서 땅속에 묻혀 있어요."

세라피나가 공포에 질려 뒷걸음질했다. *세라피나는 죽어서 땅속에 묻혀 있어요*라고 브레이든이 말했다.

날 땅속에 묻은 사람이 그럼 브레이든이란 말이야?

내가 정말로 죽었단 말이야?

땅속에 묻혀 있었던 건 맞다. 그건 부인할 수 없는 사실이었다. 그런데 *죽었다고?*

세라피나는 전혀 죽었다는 *느낌*이 들지 않았다.

게다가 브레이든의 절망스러운 눈빛과 목소리에조차 어떤 불확실성 같은 것이 섞여 있었다. 브레이든은 절망 속에서도 때를 기다리고 있는 사람처럼 보였다. 이 모든 괴로움에도 불구하고 브레이든에게선 희미하게나마 *희망*의 흔적이 엿보였다.

밴더빌트 씨가 아내와 손님들이 파티를 즐기고 있는 정원으로 돌아간 뒤에도 세라피나는 브레이든과 함께 있고 싶었다. 함께 있어 주고 싶었다. 그러나 세라피나가 머무는 시간이 길어질수록 브레이든은 눈에 띄게 불안해했다. 초조한 듯 손과 다리를 벌벌 떨었고 얼굴에도 고통스러운 표정이 떠올랐으며 숨소리조차 고르지 못했다. 세라피나의 존재가 가까이 있는 것만으로도 브레이든의 마음에 슬픔과 동요를 불러일으키는 것 같았다.

브레이든이 잠자리에 들고 파티에 참석했던 사람들이 각자 방으로 돌아간 뒤에 세라피나는 아빠를 보려고 지하실로 내려갔다. 이름을 아는 하인과 하녀들이 세라피나 옆을 스쳐 지나갔다. 집사와 그 조수들도 보였다. 그러나 아무도 세라피나를 보지 못했다.

드디어 작업실에 도착했지만 방은 텅 비어 있었다. 아빠는 보이지 않았다. 세라피나는 곧 돌아오겠지 생각하고 기다렸지만 한참을 기다려도 아빠는 나타나지 않았다.

끔찍한 생각이 들었다. 심장이 철렁 내려앉았다. 이것마저 변한 건가?

세라피나는 방에서 방으로, 부엌에서 식료품 저장고로, 작업실에서 창고로 다니며 지하실을 샅샅이 뒤졌다. 빌트모어는 그야말로 거대했다! 마침내 찾아낸 아빠는 식기 운반용 엘리베이터를 작동시키는 바퀴 달린 조그만 모터를 수리하고 있었다. 세라피나는 안도의 한숨을 내쉬었다.

아빠는 무릎을 꿇고 스패너를 당기고 있었다. 힘줄이 튀어나온 팔뚝에 땀이 송골송골 맺혀 있었다. 아빠는 기골이 장대하고 무뚝뚝한 남자였다. 항상 투박한 작업복에 가죽 앞치마를 두른 채 공구가 주렁주렁 달린 무거운 가죽 벨트를 매고 다녔다. 세라피나는 아빠가 일하는 모습을 수도 없이 보았다. 옆에서 드라이버나 망치를 건네기도 했고, 필요한 부품이나 재료를 가지러 달려가기도 했다. 그런데 지금 같은 모습은 한 번도 본 적이 없었다. 오늘 밤 아빠에게선 아무런 즐거움도, 목적도 찾아볼 수 없었다. 움직임도 느리고 무거웠다. 눈동자에는 슬픔이 가득했다. 아빠는 마지못해 기계적으로 삶을 살아 내고는 있었지만 영혼은 텅 비어 있었다.

"아빠……." 세라피나가 아빠 앞에 서서 말했다. "나 보여요?"

놀랍게도 그 순간 아빠가 하던 일을 멈추었다. 아빠가 천천히 고개를 돌려 허공을 응시했다. 아빠 눈에 세라피나가 보이지 않는 건 확실했다. 하지만 아빠는 무언가 있다는 걸 확신하는 듯 한참 동안이나 멍하니 허공을 바라보았다.

잠시 후 아빠가 헝겊을 꺼내 눈썹을 닦았다. 그러더니 고개를 숙여 눈을 닦았다. 슬픔을 주체하지 못하고 아빠는 어깨를 들썩였다. 아빠의 얼굴 위로 추억의 빛이 스쳐 지나갔다. 눈동자에는 슬픔이 그렁그렁했다. 브레이든이 세라피나의 죽음에 대해 무엇을 알고 있는지는 몰라도 이것 하나만은 확실했다. 아빠는 세라피나가 죽은 줄 알고 있었다.

아빠의 표정과 움직임만으로 알 수 있었다. 지난 십이 년 동안 딸을 키우는 것은 아빠의 꿈이자 인생의 즐거움이었다. 그런 딸이 이제 세상을 떠나고 없었다. 아빠는 완전히 홀로 남겨졌다.

그런 아빠 모습을 바라보고 있노라니 세라피나는 가슴이 무너져 내렸다.

마침내 아빠가 기계에서 손을 떼고 모든 일이 의미 없다는 듯 한숨을 내쉬었다. 세라피나는 단 한 번도 아빠가 일을 끝내기 전에 손을 놓아 버리는 모습을 본 적이 없었다. 예전 같으면 아빠가 고장 난 기계를 내버려 두는 건 상상도 못 할 일이었다.

아빠가 공구가 들어 있는 주머니를 어깨에 둘러메더니 터벅터벅 작업실로 돌아갔다. 세라피나는 아빠를 뒤따라갔다.

작업실에 도착한 아빠가 왔다 갔다 하면서 공구를 정리하고 늦은 저녁을 차리는 동안 세라피나는 아빠 옆에 꼭 붙어 있었다.

아빠가 조그만 난로 위에서 닭고기와 옥수수 가루로 저녁을 만들어 혼자 먹는 동안 세라피나는 맞은편에 있는 자기 자리를 지켰다. 이 낡은 의자에 앉아서 세라피나는 아빠와 이야기를 주고받곤 했다. 세라피나는 아빠에게 쥐를 잡은 이야기며 하늘에서 떨어지는 별똥별을 본 이야기를 시시콜콜 늘어놓곤 했다. 그러나 지금 세라피나가 쓰던 접시와 숟가락은 주인을 잃고 몇 개월 동안 덩그러니 놓여 있었다.

"이제 옥수수 가루도 잘 먹을게요, 아빠. 맹세해요." 세라피나가 말했다. 눈물이 차올랐다.

잠시 후 아빠는 침대에 누워 잠이 들었다. 세라피나도 보일러 뒤에 덩그러니 놓인 자신의 침대로 올라가 몸을 뉘었다. 달리 할 일을 찾지 못했기 때문이었다.

꿈을 꾸는 동안 꿈속에서 잠이 들면 어떻게 될까? 그럼 꿈속의 꿈이 꿈이 되고 꿈은 현실이 되는 걸까?

내가 정말로 죽어서 땅속에 묻혔다면 왜 이렇게 피곤한 걸까?

알 수 없는 것투성이였다. 하지만 어쩌면 잠은 육체가 아닌 마음과 영혼의 휴식일지도 모른다는 생각이 들었다.

세라피나가 알 수 있는 거라곤 지금 굉장히 피곤하다는 것뿐이었다. 사무치는 외로움에 떨면서 세라피나는 공처럼 몸을 말고 까무룩 잠이 들었다.

꿈속에서 세라피나는 소용돌이치는 어둠뿐인 세상에서 죽을힘을 다해 싸웠다. 그러다가 흙과 강과 바람만이 느껴지는 아무런 형체도 없는 광활한 세계로 떨어졌다. 그 안에서 세라피나는 티끌만 한 먼지와 다를 바 없는 존재가 되었다가 조그마한 물방울이 되었다가 한 줄기 바람이 되었다가 마침내 무(無)가 되어 사라졌다.

그 순간 세라피나는 화들짝 놀라 잠에서 깼다.

세라피나는 작업실을 휙휙 둘러보았다. 꿈인지 생시인지 헷갈렸다. 꿈속에서 죽음을 경험한 것일까? 아니면 죽음이 현실이고, 지금 이 모든 것이 꿈인 걸까?

강물에 휩쓸리던 순간 발이 산산이 흩어져 버릴 듯했던 느낌이, 나무 위에서 불어온 바람에 온몸이 스러져 사라질 뻔했던 느낌이 생생하게 떠올랐다. 두려웠다. *시간이 얼마 없어.* 세라피나는 생각했다. *얼마 안 가서 난 완전히 사라지고 말 거야.*

세라피나는 정신을 차리려고 주변을 둘러보았다. 작업실 안은 한밤중이었다. 시간은 새벽 세 시에서 네 시 사이 어디쯤인 것 같았다.

악몽 때문에 여전히 몸서리를 치면서 세라피나는 침대에서 일어났다. 무엇을 해야 할지 막막하기만 했다. 작업실 안에 덩그러니 서서 세라피나는 호흡을 가다듬었다. 현실에서 숨을 쉬고 있는 것인지, 아니면 꿈속에서 숨을 쉬고 있는 것인지, 그것도 아니면 기억 속에서 숨을 쉬고 있는 것인지 헷갈렸다.

겨우 정신을 차린 세라피나가 간이침대에서 곤히 자고 있는 아빠에게로 다가갔다.

세라피나는 눈앞에 있는 아빠가 진짜인지 확인하려고 아빠 몸을 가만히 만졌다. 손끝에서 형체만 희미하게 만져질 뿐 체온은 느껴지지 않았다. 세라피나의 손길에도 아빠는 아무런 반응을 보이지 않았다. 브레이든과 있을 때랑 똑같았다.

비록 아빠의 체온을 느낄 수 없었고 아빠도 세라피나의 체온을 느낄 수 없었지만 세라피나는 아빠 곁에 가만히 몸을 웅크리고 누웠다. 너무나도 작고 가벼워 있는지 없는지조차 알 수 없는 새끼 고양이처럼. 그리고 잠들지 않으려고 노력했다.

아침이 밝았다. 아빠가 일어나 하루를 시작했다. 세라피나는 아빠를 만지려고 노력했다. 아빠에게 말을 걸려고 노력했다. 자신에게 무슨 일이 일어났는지, 숲속에서 무엇을 보았는지 말해 주려고 노력했다. 저수지로 흘러드는 개울을 확인해 보라는 말을 전해 주려고 노력했다. 하지만 세라피나가 그러면 그럴수록 아빠는 더 큰 슬픔을 느끼는 것 같았다. 세라피나의 존재는 아빠에게 위로가 아니라 슬픔이었다. 세라피나의 영혼이 아빠를 *괴롭히고* 있었다.

마침내 아빠가 공구를 챙겨 작업실을 나갔다. 세라피나는 아빠를 놓아주었다. 그러고 싶지 않았지만 아빠를 위해서.

세라피나는 손으로 머리를 감싸고 지하실 계단 밑에 홀로 앉아 있었다. 다시 세상으로 돌아가 모두에게 위험을 알릴 방법을 찾아야만 했다. 세라피나는 공격을 받았고 브레이든도 공격을 받았다. 상대는 틀림없이 또다시 공격해 올 것이다.

"하지만 내가 뭘 할 수 있겠어?" 세라피나가 스스로에게 물었다. 사랑하는 사람들에게 어떻게 말을 걸 수 있을까? 어떻게 다가올 위험을 알려 줄 수 있을까?

밴더빌트 부부, 브레이든과 기디언, 아빠는 이미 만났다. 하지만 빌트모어에는 세라피나에게 도움을 줄 수 있을지도 모르는 사람이 한 명 더 있었다. 세라피나는 계단으로 4층까지 올라가 복도를 따라 하녀들 방이 있는 곳으로 걸어갔다.

세라피나는 어떤 방문 앞에 멈추어 섰다. 문이 열려 있었다.

세라피나가 주춤거렸다. 예감이 좋지 않았다.

"에시?" 세라피나가 조용히 에시를 불렀다. "에시, 안에 있어?"

대답이 없자 세라피나는 슬며시 방으로 들어갔다.

에시의 방은 텅 비어 있었다. 온기라곤 찾을 수 없었다. 에시가 침대 옆 탁자에 놓아두던 책이랑 신문도 보이지 않았다. 벽에 걸려 있던 에시가 그린 꽃과 식물 그림도 보이지 않았다. 바닥이며 의자에 이리저리 널브러져 있던 에시의 옷가지도 보이지 않았다. 침대에 있던 이불이랑 베개도 보이지 않았다.

세라피나는 심장이 덜컹했다.

이 방에는 더 이상 아무도 살고 있지 않았다.

에시가 사라져 버렸다.

세라피나는 에시가 들려주던 산마을 사람들 사이에서 전해 내려오는 귀신 이야기와 그 밖에 기이한 이야기들을 떠올리면서 어쩌면 에시는 자신을 도와줄 수 있을지도 모른다는 희망을 품었다. 어쩌면 에시는 자신과 대화할 수 있을지도 모른다는 희망을 품었다. 하지만 이제 그 희망조차 물거품이 되었다.

세라피나는 억울했다. 이럴 수는 없었다. 집으로 돌아왔는데도 집이 그리웠다. 모든 것이 변하지 않고 그대로일 수는 없는 걸까? 세라피나에게는 친구도 생겼고 새로운 가족도 생겼다. 아름다운 드레스를 입고 크림을 듬뿍, 아주 듬뿍 넣은 홍차도 마셨다. 엄마를 만나 나란히 숲속을 달렸다. 엄마 얼굴에 코를 비비며 목에서 울리는 갸릉갸릉 소리를 느꼈다. 엄마와 동생들에게는 또 무슨 일이 생긴 걸까? 에시처럼 어디론가 사라져 버린 걸까? 이들 중 행여 누구 하나에게라도 나쁜 일이 생겼을지 모른다고 생각하면 세라피나는 견딜 수가 없었다.

에시의 방에 우두커니 서 있는데 벽에 걸린 거울이 눈에 들어왔다.

거울을 발견한 순간 세라피나는 얼음이 됐다. 심장이 쿵쾅거리기 시작했다.

"아, 안 돼, 안 볼 거야……." 세라피나가 스스로에게 다짐했다.

거울 앞으로 가고 싶지 않았다. 거울을 들여다볼 자신이 없었다.

무엇이 보일까?

예전 모습? 희미한 귀신? 찢어지고 피로 얼룩진 드레스를 입은 무덤에서 기어 나온 피투성이 유령? 세라피나는 유령이었다. 갑자기 그 사실이 분명하게 다가왔다. 피투성이로 걸어 다니는 시체 같은 몰골이야말로 지금 가장 마주하고 싶지 않은 모습이었다.

정신 똑바로 차려, 이 겁쟁이 꼬맹아! 세라피나는 스스로

를 꾸짖었다. *어떤 상황인지 제대로 알아야지! 거울을 봐야 해!*

세라피나는 크게 심호흡을 했다.

그러고 나서 거울 쪽으로 한 걸음 내디뎠다.

또 한 걸음 내디뎠다.

마침내 세라피나는 천천히 거울 앞으로 다가가 거울에 비친 자기 모습을 바라보았다.

거울 속에는 아무도 없었다. 세라피나가 움직일 때마다 빛과 공기가 희미하게 움직였지만 그뿐이었다.

거울 속에 세라피나는 없었다. 세라피나는 존재하지 않았다.

문득 거울을 보다가 호박색 눈동자와 황갈색 머리가 검은색으로 변하기 시작했다는 사실을 알아차렸던 순간이 떠올랐다. 그리고 아름다운 드레스를 차려입은 자신의 모습을 보고 뿌듯해하던 순간도 떠올랐다. 이제 세라피나는 눈도 없고 머리카락도 없었다. 세라피나는 이 세상에 없는 존재였다.

세라피나가 알고 있던 것, 사랑했던 것들이 신기루처럼 사라져 버렸다. 이것도 마법사가 한 짓일까 아니면 시간이 지나면서 자연스레 변해 버린 것일까?

마음이 복잡했다. 바닥에 떨어져 산산조각 났던 도자기처럼 세라피나의 세계도 산산조각 나 버린 듯한 느낌이 들었다. 세라피나는 부서진 조각을 모으면 다시 붙일 수 있을까 생각했다.

"용기를 잃지 마." 세라피나는 스스로에게 되뇌었다. *스스로 불쌍하다고 여길 시간에 이 말도 안 되는 상황을 끝내야지. 꿈이든 현실이든, 죽었든 살았든, 포기하지 마. 절망에 지지 마. 끝까지 싸워야 해!*

이런 생각을 하던 찰나 세라피나는 거울 속에서 빛과 공기의 움직임을 포착했다. 아주 희미했지만 세라피나 뒤에 무언가 있었다. 고개를 돌리자 창문으로 쏟아져 들어온 햇빛 속을 떠다니는 작은 먼지들이 보였다.

세라피나가 더 가까이 다가갔다.

먼지 입자의 형태와 공기 중을 떠다니며 빛을 튕겨 내거나 머금는 모양이 하나하나 다 보였다. 먼지를 보고 있노라니 장례식에서 사랑하는 사람을 땅에 묻을 때 하시는 목사님 말씀이 생각났다.

"우리는 이제 이 시신을 땅으로 돌려보냅니다. 우리는 모두 같은 곳으로 갑니다. 우리 모두는 먼지에서 와서 먼지로 돌아갑니다. 흙에서 흙으로, 재에서 재로, 먼지에서 먼지로 돌아갑니다."

햇빛 속에서 먼지가 느릿느릿 떠다니는 모습을 관찰하면서 세라피나가 혼잣말로 중얼거렸다. "꼭 지금의 나 같네."

세라피나가 햇빛 가운데로 손을 가만히 통과시켰다. 그림자는 생기지 않았지만 세라피나의 손짓에 티끌만 한 먼지 입자들이 작은 구름처럼 빙그르르 움직였다.

"난 여기 있어." 세라피나가 말했다. "아주 작지만 아직 여기에 있어."

설령 티끌만 한 먼지나 한 자락 바람에 불과하더라도 난 여전히 존재해. 여전히 희망은 있어.

세라피나는 텅 빈 에시의 방을 둘러보았다. 과거는 이미 지나갔다. 미래는 아직 오지 않았다. 그렇다면 현재는?

세라피나는 창밖으로 먼 산을 바라보았다. 산봉우리 위로 비를 잔뜩 머금은 커다란 먹구름이 햇빛을 집어삼키며 지나갔다. 프렌치브로드강은 지난 며칠간 엄청나게 불어나 강둑과 저수지로 흘러넘쳤다. 저수지는 빗물에 잠겨 완전히 자취를 감추었다.

폭풍우가 다가오고 있어. 세라피나는 생각했다.

내가 막아야 해.

세라피나는 부드러운 곡선으로 이어진 대층계를 걸어 1층으로 내려갔다. 환한 대낮에 손님들 옆을 자유롭게 지나가면서 그 앞에서 폴짝폴짝 뛰기도 하고 손을 뻗어 만지기도 했다. 숙녀들이 입고 있는 기다란 드레스 자락을 펄럭거리게 만들려고 손으로 쓸어 보기도 했다. 하지만 아무 일도 일어나지 않았다. 평생을 숨어 다니며 살아온 세라피나가 지금은 누구라도 좋으니 단 한 사람만이라도 자신의 존재를 알아주길 바랐다.

"안녕하세요!" 곧 있을 여름 무도회에 참석하기 위해 빌트모어를 방문한 수많은 숙녀들 가운데 한 사람에게 다가가 세라피나가 큰 소리로 인사했다. "오늘 입고 계신 드레스가 참 아름답네요!" 또 다른 숙녀에게 외쳤다. "모자가 비뚤어졌어요." 어느 신사에게도 말을 건넸다.

1층에 다다른 세라피나는 겨울 정원으로 들어갔다. 겨울 정원에는 파란색과 노란색 드레스를 아름답게 차려입은 숙녀 여럿이 홍차를 마시며 수다를 떨고 있었다. 세라피나는 각설탕을 훔치고 찻잔을 엎으려고 시도했지만 역시나 아무 일도 일어나지 않았다. 그때 김이 모락모락 피어오르는 찻잔을 보고 세라피나는 좋은 생각이 떠올랐다. 세라피나가 몸을 숙여 따뜻한 수증기를 입으로 후 불었다. 그러자 놀랍게도 수증기가 방향을 틀더니 공기 중으로 사라졌다. 세라피나의 얼굴에 미소가 번졌다. 세라피나는 발전하고 있었다.

뜻밖의 성공에 신이 난 세라피나가 뒤편 복도를 가로질러 흡연실로 들어갔다. 푸른 벽지를 두른 흡연실 곳곳에는 우아한 벨벳 의자가 놓여 있었고 책장에는 금박을 입힌 책이 줄지어 꽂혀 있었다. 크리스마스이브에 세라피나는 생애 첫 크리스마스 파티를 앞두고 한껏 차려입은 채 브레이든과 함께 이곳 흡연실에 잠시 들렀었다. *그게 생애 마지막 크리스마스 파티가 될 줄이야.* 갑자기 우울함이 밀려들었다.

하지만 죽었다고 해서 신세 한탄만 하며 시간을 낭비하고 싶진 않았다.

세라피나는 벽난로 앞으로 걸어갔다. 섬세하게 조각된 새하얀 대리석 선반 위에는 여전히 박제된 가면올빼미가 앉아 있었다. 그걸 보니까 안심이 됐다.

오랜 적이자 강력한 흑마법사인 유라이아와 그 딸이자 제자이며 세라피나와 브레이든을 감쪽같이 속여 넘긴 로웨나는 가면올빼미로 변신할 수 있는 변신술사였다.

옛날에 유라이아는 합법적인 소유주에게 땅을 훔쳐서 숲속 깊은 곳에 어둠의 영토를 건설했었다. 그러나 밴더빌트 씨가 이곳에 빌트모어 대저택을 짓고 정착하면서 새로운 빛이 비추었다. 밴더빌트 씨 덕분에 산마을 사람들과 동물들은 유라이아로부터 자유로워졌다. 이에 앙심을 품은 유라이아는 그 뒤로 줄곧 빌트모어를 파괴하고야 말겠다는 복수심에 사로잡혀 있었다.

증오와 복수심에 가득 찬 유라이아는 검은 망토를 만들었다. 검은 망토를 입으면 다른 사람의 영혼을 훔칠 수 있었다. 이어서 유라이아는 뒤틀린 지팡이도 만들었다. 유라이아는 뒤틀린 지팡이로 숲속의 동물들을 노예로 만든 후 빌트모어를 공격했다.

흑표범으로 변신한 세라피나는 유라이아가 올빼미로 변신해 하늘을 날고 있을 때 절벽에서 몸을 날려 날카로운 발톱으로 유라이아를 내리쳤다. 예상치 못한 일격에 가면올빼미는 피범벅이 된 채 땅으로 추락했다. 그날 세라피나와 친구들은 로웨나도 무찔렀다.

솔직히 말하면 무찔렀길 바랐을 뿐 정말로 무찔렀는지는 확인하지 못했다. 웨이사가 이런 말을 한 적이 있었다. *죽은 것처럼 보여도 사실은 완전히 죽지 않는 게 유라이아 같은 자들의 특징이야. 그의 영혼은 끝까지 살아남아서 우리 눈에*

보이지 않는 어둠 속에 숨어 있지.

다음 날 아침 빌트모어의 관리인이 숲속에서 가면올빼미 시체를 하나 발견했다. 그게 바로 저 벽난로 선반 위에 앉아 있는 박제 올빼미였다. 그때는 금방이라도 살아서 움직일 것만 같았는데 지금은 완전히 시체였다. 생기라곤 찾아볼 수 없었다. 날개는 찢어져 너덜너덜했다. 영혼이 완전히 빠져나간 것 같았다. 방울뱀이 새 피부로 갈아입으면서 벗어 놓고 가 버린, 말라비틀어진 허물이 생각났다.

강가에서 보았던 망토를 뒤집어쓴 마법사가 어쩌면 허물 벗은 방울뱀처럼 새롭게 태어난 유라이아가 아닐까 하는 생각이 자꾸만 들었다.

보름달이 떴던 그날 밤 로지아에서 세라피나를 공격한 건 유라이아였을까? 숲속에 폭풍우를 일으킨 마법사가 바로 유라이아일까?

유라이아가 빌트모어를 영원토록 파괴하기 위해 돌아온 걸까? 아니면 한 번도 마주친 적 없는 새로운 적이 나타난 걸까?

머릿속에서 떠오르는 이 의문들에 대한 답이 무엇이든 세라피나는 정신을 똑바로 차려야만 했다.

그날 오후 내내 세라피나는 빌트모어를 드나드는 사람들을 지켜보면서 먼지 입자를 움직이고 수증기로 모양을 만들고 촛불을 깜박이는 연습을 했다. 세라피나는 수상한 행동이나 어긋난 단서를 찾아 낮의 세계를 사는 사람들을 그림자처럼 쫓아다니며 감시했다.

세라피나의 눈길을 사로잡는 무언가가 나타났을 때는 늦저녁이었다.

대연회장에서는 여덟 시에 저녁 만찬이 시작됐다. 빌트모어를 방문한 손님들과 빌트모어에서 일하는 사람들이 걱정스러운 얼굴로 폭우와 진흙으로 엉망이 된 도로와 물에 잠긴 농작물에 관해 이야기를 주고받았다. 브레이든은 삼촌과 숙모 곁에 앉아 있었다. 브레이든은 저녁 만찬에 참석할 수 있을 정도로 어젯밤보다는 기분이 한결 나아진 것 같았다. 하지만 웃음기 하나 없이 침울한 표정은 여전했다.

식탁에 앉아 있던 콧수염을 기른 신사 한 명이 브레이든에게 말을 걸었다. "얼굴 보니 좋군요, 브레이든 도련님. 승마를 그만두셨다는 이야기를 듣고 참 안타까웠습니다. 말과 함께 보내는 시간을 얼마나 좋아하는지 제가 아는데 말입니다."

좋은 의도로 한 말이었겠지만 신사의 말에 브레이든의 얼굴이 굳어졌다.

세라피나는 유리잔에 담긴 물에 소용돌이를 일으켜서 브레이든의 시선을 끌 수 있을까 궁금했다. 브레이든에게 신호를 보낼 수 있는 방법을, 자신이 여기에 있다는 사실을 알릴 수 있는 방법을 찾아야 했다. 그러나 세라피나가 브레이든에게 다가가자마자 브레이든의 안색이 급격히 파리해졌다. 브레이든은 힘없는 목소리로 피곤하다고 양해를 구하고 재빨리

자리에서 일어났다.

“잘 자라, 브레이든.” 밴더빌트 부인은 브레이든이 일찍 자리를 뜨는 게 아무래도 마음이 쓰이는 것 같았다.

“잘 자거라.” 밴더빌트 씨도 조카에게 인사를 하는가 싶더니 갑자기 브레이든의 팔을 잡고 가까이 끌어당겨 소곤소곤 귓속말을 했다. “명심해라. 오늘 밤 하인들이 저택의 모든 문을 이중으로 걸어 잠그고 보초를 설 게다.”

브레이든이 이를 악물더니 삼촌에게 한마디 대꾸도 없이 그대로 대연회장 밖으로 나가 버렸다.

세라피나는 브레이든의 예의 없는 행동에 깜짝 놀랐다. 만약 밴더빌트 씨가 어떤 위험을 눈치챘다면 문을 잠그고 보초를 세우는 게 당연했다. 그런데 밴더빌트 씨는 분명 이중으로 문을 잠그는 이유가 외부의 침입이 아니라 브레이든의 출입을 차단하기 위해서인 것처럼 말했다. 그리고 브레이든은 삼촌의 경고를 못마땅하게 여겼다.

세라피나는 보조기를 찬 다리를 끌며 계단을 올라 자기 방으로 돌아가는 브레이든을 뒤쫓았다. 몇 달 전 세라피나는 부상한 여우와 송골매와 다른 동물들이 브레이든의 손길이 닿자 씻은 듯이 낫는 모습을 두 눈으로 똑똑히 봤다. 치유하는 능력 때문에 동물들이 브레이든을 잘 따르기도 했겠지만 그 능력은 동물을 사랑하는 브레이든의 마음에서 비롯된 것이기도 했다. 하지만 브레이든에게 인간을 치유할 수 있는 능력은 없었다. 스스로를 치유할 수 있는 능력 또한 없었다.

게다가 지금 브레이든을 보면 무언가 잘못돼도 단단히 잘못된 것 같았다. 슬픔에 빠져 유일한 친구인 기디언과 말들까지 멀리하는 모습을 보니 세라피나는 마음이 안 좋았다.

브레이든이 방문 앞에 도착했다. 기디언이 문밖에서 얌전히 브레이든을 기다리고 있었다.

"따라오지 마." 브레이든이 기디언에게 매몰차게 말했다. "가까이 오지 말란 말이야!"

기디언의 표정이 어찌나 안쓰럽던지 세라피나는 무릎을 꿇고 앉아 예전처럼 기디언을 쓰다듬어 주고 싶어졌다. "진심이 아닐 거야." 들리지 않을 걸 알면서도 세라피나가 기디언을 위로했다. 솔직히 세라피나는 이제 더는 뭐가 뭔지 아무것도 장담할 수 없었다. 어쩌면 브레이든은 진심일지도 몰랐다.

브레이든을 따라 방으로 들어간 세라피나는 방 상태를 보고 깜짝 놀랐다. 지난번에 왔을 때만 해도 브레이든의 방은 아늑하고 깔끔했다. 그런데 지금은 그야말로 엉망진창이었다. 서랍 위에는 며칠 묵은 듯한 음식 접시가 수북이 쌓여 있었다. 바닥에는 더러운 옷가지가 여기저기 쌓여 있었다. 침대도 흐트러져 있었다. 네 개의 침대 기둥에 드리운 휘장에는 먼지가 수북했다. 한동안 청소를 전혀 하지 않은 것 같았다. 심지어 하인들도 못 들어오게 한 것 같았다.

브레이든이 불 꺼진 작은 벽난로 옆에 놓인 가죽 의자에 풀썩 주저앉아 기나긴 한숨을 내쉬었다. 브레이든이 떨리는 손으로 아픈 다리를 문질렀다. 다른 쪽 다리도 한시도 가만 두질 못했다. 브레이든은 이어서 손으로 머리를 쓸어 넘기고 얼굴을 문질렀다. 브레이든은 피곤할 뿐만 아니라 불안하고 초조해 보였다.

세라피나는 브레이든이 침대에서 곤히 자고 있을 때 불쑥 여기로 찾아왔던 밤이 떠올랐다. 그날 밤 따뜻한 벽난로 불빛을 쬐며 기디언과 나란히 카펫 위에 웅크리고 누워 잠이 들었다. 하지만 지금 브레이든은 벽난로 안에 쌓인 잿더미를 초점 없는 눈으로 멍하니 바라보고 있었다.

갑자기 브레이든이 벌떡 몸을 일으켰다. 브레이든이 걸음을 옮길 때마다 금속 보조기가 나무 바닥에 쿵쿵 부딪쳤다. 브레이든은 머릿속에서 환청이라도 들리는 듯 떨리는 손가락으로 관자놀이를 지그시 눌렀다.

어느 때보다도 초조한 기색으로 브레이든이 입고 있던 검은 정장을 벗고 등산복으로 갈아입었다. 그러고 나선 무릎을 꿇더니 침대 밑에서 돌돌 말린 밧줄을 끄집어냈다.

"도대체 그걸로 뭘 하려는 거야?" 세라피나가 물었다.

저택 전체가 하루를 마감할 때쯤 브레이든이 창문을 열고 어둠 속으로 밧줄을 던졌다. 저녁 내내 굵은 비가 내리고 있었다. 창문을 열자 빗물이 방 안으로 들이쳤다.

"도대체 무슨 생각을 하는 거야, 브레이든?" 세라피나가 물었다. 불길한 예감에 심장이 죄어들었다.

브레이든은 손을 덜덜 떨면서 밧줄을 침대 기둥에 묶으려

했지만 손 떨림이 너무 심해서 간단치 않았다. 간신히 성공한 브레이든이 밧줄을 들고 창가로 걸어갔다.

"브레이든, 뭘 하려는지 모르겠지만 제발 그만둬!" 세라피나가 소리쳤다.

그러나 브레이든은 빗물에 손바닥과 무릎이 미끄러지는데도 기어코 창틀에 올라가 밖으로 나갔다. 보조기를 찬 다리는 뜻대로 움직이지 않았기 때문에 손으로 들어 올려 몸을 질질 끌면서 창문을 넘었다. 이윽고 브레이든이 밧줄을 타고 저택 아래로 내려가기 시작했다.

이건 정신 나간 짓이었다. 몸이 성한 사람이 맑은 날에 하기에도 위험한 짓이었다. 하물며 다리도 성치 않은 소년이 폭풍우가 휘몰아치는 밤에 창문을 넘어 밧줄을 타고 내려가다니. 저 아래 보이는 테라스까지 높이가 무려 10미터도 넘었다. 떨어지면 그대로 죽음이었다.

"조심해, 브레이든!" 세라피나는 창밖으로 몸을 내밀고 브레이든에게 소리 질렀다. 비바람이 얼굴을 마구 때렸다. 그때 갑자기 불어온 돌풍에 세라피나의 발이 허공으로 들렸다. 돌풍은 비바람과 함께 세라피나를 데려가려는 것 같았다. 세라피나는 영혼의 조각들이 돌풍에 휩쓸려 사라져 버릴 듯한 느낌을 받았다. 세라피나가 할 수 있는 일은 남은 영혼이 한 조각이라도 휩쓸려 가지 않도록 창문 기둥을 꼭 붙드는 것뿐이었다. 브레이든이 저택 외벽을 타고 내려가는 모습을 세라피나는 꼼짝없이 바라만 보았다. 브레이든이 손을 놓쳐도 세라피나는 브레이든을 구할 수 없었다. 손을 놓치는 순간 브레이든은 그대로 추락해서 죽고 말 것이다.

하늘에서 번개가 번쩍하더니 머리 위로 우르르 쾅쾅 천둥이 쳤다.

세라피나는 창문에 대롱대롱 매달려 있었다. 온 우주가 그렇지 않아도 이 세상에서 사라져 가는 세라피나의 영혼마저 데려가려고 작정한 것 같았다. 하지만 세라피나는 가까스로 벽을 타고 테라스까지 내려오는 데 성공했다. 두 발이 단단한 바닥에 닿았다. 영혼인지 귀신인지 모를 세라피나가 쪼그리고 앉아 두 손으로 돌바닥을 짚었다. 디디고 설 수 있는 단단한 땅이 새삼 감사하게 느껴졌다.

우주가 세라피나를 데려가려 한다는 사실이 점점 더 확실해지고 있었다. 세라피나의 영혼이 지구를 떠돌아다닐 시간이 얼마 남지 않았다. 만물의 근원을 구성하는 입자로 돌아갈 시간이 가까워지고 있었다.

브레이든도 도서관 테라스 바닥에 무사히 안착했다. 브레이든은 세라피나 옆에서 숨을 고르며 손으로 눈에 들어간 빗물을 훔쳤다.

"한밤중에 어딜 가려는 거야?" 떨어지는 빗속에서 세라피나가 물었다. 스스로를 위험에 빠뜨리는 브레이든의 행동에 세라피나는 여전히 화가 나 있었다.

세라피나의 질문에 대답이라도 하듯 브레이든이 다시 폭풍우 속으로 나아갔다. 무도회와 음악은 사라지고 오늘 밤 남은 건 어둠과 비뿐이었다.

세라피나는 브레이든의 뒤를 따라 계단을 내려간 다음 정원을 가로질렀다. 브레이든은 다리에 보조기를 찬 탓에 빨리 움직이진 못했다. 걸음을 옮길 때마다 보조기가 돌바닥에 질질 끌렸다. 하지만 브레이든은 흔들림 없이 꽤 안정적인 속도로 나아갔다. 어디로 가야 하는지를 정확히 아는 것 같았다.

브레이든은 구불구불한 떨기나무 정원 산책로를 따라 걸어 내려갔다. 황금비나무 숲을 지나 계단으로 내려간 다음 아치형 입구를 지나 돌담 정원으로 들어섰다.

어디로 가는지, 무엇을 하려는지 알 수 없었지만 한밤중에 브레이든의 모험에 동행할 수 있다는 사실만으로도 세라피나는 다행이라고 생각했다. 창틀에서 사라질 뻔했던 위기를 가까스로 모면하고서도 세라피나는 여전히 희망의 끈을 놓지 않았다. 자신이 사라진 뒤로 브레이든에게 무슨 일이 일어났는지, 어떡하면 브레이든과 소통할 수 있는지, 어떡하면 브레이든에게로 다시 돌아갈 수 있는지 여전히 알아낼 수 있을 것만 같았다. 그러나 당장 브레이든에게 닿을 수 없는 현실에 세라피나는 애끓는 외로움을 느꼈다. 브레이든에게 말을 걸 수도, 브레이든을 도와줄 수도 없었다. 브레이든에게 무슨 생각을 하느냐고 물어볼 수도 없었다. 무표정한 브레이든의 얼굴을 볼 때마다 그 위에 서린 절망감이 세라피나를 두렵게 했다.

세라피나는 브레이든을 따라 장미 정원에 들어갔다. 브레이든은 장미 재배사 페트란 씨가 창고로 사용하는 벽돌집으로 들어갔다. 벽돌집에는 화분, 모종 심는 상자, 나무로 된 사과 상자와 함께 갈퀴, 괭이 등 정원을 가꾸는 데 필요한 도구가 가득했다.

랜턴과 삽을 집어 든 브레이든이 다시 빗속으로 나왔다. 머리부터 발끝까지 흠뻑 젖은 브레이든은 덜덜 떨면서도 돌아갈 생각은 눈곱만큼도 없어 보였다.

브레이든은 장미 정원에서 연못으로 이어진 길을 따라 걸어 내려갔다. 보트 창고를 지나 저수지 동쪽으로 가로놓인 커다란 돌다리를 건너려는 듯했다. 그런데 붉은 돌다리에 이르자 브레이든이 갑자기 왼쪽으로 방향을 틀더니 숲속으로 들어갔다.

"어째 갈수록 이상한데. 지금 어디 가는 거야?" 세라피나가 말했다.

브레이든은 나무로 뒤덮인 연못 가장자리를 따라 걸어갔

다. 콸콸 흐르는 물소리에 정신을 차리니 어느덧 연못으로 흘러드는 개울까지 와 있었다. 하지만 물은 곧장 연못으로 흘러들지는 않았다. 개울 위에 설치된 벽돌로 만들어진 야트막한 장치가 연못으로 흘러드는 물의 양을 조절하고 있었다. 여러 해 동안 자란 듯한 덤불과 이끼로 뒤덮여 있는 탓에 세라피나가 벽돌 장치의 용도를 기억해 내는 데는 시간이 조금 걸렸다.

빌트모어를 지을 당시, 나이 지긋한 빌트모어의 조경사 옴스테드 씨는 고즈넉한 연못을 하나 만들기 전에는 공사를 끝내지 않겠노라 결심했다. 옴스테드 씨는 세라피나에게 뉴욕 센트럴 파크에도 자신이 설계한 비슷하게 생긴 연못이 하나 있다고 말해 주었다. 뉴욕은커녕 이곳 산맥을 벗어난 적도 없는 세라피나는 평지를 상상하기 어려웠다. 땅이 편평하기만 하면 얼마나 이상할까? 방향을 가늠하기 힘들지 않을까? 세라피나는 옴스테드 씨가 들려준 대도시에 자리 잡은 공원 이야기를 꽤 재미있게 들었던 기억이 났다. 빌트모어 소유지는 물론이고 이 산간 지역 어디에도 자연 호수는 없었다. 하지만 몇 년 전에 한 늙은 농부가 물방앗간에 물을 끌어다 쓰려고 작은 개울 하나를 넓혀 연못을 만들었다. 바로 그 연못을 옴스테드 씨가 재설계하고 확장해서 빌트모어 안에 있는 정원의 일부로 만들었다.

아빠 손에 이끌려 바로 이 장소에 왔던 기억이 떠올랐다. 아빠는 세라피나에게 연못으로 흘러드는 조그만 물줄기를 보여 주었다.

“이게 작은 개울이란다.” 그때 아빠는 이렇게 설명했다. “폭풍우가 올 때마다 개울물이 불어나 흙탕물이며 나뭇가지며 이런저런 쓰레기를 연못 안에 토해 내지. 농부랑 소 떼야 연못이 진흙탕이 되든 말든 신경도 안 쓰지만, 밴더빌트 씨 같은 신사라면 이야기가 다르지. 그래서 옴스테드 씨가 머리를 쥐어짰단다.”

세라피나는 문득 아빠가 이런 이야기를 들려줄 때마다 얼마나 행복하고 활기찼는지를 떠올렸다.

“옴스테드 씨는 일꾼들에게 개울 위로 이 벽돌 구조물을 짓게 했단다. 물을 모으고 연못으로 흘러드는 물의 양을 조절할 수 있도록 말이다. 저기 보이는 큰 구멍으로 물이 얼마나 부드럽게 빠져나가는지 보이지? 깨끗한 물은 연못으로 바로 흘러든단다. 그런데 세라야, 여기 이 구멍을 자세히 보아라. 저기 금속 장치 보이지? 옴스테드 씨가 나한테 강철로 바구니와 수문을 만들어 달라고 주문하더구나. 큰 폭풍우가 휘몰아칠 때 개울이 진흙과 잡다한 쓰레기로 넘쳐도 연못으로는 흘러들지 않게 말이다.”

“그런데 이해가 안 돼요.” 세라피나가 혼란스러운 표정으로 물었다. “폭풍 때문에 쏟아진 빗물은 어디로 가는 거예요? 어디론가는 가야 하지 않나요?”

“그렇지! 그게 바로 이 장치의 백미란다. 이걸 설치할 때 옴스테드 씨는 일꾼들에게 연못 아래에 벽돌로 용수로라고 부르는 구불구불한 긴 터널을 짓도록 시켰지. 그 터널이 여기 개울물이 흘러드는 입구부터 연못 아래를 가로질러 저기 저 끝까지 300미터도 넘게 뻗어 있단다. 비가 심하게 내려서 개울물이 넘치면 나뭇가지와 쓰레기가 금속 바구니에 걸리고 그 무게를 감지한 기계가 작동되지. 그래서 수문이 열리면 용수로로 모든 게 다 빠져나간단다. 폭풍우로 내린 비와 쓰레기는 연못 아래 용수로를 타고 연못 반대편 끝까지 가서 배출되기 때문에 연못이 흐려질 염려가 없는 거지. 배출된 빗물은 자연스레 저 아래 개울로 흘러들었다가 나중에는 큰 강과 만나지 않겠니. 하느님의 섭리대로 말이다."

그때 세라피나는 아빠의 목소리에 깃든 경외심을 느꼈다. "세라야, 너한테는 두 가지 선택권이 있어. 하나는 현실을 있는 그대로 받아들이는 거고, 다른 하나는 현실을 더 낫게 만드는 거야." 이제 세라피나는 깨달았다. 아빠와 옴스테드 씨는 현실을 더 낫게 만드는 부류의 사람들이라는 것을.

세라피나가 아빠가 들려준 이야기를 떠올리는 동안 브레이든은 벽돌 장치 위로 몸을 숙이고 랜턴을 비추어 그 안을 들여다보았다. 빗물로 불어난 개울물이 연못으로 콸콸 흘러들고 있었다. 하지만 물은 잡다한 쓰레기가 섞이지 않아 깨끗했다. 그래서 수문은 아직 닫혀 있었고 개울물은 연못 안으로 바로 흘러들었다.

브레이든이 강철 바구니 안으로 나뭇가지를 던져 넣기 시작했다.

"도대체 지금 뭘 하는 거야?" 세라피나가 물었다.

강철 바구니가 나뭇가지로 그득해지자 그 무게를 감지한 수문이 끼익 소리를 내며 천천히 열리기 시작했다. 브레이든이 랜턴과 삽을 챙겨 들고 용수로로 기어 들어갔다.

"브레이든!" 세라피나가 기겁하며 소리를 질렀다.

오늘 밤 지구상에서 세라피나가 가장 가고 싶지 않은 곳이 있다면 그건 바로 연못 아래 용수로일 것이다. 세라피나는 이미 땅속에 묻힌 적이 있었다. 다시는 겪고 싶지 않은 경험이었다. 거기다 익사 위험까지 더해진다면 더더군다나 사양이었다.

하지만 브레이든은 이미 용수로 안으로 모습을 감추었다. 세라피나에겐 달리 선택권이 없었다. 도대체 브레이든이 언제부터 저렇게 무모해졌는지 알 수가 없었다. 어쨌든 세라피나는 친구 혼자 저 끔찍한 곳으로 들어가도록 내버려 둘 수가 없었다.

겁을 떨치려 심호흡을 한 다음 세라피나도 브레이든을 따라 용수로 안으로 들어갔다.

앞에 보이는 브레이든의 랜턴 불빛을 따라 세라피나는 앞으로 나아갔다. 용수로는 벽돌로 만들어진 작은 통로였다. 아치형 천장은 낮았고 바닥에는 얕은 물이 졸졸 흐르고 있었다. 용수로는 처음에는 브레이든과 세라피나 둘 다 서서 걸을 수 있을 만큼 충분히 높았지만 갈수록 천장은 낮아지고 폭은 좁아졌다.

세라피나는 이 장소가 조금도 마음에 들지 않았지만 더 싫은 건 천장에서 똑똑 떨어지는 물방울이었다. 물방울이 목덜미에 떨어질 때마다 등골이 오싹했다. 게다가 검은 물때가 낀 끈적끈적한 벽면을 따라 촉수처럼 가늘게 흘러내리는 물이 너무나도 싫었다. 용수로 안에는 물비린내가 진동했다. 세라피나와 브레이든은 실제로 연못 *아래*를 걷고 있었다.

깊이 들어갈수록 서늘하고 눅눅한 공기와 축축한 벽과 발밑에서 차오르는 빗물이 고스란히 느껴졌다. 세라피나는 지금 이 감각이 현실인지 상상인지 헷갈렸다. 하지만 물과 바위 등 이 세상을 구성하는 입자의 일부가 된 것처럼 모든 감각이 날카롭게 느껴졌다.

용수로 바닥에 깔린 물이 이제 발목까지 차올랐다. 브레이든이 억지로 수문을 연 탓에 용수로 안으로 계속 물이 쏟아져 들어왔다. 브레이든이 왜 이곳에 들어왔는지 세라피나는 알 수 없었다. 하지만 더 이상한 건 브레이든이 왜 오늘 밤, 하필이면 비바람이 몰아치는 이 한밤중에 여길 들어왔느냐 하는 것이었다. 도대체 얼마나 중요한 일이길래?

끼익!

갑작스레 들려온 소리에 놀란 세라피나가 바닥에 엉덩방아를 찧었다. 그 바람에 사방으로 튄 물이 입안으로 들어갔다.

끼익!

쇠붙이와 벽돌이 마찰하는 소리였다. 뒤이어 무언가를 들어 올리는 소리가 들렸다.

세라피나는 재빨리 일어나 물을 첨벙거리며 브레이든에게로 다가갔다. 불빛이 잘 비치도록 작은 선반에 랜턴을 올려둔 채 브레이든이 용수로 바닥을 파고 있었다.

모종삽 끝을 이용해 들어 올린 벽돌을 옆에 놔두고 또 다른 벽돌을 들어 올렸다. 브레이든이 벽돌을 들어내는 동안 15센티미터 높이까지 물이 차올랐다.

다리에 찬 보조기 때문에 움직임이 자유롭지 않았지만 브레이든은 아랑곳하지 않고 작업에만 열중했다. 순식간에 브레이든 옆으로 벽돌이 열두 개나 쌓였다. 브레이든이 물이 찰랑찰랑한 구멍 안으로 손을 쑥 집어넣더니 금속 상자 하나를 꺼냈다.

"여기다가 무언가를 숨겨 놓았구나." 세라피나가 말했다.

물이 시시각각 차올랐다. 브레이든도 상황이 위험하다는 걸 인지한 것 같았다. 세라피나는 이제 원하는 것을 손에 넣었으니 브레이든이 왔던 길을 되짚어 용수로 밖으로 나갈 줄 알았다. 그러나 예상은 빗나갔다. 브레이든은 모종삽과 랜턴을 남겨 둔 채 금속 상자를 집어 들고 어둡고 비좁은 용수로 안으로 나아갔다.

"또 어딜 가려는 거야? 너 미쳤어?" 세라피나가 브레이든에게 소리를 질렀다. 콸콸 흘러드는 물소리에 세라피나의 목소리가 묻혔다. "그만 돌아가야 한다고!"

그러나 브레이든의 귀에 세라피나의 말이 들릴 리 없었다. 두 사람은 용수로 안으로 더 깊이 들어갔다. 천장은 이제 허리를 펴고 걸을 수 없을 정도로 낮아졌다. 구부정하게 걷던 걸음이 이윽고 오리걸음이 되었다. 오리걸음은 이내 거북이 걸음이 되었다. 두 사람은 이제 손바닥과 무릎으로 바닥을 짚고 엉금엉금 기어야 했다. 브레이든의 보조기 이음매가 다리 무게에 짓눌려 삐걱거렸다. 동시에 용수로 안에는 빗물이 점점 더 높이 차올랐다. 거칠게 밀고 들어오는 빗물이 이제 세라피나의 턱 밑까지 차올랐다. 물이 용수로 천장까지 차는 건 시간문제였다. 목과 어깨에 부딪는 물 때문에 숨쉬기가 점점 힘들어졌다.

세라피나는 물이 단순히 차오르는 것이 아니라 사방에서 자신을 잡아당기는 듯한 느낌을 받았다. 물이 뼈와 살을 잡아당겼다. 세라피나는 곧 조그만 물방울로 산산이 흩어져 개울 속으로 흘러들고 말 운명이었다. *기다려.* 세라피나가 이를 악물었다. *난 아직 할 일이 남았다고!*

브레이든이 물살을 헤치며 점점 더 속도를 높였다. 숨을 쉬려고 고개를 뒤로 젖혀 천장을 향해 입을 벌렸지만 금속 상자를 두고 갈 기미는 보이지 않았다.

갑자기 엄청난 양의 빗물이 수많은 나뭇가지와 함께 한꺼번에 용수로 안으로 밀려들었다. 세라피나는 어떻게든 살고자 입을 꾹 다물고 숨을 참았다. 물에 휩쓸려 떠내려가지 않으려고 끈적끈적한 벽면을 단단히 붙잡았다. 뭐라도 잡아야 했다! 하지만 소용없었다. 강력한 물살이 세라피나를 덮쳤다. 벽을 잡고 있던 손가락이 떨어지면서 세라피나의 몸이 거센 물살 속으로 데굴데굴 미끄러졌다.

세라피나의 몸이 폭풍우로 불어난 물에 휩쓸려 좁은 용수로 안을 미끄러졌다. 거센 물살이 팔다리를 마구 비틀고 때렸다. 익사할 것 같은 느낌은 들지 않았다. 다만 마지막 남은 영혼이 이대로 영원히 사라질 것만 같은 느낌이었다.

마침내 배출구 밖으로 쏟아져 나온 세라피나가 허우적거리며 불어난 개울물 위로 고개를 내밀었다. 세라피나는 재빨리 산소를 들이켜고 두 발로 일어나려 했다. 정신없이 팔다리를 만졌다. 팔다리가 제자리에 있다는 사실을 확인하고 나서야 세라피나는 비로소 안심했다. 다행히 아직까진 온전했다. 입자로 흩어져 사라질 뻔한 위기를 또 한 번 모면했다.

폭우가 쏟아졌다. 브레이든은 헉헉 거친 숨을 몰아쉬며 개울 가장자리에 누워 있었다. 여전히 금속 상자를 자기 목숨이라도 되는 것처럼 꽉 붙들고 있었다.

세라피나는 바위로 울퉁불퉁한 개울 가장자리로 올라가 여기가 어디인지를 가늠하려고 주변을 두리번두리번했다. 지금 이곳이 연못 아래 댐이 있는 좁은 산골짜기라는 사실을 알아차리기까지는 시간이 조금 걸렸다.

아까 용수로 안에서 물이 거세게 밀려들기 시작했을 무렵 브레이든은 이미 물살을 거슬러 입구로 되돌아가는 것보다는 출구로 탈출하는 편이 더 낫다고 판단했던 모양이다. 그 판단이 브레이든의 목숨을 살렸다. 그리고 세라피나의 목숨도 살렸다. 지금 세라피나가 붙잡고 있는 것이 목숨이라면.

둘 다 살았다는 안도감에 세라피나가 미소를 지었다. 세라피나는 돌로 지어진 댐 위로 세차게 쏟아지는 비를 물끄러미 올려다보았다. 연못에서 넘친 물이 거대한 폭포수처럼 댐의 배수를 통과해 밑에 있는 개울로 떨어져 내렸다.

세라피나가 고개를 돌려 브레이든을 바라본 순간 하늘에서 번개가 번쩍하더니 천둥소리가 고막을 찢을 듯이 울려 퍼졌다. 브레이든이 눈을 가린 젖은 머리카락을 쓸어 넘기며 벌떡 일어났다. 뭘 하려는 것인지는 몰라도 그 일이 아직 끝나지 않은 것 같았다.

브레이든이 폭풍우로 불어난 개울 가장자리에 있는 바위에 무릎을 꿇고 앉아 금속 상자를 열었다.

그 안에 무엇이 들어 있나 궁금했다. 그런데 브레이든이 금속 상자를 여는 순간 얼핏 칠흑 같은 어둠이 보였다.

세라피나가 머뭇거리며 뒤로 물러났다.

브레이든이 기다란 검정색 옷 하나를 꺼냈다. 겉감은 검은색 양털에 안감은 검은색 새틴으로 된 옷이었다.

그 옷을 보는 순간 구역질이 올라왔다.

옷은 심하게 찢겨 있었다. 맹수의 발톱이 할퀴고 지나간 것처럼 너덜너덜했다.

눈앞이 번쩍했다. 옷에 달린 작은 은색 고리 장식이 반사된 번갯불에 반짝였다.

세라피나의 손바닥에서 땀이 나기 시작했다. 입술이 바짝바짝 말랐다. 얼굴 위로 비가 쏟아졌다.

옷은 브레이든의 손안에서 마치 살아 있는 뱀처럼 꿈틀거리며 방울 소리를 내기 시작했다. 금속 상자 안에 그토록 오랫동안 갇혀 있었다는 사실이 못마땅한 듯 옷은 검은 연기를 내뿜었다.

바로 그때 온몸으로 쏟아지는 비를 맞던 브레이든의 뒤로 번개가 번쩍 내리꽂혔다. 브레이든이 옷을 어깨에 두르며 천천히 일어섰다. 브레이든이 검은 망토를 입었다.

세라피나는 공포에 질려 그 광경을 바라보았다.

심하게 찢어지긴 했지만 그것은 분명히 검은 망토였다. 세라피나가 그토록 두려워하고 증오하던 검은 망토였다. 브레이든의 어깨를 부드럽게 감싼 새카만 망토 자락이 어둠의 힘으로 꿈틀거렸다. 그런데 검은 망토가 찢겨 나간 자리를 천 대신 끝이 보이지 않는 어둠이 메우고 있었다. *아니야!* 그럴리 없어! 세라피나는 저 어둠을 *본 적*이 있다. 숲속을 떠다니던 검은 형체가 바로 저것과 똑같은 어둠을 지녔었다.

브레이든이 움직일 때마다 검은 망토도 함께 움직였다. 그리고 그 끔찍했던 검은 형체가 시공간을 뚫고 바깥세상으로 스멀스멀 빠져나왔다. 검은 망토가 사방으로 칠흑 같은 검은 형체를 조각조각 뱉어 냈다. 땅과 나뭇잎과 별이 검은 형체에 가리어 사라졌다.

잘했다, 소년아……. 검은 망토 특유의 쉿소리가 말했다.

그 목소리를 듣는 순간 세라피나는 달려가 검은 망토를 내리쳐 죽이고 싶은 충동을 느꼈다. 하지만 세라피나에게는 지금 발톱도 없고 송곳니도 없었다. 심장을 가득 채운 두려움과 혼란스러움 말고는 아무것도 없었다.

얘야, 난 널 해치지 않아……. 검은 망토가 쉭쉭거리며 속삭였다.

몇 달 전 세라피나와 브레이든은 검은 망토가 얼마나 사악한 존재인지를 두 눈으로 직접 목격했다. 검은 망토는 다양한 능력을 지녔다. 하지만 그중에서도 가장 사악한 능력은 검은 망토를 입은 사람이 다른 사람을 흡수할 수 있게 만드는 능력이었다. 검은 망토는 흡수한 사람의 몸과 영혼을 망토 안자락 깊숙이 존재하는 어둠의 공간에 가두었다. 세라피나의 엄마도 검은 망토 안에 십이 년 동안이나 갇혀 있었다. 세라피나가 공동묘지에서 천사 조각상에 들린 검으로 검은 망토를 조각낸 덕분에 엄마는 풀려날 수 있었다. 그날 밤 검은 망토 안에 갇혀 있던 클라라 브람스와 아나스타시야 로스토노브를 비롯해 실종됐던 다른 아이들도 모두 풀려났다.

어쨌든 요점은 세라피나가 검은 망토를 칼로 베어 버렸다는 것이다! 세라피나가 분명히 검은 망토를 파괴해 버렸다! 분명히 그랬는데 검은 망토가 어떻게 여기 있는 거지? 세라피나가 마지막으로 보았을 때만 해도 검은 망토에서 남은 건

은색 고리 장식뿐이었다. 그레이선 탐정이 은색 고리 장식을 공동묘지에서 발견했고 방울뱀의 공격을 받고 죽던 날 밤 마지막까지 그 고리 장식을 손에 꼭 쥐고 있었다. 브레이든이 고리 장식을 되찾아 검은 망토의 천을 다시 이어 붙이기라도 한 걸까? 하지만 그게 사실이라면 브레이든은 왜 저런 사악한 물건을 되살린 거지? 도대체 무슨 꿍꿍이속이지? 게다가 다시 만들었다면 왜 저렇게 심하게 찢어져 있는 거지?

브레이든이 여전히 검은 망토를 입은 채 주변을 둘러보았다. 증오와 폭력과 쓰디쓴 절망 같은 것이 브레이든의 얼굴을 한꺼번에 뒤덮고 있었다. 브레이든의 정신이 세라피나가 도저히 용납조차 할 수 없는 생각에 사로잡혀 있는 것 같았다. "날 용서해 줘, 세라피나." 브레이든이 혼잣말로 중얼거렸다.

"용서해 달라니? 네가 무슨 짓을 했길래?" 마치 브레이든에게 들리기라도 하듯 세라피나가 되물었다.

세라피나는 아직도 눈앞의 광경이 믿기지 않았다. 브레이든이 정말로 검은 망토를 입고 있었다.

"무슨 짓을 했는지 말해, 브레이든!" 세라피나가 소리를 질렀다. 무슨 상황인지 도무지 이해가 되지 않았다. 브레이든이 사악하게 변해 버린 걸까?

그때 세라피나의 외침에 대답이라도 하듯 브레이든이 손을 뒤로 넘겨 검은 망토에 달린 모자를 잡았다.

"하지 마!" 세라피나가 비명을 질렀다. "그 모자 쓰지 마!"

그러나 그 순간 브레이든이 천천히 모자를 들어 올려 머리에 뒤집어썼다. 브레이든의 얼굴에 공포와 충격의 빛이 스쳤다. 갑작스레 밀려든 고통에 브레이든이 몸을 비틀었다. 브레이든이 세라피나 쪽으로 고개를 돌렸다. 너덜너덜한 검은 망토 자락이 위로 떠올랐다. 조각난 검은 형체가 공기를 가르자 세라피나를 둘러싼 모든 것이 갈기갈기 찢어졌다.

세라피나는 검은 형체, 그러니까 저 까만 틈이 세라피나의 세계와 브레이든의 세계를 잇는 연결 고리라는 것을 깨달았다. 죽은 자와 살아 있는 자의 시공간을 잇는, 건널 수 없는 강 같은 것이었다. 브레이든 눈에 이제 세라피나가 보이는지 아니면 세라피나의 존재라도 알아차렸는지는 알 수 없었다. 하지만 검은 형체가 공기를 가르며 날아들 때마다 실제로 얻어맞은 것처럼 날카로운 고통이 온몸을 훑고 지나갔다. 세라피나가 바위로 울퉁불퉁한 땅바닥 위에 쓰러졌다.

세라피나는 공포에 휩싸여 반쯤 정신을 놓았다. 엎드린 채 배를 밀어 나무 뒤로 가서 숨었다. 그러나 다른 검은 형체가 시공간을 뚫고 세라피나에게로 날아들었다. 나무 뒤에 숨는 건 아무 소용없었다. 검은 형체는 나무를 갈랐다. 밑동이 산산조각 나면서 나무가 통째로 쓰러졌다.

또 다른 검은 형체가 날아들었다. 세라피나는 재빨리 몸을 숙여 피하려고 했지만 발을 헛디디고 말았다. 거꾸로 뒤집힌 세라피나의 몸이 폭풍우로 불어난 차가운 강물 속으로 풍덩 빠졌다. 바로 그 순간 세라피나는 깨달았다. 때로는 살아남으려면 상황에 저항하기보다는 순응해야 한다는 사실을.

"물." 세라피나가 스스로에게 명령했다. 물이라는 단어가 입에서 떨어지기 무섭게 세라피나의 영혼이 수백만 개의 물방울이 되어 흩어졌다. 그렇게 세라피나는 물이 되어 떠내려갔다.

브레이든을 피해서 달아나다가 강물에 빠지기까지 고통과 혼란과 공포의 순간을 지나면서 세라피나는 한 가지 사실을 깨달았다. 세라피나는 변신술사였다. 몸이든 영혼이든, 온전한 전체로든 흩어진 입자로든 어떤 상태라도 상관없이 변신 능력은 그대로였다.

끊임없이 흐르는 세찬 물살에 의식을 맡긴 채 세라피나는 한참 동안이나 강물을 떠내려갔다.

세라피나는 흩어진 입자를 모아서 다시 영혼의 모습으로 돌아가려고 시도했지만 뜻대로 되지 않았다. 물로 변신하는 데는 성공했지만 이제 물은 세라피나를 돌려보내 줄 생각이 없어 보였다. 세라피나는 물방울로 흩어진 자신의 영혼이 사방으로 퍼져서 기존에 있던 물 입자에 섞여 들어가거나 바위 뒤 소용돌이 안으로 휘말려 들어가는 것을 느꼈다. 세라피나의 영혼이 우주에 스며들고 있었다.

"영혼!" 세라피나가 온 정신을 집중해 외쳤다. 그제야 흩어졌던 물방울이 다시 모여 영혼이 됐다. 세라피나는 강에서 기어 나왔다. 물에 빠졌던 지점에서 수 킬로미터나 떨어진 곳이었다.

강물에 빠지던 순간 세라피나는 자신이 무엇을 어떡한 건지 아리송했다. 그저 물속으로 사라져 물이 되도록 스스로를 내버려 두었을 뿐이었다. 물 입자가 된 자신의 모습을 상상했을 뿐이었다. 세라피나는 바위투성이 강가로 기어 올라와 숲과 강을 둘러보았다. 여전히 깜깜했고 비가 내렸다. 세라피나는 팔다리가 제자리에 있는지 확인했다. 손도 움직여 보고 몸도 돌려 보고 고개도 앞뒤로 움직여 보았다. 세라피나는 다시 온전해졌다. 어쩌면 *온전하다*는 말은 틀렸다. 세라피나는 *온전하지* 않았다. 하지만 예전처럼 영혼의 모습으로 돌아왔다.

그때 머릿속에 어떤 생각이 번뜩였다. "몸!" 세라피나가 기대에 부풀어서 외쳤다.

그러나 아무 일도 일어나지 않았다. 세라피나는 그대로였다. 세라피나의 일부가 고장 났다. 세라피나의 몸은 사라져 버렸다. 죽음이란 바로 이런 것일까? 세상을 이루고 있는 작디작은 입자로 다시 돌아가는 것? 하지만 그게 사실이라고 하더라도 세라피나가 정말로 죽었다면 왜 진작에 사라지지 않은 걸까? 왜 진작에 흩어져서 세상 속으로 돌아가지 않은 걸까? 세라피나의 영혼은 무엇 때문에 떠나지 못하고 있는 걸까?

그러다가 다시 브레이든과 오늘 밤 일어난 일에 생각이 미쳤다. 방향을 가늠하면서 세라피나는 숲속으로 들어갔다. 지금 세라피나의 머릿속은 검은 형체를 뱉어 내는 검은 망토에게서 최대한 멀리 떨어져야 한다는 생각뿐이었다.

수 킬로미터쯤 달아났을 때 드디어 비가 그쳤다. 그제야 세라피나는 속도를 늦추고 숨을 고르게 했다. 하지만 멈추진 않았다. 몇 걸음씩 걸을 때마다 세라피나는 검은 망토를 입은 브레이든이 쫓아올까 두려워 뒤를 확인했다.

동이 트면서 남쪽 하늘이 희뿌옇게 밝아 왔다. 세라피나는 고사리 덤불이 우거진 그늘진 작은 산골짜기로 들어섰다. 예전에 즐겨 이용하던 은신처가 있는 곳이었다. 그제야 지금까지 겪었던 일이 한꺼번에 세라피나를 짓눌렀다. 세라피나는 기진맥진하여 무릎을 꿇고 주저앉았다. 설움이 북받쳤다. 어깨를 들썩이며 흐느끼던 세라피나는 이내 숲 바닥에 몸을 동그랗게 말고 누워 펑펑 울음을 쏟아 냈다. 가슴이 너무 아파서 찢어질 것만 같았다.

세라피나는 오늘 밤 일을 믿을 수가 없었다. 어떻게 브레이든이 검은 망토를 가지게 되었지? 도대체 그걸 왜 입은 거지? 브레이든은 검은 망토를 *이용해* 사람들의 영혼을 흡수하고 있었던 걸까?

울음이 그치지 않았다. 세라피나는 고사리 덤불 위에서 이리저리 몸을 뒤척였다. 너무나 괴로웠다. 브레이든이 자신을 뻔히 보았으면서도 검은 망토에서 나오는 날카로운 검은 형체로 *공격하려* 했던 건지는 알 수 없었다. 브레이든이 정말로 세라피나를 배신한 걸까?

세라피나는 손등으로 콧물과 눈물을 훔치며 훌쩍거렸다. 세라피나는 영혼이었지만 물리적 세계에서의 추억과 감각, 그리움과 고통에서 자유로울 수 없었다. 도망치느라 오래 달린 탓에 심장과 다리가 아팠다. 계속 울었더니 얼굴도 따가웠다. 하지만 무엇보다 마음이 제일 아팠다. 영혼이니까 덜 아플 순 없을까? 몸이 존재하지 않으니까 괴로움이 덜 느껴질 순 없는 걸까?

세라피나는 눈을 꼭 감고 몸을 공처럼 웅크린 채 떨리는 손에 얼굴을 묻었다.

무덤에서 기어 나온 세라피나는 서둘러 빌트모어로 돌아갔다. 숲속에서 만난 사악한 존재에 대해 경고하고 빌트모어 사람들을 도와 다가올 폭풍우와 어둠에 맞서 싸우기 위해서였다. 하지만 상황은 절망적이었다. 이미 어둠은 사방에 깔려 있었다. 이미 적은 세라피나를 공격해 쓰러뜨렸고 브레이든을 악으로 끌어들였다. 아니 어쩌면 브레이든이 악 그 *자체*일지도 몰랐다.

이제 어떡해야 하지?

세라피나는 몸도 없고 힘도 없는, 죽어서 땅속에 묻힌 한

낱 영혼에 불과했다. 폭풍우와 홍수가 빌트모어를 향해 시시각각 다가오고 있었다. 물이 점점 차오르고 있었다. 숲속에서 본 그 갈고리 같은 손을 가진 괴생명체가 다가오고 있었다. 숲속에서 본 마법사는 주문을 외워 세라피나를 공격했고 세라피나는 이미 패배했다. 세라피나는 모든 걸 잃었다. 세라피나의 세상이 끝나 가고 있었다. 세라피나가 할 수 있는 일은 아무것도 없었다.

유일한 안식은 울다 지쳐 잠이 들고 나서야 찾아왔다. 꿈속에서 세라피나는 물방울이었다. 물방울이 된 세라피나는 물살이 거친 강물 속으로 빨려 들어갔다가 고요하고 잔잔한 호수로 흘러들었다. 한낮의 내리쬐는 햇살에 기체가 되어 하늘로 올라갔다가 수증기를 잔뜩 머금은 소란스런 구름을 타고 떠다니다가 다시 비가 되어 내렸다. 나뭇잎에 똑똑 떨어졌다가 흙 속으로 스며들어 졸졸 흐르다가 처음에 떨어졌던 그 강으로 다시 흘러들었다. 물, 해, 땅, 하늘…… 우주의 원리가 한눈에 보이는 것만 같았다.

세라피나는 이 땅에 머물 수 있는 시간이 얼마 남지 않았다는 사실을 알고 있었다. 영원히 사라지기 전까지 몇 밤이나 남았는지, 변신할 수 있는 기회가 몇 번이나 남았는지는 알 수 없었다. 하지만 세라피나의 몸과 영혼은 결국에는 온 우주를 이루고 있는 입자로 흡수될 것이다. 얼마 지나지 않아 세라피나는 세상과 하나가 되어 다시는 예전과 같은 모습으로는 존재하지 못하게 될 것이다.

세라피나가 잠에서 깼을 때 숲은 상쾌하고 선선한 아침 공기로 가득했다. 하지만 세라피나는 정신이 멍했다. 여기가 어딘지, 어떻게 여기까지 오게 됐는지 억지로 떠올려야만 했다. 어젯밤 있었던 일이 전부 기억나기까지 시간이 조금 걸렸다.

숲 바닥에 누워서 머릿속을 정리하는 동안 세라피나는 자신이 혼자가 아니라는 사실을 깨달았다. 몇 발자국 떨어진 풀밭에 커다란 야생 동물 한 마리가 누워 있었다. 날렵한 몸과 갈색 털을 가진 퓨마였다.

세라피나가 미소를 지으며 기쁨에 들떠 심호흡을 했다. 저기 누워 있는 저 퓨마를 바라만 보는 걸로도 마음에 기쁨이 차올랐다. 세라피나가 너무나도 잘 아는 퓨마였다.

퓨마 눈에는 세라피나가 보이는지 확실치 않았다. 행여나 퓨마가 놀라서 도망가 버릴까 봐 세라피나는 섣불리 움직이지 않았다. 그저 가만히 한참을 지켜만 보았다. 갈색 퓨마의 가슴이 부드럽게 오르락내리락했다. 꼬리가 느릿느릿 말렸다. 커다란 앞발이 움찔움찔했다. 세라피나의 친구 웨이사였다. 웨이사는 꿈을 꾸고 있었다.

세라피나는 웨이사 옆에 누워 눈을 감고 다시 한 번 흑표범으로 변신하려고 시도했다. 하지만 실패했다. 눈물이 차올랐다. 세라피나는 눈을 질끈 감고 이를 악물었다.

세라피나는 흑표범으로 변신해 웨이사와 함께 그늘에 누워 있길 좋아했다. 그럴 때면 잠시나마 마음의 평화와 안정을 누릴 수 있었다. 지금 이 순간 세라피나가 원하는 건 그것뿐이었다. 윤기 나는 새카만 털과 수염, 커다란 근육과 발톱, 기다란 꼬리와 폭신폭신한 네발과 쫑긋한 귀가 갖고 싶었다. 그저 흑표범이 되고 싶었다. 그저 원래 모습이 되고 싶었다.

어느 순간 옆에서 들려오던 숨소리가 달라졌다. 웨이사가 천천히 눈을 떴다. 갈색과 호박색이 뒤섞인 아름다운 눈동자로 웨이사는 적을 찾는지 아니면 친구를 찾는지 숲속을 훑어보았다. 웨이사의 시선이 세라피나를 향하는 순간 세라피나는 벌떡 일어나 웨이사를 똑바로 쳐다보았다. 어쩐지 웨이사는 세라피나가 거기 있다는 사실을, 웨이사 바로 옆 고사리 덤불 위에 누워 있다는 사실을 알아차릴 것만 같았다. 그러나 웨이사의 시선은 세라피나를 뚫고 그 너머를 응시하고 있었다. 웨이사도 다른 사람들과 다르지 않았다.

웨이사를 보니까 문득 엄마와 동생들은 어디에 있는지 궁금해졌다. 갑자기 엄습하는 불안감에 아랫배가 저릿했다. 설마 마법사가 엄마랑 동생들마저 죽인 건 아니겠지?

세라피나는 주변을 둘러보다가 그제야 간밤에 잠을 청했던 나무 그늘 아래 고즈넉한 고사리 덤불을 알아보았다. 어젯밤 공포에 질려 도망치던 와중에도 이곳을 찾은 건 우연이 아니었다. 여기는 예전에 세라피나가 웨이사와 함께 시간을 보내던 장소 중 하나였다.

"웨이사, 내 말 들려?" 세라피나가 물었다. 희망과 절망이 뒤섞여 목소리가 가늘게 떨렸다. 웨이사가 참을 수 없을 만큼 그리웠다.

웨이사의 귀가 쫑긋거렸다. 하지만 눈은 세라피나를 보고 있지 않았다. 아예 반대편을 바라보고 있었다. 그때 웨이사가 네발로 일어났다.

멀리서 나뭇잎이 바스락거리는 소리가 세라피나의 귀에도 들렸다. 무언가가 천천히, 은밀하게 다가오고 있었다.

소리가 가까워지자 웨이사가 배를 깔고 자세를 낮추었다. 웨이사가 겁을 먹었는지, 신이 났는지, 이도 저도 아닌지는 알 수 없었다.

그때 세라피나는 보았다.

덤불 사이에서 검은 머리가 불쑥 나타났다. 뒤이어 믿을 수 없을 만큼 샛노란 눈동자와 잘 빠진 검은 어깨와 날렵한 검은 몸통과 흔들리는 검은 꼬리가 모습을 드러냈다. 묘지에서 보았던 어린 흑표범이었다.

흑표범은 시대마다 한 마리씩밖에 존재하지 않아. 세라피나는 생각했다. 그 흑표범이 저기 있구나. *얼마 전까지만 해도 내가 그 유일한 흑표범이었는데 이제는 내가 아니라 재구나.*

세라피나는 저 흑표범이 누군지 알아야 할 것 같은 기분이 들었지만 낯선 얼굴이었다.

흑표범이 고사리 들판을 바라보다가 웨이사를 발견했다.

웨이사가 자세를 더욱 낮추었다. 세라피나는 웨이사가 공격을 하려는 건지 아니면 덜 위협적으로 보이려는 건지 헷갈렸다. 고양잇과 동물은 때때로 두 가지 의도를 동시에 내보이기도 했다.

그러나 의도가 무엇이든 웨이사의 몸짓은 어린 흑표범을 겁주기에 충분했다. 흑표범이 몸을 돌려 왔던 길로 되돌아갔다.

웨이사가 그 뒤를 쫓았다. 처음에 세라피나는 웨이사가 제 영역을 방어하려는 거라 생각했다. 그런데 다음 순간 세라피나는 웨이사가 흑표범을 공격하려는 게 아니라 따라잡아 함께 달리려는 것임을 깨달았다.

"잘 가." 숲속으로 나란히 사라지는 웨이사와 흑표범의 뒷모습을 눈으로 쫓으며 세라피나가 아련하게 말했다.

세라피나는 또다시 혼자가 되었다. 평생 동안 사귄 모든 친구가, 평생 동안 얻은 모든 것이 사라져 버렸다. 견딜 수 없을 만큼 마음이 아팠다. 폭풍우를 불러일으키던 정체 모를 괴생명체도 아직 이 숲 어딘가에 있었고 검은 형체도 지나는 길마다 모든 걸 파괴하며 다가오고 있었다. 빌트모어와 세라피나가 사랑하는 사람들이 그 어느 때보다도 커다란 위험에 처해 있다는 느낌이 들었다.

하지만 세라피나는 물리적 세계에서 아무런 힘도 쓸 수가 없었다. 세라피나에게는 몸도 없고 발톱도 없고 이빨도 없고 손도 없었다. 심지어 목소리조차 없었다. *그런데 힘이란 게 과연 뭘까?* 세라피나는 문득 의문이 들었다. 힘은 무기나 도구일까 아니면 생각할 수 있는 능력일까? 힘은 누군가에게 말을 걸 수 있는 능력이나 어떤 일을 할 수 있는 능력일까?

작은 능력밖에 없어서 아주 작고 하찮은 일밖에 할 수 없다면 *힘이 없*는 걸까? 아니면 아주 작은 능력으로도 세상에서 가장 힘 있는 존재가 될 수 있을까?

세라피나는 바닥에 엎드려 손가락으로 흙을 눌러 보았다. 아무 일도 일어나지 않았다. 이전과 마찬가지로 세상은 세라피나에게 영향을 미쳤지만 세라피나는 세상에 아무런 영향도 미칠 수 없었다. 세라피나는 흙을 누르고 또 누르다가 결국 포기했다.

어젯밤 세라피나는 물이 되었다. 하지만 흙이 *되고* 싶지는 않았다. 세라피나가 가장 되고 싶지 않은 것이 바로 무덤과 흙과 먼지였다. 어쩌면 이제 다른 무언가가 되고 나면 두 번 다시 돌아갈 수 없을지도 몰랐다. 세라피나는 흙을 *움직이고* 싶었다. 흙에 *영향을 미치고* 싶었다. 세라피나 *자신이* 아니라 *흙을* 변화시키고 싶었다.

꿀벌 한 마리가 윙윙거리며 세라피나 옆을 날아갔다. 다리에 노란 꽃가루가 잔뜩 묻어 있었다. 좋은 생각이 떠올랐다. 세라피나가 꿀벌 뒤를 쫓아갔다. 연분홍색 꽃밭이 나타났다. 꿀벌과 말벌을 비롯해 날개 달린 다양한 곤충이 꽃밭 주위를 날아다니며 꿀을 빨아 먹기에 좋은 자리를 서로 차지하겠다고 싸우고 있었다. 햇빛 속에 날리는 작디작은 꽃가루가 눈에 들어왔다. 세라피나가 햇빛 사이로 천천히 손을 통과시켰다. 벌과 꽃가루가 세라피나의 손을 피해 달아나는 것처럼 보였다.

희망에 부푼 세라피나가 숨을 한껏 들이마시고 날아다니는 꽃가루를 후 불었다. 하지만 아무 일도 일어나지 않았다. 문득 빌트모어를 방문했던 유명한 플루트 연주자가 떠올랐다. 저녁 만찬에 참석한 어린이 손님 한 명이 그 연주자에게 플루트를 한번 불어 봐도 되겠느냐고 물었다. 하지만 소녀가 아무리 세게 불어도 플루트다운 소리가 나지 않았다. "연습이 많이 필요하단다." 플루트 연주자가 친절하게 말해 주었다. "제대로 불기만 하면 돼."

그리고 지금 여기 세상의 플루트를 연주하려고 용을 쓰는 세라피나가 있었다. 세라피나는 각도와 방법을 여러 차례 바꿔 가며 꽃가루를 불었다. 시간이 조금 걸리더라도 확실한 방법을 찾아내야 했다. 아주 세게 불거나 아주 살살 불거나 틀린 각도에서 불면 아무 일도 일어나지 않았다. 하지만 제대로만 불면 세라피나가 원하는 방향으로 꽃가루를 보낼 수 있었다.

많은 일을 할 수는 없지만 무언가를 할 수는 있어. 세라피나는 생각했다. *내가 지금 할 수 있는 일이 가장 사소한 일이라 할지라도 해내기만 한다면 나는 강한 존재가 되는 거야.*

어떡하면 꽃가루가 움직이는지, 그리고 어떡하면 더 잘 불 수 있는지를 알아내려고 연습하는 동안 어린 시절 아빠에게 들었던 말이 떠올랐다.

"때때로 나는 우리가 살고 있는 이 우주가 하느님이 만든 거대한 기계가 아닐까 생각한단다. 그 기계의 톱니바퀴는 거의 보이지도 않고 돌아가는 소리도 들리지 않을 때가 많지만, 그래도 여느 기계와 마찬가지로 반복된 패턴이 있고 규칙이 있고 작동 원리가 있으니 말이다. 그리고 아주 자세히 들여다보면 *이해*할 수 있지. 아주 잠깐이나마 가장 사소한 방식이라 할지라도 네가 원하는 일을 하게 만들 수도 있고 말이다."

아빠는 당연히 매일 만지는 기계를 염두에 두고 한 말이었을 것이다. 설마 딸내미가 존재조차 희미한 유령이 되어 먼지를 불면서 이 이야기를 떠올릴 줄은 꿈에도 몰랐을 것이다. 하지만 세라피나가 생각하기에 원리는 똑같았다.

연습에 연습을 거듭하다 보니 세라피나는 공기 중에 떠다니는 먼지와 꽃가루를 마음대로 움직일 수 있게 됐다. 나뭇잎 끝을 움직이고 꿀벌의 비행경로도 바꿀 수 있게 됐다. 세라피나는 웃음을 터뜨렸다. 그게 무엇이든 무언가에 영향을 미칠 수 있다는 것만으로도 이루 말할 수 없이 기뻤다. 비록 시간이 얼마 남지 않았을지라도 *진짜로* 살 수 있게 되었기 때문이다.

세라피나는 강둑으로 가서 손으로 물을 움직일 수 있는지 시험해 보았다. 강가에서 물을 손으로 휘휘 저어 보았지만 아무 일도 일어나지 않았다. 손가락으로 물이 흐르지 못하도록 막거나 두 손을 동그랗게 말아 물을 퍼 올릴 수도 없었다. 하지만 가끔씩 제대로만 정신을 모으면 물의 모양을 바꿀 수 있었다.

세라피나는 자신이 현실 세계에선 물리적인 몸을 가진 인간 또는 고양잇과 맹수라는 생각을 놓는 것이 가장 중요하다는 사실을 차차 깨달았다. 스스로가 완전히 다른 존재라는 사실을 받아들여야 했다. 세라피나는 정신이자 생각이자 영혼이었다. 먼지나 바람이나 물 같은 작디작은 에너지이자 입자였다. 이 사실을 받아들이고 세상의 흐름에 몸을 맡기자 세라피나의 눈에 모든 것을 하나로 붙잡아 주는 천 같은 것이 보이기 시작했다. 그 거대한 천에 세라피나는 작은 주름을 만들 수 있었다.

이 모든 것을 연습하는 내내 세라피나는 점점 세력을 넓히고 있는 사악한 존재에 대해 생각했다. 어떻게든 맞서 싸워야만 했다. 그러나 견딜 수 없을 정도로 외로웠다. 웨이사와 이야기를 나누고 나란히 달리고 싶었다. 밴더빌트 씨에게 다가오는 위험을 알리고 싶었다. 무엇보다 아빠에게 앞으로 어떡해야 할지 조언을 구하고 싶었다.

물론 지금으로선 외로워도 어쩔 수 없었다. 웨이사와 밴더빌트 씨와 아빠를 비롯해 다른 사람들에겐 세라피나의 목소리가 들리지 않았다. *단 한 명도 없었다.* 세라피나가 거기 있다는 사실을 알아주는 사람이 세상에 *단 한 명도 없었다.*

그러다 문득 세라피나는 며칠 전 밤에 지나온 어두운 강이 흐르는 방향을 바라보았다. 세라피나는 멈칫했다.

혹시 저기엔 있을지도?

강가에 있던 마법사. 세라피나는 생각했다.

"난 널 볼 순 없지만 네가 거기 있는 거 다 알아." 마법사는 그렇게 말했었다. 분명히 세라피나에게 한 말이었다.

하지만 그때 세라피나는 지레 겁을 먹고 놀란 사슴처럼 도망을 갔었다.

그때는 몰랐으니까. 세라피나는 생각했다.

무언가 하나같이 다 이상했던 그날 밤을 차례차례 되짚어 나갈수록 또다시 두려움이 찾아왔다. 마법사는 한밤중에 혼자서 천천히 숲속을 걷고 있었다. 땅 가까이 몸을 숙이고 무언가를 하면서 말이다. 마법사는 어둠의 힘을 쓸 줄 알았다.

세라피나는 마법사를 마주쳤던 그 강가로 돌아가고 싶지 않았다. 생각만으로도 창자가 배배 꼬이는 것 같았다. 하지만 세라피나가 선택할 수 있는 길이 이제 거의 남지 않은 게 현실이었다. 아빠는 진정한 용기는 두려움을 느끼지 않는 게 아니라 오히려 무언가를 두려워할 때 나온다고 했다. 두려워도 해야 할 일을 하는 게 진정한 용기라고 말이다. 살아 있는 사람들의 세계로 돌아가려면 용기를 내야 했다.

세라피나는 강 쪽으로 걷기 시작했다. 해가 중천에 떠올랐지만 아직도 넘어야 할 산등성이와 산골짜기가 하나씩 더 남아 있었다. 그런데 그때 앞에서 물살이 세차게 흐르는 소리가 들려왔다. 이윽고 물에 깊이 잠긴 땅이 나타났다. 세라피나는 그새 강물이 넘쳐 지금 서 있는 자리가 새로운 강변이 되었다는 사실을 깨달았다.

강은 전보다 훨씬 불어나 있었다. 세라피나의 시선이 닿는 곳에 있는 모든 나무가 뿌리는 물론이거니와 밑동까지 흐르는 물에 잠겨 있었다. 물이 넘친 지역은 너무 깊고 넓어서 원래 강줄기가 어디로 흐르는지조차 가늠하기 힘들었다. 쓰러진 나무들이 탁한 황토색 강물에 실려 떠내려갔다. 소용돌이 안으로 휘말려 들어갔다가 거센 물살에 박살이 났다. 나무 꼭대기에 있는 가지까지 물에 잠겨 있었다. 상상조차 할 수 없던 광경이 눈앞에 펼쳐지고 있었다. 강이 산골짜기를 가득 채울 정도로 불어난 것이다. 물은 나무와 바위 하다못해 산까지 가는 곳마다 모든 것을 쓸어 버렸다.

물에 잠긴 강둑을 따라 걷다가 세라피나는 문득 며칠 전 마법사를 보았던 장소도 이미 오래전에 강물이 집어삼켜 버렸다는 사실을 깨달았다. 발밑에 있는 진흙이 슬금슬금 빠져나가는 것이 느껴졌다. 모든 걸 집어삼키겠다는 듯 강물이 가차 없이 흙을 끌어 내리고 있었다. 이러다가 산사태가 일어나 흙 속에 파묻혀 버리는 건 아닐까 하는 생각에 덜컥 겁이 났다. 모든 것이 정상이어도 두려울 판에 지금 이 상태로는 말할 것도 없었다. 세라피나는 꽁무니를 사리며 높은 곳으로 올라갔다.

오후가 되자 세라피나는 바위 그늘 아래서 몸을 말고 잠시 잠을 청했다. 몇 시간 뒤 세라피나는 소스라치게 놀라며 잠에서 깼다. 그런데 팔다리가 움직이지 않았다. 땅바닥에서 몸이 떨어지지 않았다. 숨을 쉬려 했지만 단단한 흙이 사방에서 세라피나를 짓눌렀다. 땅이 세라피나를 붙잡고 끌어 내리려 하고 있었다. 세라피나가 잇새로 으르렁거리며 온몸을 비틀어 저항했다. 세라피나의 몸부림에 주변에 있던 무른 돌멩이들이 부서졌다. "아직 아니야!" 세라피나가 소리를 지르며 겨우겨우 몸을 떼어 냈다.

점점 더 심해지고 있어. 세라피나는 거의 자신을 집어삼킬 뻔한 바위틈에서 비틀거리며 빠져나왔다. *서둘러야 해.*

마법사를 찾아 헤매는 동안 어느덧 해가 뉘엿뉘엿 기울기 시작했다. 가파른 내리막길을 미끄러져 내려가니 부들과 강아지풀이 가득한 늪지대가 나왔다. 세라피나는 폭신폭신한 물이끼와 진흙만이 두텁게 쌓인 늪 한가운데로 걸어 들어갔다. 늪지대는 아주아주 오래전 수많은 숲이 있었다가 사라지고 남은 흔적이었다. 그렇게 쌓이고 쌓인 식물과 검은 흙에서는 진하고 축축한 냄새가 뿜어져 나왔다. 걸음을 옮길 때마다 맨발에 닿는 축축하고 물컹거리는 물이끼의 촉감이 낯설었다.

쓰러진 지 오래된 듯 축축하고 흐물흐물한 나무 몸통에 꿩고비와 진분홍 꽃이 핀 석남이 자라고 있었다. 빨간 크랜베리 열매도 지천으로 깔려 있었다. 용의 입을 닮은 보라색 난초도 여기저기 걸려 있었다.

늪지대 깊숙이 들어갈수록 세라피나는 마법사의 흔적이 언제 나타날지 몰라 바짝 긴장했다.

바닥에 깔린 물웅덩이에서 노란 점박이 도마뱀들이 이리저리 바쁘게 움직였다. 조그만 늪지 거북이 주황색 목을 빼고 느릿느릿 기어 다녔다. 어딜 가나 붓꽃과 백합과 쐐기풀이 벌레잡이풀과 끈끈이주걱 같은 곤충을 잡아먹는 식충 식물과 뒤섞여 널려 있었다. 그때 멀지 않은 곳에서 *퓌-위!* 하고 희미하게 우짖는 소리가 들려왔다.

호기심에 소리를 따라가 보니 늪지대 안에 자리한 조그만 풀밭이 나타났다. 불과 몇 분 전에 해가 넘어간 서쪽 하늘이 노을빛으로 은은하게 물들어 있었다.

퓌-위!

세라피나는 마침내 소리의 주인공을 찾았다. 조그맣고 오동통한 갈색 새 한 마리가 풀밭 한가운데 앉아 있었다. 털빛이 늪지대 색깔과 교묘하게 닮아 눈에 잘 띄지 않았다. 부리가 유난히 길었다.

누른도요새였다.

빌트모어를 방문한 사냥꾼들은 누른도요새를 가리켜 산수탉이라고 불렀다. 산마을 사람들은 늪 흡착새나 뾰족 부리새라고 불렀다. 세라피나는 사람들이 똑같은 대상을 서로 다른 이름으로 부르는 것이 신기했다. 산사자, 퓨마, 점박이, 쿠거, 고양잇과 맹수…… 세라피나 같은 종류의 동물을 부르는 이름도 제각각이었다. 체로키어로는 *커나-다-치*라고 부른다고 웨이사가 알려 줬다.

세라피나는 사람들이 지금 자기 모습을 뭐라고 부를까 궁금했다. 유령, 혼령, 망령, 악령, 귀신, 그림자, 정신, 영혼…….

갑자기 부끄럼쟁이 누른도요새가 빙글빙글 미친 듯이 원을 그리며 노을 진 하늘 위로 솟아올랐다. 하늘 꼭대기에서 숨을 고르듯 한 바퀴 돌더니 맑고 청아한 음색으로 노래를 부르기 시작했다. 그러더니 총이라도 맞은 것처럼 쏜살같이 땅으로 떨어지기 시작했다. 하지만 떨어지면서도 실력을 과시하듯 노래를 멈추지 않았다.

세라피나의 얼굴에 미소가 떠올랐다. 누른도요새의 춤을 직접 보기는 처음이었지만 아빠에게 익히 들어 알고 있었다. 바로 여기서 지금 이 순간, 해가 완전히 저무는 그 짧은 시간 동안 평소에는 수줍음 많은 이 작은 새가 세상을 향해 큰 소리로 외치고 있었다. *나 여기 있어! 나 여기 있어!*

친구를 찾고 있는 거야. 세라피나는 생각했다. *나도 저렇게라도 친구를 찾을 수 있으면 좋을 텐데…….* 풀밭 한가운데 서서 커다란 원을 그리며 날아올라 노래하듯 큰 소리로 *나 여기 있어! 나 여기 있어!* 외치는 모습을 상상하는 것만으로도 즐거웠다.

마침내 누른도요새가 처음에 앉아 있던 바로 그 자리에 다시 내려앉았다.

그런데 그때 세라피나는 풀밭 반대편에 서서 응시하고 있는 누군가의 그림자를 발견했다.

지난번 강가에서 보았던 망토를 뒤집어쓴 바로 그 마법사였다. 세라피나는 마법사가 자신을 볼 수 있을지도 모른다는 생각에 얼른 몸을 숙였다.

망토를 뒤집어쓴 마법사는 이윽고 몸을 돌려 걸어갔다. 세라피나는 둘 사이의 거리가 충분히 멀어질 때까지 계속 자세를 낮추고 기다렸다가 풀밭을 가로질러 마법사를 쫓기 시작했다. 세라피나는 축축한 늪지 위를 최대한 소리 없이 달리려고 애썼다. 하지만 마법사를 놓칠 생각은 추호도 없었다.

그때 마법사가 걸음을 멈추더니 미동도 없이 제자리에 가만히 서 있었다.

세라피나가 얼른 커다란 나무 뒤에 몸을 숨겼다. 마법사가 고개를 돌려 세라피나가 숨어 있는 쪽을 바라보았다.

세라피나는 조금만 기다리면 마법사가 다시 고개를 돌리고 가던 길을 갈 줄 알았다. 그러나 예상은 빗나갔다.

마법사가 고개를 들고 턱을 높이 치켜들더니 섬세한 두 손으로 머리를 덮고 있던 망토를 벗어 어깨까지 내렸다.

세라피나는 비로소 처음으로 마법사의 얼굴을 보았다. 놀랍게도 마법사는 남자가 아니라 소녀였다! 열네 살쯤 되어 보이는 소녀의 얼굴은 창백했고 입술은 검붉었으며 긴 머리카락도 붉은색이었다. 소녀의 초록색 눈동자가 정확히 세라피나가 숨어 있는 곳을 향했다. 세라피나는 자세를 더 낮추어 쭈그리고 앉았지만 자꾸만 저도 모르게 소녀에게로 눈길이 갔다.

커다란 상실감에 빠진 사람처럼 소녀의 얼굴은 무표정했다. 소녀는 다쳐서 더 이상 날아오르기를 포기한 올빼미처럼 어딘지 모르게 위축돼 있었다. 하지만 결코 삶을 포기할 생각은 없어 보였다.

태도나 겉모습은 알아볼 수 없을 만큼 달라져 있었지만 세라피나는 그 소녀가 누군지 바로 알아차렸다.

20

두려움이 온몸을 훑고 지나갔다. 세라피나는 납작 엎드려 덤불 사이로 소녀를 바라보았다. 숲속의 마법사는 다름 아닌 *로웨나*였다! 이제 달아나기엔 거리가 너무 가까웠다. 세라피나는 뛰쳐나가 오랜 적과 맞서 싸우고 싶은 충동을 느꼈다. 로웨나가 저질렀던 끔찍한 일들이 떠오르면서 가슴속 깊은 곳에서 분노가 솟구쳤다. 그러나 숨어서 로웨나를 가만히 지켜보다 보니 어딘지 모르게 기가 눌려 있는 듯한 그 모습에 호기심이 생겼다.

로웨나는 변했다. 얼굴형도 변하고 몸짓도 변했다. 특히 분위기며 태도가 예전과는 딴판이었다. 머리카락은 여전히 붉은색이었지만 예전처럼 화려하게 말려 있지 않았다. 그저 목덜미와 어깨 위로 투박하게 늘어뜨리고 있었다. 얼굴은 여전히 창백했지만 예전처럼 입술이나 눈두덩이에 화장품을 발라 화사하게 꾸미지 않았다. 게다가 예전처럼 화려한 드레스를 입고 있지도 않았다. 속세를 떠난 수도승처럼 그저 밋밋한 검은색 망토 하나를 걸치고 있을 뿐이었다. 로웨나는 더는 말이나 마차를 타고 다니지도 않았다. 홀로 숲속을 걸어 다녔다.

로웨나가 한참이나 세라피나가 숨어 있는 덤불을 뚫어져라 쳐다보았다. 마치 세라피나가 거기 있다는 사실을 알고 있는 것만 같았다. 세라피나는 로웨나가 자신의 기척을 알아차릴지도 모른다는 생각에 숨죽인 채 가만히 기다렸다.

마침내 로웨나가 다시 망토를 머리에 뒤집어쓰고 안개 낀 늪지대로 걸음을 옮겼다.

세라피나는 로웨나에게 들키지 않았다는 사실에 안도의 한숨을 내쉬었다. 한편으로는 상처 입은 올빼미는 혼자 쉬도록 내버려 두고 반대쪽으로 몸을 돌려 집으로 돌아가고 싶었다. 하지만 다른 한편으로는 용맹하고 굳건한 의지를 지닌 세라피나의 자아가 이렇게 외치고 있었다. *로웨나를 이대로 보내선 안 돼!*

세라피나는 결국 로웨나를 뒤쫓기로 결심했다.

로웨나에게조차 자신의 모습이 보이지 않는다고 확신한 세라피나는 늪지대를 가로질러 곧장 로웨나를 뒤따라갔다. 하지만 혹시 들킬지 몰라서 일정한 거리는 유지했다. 자욱한 안개 때문에 로웨나를 놓칠 때도 있었지만 곧바로 따라잡기를 여러 차례 반복했다.

얼마 지나지 않아 두 사람은 희미하게 난 길을 따라 깊은 늪지대로 들어섰다. 오래된 삼나무 그늘에 가려 주위는 온통 깜깜했다. 잎이 무성한 고사리와 이끼 낀 나무 밑동이 사방을 뒤덮고 있었다.

마침내 로웨나가 좁은 은신처 같은 곳에 도착했다.

처음에는 그저 커다란 나뭇가지 더미인 줄로만 알았다. 굵은 가지에서 아래로 자라난 가느다란 나뭇가지와 뿌리에서부터 위로 자라난 거미 다리 같은 가느다란 나무줄기가 서로 뒤엉켜 단단한 벽과 지붕을 만들고 있었다. 그 앞에는 조그만 모닥불이 피워져 있었다. 통나무 위로 다양한 식물들이 여기저기 놓여 있었다. 낮 동안 나무 사이로 희미하게 새어 들어오는 햇빛을 이용해 말리고 있는 것 같았다.

세라피나는 로웨나가 은신처 근처에 한 줄로 나란히 늘어선 식충 식물을 돌보는 모습을 지켜보았다. 로웨나는 알아들을 수 없는 이상한 말을 중얼거리며 손가락으로 살아 있는 파리와 말벌을 집어 입을 벌린 채 기다리고 있는 식충 식물들에게 떨어뜨려 주었다.

세라피나가 쭈그리고 앉아 있는 곳에서 한 뼘도 안 되는 거리에 그리고 은신처 주변 여기저기에 나무 사이사이마다 새하얀 거미줄이 쳐져 있었다. 등골이 오싹했다. 세라피나는 거미줄을 좀 더 자세히 들여다보았다. 등에 빨간색 모래시계 무늬가 그려진 까만 거미가 줄잡아 수천 마리는 있었다.

세라피나는 헉하고 숨을 들이켜며 재빨리 뒤로 물러나 또 다른 나무 뒤에 숨었다. 아빠는 세라피나에게 검은과부거미는 거미 중에서도 가장 위험한 종이라고 가르쳐 주었다. 그러나 검은과부거미가 이렇게 거대한 군락을 이루어 사는 모습은 본 적이 없었다.

세라피나는 로웨나가 일하는 모습을 가만히 지켜보았다. 로웨나는 은신처 주변으로 벌레잡이풀, 벌레잡이제비꽃 등 수많은 식충 식물을 키우고 있었다. 심지어 은신처 벽과 지붕에도 식충 식물이 자라고 있었다. 로웨나가 가죽 가방에서 조그만 식충 식물 서너 개를 더 꺼내 가까이에 내려놓았다. 그러고 나서 그 위에 손바닥을 올리고 또다시 알아들을 수 없는 말을 중얼거렸다. 이윽고 로웨나가 손을 들어 올리자 식충 식물들이 그 자리에 뿌리를 내렸다.

숲속에서 채집한 식물을 옮겨 심는 일을 끝낸 로웨나가 근처에 있는 조그만 개울로 다가갔다. 늪지에 용해된 타닌 성분 때문에 개울물은 옅은 갈색을 띠고 있었다. 그 물에 로웨나는 천천히 손을 씻었다. 그토록 작은 개울은 정말 오랜만에 보는 것 같았다. 세라피나는 폭풍우를 일으키는 괴생명체가 아직 로웨나의 은신처까지는 모르나 보다 생각했다.

눈앞에서 펼쳐지는 광경에 점점 더 호기심이 동한 세라피나가 로웨나의 은신처로 가까이 다가갔다.

닭 몇 마리가 주변을 돌아다니고 있었다. 길고 덥수룩한 털, 굵게 휜 뿔, 네모난 눈동자를 가진 희한하게 생긴 염소

떼도 있었다.

세라피나는 나뭇가지로 얼기설기 지은 은신처 안을 빼꼼 들여다보았다. 가구는 소박한 침대 하나와 식탁 하나가 다였다. 나머지 공간은 초록색, 노란색, 우윳빛 액체가 담긴 동그랗고 세모난 실험용 유리병으로 빼곡했다.

세라피나는 은신처 바깥에서 느릿느릿 침착한 손길로 식물 잎을 따 모으고 있는 로웨나를 바라보면서 인상을 찌푸렸다. 로웨나는 비록 거짓투성이에 위험한 인물이었지만 언제나 초롱초롱하고 생기가 넘쳤었다. 그런데 지금 로웨나에게선 생기라곤 찾을 수 없었다. 숲 바닥에 쓰러진 나무 위에 이끼가 자라듯 로웨나의 마음속에서 자라난 지독한 외로움이 이제는 로웨나를 아예 통째로 집어삼킨 것 같았다.

"날 보고 있는 거 다 알아." 로웨나가 불쑥 입을 열었다.

세라피나가 그대로 얼어붙었다. 심장이 쿵쾅대기 시작했다.

"날 혼자 내버려 두라고 했잖아." 로웨나가 앙칼지게 말했다. "너와는 볼일이 끝났다고!"

세라피나가 주춤 뒤로 물러나 덤불에 웅크리고 앉았다.

로웨나가 머리에 뒤집어쓰고 있던 망토를 벗더니 엉뚱한 방향을 바라보며 화를 냈다. "꺼져 버려! 난 네가 여기 있는 걸 원하지 않아!"

아무래도 로웨나에게는 세라피나가 전혀 보이지 않는 것 같았다. 그러면 도대체 누구한테 이야기하는 거지?

세라피나가 로웨나에게 더 가까이 다가갔다.

"그만! 꺼지라고 했잖아!" 로웨나는 자신이 무얼 하고 있는지 분명히 아는 사람처럼 말했다. "내 목덜미에다 대고 숨 쉬는 소리 다 들려. 네 부탁 따위 더는 들어줄 생각 없어. 다시 한 번 말하지만 너와는 볼일이 끝났어. 더 이상 날 귀찮게 하지 마!"

로웨나가 화를 내자 주변에 있는 공기가 압축이 되었다가 갑자기 팽창하면서 세라피나가 뒤로 튕겨 나갔다. 겁에 질린 세라피나가 재빨리 숲속으로 달아났다.

세라피나는 머리로는 늪지대에 있는 로웨나의 은신처에서 도망쳐야 한다고 생각했다. 세라피나의 오랜 적은 예전보다 훨씬 더 강해진 것 같았다. 그런데 한편으로는 잔뜩 주눅이 들어 있는 것 같았다.

세라피나는 로웨나에게 두 번 다시 접근할 생각일랑 버리고 빌트모어로 돌아가 최선책을 찾아야 한다고 생각했다. 하지만 생각만 해도 가슴이 답답했다. 빌트모어에 있는 그 누구에게도 말을 걸 수도, 위험을 알릴 수도, 도움을 줄 수도 없었다. 어느 날, 폭풍우가 결국 빌트모어를 강타하고 강물이 빌트모어를 집어삼킨다면 세라피나가 무얼 할 수 있단 말인가? 브레이든은 또 어떻고? 브레이든이 더 강해지고 싶다는 욕심에 눈이 멀어 검은 망토를 입은 남자처럼 아이들의 영혼을 흡수하기 시작했다면? 그래서 피부가 썩어 들어가기 시작했다면? 브레이든이 정말로 이 모든 악의 근원일까? 설사 그렇다고 해도 세라피나는 브레이든에게서 등을 돌릴 수 있을까? 이 세상에 없는 존재를 마주한 듯 세라피나를 그대로 뚫고 지나쳐 그 뒤쪽을 바라보던 웨이사도 떠올랐다. 세라피나를 둘러싼 세상은 이미 무너졌다. 이 상태로 또 하룻밤을 보내야 한다고 생각하니 가슴이 무너졌다. 세라피나는 크게 심호흡을 한 다음 용기를 쥐어짜 입을 열었다.

"난 널 귀찮게 한 적 없어. 지금 막 여기에 왔는걸." 세라피나가 속삭이듯 말했다.

로웨나가 돌처럼 제자리에 굳었다. 갑작스레 들려온 세라피나의 목소리에 깜짝 놀란 눈치였다.

잠깐 동안 로웨나는 움직이지도, 말을 하지도 않았다. 이윽고 로웨나의 붉은색 눈썹이 꿈틀거렸다.

"너 누구야?" 마침내 로웨나가 물었다.

세라피나는 믿을 수가 없었다. 로웨나가 세라피나의 말을 들었다! 로웨나가 정말로 세라피나에게 말을 걸고 있었다!

"경고했지." 로웨나가 허공을 올려다보며 엄격한 목소리로 말했다. "난 필요하다면 널 강제로 소환할 수도 있어."

로웨나가 손바닥을 펴서 들어 올리자 세라피나의 머리 위에서 나무들이 마구잡이로 흔들리기 시작했다. 주변에 있는 공기가 요동치는 것이 느껴졌다.

"네가 거기 있는 거 다 알아." 로웨나가 말했다. "그러니 숨어도 소용없어. 누군지 말해!"

세라피나는 겁에 질려 입이 떨어지지 않았다. 누군지 밝히는 순간 로웨나가 바로 자신을 없애 버릴까 봐 두려웠다. 세라피나는 기회가 있을 때 달아나고 싶었다. 하지만 로웨나는 무덤에서 기어 나온 뒤로 만난 사람 중에 세라피나의 말을 들을 수 있는 유일한 사람이었다.

"넌 살았니, 죽었니?" 로웨나가 물었다.

세라피나가 얼음처럼 굳었다. 어떻게 대답할지 판단이 서질 않았다.

"내가 묻잖아. 넌 살았어, 죽었어?" 로웨나가 딱딱하게 말했다.

다른 선택지가 없었다. 결국 세라피나는 대답을 하기로 결심했다. "나도 잘 모르겠어……." 세라피나가 솔직하게 말했다.

세라피나와 달리 로웨나는 그 말뜻을 이해한 것 같았다.

"그런데 넌 누구야?" 로웨나가 다시 물었다. "어디서 왔니?" 로웨나의 목소리는 이제 한결 부드러워져 있었다. 그림자 속에 숨어서 머뭇거리는 영혼을 앞으로 꾀어내려는 듯 친절함까지 묻어났다.

"나는……." 세라피나가 입을 열었다가 이내 닫았다. 정체를 밝혀도 되는 건지 고민이었다.

"겁먹지 않아도 돼." 로웨나가 세라피나에게는 단 한 번도 들려준 적 없는 다정한 목소리로 물었다. "그냥 네 이름만 말해 주면 돼. 너한테 아무런 해가 되지 않아."

"나는……." 세라피나가 다시 머뭇거렸다.

"너는?"

세라피나가 나무 뒤로 몸을 숨겼다. "나 세라피나야." 드디어 밝히고야 말았다.

“고양이 네가 어떻게!” 로웨나가 순식간에 돌변했다. 창백하게 질린 얼굴로 뒤돌아선 로웨나가 숲속을 뚫어져라 바라보았다. 금방이라도 맹수가 튀어나와 덤벼들 거라 생각했는지 로웨나가 웅크리고 앉아 주위를 두리번거렸다. 예전 같았으면 세라피나는 당연히 로웨나를 곧바로 공격했을 것이다. 하지만 지금 상태로 어찌 감히 로웨나와 맞붙는단 말인가? 지금 세라피나가 할 수 있는 게 있기나 할까?

“나한테 일이 좀 생겼어.” 세라피나가 말했다.

“하지만 아직도 여기에 있었네.” 로웨나가 경계심 가득한 눈초리로 두리번거리며 불안한 듯 떨리는 목소리로 말했다.

“최소한 일부는.” 세라피나가 대답했다.

로웨나가 세라피나의 말뜻을 이해하려는 듯 잠시 주춤했다. “그런데 여긴 왜 온 거야?” 로웨나가 의심 가득한 목소리로 물었다.

“네가 내 말을 들을 수 있는 유일한 사람이라서.” 세라피나가 말했다.

로웨나가 입술을 꾹 물더니 고개를 끄덕였다. “맞아. 이제 난 양쪽 세계랑 대화할 수 있어.”

“살아 있는 사람이랑 죽은 사람 말이구나. 혹시 무덤에서 날 깨운 사람이 너야? 네가 나한테 말을 걸었어?”

로웨나는 세라피나의 질문을 무시했다.

“그게 너였냐고!” 세라피나가 다그쳤다. “나한테 뭐라고 했던 거야?"

로웨나가 고개를 흔들었다. "이제 와서 그게 무슨 상관이야? 그저 불안한 영혼의 의미 없는 넋두리였어. 다음부턴 묘지에 갈 때 조심해야겠네. 특히 그 공동묘지에 갈 땐 말이야." 그러더니 로웨나가 갑자기 날이 선 목소리로 물었다. "넌 여기 날 죽이러 왔니? 그래서 왔어? 복수를 하려고?"

세라피나는 당연한 질문이라고 생각했다. 하지만 세라피나는 로웨나와 이야기를 하면 할수록 한편으론 누군가와 대화할 수 있다는 사실에 안심이 됐다. 원하든 원치 않든 로웨나에게 품었던 증오심이 점점 희미해지고 있었다. 모든 게 아득한 옛일처럼 느껴졌다.

"아니." 세라피나가 로웨나에게 말했다. "난 널 죽이려고 여기까지 따라온 게 아니야. 솔직히 말하면, 뒤틀린 지팡이를 놓고 싸운 뒤에 난 너랑 너희 아빠가 둘 다 죽었다고 생각했어."

"우린 그렇게 호락호락하게 죽지 않아." 로웨나가 말했다.

"그런데 지금 뭐가 어떻게 돌아가고 있는지 이해가 안 돼. 브레이든은 이제 네 편으로 돌아선 거야?"

"아니." 로웨나가 대답했다.

"하지만 검은 망토를 입고 있는 브레이든을 내가 봤어."

"그걸 어디서 봤는데?" 로웨나가 호기심을 드러내며 재빨리 물었다. 로웨나의 반응을 보니 세라피나는 왠지 대답하기가 망설여졌다.

"난 이해가 안 돼." 세라피나가 말했다. "검은 망토가 어디서 난 거지? 내가 분명히 토른 씨를 물리치던 날 밤 천사 조각상이 들고 있던 칼로 없애 버렸는데."

"우리가 다시 만들었어." 로웨나가 대꾸했다. "거기 달려 있던 은색 고리 장식이 검은 망토가 가진 힘의 핵심이야. 천이 아니라."

기회가 있을 때 은색 고리 장식을 녹여서 없애지 못한 걸 후회하며 세라피나가 눈살을 찌푸렸다. 로웨나는 세라피나보다 훨씬 더 많은 지식과 능력을 가진 것 같았다. 하지만 그것 말고도 다른 무언가가 있었다. 로웨나에게 왠지 모를 절망과 체념, 포기 같은 것이 느껴졌다. 두려움도 느껴졌다. 로웨나는 겁에 질려서 무언가에게 꺼지라고 소리를 질렀다. 로웨나는 누구 혹은 무얼 피해서 이 깊은 숲속 늪지대에 숨어 있는 것일까?

"솔직히 말하면……" 마침내 세라피나가 입을 열었다. "난 널 해치고 싶은 마음이 없어, 로웨나. 지금 내 상태로는…… 내가 한 줄기 바람과 다를 바 없는 존재가 아니라는 사실을 확인한 것만으로도 기뻐."

"나와의 전투 이후 많은 일이 있었나 보구나." 로웨나가 어둡고 지친 목소리로 말했다. 로웨나도 많은 일을 겪은 게 분명했다.

"로웨나, 네가 브레이든을 물들인 거 아니야? 브레이든을 네 편으로 끌어들였잖아." 세라피나가 로웨나에게로 다가서며 물었다.

"아니라고!" 로웨나가 날카로운 목소리로 부인했다.

"하지만 브레이든은 이제 예전의 브레이든이 아니야." 세라피나가 말했다.

"우리도 예전의 우리가 아니지." 로웨나가 말했다.

"브레이든은 더 이상 동물들을 보살피지 않아. 삼촌과 숙모에게 거짓말을 하고. 게다가 아까 말했다시피 검은 망토를 입고 있었다고! 네가 그렇게 한 게 아니라고?"

갑자기 로웨나가 홱 돌아서서 자신에게 억울한 누명을 뒤집어씌우는 세라피나를 찾으려는 듯 고개를 휙휙 돌렸다. "네가 그렇게 브레이든을 잘 알아?" 로웨나가 으르렁거렸다. "네가 브레이든의 마음까지 속속들이 볼 수 있다고 생각해? 착한지 나쁜지, 강한지 약한지? 넌 우리 중 그 누구도 제대로 몰라. 넌 아무것도 모른다고, 이 멍청아!"

"하나도 이해가 안 돼!" 세라피나도 이에 질세라 고함을 질렀다.

"친구를 잃었다고 생각해? 그래서 이러는 거야?" 로웨나가 콧방귀를 뀌었다. "정말이지 넌 우정이 뭔지도 모르는구나!"

"그래서 넌 잘 아나 봐?" 세라피나가 으르렁거렸다.

"난 봤으니까!" 로웨나도 으르렁거렸다.

"그게 무슨 말이야?" 세라피나가 당황해서 물었다.

"가끔 보면 넌 눈뜬장님이야, 나비야. 넌 눈에 보이는 것만 믿지." 로웨나가 은신처에서 유리병 하나를 낚아채듯 꺼내며 말했다. “내가 뭘 봤는지 너한테도 보여 주지!”

로웨나가 세라피나의 목소리가 들려오는 쪽을 향해 유리병을 집어 던졌다. 나무 밑동에 부딪친 유리병이 산산조각 나면서 폭발했다. 눈앞에 섬광이 번쩍했다. 이윽고 로웨나가 또 다른 유리병을 바닥에 던졌다. 검푸른 액체가 거대한 소용돌이 모양으로 뭉게뭉게 피어올랐다. 이어서 또 다른 유리병을 던졌다. 발밑에 있는 세상이 통째로 흔들리는 듯한 느낌이 들었다. 차가운 공기가 세라피나의 주변을 휘감더니 다음 순간 모든 세상이 사라졌다.

22

갑자기 세라피나는 빌트모어 안에 서 있었다. 공기가 이상하리만치 차가웠다. 로지아로 나가는 프랑스풍 문이 열려 있었다. 하늘에는 보름달이 휘영청 떠 있었다. 달빛을 머금은 하늘하늘한 흰색 커튼이 차가운 겨울바람에 가볍게 펄럭였다.

내가 공격당한 그날 밤이구나. 세라피나는 생각했다.

세라피나는 천천히 로지아로 걸어 나갔다. 로지아는 아치형 천장에 조각 기둥이 줄지어 늘어선 아름다운 테라스였다. 로지아에 나가면 저 멀리 숲과 산맥이 한눈에 들어왔고 밤이면 하늘에 반짝이는 별을 볼 수 있었다.

이건 단순히 내 기억이 아니야. 마치 내가 여기 있는 것처럼 과거를 다시 보는 거야.

여기가 하늘 아래 세라피나의 집이었다. 세라피나는 빌트모어의 수호자였다. 빌트모어에 있는 사람들을 지키겠노라 세라피나는 맹세했고 본분을 게을리하지 않았다.

세라피나는 돌난간 뒤에 누군가 숨어 있진 않은지 눈으로 훑어보았다. 수상한 그림자는 없는지 고개를 들어 둥근 천장을 살펴보았다. 그리고 저 멀리 위험한 낌새가 있는지 숲 꼭대기를 바라보았다.

그런데 그때 로지아에서 어떤 기척이 느껴졌다. 목덜미에 난 털이 곤두섬과 동시에 뒤에서 검은 그림자가 스르르 나타났다. 어디선가 *끼익, 끼익, 끼익* 소리가 들리더니 곧바로 날카로운 울음소리가 귀청을 때렸다. 세라피나가 몸을 돌리는 순간 무언가가 세라피나를 덮쳤다.

세라피나는 자세를 낮추며 옆으로 몸을 날려 흑표범으로 변신했다. 폐가 공기로 부풀어 올랐고 근육이 힘으로 불거져 나왔다. 세라피나는 발톱을 세우고 사납게 포효하며 적에게 달려들었다. 그때 쉭쉭 소리를 내며 검은 망토 자락이 머리 위를 스쳐 지나갔다. 순간 눈앞이 깜깜해졌다.

세라피나는 척추를 비틀며 날카로운 송곳니로 적의 어깨를 물어뜯었다. 심장이 쿵쾅쿵쾅하면서 엄청난 힘이 솟아났다. 세라피나는 발톱으로 적의 옆구리를 휘갈겼다. 얼굴은 보이지 않았지만 상대는 세라피나를 검은 망토 속에 가두려고 고군분투하고 있었다. 검은 망토 자락이 눈앞을 가렸다. 얼음장처럼 차가운 어둠이 뼛속까지 스며들었다. 끔찍한 악취가 코를 찔렀다. 검은 망토가 세라피나를 집어삼키려 했다. 세라피나는 물결치는 어둠에 맞서 치열하게 싸웠다. 날카로운 흑표범의 발톱이 검은 망토를 갈랐다. 천이 찢겨 나갔다. 그 소리가 세라피나의 귓가에 울려 퍼졌다. 세라피나는 끊임없이 몸부림을 치며 앞발을 거칠게 휘둘렀다. 깜깜한 물속에 빠지기라도 한 것처럼 필사적으로 싸웠다. 검은 망토 자락이 미끄러지듯 세라피나를 휘감더니 뱀이 똬리를 틀듯 온몸을 칭칭 조여 왔다. 결국 세라피나의 몸에서 지친 영혼이 빠져나와 검은 망토 자락 안으로 빨려 들어갔다.

세라피나는 검은 망토 안을 보았다. 깜깜한 어둠만이 소용돌이치는 끔찍한 세계였다. 그런데 그때 모든 것이 변하기 시작했다. 세라피나의 발톱이 검은 망토를 갈랐다. 검은 망토는 더는 흡수한 영혼을 가두어 둘 수 없을 정도로 망가졌다. 찢어진 망토 자락 안에 있던 어둠이 밖으로 쏟아져 나왔다. 그 순간 세라피나의 영혼도 함께 풀려났다.

한 소년이 튼튼한 두 다리로 로지아를 향해 달려 나왔다. 그리고는 무작정 적에게 달려들었다. 적이 홱 몸을 돌렸다. 머리에 쓰고 있던 망토 자락이 흘러내렸고 얼굴이 드러났다. 검은 망토를 입고 세라피나를 공격한 사람은 브레이든이 아니었다. 유라이아도 아니었다. 로웨나였다.

기디언이 사납게 짖으며 로웨나를 덮쳤다. 로웨나가 바닥에 쓰러졌고 기디언이 그 목덜미를 물어뜯었다. 브레이든도 로웨나를 끌어 내리려 용감하게 싸웠다.

이미 세라피나의 공격으로 부상을 입었는데도 로웨나는 여전히 너무 강했다. 로웨나의 입에서 사악한 주문이 쏟아져 나올 때마다 브레이든의 얼굴과 다리에 상처가 나더니 결국 브레이든의 몸이 날아가 기둥에 부딪쳤다.

기디언이 또다시 달려들어 로웨나의 옆구리를 물었다. 로웨나는 미친 듯이 기디언을 떼어 내고 달아나기 시작했다. 브레이든이 로웨나가 쥐고 있던 너덜너덜한 검은 망토를 있는 힘껏 잡아당겼다. 그 순간 로웨나가 난간 아래로 떨어져 밤의 어둠 속으로 사라졌다.

세라피나는 로지아 돌바닥에 인간의 모습으로 쓰러져 있었다. 부상이 깊어 손가락 하나 까딱할 수 없었다. 로웨나의 주문이 세라피나의 가슴과 배를 강타했고 그 자리에 깊은 상처가 생겼다. 숨을 들이마시는 순간 눈앞이 번쩍할 만큼 극심한 고통이 갈비뼈 사이사이를 훑고 지나갔다. 세라피나는 피범벅이 된 팔다리를 움직여 보려 했지만 바닥에 축 늘어진 팔다리는 움직일 생각조차 하지 않았다. 세라피나가 할 수 있는 일이라곤 제 몸에서 나온 검붉은 피가 바닥에 서서히 퍼져 나가는 모습을 바라보는 것뿐이었다. 세라피나는 죽음이 코앞에 다가왔음을 깨달았다.

세라피나의 발톱에 찢겨 검은 망토에서 떨어져 나온 검디검은 조각들이 로지아를 둥둥 떠다니다가 바람에 실려 날아가기 시작했다.

세라피나는 고개를 돌려 브레이든의 생사를 확인하려 했지만 목이 고통스럽게 삐걱거렸다. 겨우겨우 고개를 돌린 순간 끔찍한 광경이 눈에 들어왔다. 세라피나 옆에 상처를 입고 쓰러져 있는 건 브레이든이 아니었다. 흑표범, 바로 세라피나 *자신*이었다. 흑표범이 세라피나와 똑같은 자리에 상처를 입고 쓰러져 있었다. 벌어진 옆구리 사이로 피가 흘러나왔고 부서진 뼈가 보였다.

세라피나와 흑표범 둘 다 죽음을 앞두고 있었다.

세라피나는 끝이라는 걸 직감했다.

브레이든을 찾았지만 보이지 않았다.

"브레이든……." 세라피나가 숨을 헐떡였다. 목구멍 안에 피가 끓었다.

마침내 브레이든이 시야에 들어왔다. 브레이든이 살아 있다는 사실을 확인하자 세라피나의 심장이 두근거렸다. 그러나 브레이든의 머리에는 길고 삐뚤빼뚤한 상처가 나 있었다. 그 상처에서 피가 뚝뚝 흐르고 있었다. 브레이든이 한쪽 다리를 질질 끌면서 흑표범 옆으로 다가갔다. 무릎을 꿇고 벌어진 옆구리에 손을 가져다 댔다. 브레이든이 눈을 감고 치유의 힘을 불어넣는 모습을 세라피나는 가만히 지켜보았다. 브레이든이 이제 흑표범의 머리에 난 상처를 쓰다듬으며 속삭였다. 브레이든이 무슨 말을 했는지 세라피나에게는 들리지 않았다. 브레이든의 손이 다시 길고 보드라운 흑표범의 몸을 어루만졌다.

흑표범의 상처가 아물자마자 브레이든이 재빨리 세라피나

곁으로 다가왔다.

"브레이든……." 세라피나는 말을 하려 했지만 목소리가 너무 가늘어 브레이든에게 닿지 않았다.

공포에 질린 브레이든이 세라피나의 상처를 살폈다. 브레이든의 얼굴에 떠오른 표정만으로도 세라피나는 상처가 얼마나 깊은지 짐작할 수 있었다.

"어떡해야 할지 모르겠어, 세라피나." 브레이든이 입고 있던 셔츠 자락을 찢어 피가 흐르는 세라피나의 상처를 지혈하려고 했다. 브레이든은 동물은 치유할 수 있었지만 인간은 치유할 수 없었다.

"죽고 싶지 않아……. 아빠한테 대신 작별 인사 전해줘……." 세라피나가 속삭였다.

이를 악물고 통증을 참으며 브레이든이 두 팔로 세라피나를 안아 올렸다. "꽉 붙잡아." 브레이든이 무언가 단단히 결심한 듯 세라피나에게 말했다.

세라피나는 브레이든의 목에 팔을 감고 꽉 붙잡으려고 했지만 몸에서 힘이 점점 빠져나가고 있었다. 의식이 점점 아득해졌다.

브레이든이 세라피나를 안고 어둠 속으로 나갔다. 다리에서 피가 철철 흘렀지만 브레이든은 포기하지 않았다.

"세라피나, 정신을 놓으면 안 돼." 브레이든의 목소리에 세라피나가 아득해지던 의식을 붙잡았다.

세라피나의 어깨와 목으로 피가 뚝뚝 떨어졌다. 세라피나의 피인지, 브레이든의 피인지 분간이 되지 않았다. 둘 다 상처가 깊어 몸을 떨고 피를 흘리면서도 세라피나와 브레이든은 서로를 꼭 붙들고 마지막 희망의 끈을 놓지 않았다. 브레이든은 세라피나를 안은 채 멈추지 않고 어둠 속을 걸어갔다.

브레이든이 정원으로 들어서 장미 재배사가 사용하는 벽돌집 바깥에 세라피나를 잠시 내려놓았다. 브레이든이 어깨로 벽돌집 문을 열고 들어가 나무로 된 낡은 사과 상자와 망치와 못 같은 도구를 챙겨 나왔다. 브레이든이 재빨리 들것 같은 상자를 만든 다음 세라피나의 몸을 끌어다가 그 안에 눕혔다. 그러고 나서 밧줄을 상자 끝에 동여맨 다음 기디언을 불러 함께 끌기 시작했다. 그렇게 브레이든은 기디언과 함께 세라피나를 태운 상자를 끌고 숲속으로 들어갔다.

세라피나는 정신을 차렸다 잃었다를 반복했다. 피 묻은 다리를 질질 끌며 나아가는 브레이든의 뒷모습이 보였다 사라졌다 했다.

오래된 공동묘지에 이르러서야 걸음을 멈춘 브레이든이 세라피나를 천사 조각상의 발치에 끌어다 놓고 도와 달라고 빌었다. "세라피나를 보살펴 주세요!" 브레이든의 목소리가 갈라졌다. "세라피나를 살려 주세요!"

브레이든이 자리에서 일어서려는데 세라피나가 마지막 힘을 쥐어짜 브레이든의 팔을 붙잡았다. "날 버려 두지 마." 세라피나가 쉰 목소리로 속삭였다. "날 여기 내버려 두지 마…….”

“널 버려 두지 않을 거야, 세라피나.” 브레이든이 말했다. “약속해. 난 절대 널 내버려 두지 않을 거야!”

그렇게 누워 있는데 몸에서 피가 조금씩 빠져나가는 것이 느껴졌다. 세라피나는 죽어 가면서 하늘의 별을 바라보았다. 별을 보는 것도 이게 마지막이구나 생각했다. 몸이 차갑게 식어 가고 있었다. 팔다리에 감각이 없어지고 있었다. 고통이 줄어들고 있었다. 생명이 빠져나가는 것을 느끼며 세라피나는 눈을 감았다.

그때 땅을 파는 소리가 들려왔다. 천사 조각상이 있는 빈터 한가운데서 미친 듯이 땅을 파고 있는 브레이든의 모습이 희미하게 보였다.

세라피나가 본 마지막 장면은 브레이든이 축 늘어진 자신의 몸이 담긴 조잡한 관을 끌어다가 직접 판 구덩이에 넣는 모습이었다. 브레이든의 유일한 희망은 영원한 봄이 머무는 이곳에 세라피나를 묻는 것이었다.

“세라피나를 잘 보살펴 주세요.” 브레이든이 천사 조각상에게 애원했다. “제가 반드시 세라피나를 살릴 방법을 찾아서 돌아올게요!”

그게 마지막이었다.

그다음에 찾아온 어둠은 너무나 깜깜하고 너무나 길어서 아무리 손을 휘저어도 사라지지 않았다.

마침내 어둠 속에서 한 소녀의 목소리가 들려왔다. “이제 그만 돌아와야 해."

눈을 떴을 때 세라피나는 로웨나의 은신처가 있는 늪지대에 서 있었다. 나무 사이로 따뜻한 여름 바람이 불어왔다. 환영은 끝이 났다.

홀로 덩그러니 서 있는 로웨나가 보였다. 로웨나가 감정에 북받친 목소리로 말했다. *"이제 우정이 뭔지 알겠니?"*

보름달이 뜨던 날 밤 로웨나도 브레이든이 어떡했는지 모두 지켜본 것이다. 세라피나가 눈을 동그랗게 뜨고 로웨나를 바라보며 입을 열었다. "너도 아는구나……."

"알고말고." 로웨나가 대답했다.

세라피나는 통나무 위에 걸터앉아서 멍하니 주위를 둘러보았다. 세라피나의 머릿속엔 온통 로웨나가 보여 준 환영뿐이었다. 이제 세라피나는 자신이 로지나에서 죽었다는 사실을 알게 됐다. *죽었다니*…… 정말로 그런가? 세라피나는 땅속에 묻혔다. 그것만큼은 확실했다. 하지만 정말로 죽었을까? 정말로?

브레이든은 세라피나를 살렸을까?

세라피나는 브레이든이 겪었을 일들을 생각했다. 브레이든은 실제로 무슨 일이 있었는지, 자신이 무슨 끔찍한 일을 저질렀는지 아무에게도 말하지 않았다. 브레이든은 피 묻은 친구의 몸을 숲속으로 끌고 가 땅에 묻었다. 그러면서도 세라피나가 여전히 살아 있길 바랐다.

그 뒤로 브레이든은 세라피나를 잃었다는 슬픔뿐만 아니라 끔찍한 죄책감에 시달리며 하루하루를 보냈을 것이다. 거짓말을 하고 진실을 숨길 때마다 괴로움에 몸부림쳤을 것이다. 브레이든의 몸과 마음은 세라피나의 몸과 마음만큼이나 잔인하게 상처 입었다.

슬픔에 잠겨 있던 브레이든이 몇 달 만에 겨우 세상으로 돌아오려던 그 시점에 무덤에서 기어 나온 세라피나의 영혼이 브레이든을 쫓아다니기 시작했던 것이다. 세라피나는 자신의 존재가 얼마나 브레이든을 불안하게 만들었던가를 떠올렸다. 브레이든은 너무나도 절망스러워 보였다.

보름달이 뜬 그날 밤의 환영은 끝이 났고 세라피나는 마침내 자신에게 무슨 일이 일어났는지 알게 됐다.

세라피나는 그때부터 지금까지 천사 조각상이 있는 빈터에 묻혀 있는 자신의 몸을 생각했다.

숲속에서 야생 그 자체로 살아가던 어린 흑표범을 생각했다.

그리고 무덤에서 기어 나와 빌트모어의 정원으로 돌아간 자신의 영혼을 생각했다.

셋. 세라피나는 생각했다. *세 조각으로 나뉘었어. 인간일 때의 몸과 흑표범일 때의 몸 그리고 영혼이 뿔뿔이 흩어진 거야.*

상상하기조차 끔찍한 만큼 받아들이기 힘든 현실이었다. 모든 것이 마침내 이해되기 시작했다.

세라피나는 산마을 사람들 사이에서 전해 내려오는 이야기 덕분에 시대마다 흑표범은 딱 한 마리씩만 태어난다는 사실을 알고 있었다. 세라피나는 깨달았다.

그게 나구나. 숲속을 뛰어다니던 흑표범이 바로 나였어.

난 무덤 속에 누워 있는 죽은 소녀이기도 해.

그리고 살아 있는 세상으로 돌아갈 방법을 찾고 있는 길 잃은 영혼이기도 해.

보름달이 뜬 날 밤 세라피나와 브레이든은 로웨나와 치열한 전투를 벌였다. 그리고 패배했다.

*세라피나*는 패배했다.

검은 망토가 찢어지면서 세라피나를 조각내 세상에 뱉어냈다. 시간과 공간, 몸과 영혼, 꿈과 현실이 이제 전부 뒤죽박죽이었다.

정확히 말하자면 세라피나는 죽은 것도 아니요, 산 것도 아니었다. 세라피나는 영혼도 아니고 몸도 아니었다. 아직 숲속을 떠다니며 닿기만 하면 모두 파괴해 버리는 검은 형체처럼 혼란의 소용돌이 속에 던져진 세라피나는 모든 것인 동시에 아무것도 아니었다. 세라피나와 검은 형체 모두 검은 망토에서 떨어져 나온 나머지일 뿐이었다.

여전히 멍한 얼굴로 세라피나는 로웨나를 쳐다보았다. “넌 어떻게 나한테 이 환영을 보여 준 거야? 정말 생생했어. 그날 밤 로지아로 걸어 나가 난간에 서 있던 것까진 기억나. 하지만 검은 망토가 내 머리를 덮고 난 뒤로 나는 산산조각 났어. 네가 나한테 보여 준 모든 걸 난 보지 못했어. 네가 보여 준 환영에는 내 기억만 들어가 있는 게 아니었어."

"아니지." 로웨나가 고개를 숙이며 부드럽게 말했다. "네 기억과 내 기억, 달빛과 별빛……. 그 환영은 그날 밤 일어났던 모든 일이야. 시간의 흐름 속에 새겨진 우리의 모든 행적 말이야."

세라피나는 무언가 말을 하려 했지만 적절한 단어가 생각나지 않았다. 로웨나가 보여 준 환영 때문에 아직도 몸이 떨렸다. "놀라웠어." 마침내 세라피나가 말했다.

"환영술이라는 거야. 과거에 일어난 일을 엿볼 수 있게 해 주지." 로웨나가 말했다.

"그럼 너도 본 거네?"

"그래." 로웨나가 말했다. 세라피나는 그 환영을 본 것이 로웨나에게 엄청난 영향을 미쳤다는 것을 느꼈다.

"넌 로지아에서 날 공격했어." 세라피나가 머릿속을 정리하려고 애쓰면서 말했다. "넌 검은 망토로 날 죽이려고 했어."

"거의 성공할 뻔했지." 로웨나가 말했다.

"넌 아마도 내가 죽은 거나 다름없다고 생각했겠지."

"그래. 그랬지." 로웨나가 인정했다. 그 목소리에 짜증이 묻어났다. "네가 살아날 길은 없었으니까."

"나도 너만큼이나 죽기 쉬운 존재가 아닌가 봐."

"그런 것 같네." 로웨나가 옅은 미소를 지으며 대꾸했다.

세라피나가 혼란스럽다는 듯 인상을 찌푸리며 로웨나를 올려다보았다. “그런데도…… 넌 나한테 이 환영을 보여 줬어.”

로웨나가 뒤돌아서며 표정을 숨겼다.

“도대체 왜? 이걸 왜 나한테 보여 준 거야?” 세라피나가 물었다.

“네가 브레이든을 의심하고 질질 짜면서 날 짜증나게 했으니까.”

“하지만 난 언제나 네 적이었잖아. 그런데도 나한테 이걸 보여 줬다는 건…… 넌 날 도와준 거야.”

로웨나가 고개를 흔들었다. “착각하지 마, 나비야. 난 널 도울 생각 따윈 눈곱만큼도 없으니까. 그냥 무슨 일이 있었는지 있는 그대로 보여 준 것뿐이야. 진실은 진실이고, 과거는 과거니까. 있었던 일이 없었던 일로 변하진 않아. 하지만 지금은 상황이 많이 변했어.”

“무슨 말이야, 상황이 변하다니?” 로웨나가 말한 것보다 말하지 않은 것이 더 많다는 사실을 알아챈 세라피나가 물었다. 그러나 생각은 자꾸만 로지아에서 일어났던 일로 흘러갔다. “검은 망토는 찢어졌어…….” 세라피나가 생각을 정리하면서 중얼거렸다.

“너는 *조각났고*…….” 로웨나가 말했다.

세라피나도 직접 보았고 경험했지만 막상 로웨나의 입으로 *조각났다*라는 말을 듣자 온몸이 움찔했다. 자신의 마음과 영혼이 몸에서 분리되어 세 동강이 나 버렸다니 생각하기조차 끔찍했다.

"어떡하면 돼?" 세라피나가 물었다. "어떡하면 원래대로 돌아갈 수 있는 거야?"

로웨나가 고개를 가로저었다. "돌아갈 수 없어. 넌 이제 파리만큼이나 하찮은 한낱 영혼일 뿐이야. 얼마 안 있으면 넌 사라지기 시작할 거야. 사라짐이 이미 시작됐을 수도 있고. 넌 더 이상 이 세상에 머무를 수 없는 존재라 머지않아 영원히 사라지게 될 거야. *우리 모두는 결국 같은 곳으로 돌아간다. 모든 것은 먼지에서 와서 먼지로 돌아갈지니.*"

세라피나는 깜짝 놀란 얼굴로 로웨나를 바라보았다. 로웨나가 마지막에 읊은 문구는 세라피나가 에시의 방에서 먼지를 보면서 떠올렸던 바로 그 문구였다.

"그래서 나한테 환영을 보여 준 거였구나." 세라피나가 말했다.

"난 바보가 아니란다, 나비야." 로웨나가 말했다. "네 발톱이야 내 손바닥 안이지."

빌트모어로 돌아가는 길에 세라피나의 생각은 계속 한곳에 머물러 있었다. 사라지기 전에 브레이든을 도와야 했다. 검은 망토가 브레이든을 얼마나 타락시켰는지는 알 수 없었다. 하지만 브레이든을 구해야 했다. 세라피나 자신을 구하진 못하더라도 브레이든만큼은 구해야 했다. 세라피나는 숲속에서 사나운 폭풍우도 보았고, 폭풍우를 불러일으키는 갈고리 같은 손을 가진 괴물도 보았고 허공을 둥둥 떠다니는 검은 형체도 보았다. 무언가가 이 사악한 존재들을 빌트모어로 몰고 있었다. 너무나도 강력해서 로웨나조차 숨어서 피해 다니는 무언가가 말이다. 그 무언가는 숲속에 있는 어둠의 세력일까? 아니면 빌트모어 내부에 있는 누군가일까? 아니면 검은 망토를 이용하는 브레이든일까?

빌트모어는 강풍이 불고 있었다. 세라피나는 발이 가벼워지면서 들리는 듯한 느낌을 받았다. 팔을 들면 바람에 실려 날아가다가 한 줌 공기가 되어 버릴 것만 같았다. 세라피나는 문득 한번 시험해 볼까 하는 생각이 들었다. 새로운 기술을 계속 익히고 싶었다. 그러나 감히 바람의 힘을 시험해 보겠다는 생각일랑 떨쳐 버렸다. 그랬다간 영영 돌아오지 못할 수도 있었다.

세라피나는 빌트모어 뒤편에 있는 작은 환기구를 통해 저택 안으로 들어갔다.

아빠는 구리 코일과 전선과 전구가 잔뜩 달린 전기 장치를 만지고 있었다. 세라피나는 아빠를 보면서 잠깐이라도 함께 있고 싶었지만 그래선 안 된다는 걸 알고 있었다.

저녁이 되자 밴더빌트 부부와 여러 손님들이 저녁을 먹으러 대연회장으로 모여들었다. 무도회에 참석하고자 새로운 손님들이 속속 도착했다. 이제 기다란 떡갈나무 식탁에는 예순 명쯤 되는 사람들이 둘러앉아 있었다. 식탁에는 빌트모어라는 글자가 새겨진 도자기로 만든 식기류와 은촛대가 아름답게 놓여 있었다.

세라피나는 대연회장을 훑어보았다. 밴더빌트 씨의 옆자리가 비어 있었지만 브레이든은 보이지 않았다. 세라피나는 검은 망토를 입었던 그날 밤 이후로 브레이든이 또 어떻게 변해 있을지 궁금했다.

저녁 식사가 시작되기 직전에 드디어 브레이든이 대연회장 안으로 들어왔다. 보조기를 찬 다리를 여전히 절뚝거리고 있었지만 깔끔하고 단정해 보였다. 브레이든은 저녁 식사 자리에 걸맞은 멋진 양복을 입고 있었다.

세라피나는 브레이든이 무슨 생각을 하고 어떤 감정을 느끼고 있는지 알아내려고 찬찬히 관찰했다. 하지만 브레이든의 표정을 읽을 수가 없었다. 브레이든의 저 머릿속에는 도대체 뭐가 들어 있을까? 세라피나를 잃고 절망에 빠져 결국 검은 망토에게 의지하게 되어 버린 걸까?

기디언은 브레이든과 나란히 오지 않고 3미터쯤 떨어져서 따라왔다. 브레이든이 삼촌 옆에 앉자 기디언은 브레이든의 눈에 띄지 않는 구석으로 가더니 엎드려 앞발에 머리를 얹었다.

세라피나는 브레이든이 저택 안이나 연못 아래 용수로에 검은 망토를 숨겨 놓았을 거라 생각했지만 확신할 수는 없었다.

식탁에 앉아 다른 사람들과 이야기를 나누는 브레이든을 지켜보고 있자니 몇 달 전 바로 이 대연회장에서 토른 씨를 지켜보던 기억이 떠올랐다. 브레이든의 눈에는 세라피나가 헤아릴 수 없는 무언가가 있었다. 단지 슬픔이나 외로움이 아니라 마치 평소처럼 행동하면서 때를 기다리는 듯한, 중요한 것을 기다리는 듯한 느낌이 들었다. 그런데 문제는 바로 그거였다. 브레이든에게 지금 중요한 것이 뭘까? 밤마다 검은 망토를 사용하는 것? 검은 망토가 가진 어둠의 힘이, 브레이든이 그토록 원하는 것일까?

세라피나는 저녁 내내 단서를 찾으려고 브레이든을 관찰했다. 토른 씨처럼 손의 살점이 떨어져 나가진 않았나? 대연회장 안에 있는 어린 손님들을 유심히 바라보고 있진 않나? *넘어가면 안 돼, 브레이든.* 세라피나는 계속 생각했다.

세라피나는 선과 악, 진실과 거짓의 흔적을 찾으려고 브레이든을 계속 눈으로 좇았다. 어느 쪽이 이기고 있나 궁금했다. 브레이든은 사람들의 기대에 맞추어 행동하고 있었지만 저게 정말 브레이든의 본모습일까? 아니면 본모습을 숨기기 위해 다른 하늘소의 껍데기를 뒤집어쓰는 버드나무하늘소처럼 브레이든도 그런 것일까?

그런데 그때 브레이든이 움직였다.

아무도 자신을 보고 있지 않다는 걸 확인한 브레이든이 식탁 아래로 손을 내려 손가락으로 의자 다리를 가볍게 두드렸다.

대연회장 구석에 엎드려 있던 기디언이 일어나 앉아 고개를 갸웃거렸다.

브레이든이 다시 손가락으로 의자를 두드렸다.

기디언이 벌떡 일어나 재빨리 브레이든에게로 다가왔다. 기디언이 몰래 탁자 밑으로 들어가 자신이 거기 있다는 사실을 알리기 위해 브레이든의 손바닥에 코를 갖다 댔다.

아무도 눈치채지 못하게 브레이든이 접시에서 음식을 슬쩍해 식탁 밑에 있는 기디언에게 주었다. 기디언은 깜짝 놀란 듯했지만 이내 게 눈 감추듯 음식을 삼키고 더 달라는 듯 브레이든을 올려다보았다.

세라피나가 미소를 지었다. 새로운 모습이었다. 브레이든 안에서 변화가 일어나고 있었다. 세라피나는 검은 망토가 브레이든을 사악하게 만들었는지 아닌지, 브레이든이 얼마나 자제력 있게 검은 망토를 사용할 수 있는지 알지 못했다. 하지만 오랜만에 세라피나가 알던 브레이든을 보았다. 세라피나가 알던 브레이든은 자기 접시에서 음식을 덜어 강아지에게 나누어 주는 사람이었고 어떤 경우에서도 친구를 위해 맞서 싸우는 사람이었다. 검은 망토와는 상관없었다. 이건 별개였다. 저기 어딘가 깊숙한 곳에 세라피나가 알던 브레이든이 여전히 남아 있었다. 아주 조금일지라도 말이다. 저 모습이야말로 세라피나의 마음속에 있던 바로 그 브레이든이었다.

저녁 식사로 준비된 요리가 모두 나온 뒤에 브레이든이 일어나 예의 바르게 인사를 하고 양해를 구한 다음 먼저 자리를 떴다. 자리에 있던 모든 사람이 브레이든에게 잘 자라고 상냥하게 인사했다.

세라피나는 브레이든을 좇아 대연회장을 나와 겨울 정원으로 갔다. 브레이든과 나란히 걷는 기디언을 보니 기분이 좋았다. 그런데 그때 브레이든이 기디언을 옆문으로 내보낸 뒤 혼자서 저택 안으로 들어갔다.

"이상한데." 세라피나가 중얼거리며 브레이든을 좇아갔다.

브레이든은 대층계를 걸어서 2층으로 올라갔다.

브레이든이 방으로 들어갔다. 세라피나는 브레이든이 자려나 보다 생각했다. 그런데 그때 브레이든이 바닥을 짚고 엎드리더니 침대 밑에서 야외 활동을 할 때 입는 옷을 한 무더기 꺼냈다. 옷은 보송보송했다. 용수로 안에서 입었던 옷이 아니었다. 하지만 셔츠와 바지와 장화에 전부 진흙이 묻어 있었다. 전에 입고 빨지 않은 것 같았다. 브레이든이 재빨리 진흙이 묻은 옷으로 갈아입더니 이번에도 침대 밑에서 밧줄을 꺼냈다.

"또 시작이네." 밧줄을 타고 창문 밖으로 내려가는 브레이든을 보며 세라피나가 중얼거렸다.

세라피나도 밧줄을 타고 아래층에 있는 도서관 테라스로 내려갔다. 그리고 브레이든을 따라서 정원으로 들어섰다. "또 검은 망토가 있는 곳으로 가려고?" 세라피나가 브레이든에게 물었다.

그러나 오늘은 기디언도 함께였다. 연못으로 가는 대신 브레이든과 기디언은 숲속으로 들어갔다. 세라피나에게는 너무나도 익숙한 길이었다. 브레이든도 그런 것 같았다.

브레이든이 세라피나가 묻혀 있는 공동묘지로 가고 있었다.

세라피나는 행여나 자신의 존재가 브레이든에게 영향을 미칠까 봐 숲속에서 거리를 두고 브레이든을 뒤쫓았다. 세라피나가 브레이든을 처음으로 찾았던 날 밤 브레이든은 몹시도 괴로워했다. 세라피나는 또다시 브레이든을 괴롭게 만들고 싶지 않았다. 그래서 적당한 거리를 유지하면서 뒤따라갔다.

세라피나는 브레이든이 갔을 법한 길을 골라 혼자서 어두운 공동묘지로 향했다. 그러나 이제 더는 앞에서 브레이든과 기디언의 소리가 들려오지 않았다. 거리가 너무 벌어졌거나 무슨 일이 생겼거나 둘 중 하나였다. 갑자기 외로움이 밀려왔다.

세라피나는 비바람에 마모되어 글자가 지워진 묘비들 옆을 지나갔다. 공동묘지 특유의 축축한 공기가 거머리처럼 피부에 들러붙었다. 귀뚜라미와 매미 같은 곤충들의 나지막한 합창 소리가 사방에 진동했다. 발밑에서 기다란 아지랑이 몇 가닥이 스멀스멀 피어올랐다. 축축한 흙 사이로 드러난 오래된 나무의 뒤틀린 뿌리가 맨발에 닿았다. 구부러진 나뭇가지에는 덩굴 식물이 축 사지를 늘어뜨린 채 드리워져 있었다.

세라피나는 묘비에 네모난 모양으로 새겨진 글귀를 이미 여러 번 읽어 보았으므로 오늘 밤에 굳이 다시 읽고 싶은 마음은 없었다. 그러나 세라피나가 묘비 옆을 지날 때마다 죽은 자들의 목소리가 생생하게 들려왔다.

여기에 피가 고여 있으니 내버려 두어라, 말없이 가만히, 절대 눈물을 보이지 말라. 누군가 말했지만 세라피나는 애써 무시했다.

우리 침대는 사랑스럽고 어둡고 달콤해. 이제 여기로 와서 우리와 함께 눕자. 나란히 묻힌 자매가 속삭였다. 마치 세라피나에게 제자리로 돌아오라고 말하는 것 같았다.

세라피나는 살해당한 클로븐 스미스의 무덤과 한날한시에 죽은 군인 예순여섯 명의 무덤을 재빨리 지나쳤다. 무덤을 모두 지나자 드디어 천사 조각상이 있는 조그만 빈터가 모습을 드러냈다.

세라피나는 자신의 무덤 옆에 엎드려 있는 브레이든을 발견했다. 브레이든의 몸이 바닥에 납작 엎어져 있었다. 왼쪽 다리는 곧게 뻗어 있었지만 보조기를 한 오른쪽 다리는 옆으로 구부러져 있었다. 팔을 머리 위로 들고 손가락은 흙을 움켜쥐려는 듯 쫙 벌리고 있었다. 기디언도 몇 걸음 떨어진 곳에 브레이든처럼 아무런 움직임 없이 엎어져 있었다.

세라피나는 공포에 질렸다. 브레이든과 기디언 둘 다 죽은 것 같았다. 숨이 쉬어지지 않았다.

그런데 그때 브레이든이 머리를 움직였다. 세라피나는 안도의 숨을 내쉬었다.

두 눈을 꼭 감은 얼굴에는 슬픔이 가득했지만 아무튼 브레이든은 살아 있었다. 브레이든은 세라피나를 보러 온 것이었다. 세라피나의 무덤 곁에서 잠을 청하러 온 것이었다.

브레이든이 입은 바지와 장화에 묻어 있던 진흙은 그래서 생긴 것이었다. 전에도 여기에 왔던 것이다. 한두 번이 아니라 여러 번. 브레이든은 매일 밤 검은 망토를 입으려고 몰래 저택을 빠져나갔던 것이 아니었다. 브레이든은 매일 밤 여기에 왔던 것이다.

세라피나는 밤마다 아늑한 침대 대신 여기 차가운 무덤가에서 잠을 청하는 브레이든의 모습을 상상했다.

밴더빌트 씨가 어느 날 한밤중에 브레이든이 사라진 줄 알고 수색대를 풀었다가 지금 이 모습을 발견하고 아연실색했던 걸까? 그래서 그렇게 브레이든을 걱정했던 걸까? 그래서 브레이든에게 빌트모어의 문이란 문에 이중으로 자물쇠를 채워 놓았다고 경고했던 걸까?

숨쉬기가 불편한 듯 세라피나의 무덤 곁에 누워 있는 브레이든의 어깨가 느리게 들썩였다.

세라피나는 입술을 깨물고 그런 브레이든을 바라보았다. 목이 메었다.

한참 동안 브레이든은 말을 하지도, 무덤 곁을 떠나지도 않았다. 그냥 그렇게 흙 위에 누워 있었다. 생각에 짓눌려 그 자리에 쓰러져 버린 사람처럼.

세라피나는 브레이든에게로 다가갔다. 브레이든이 숨을 쉴 때마다 가슴이 느리게, 규칙적으로 오르락내리락했다. 세라피나가 브레이든 옆에 무릎을 꿇고 앉았다.

브레이든의 떨리는 손이 눈에 들어왔다.

세라피나는 브레이든의 얼굴을, 꼭 감은 두 눈을 찬찬히 바라보았다. 그때 감은 두 눈에 힘이 들어가는가 싶더니 눈물이 뺨을 타고 흙 위로 또르르 굴러떨어졌다. 떨어진 눈물방울 주변으로 조그만 먼지가 동동 떠다녔다.

북받쳐 오르는 감정에 세라피나가 급히 숨을 들이켰다. 마음을 진정하고 천천히 숨을 내뱉으려 했지만 뜻대로 되지 않았다. 세라피나는 거친 숨을 몰아쉬었다.

마침내 브레이든이 고개를 들어 천사 조각상을 올려다보았다. "제가 당신한테 세라피나를 맡겼잖아요." 브레이든의 목소리가 떨리고 있었다. "그런데 무얼 하셨나요?"

세라피나는 갑작스런 현기증을 느꼈다. 눈물이 차올랐다.

무덤 주위를 둘러보다가 세라피나는 동그랗게 쌓아올린 흙더미가 하나도 흐트러지지 않고 그대로임을 발견했다. 세라피나는 제 눈을 의심했다. 세라피나가 관을 뚫고 기어 나온 흔적이 하나도 없었다.

“제가 뭘 어떻게 하길 원하시나요?” 브레이든이 절망에 가득 찬 목소리로 천사 조각상에게 물었다. “제가 뭘 해야 하는지 알려 주세요!”

세라피나는 어떻게든 브레이든에게 다가가 체온을 나누고 이야기를 나누고 싶어서 미칠 것 같았다. “나 여기 있어, 브레이든.” 세라피나가 말했다. “나 여기 있다고!”

세라피나가 브레이든의 손에 자기 손을 포갰다. 따뜻한 체온은 느껴지지 않았다. 브레이든도 세라피나의 손길은 느끼지 못하는 게 분명했다. 그러나 세라피나의 영혼이 가까이 다가가자 감정이 격해지는 듯 브레이든의 얼굴이 크나큰 슬픔으로 일그러졌다.

세라피나는 자기가 브레이든에게 무슨 짓을 했는지를 깨닫고 재빨리 뒤로 물러났다. “미안해.” 세라피나가 기어 들어가는 목소리로 사과했다.

“난 널 내버려 두지 않을 거야, 세라피나.” 브레이든이 두 발로 일어서며 말했다. “난 널 버리지 않을 거야!”

브레이든은 제 말이 들리지 않을 줄 알면서도 무덤 안에 있는 세라피나에게 말을 걸고 있었다. 그 모습을 바라보고만 있어야 하는 세라피나의 가슴이 미어졌다. 세라피나는 브레이든에게 어떻게든 자신이 듣고 있다는 신호를 보내고 싶었다. 어떤 일이 있었든지 간에 둘은 여전히 친구였다. 둘은 여전히 함께였다. 세라피나의 죽음도 둘의 우정을 갈라놓진 못했다. 갈라놓을 수 없었다.

세라피나는 어떻게든 브레이든과 소통할 수 있는 방법을 찾으리라 굳게 마음먹고 주위를 둘러보았다.

먼지에서 먼지로, 세라피나가 속으로 중얼거렸다. *흙에서 흙으로 돌아가리니.* 지금 이 순간 세라피나에게 일어나고 있는 일이었다. 세라피나는 원래 왔던 곳으로 *돌아가고* 있었다. 그러나 지금 이 순간 세라피나의 존재는 희미하나마 아직 이 세상에 머물러 있었다.

파리만큼이나 하찮은 존재. 세라피나는 생각했다. 그러나 한낱 파리조차 할 수 있는 일이 있었다.

세라피나는 최대한 보폭을 넓혀 무덤 위로 올라섰다. 동그란 봉분 위에서 세라피나는 빙글빙글 돌고 소리를 지르고 발로 차고 폴짝폴짝 뛰며 온갖 법석이란 법석은 다 떨었다.

그러나 아무 일도 일어나지 않았다. 흙은 꿈쩍도 하지 않았다.

세라피나가 할 수 있는 일은 아무것도 없었다.

그러나 다음 순간 세라피나는 떠올렸다. *플루트를 연주하듯이…….*

세라피나는 무릎을 꿇고 손바닥으로 땅을 짚었다. 납작 엎드려서 폐 깊숙이 숨을 들이마신 다음 연습했던 것처럼 부드럽게 입김을 불었다.

갑자기 달빛 아래 먼지가 브레이든의 코앞에서 조그만 소용돌이 모양으로 피어올랐다.

너무 기쁜 나머지 세라피나가 환호성을 질렀다. 꼭 필요한 순간에 연습했던 대로 해냈다!

그러나 브레이든은 먼지의 소용돌이를 미처 보지 못했다.

아무 소용이 없었다.

세라피나는 그 어느 때보다도 의욕을 잃고 땅바닥에 주저앉았다. 모든 것이 헛수고였다.

그런데 그때 엎드려 있던 기디언이 벌떡 일어나 앉더니 세라피나 쪽을 뚫어져라 바라보았다. 기디언의 귀가 쫑긋 올라갔다. 기디언의 눈이 *세라피나*를 바라보고 있진 않았지만 세라피나가 일으킨 먼지의 소용돌이를 바라보고 있었다.

기디언이 먼지의 소용돌이를 똑바로 쳐다보고 있었다.

기디언이 고개를 갸웃거렸다.

"나야, 기디언!" 세라피나가 고함을 질렀다.

세라피나가 다시 한 번 입으로 먼지를 불었다. 또 다른 조그만 먼지구름이 피어올랐다.

기디언이 천천히 네발로 일어났다. 지금 보고 있는 장면이 무엇을 의미하는지 이해하려는 듯 기디언이 고개를 갸웃거렸다.

"내가 살아 있어, 기디언!" 세라피나가 소리를 질렀다.

마침내 그 의미를 알아챈 듯 기디언이 큰 소리로 짖었다. 그러더니 무덤을 파기 시작했다.

세라피나가 깜짝 놀라 뒤로 물러섰다. 무엇을 기대했는지는 몰라도 바보 같은 기디언이 무덤을 팔 줄은 전혀 예상하지 못했다! 하지만 세라피나는 기디언을 말리는 방법은 알지 못했다.

기디언이 앞발로 미친 듯이 땅을 팠다. 기디언 뒤로 흙이 수탉의 꼬리처럼 포물선을 그리며 쌓여 갔다.

갑작스레 얼굴로 날아오는 흙 세례에 깜짝 놀란 브레이든이 기디언 쪽으로 다가왔다.

"왜 그래?" 브레이든이 어리둥절한 얼굴로 물었다. "기디언, 지금 뭐 하는 거야?"

그러나 기디언은 굴착기라도 되는 것처럼 세라피나의 무덤을 파는 일에만 집중했다.

"그만둬, 기디언, 하지 마!" 브레이든이 소리를 질렀다. 브레이든이 기디언의 어깨를 잡고 뒤로 잡아끌었지만 기디언의 힘은 당할 수가 없었다.

"뭐 하는 거냐니까?" 브레이든이 걱정과 두려움이 뒤범벅된 목소리로 기디언을 채근했다. "하지 마! 이러면 안 돼!"

무덤 파는 일을 달갑게 여길 사람은 아무도 없었다. 브레이든은 끔찍하게 썩어 버린 세라피나의 시체를 마주하게 될까 봐 겁내고 있었다.

그러나 기디언은 멈추지 않았다. 아무 말도 들리지 않는다는 듯 무덤 파는 일에만 열중했다.

당황한 브레이든이 뒷걸음질을 쳤다. 브레이든은 어찌할 바를 모르고 기디언이 점점 더 깊이 무덤을 파 내려가는 모습을 지켜보기만 했다.

공포에 질린 브레이든의 얼굴이 보였다. 브레이든은 곧 보게 될 장면을 마주할 준비가 되지 않았다. 그러나 동시에 섬뜩한 호기심이 브레이든으로 하여금 기디언이 계속 무덤을 파도록 내버려 두고 있었다. 지금 살아가는 이 어둡고 끔찍한 세상을 바꾸려면 *무언가를* 해야만 했다. 그리고 그 무언가를 지금 기디언이 하고 있었다!

어느 순간 브레이든이 기디언 옆으로 다가와 무릎을 꿇고 함께 무덤을 파기 시작했다. 맨손으로 판 흙이 브레이든 뒤로 점점 쌓여 갔다.

세라피나는 브레이든과 기디언이 무덤 안에서 무엇을 보게 될지 알 수 없었다. 진짜 시체가 있을까? 하지만 세라피나는 무덤을 기어 나왔다! 무덤 밖으로 기어 나와 이 세상을 활보하고 있었다. 무덤 안에 시체가 *있을 수가 없었다. 하지만 만약에 있다면?* 브레이든과 기디언이 흙 속에서 썩어 가고 있는 세라피나의 시체를 발견하게 된다면? 세라피나는 거무죽죽하게 변색되어 썩어 가는 피부 아래 허연 뼈를 드러내고 있는 자신의 모습을 상상했다.

마침내 땅속에 묻혀 있던 관이 모습을 드러냈다. 세라피나는 관 뚜껑이 부서지지 않고 멀쩡한 상태로 있는 모습을 보고 깜짝 놀랐다. 마지막 흙까지 털어 낸 브레이든이 숨을 죽인 채 관 뚜껑을 들어 올렸다.

다음 순간 세라피나는 숨이 멎는 줄 알았다.

관 속에는 세라피나의 시신이 누워 있었다. 괜찮을 거라고는 기대도 안 했지만 막상 눈으로 마주하니 다리에 힘이 풀렸다. 세라피나는 눈을 감고 고개를 돌려 버렸다. 쓰러지지 않으려고 허리를 숙인 채 한 손으로 옆에 있던 나무를 껴안았다. 다른 한 손으로는 눈과 얼굴을 가린 채 호흡을 가다듬으려고 애썼다. 하지만 폐도 없는 주제에 무슨 호흡을 가다듬는단 말인가? 온 세상이 무너지는 듯한 느낌이었다. 어떻게 이런 일이 가능하지? 어떻게 내가 무덤 안에 있는 거지?

세라피나는 자신의 시신을 보고 싶진 않았다. 하지만 보아야만 했다.

세라피나가 천천히 관 쪽으로 고개를 돌렸다. 썩어 문드러진 피부에서 악취가 날 것을 예상하고 콧잔등과 입술에 잔뜩 힘을 주고 숨을 참았다.

그런데 하나도 썩지 않은 세라피나의 시신이 눈에 들어왔다. 세라피나는 얼굴을 위로 하고 똑바로 누워 있었다. 누군가 정성스레 눕힌 듯 두 눈은 감겨 있었고 두 손은 가슴께에 얌전히 포개져 있었다. 세라피나는 더 가까이 다가갔다. 흙이 군데군데 묻어 있었지만 얼굴과 몸은 깨끗했다. 흉측한 시체가 아니었다. 영원한 봄 안에 잠든 채 잠시 그대로 시간이 멈춘 것만 같았다. 천사 조각상이 있는 이 빈터는 시체가 썩지 않고 계절이 지나지 않는, 우주의 흐름에서 벗어난 곳이었다. 그래서 브레이든은 세라피나를 이곳으로 데려왔던 것이다.

세라피나는 자기 무덤 옆에 서서 믿기지 않는다는 표정으로 관 속에 누워 있는 자신을 내려다보았다. 브레이든과 기디언도 세라피나 옆에 우두커니 서 있었다.

세라피나의 몸은 죽은 것이 분명했다. 생명의 흔적이라곤 찾을 수 없었다. 아무런 숨결도, 움직임도 느껴지지 않았다. 하지만 부패의 흔적 또한 찾을 수 없었다. 피부가 푸르죽죽하게 변하지도 않았고 썩어 문드러지지도 않았다. 마치 그 무엇도 세라피나의 몸에 해를 끼칠 수 없다는 듯 완벽하게 보존되어 있었다.

세라피나는 브레이든의 표정을 살펴보았다. 브레이든은 관 속에 세라피나의 시신이 누워 있다는 사실에는 전혀 놀란 기색이 아니었다. 당연히 알고 있었다는 얼굴이었다. 세라피나를 그곳에 묻은 사람이 바로 브레이든이었기 때문이다. 하지만 다른 것에 충격을 받은 듯 브레이든의 눈이 휘둥그레져 있었다.

“상처가 다 나았어.” 브레이든이 반쯤 넋이 나간 채 중얼거렸다. 세라피나가 입은 드레스는 너덜너덜 피투성이였지만 세라피나의 몸은 흉터 하나 없이 깨끗했다.

브레이든이 몸을 돌려 천사 조각상을 올려다보았다.

“세라피나를 *낫게* 해 주셨군요.” 브레이든이 조금 전에 쏘아붙인 말을 사과하듯 웅얼거렸다. “세라피나를 *지켜* 주고 계셨군요.” 브레이든이 이제야 조금 마음이 놓인 듯 흐르는 눈물을 훔쳤다.

세라피나는 천사 조각상이 있는 빈터를 천천히 둘러보았다. 아름다운 버드나무가 가지를 늘어뜨린 채 평화롭게 서 있었고 사랑스러운 풀밭이 펼쳐져 있었다. 천사 조각상이 있는 빈터는 겨울이나 봄이나 여름이나 가을이나 늘 지금처럼 한결같은 모습이었다.

브레이든이 다시 한 번 천사 조각상을 올려다보며 단순히 살아 있는 존재가 아니라 진정한 친구를 대하듯이 말했다. “그런데 전 이제 무엇을 해야 하나요? 제가 어떻게 하면 세라피나를 도울 수 있을까요?”

브레이든이 기대에 찬 눈빛으로 천사 조각상을 쳐다보았다. 하지만 한참을 기다려도 대답이 돌아오지 않자 브레이든은 금세 다시 풀이 죽었다. 브레이든의 얼굴에 또다시 슬픔의 그림자가 드리웠다.

"희망을 잃지 마." 세라피나가 속삭였다.

마침내 브레이든은 죽은 사람처럼 파헤쳐진 무덤 옆에 다시 몸을 뉘었다.

"난 희망을 잃지 않을 거야, 세라피나." 브레이든이 말했다. "어떻게든 내가 널 다시 여기서 꺼내 줄게."

세라피나는 브레이든이 자신의 말을 듣지 못했다는 사실을 알고 있었다. 하지만 지금 이 순간 둘은 똑같은 감정을 느끼고 있었다.

세라피나가 무덤 옆에 누워 있는 브레이든을 내려다보며 생각에 잠겼다. 인간일 때 몸은 관 속에 누워 있었다. 흑표범일 때 몸은 야생 그대로 숲속을 돌아다니고 있었다. 불안한 영혼은 무덤에서 기어 나와 몸이 기억하는 현실 세계의 온갖 제약을 짊어진 채 떠돌고 있었다. 여전히 두 발로 땅 위를 걸어 다녔고, 장애물이 있으면 부딪쳤고, 시각과 청각과 촉각도 그대로였고, 여전히 아프고 배고프고 졸렸다. 그런데 세라피나의 몸만 매미가 벗어 놓은 허물처럼 저기에 누워 있었다. 세라피나의 영혼은 빌트모어로 돌아가 유령처럼 그 안을 떠돌다가 다시 이곳으로 돌아왔다.

그렇게 한참 동안 세라피나는 생각과 행동, 꿈과 현실, 물리적 세계와 영혼의 세계, 인식과 실제의 차이점을 놓고 고민에 빠졌다.

세라피나는 브레이든이 여기서 꺼내 주겠다고 했던 말이

무슨 뜻일까 곰곰이 생각했다. 무덤에서 꺼내 주겠다는 말이었을까? 시체에서 꺼내 주겠다는 말이었을까? 정확히 알 순 없었지만 최소한 이제는 이것 하나만큼은 확실히 알 수 있었다. 이 모든 일이 일어난 뒤에도 브레이든은 여전히 세라피나의 친구였다. 브레이든은 여전히 세라피나를 위해 싸우고 있었고 여전히 희망을 품고 있었다. 가장 깜깜한 밤을 훤히 밝히고도 남을 눈부신 희망을 품고 있었다.

브레이든이 세라피나의 무덤 옆에 등을 대고 눈을 뜬 채 누워 있었다. 기디언이 슬며시 다가와 그 옆에 몸을 말고 누웠다. 브레이든이 기디언에게 팔을 둘렀다. 지난 몇 달 동안 브레이든은 스스로가 부끄러워 기디언을 밀어냈다. 하지만 이제 둘 사이에 벌어졌던 틈이 서서히 메워지고 있었다. 세라피나는 브레이든과 기디언이 함께 있는 모습을 보니 기뻤다. 하지만 왜 하필 지금 여기서 이런 일이 벌어지고 있는 걸까? 무엇이 변했길래?

브레이든이 나무 사이로 하늘을 바라보았다. 세라피나는 지금 이 순간 브레이든이 무엇을 보고 있는지, 무슨 생각을 하는지 궁금했다.

세라피나는 브레이든 곁으로 다가갔다. 무덤 속에 누워 있는 자신의 시신 옆으로는 얼씬도 하지 않았다. 그랬다가는 무슨 일이 벌어질지 몰라 두려웠다. 대신 무덤과 나란히 누워 있는 브레이든의 반대쪽으로 다가갔다.

그때 세라피나는 그림자 속에서 이쪽을 쳐다보는 샛노란

눈동자 한 쌍을 발견했다. 검은색 털은 어둠에 묻혀 거의 보이지 않았지만 세라피나에게는 흑표범의 얼굴과 귀의 윤곽이 또렷하게 보였다. 어느새 가까이 다가온 흑표범이 그 자리에 가만히 소리 없이 엎드려 천사 조각상이 있는 빈터를 바라보고 있었다.

세라피나는 천천히 브레이든에게 다가가 그 옆에 누웠다.

브레이든 옆에 등을 대고 누워 빈터를 둘러싼 숲 사이로 동그랗게 보이는 밤하늘을 올려다보았다. 두 사람은 예전에도 빌트모어의 지붕 위에 나란히 누워 밤하늘을 바라보곤 했다. 이제는 머나먼 옛날 일처럼 느껴졌다. 꿈처럼 아득했다. 하지만 그때가 꿈이 아니라 실제였던 것처럼 지금도 꿈이 아니라 실제였다.

나란히 누워서 세라피나와 브레이든은 수정 구슬처럼 맑은 밤하늘을 바라보았다. 맑고 아름다운 밤이었다. 수천 개의 별이 밤하늘을 수놓고 있었다. 토성과 화성과 금성이 저마다 빛을 내며 존재감을 과시했다. 은하수가 반짝이는 밤하늘을 굽이굽이 가로질렀다.

머리 위로 별과 행성이 느리게 움직였다. 별과 행성이 기록하는 시간은 너무나 정확해서 눈으로는 식별이 되지 않았다. 하늘은 마치 거대하고 변하지 않는 시계 같았다. 내면의 삶이 흘러가는 시간을 기록하는 천체 시계는 세상 모든 것이 변할지라도 세상의 중심인 이곳, 두 사람이 나란히 누워 있는 이곳에서는 모든 것이 변하지 않는다는 사실을 보여 주고 있었다.

처음으로 브레이든은 세라피나의 영혼이 바로 옆에 있는데도 초조해 보이지 않았다. 한쪽에는 세라피나의 영혼이 누워 있었고 반대쪽에는 세라피나의 인간일 때 몸이 누워 있었다. 그리고 근처에는 세라피나의 흑표범일 때 몸이 누워 있었다. 새삼스레 경외감이 샘솟았다. 세 동강 난 세라피나의 몸과 영혼은 브레이든에게 크나큰 슬픔과 고통을 안겨 주었다. 하지만 지금 브레이든은 그 옆에서 고요하게 누워 있었다.

브레이든은 세라피나 옆에서 잠이 들었고 세라피나도 브레이든 옆에서 잠이 들었다. 세라피나는 이번에는 악몽 대신 사랑스러운 꿈을 꾸었다. 꿈속에서 세라피나는 한 자락 공기였다. 아무 형체 없이 오직 움직임뿐이었다. 중력에서 벗어나 숲에서 집으로, 산에서 들로 여기저기 자유로이 떠돌아다녔다. 가벼운 바람에 실려 잔잔하게 울려 퍼지는 한 자락 교향곡처럼 마음껏 공기 중을 날아다녔다.

참으로 오랜만에 세라피나와 브레이든이 함께 누리는 평화였다.

천사 조각상이 있는 빈터에서 세라피나는 눈을 떴다. 옆에는 브레이든과 기디언이 누워 있었다. 세라피나는 재빨리 일어나 주변을 둘러보았다.

"도대체 무슨 생각이야?" 꾸짖는 듯한 남자 목소리가 들려왔다.

세라피나가 숲속을 둘러보았다.

"누굴 다치게 할 생각은 없었어." 브레이든이 대답했다. "정말이야. 아무 일도 없었어."

"그게 얽히면 항상 무슨 일이 일어나곤 했지." 숲속에서 웨이사가 모습을 드러내며 대꾸했다. 어깨까지 내려온 갈색 머리카락과 구릿빛 피부가 아침 햇살 아래 반짝거렸다. 웨이사는 위에는 아무것도 걸치지 않고 투박한 바지만 입고 있었다. 얼굴과 팔에는 체로키 부족 대대로 전해 내려오는 문양이 새겨져 있었다. "너 도대체 왜 이러는 거야? 검은 망토는 왜 입었어?"

"미안해." 브레이든이 고개를 저으며 말했다. "난……."

"무슨 일인데 그래? 무슨 일이 있었던 거야?" 웨이사가 채근했다.

"삼촌과 숙모가 손님들을 불러 모아 장미 정원에서 파티를 열었어."

"아 그래, 그것 참 구미가 당겼겠네. 훌륭한 먹잇감을 골라드실 수 있는 좋은 기회였겠네." 웨이사가 빈정거렸다.

"아니야, 그런 거!" 브레이든이 발끈했다. "나 혼자 떨어져서 도서관 테라스에 앉아 있었어. 그런데 갑자기 이상한 느낌이 들었어."

"그게 무슨 말이야, 이상한 느낌이라니?" 웨이사가 눈을 가늘게 뜨며 물었다.

"나도 그게 뭐였는진 모르겠어." 브레이든이 말했다. "몸서리나게 슬프고 아팠어. 마치 모든 일을 다시 겪는 것처럼, 마치 세라피나가 거기에 있고 내게 도와 달라고 하는데 내가 도와줄 수 없는 그런 느낌이었어. 손을 뻗으면 닿을 수 있을 것 같은데 그럴 수 없는 느낌. 이 모든 게 영원히 끝나지 않을 것처럼 절망적인 느낌이 들었어. 어쩌면 검은 망토를 입으면 세라피나를 찾을 수 있을지도 모른다고 생각했어. 어쩌면 세라피나에게 닿을 수 있을지도, 그래서 도울 수 있을지도 모른다고 생각했어. 뭐든 해야만 했어."

"하지만 그건 아니잖아!" 웨이사가 단호하게 말했다. "다시는 입지 마. 그건 너무 위험해. 특히 지금은."

"안 입을게. 약속해." 브레이든이 말했다. "정말 끔찍했어. 다른 방법을 찾아야겠어."

웨이사가 이해했다는 듯 고개를 끄덕였다. "너 때문에 얼마나 식겁했는지 아니, 친구야." 웨이사가 그렇게 말하며 브레이든에게로 다가왔다. 두 소년은 익숙한 듯 다정하게 악수를 나누고 서로를 가볍게 껴안았다가 떨어졌다.

웨이사를 여기서 만나다니 세라피나는 반가웠다. 그런데 브레이든과 웨이사가 언제 저렇게 친해졌나 싶어서 놀랍기도 했다. 두 사람은 유라이아와 로웨나와 싸울 때 처음 만났다. 그때만 해도 둘은 친하지 않았다. 세라피나가 없는 사이에 두 친구가 가까워진 모습을 보니 기분이 묘했다.

브레이든과 웨이사는 겉모습이 달라도 너무 달랐다. 웨이사가 브레이든보다 체격이 좋았다. 근육 잡힌 팔다리는 매끈했다. 웨이사는 말보다 행동으로 보여 주는 날렵하고 용맹한 소년이었다. 브레이든의 머리카락은 웨이사보다 옅었고 얼굴은 더 앳되고 보드라웠다. 브레이든은 조용하고 예의 바른 소년이었다. 좋은 가문에서 귀하게 자란 듯 단정한 옷차림에 항상 강아지를 옆에 데리고 다녔다.

웨이사가 고개를 돌려 무덤 안에 누워 있는 세라피나를 보았다. 웨이사의 얼굴에서 세라피나는 브레이든과 기디언이 저지른 일을 마뜩잖아 하는 표정을 읽었다. "검은 망토를 입질 않나 하다못해 이제는……."

"다음번엔 무슨 일이 일어날지 모르겠어, 웨이사." 브레이든이 말했다. "우린 뭘 기다리고 있는 거야? 앞으로 무슨 일이 일어나는 거야?"

그러나 웨이사는 대답하지 않았다.

"세라피나는 가고 남은 건 저거뿐이야." 브레이든이 무덤 안에 누운 세라피나의 시신을 가리키며 풀 죽은 목소리로 말했다.

"그렇지 않다는 거 알잖아." 웨이사가 딱딱한 얼굴로 말했다.

"하지만 로지아에서 있었던 일 이후로 줄곧 여기에 묻혀 있었다고. 이제 와서 뭐가 달라지겠어?"

"이건 단지 세라피나가 인간일 때 몸일 뿐이야." 웨이사가 말했다. "천사 조각상이 지켜 주는 동안에는 아직 희망이 있어."

"무슨 희망? 나머지는 어디 갔는데? 세라피나는 어디로 갔냐고?"

"나 여기 있어!" 세라피나가 외쳤다.

"내가 봤어." 웨이사가 말했다.

"뭐라고?" 세라피나가 화들짝 놀라서 웨이사를 바라보았다. "네가 날 봤다고? 무슨 소릴 하는 거야? 넌 날 못 봤잖아!"

"때때로 여기 이 무덤 근처를 돌아다녀." 웨이사가 말했다.

"그래, 나 여기 있어! 나 여기 있다고!"

"널 알아봐?" 브레이든이 웨이사의 말에 관심을 보이며 물었다.

"솔직히 잘 모르겠어." 웨이사가 슬픈 목소리로 대꾸했다. "겉보기엔 야생 그 자체야. 마지막으로 보았을 때는 내가 따라가니까 날 공격하더라."

세라피나가 인상을 찌푸렸다. 브레이든과 웨이사는 세라피나의 영혼 이야기를 하는 것이 아니었다. 흑표범 이야기를 하는 것이었다.

브레이든이 고개를 가로저으며 슬프게 말했다. "나도 멀리서 본 적이 있는데 내 근처로는 오지도 않더라."

"세라피나의 *쵸-이*는 조각난 거야." 웨이사가 체로키어를 섞어 말했다.

"무슨 말인지 못 알아듣겠어." 브레이든이 말했다.

"셋이 한 몸을 이루고 있었는데 갈가리 찢어진 거야." 웨이사가 제 딴에는 최선을 다해서 설명했다. "세라피나의 *아-다안-토*만 사라졌어."

"그게 뭔데?"

"세라피나의 심장 말이야, 세라피나의 영혼." 웨이사가 말했다.

브레이든이 세라피나의 시신을 내려다보며 고개를 저었다. "세라피나를 위해 내가 할 수 있는 일이 더 있었으면 좋겠어."

"넌 이미 네가 할 수 있는 모든 걸 다했어." 웨이사가 브레이든을 다독였다.

"하지만 난 세라피나를 구하지 못했어……." 브레이든이 말끝을 흐렸다.

"아직 몰라." 웨이사가 말했다. "여러 길로 지나다니는 발이 많아."

브레이든이 웨이사를 올려다보았다. "그건 무슨 뜻이야? 무슨 일이 일어나고 있구나? 세라피나의 엄마랑 이야기해 본 거야?"

"아니." 웨이사가 힘없이 고개를 가로저으며 말했다.

"세라피나의 엄마는 너무나 큰 충격을 받으셨어. 세라피나의 죽음 이후로 모든 희망을 잃어버린 듯하셔."

"그래서 어디 계신데?" 브레이든이 물었다.

"이 숲의 모든 것이 갈수록 세라피나를 더 많이 떠오르게 만들어서, 나무며 강이며 바위며 하늘이며 심지어 너랑 나까지, 더는 마음이 아파서 여기 계실 수가 없었나 봐. 새끼 퓨마 남매를 데리고 스모키산으로 떠나셨어. 그쪽엔 우리 같은 고양잇과 맹수도 더 많고."

"이해해." 브레이든이 고개를 끄덕였다.

세라피나는 홀린 듯이 웨이사가 들려주는 엄마 이야기를 들었다. 엄마가 떠났다니 너무 슬펐지만 그래도 엄마랑 동생들이 안전하다니 안심이 됐다.

문득 *세라피나의 죽음*이라는 말이 귓가에 맴돌았다. 웨이사는 그렇게 말했다. 살아남은 사람들은 그렇게 부르고 있었다. 세라피나의 죽음이라고.

브레이든이 웨이사를 바라보았다. "*넌* 스모키산으로 안 갔어?"

"난 가지 않았지."

"왜?"

웨이사가 눈을 들어 브레이든을 바라보았다. 그런 질문 자체가 불쾌한 듯한 표정이었다. "너희 삼촌과 숙모가 너한테 뉴욕에 있는 병원으로 가라고 했을 때 네가 거절한 것과 같은 이유에서지. 뉴욕에 있는 의사들은 네 다리를 고쳐 줄 수도 있다고 했다며."

"네 말이 맞아." 브레이든이 수긍했다. "그나저나 여러 길로 지나다니는 발이 많다니 그건 무슨 뜻이야?"

"무언가 이쪽으로 오고 있어." 웨이사가 대답했다. "끔찍한 힘을 가진 갈고리 같은 손을 가진 생명체를 보았어. 매일 밤 어두운 폭풍우가 숲을 갈기갈기 찢어 놓고 있어. 불어난 강물이 흐르는 곳마다 모든 걸 파괴하고 있어. 게다가 검은 형체가 늘어나고 있어. 빌트모어에 있는 사람들이 위험해."

"그 *애* 짓이야?" 갑자기 사납게 돌변한 브레이든이 물었다.

"모르겠어."

"하지만 넌 그 앨 또 봤잖아, 아니야?"

"아니야, 그 애가 말도 안 하고 사라진 그날 밤 이후로는 못 봤어."

세라피나는 브레이든과 웨이사가 도대체 무슨 이야길 하는 건지 알 수 없었다. 하지만 웨이사의 목소리에서는 죄책감 비슷한 것이 느껴졌다.

"네가 그 앨 도와준 이후로 못 봤다는 거겠지." 브레이든이 씁쓸한 목소리로 맞받아쳤다. "난 아직도 네가 왜 그랬는지 이해를 못 하겠어."

"처음에 숲속에서 내가 그 앨 발견했을 때는 출혈이 너무나도 심했어. 움직이지도, 말을 하지도 못했어. 그대로 내버려 두었으면 죽었을 거야, 브레이든."

"그래, 나도 알아. 그때 끝장을 냈어야지!"

"넌 이해 못 해." 웨이사가 말했다. "로지아에서 입은 상처가 다가 아니었어. 개한테 물린 자국과 표범 발톱에 찔린 자국이 어떤지는 내가 잘 알아. 다른 무언가가 그 앨 공격했어. 쓰러진 나무 밑에서 오들오들 떨면서 몸을 웅크리고 쓰러져 있는 걸 내가 발견한 거야. 무언가 무자비하게 그 앨 공격했어. 뼈가 부러지고 살이 찢기고 심지어 화상까지 입었어. 그렇게 심한 상처는 처음 봤어."

"어떻게 그럴 수가 있지?" 브레이든의 눈동자에 공포가 서렸다. "어떤 동물 짓이라는 거야? 아니면 사악한 주문? 다른 무언가가 그 앨 *공격했다*는 게 대체 무슨 뜻이야?"

"나도 모르겠어. 하지만 내가 여태껏 본 것 중에 제일 끔찍한 몰골이었어." 웨이사가 말했다.

"하지만 아무리 그렇다고 해도 그 앤 적이야, 웨이사. 기회가 왔을 때 왜 없애 버리지 않은 거야?"

브레이든의 다그침에 대답할 말을 찾지 못한 웨이사가 애꿎은 땅바닥만 내려다보았다. "어쩌면 네 말대로 내가 돌이킬 수 없는 실수를 한 걸지도 모르겠어." 웨이사가 인정했다. "하지만 극심한 고통 속에 땅바닥에 쓰러져 있는 그 앨 보니까 유라이아가 내 여동생을 죽였던 그날 밤만 계속 떠올랐어. 난 여동생을 구하지 못했어. 아무리 온 힘을 다해 싸워도 여동생을 지킬 만한 힘과 속도와 용맹함은 없었던 거야. 그런데 다쳐서 땅바닥에 쓰러져 있는 그 앨 보는 순간 *이 애*만큼은 내 힘으로 구할 수 있겠다고 생각했어. 지금껏 오랜 시간 싸워 왔지만 예전의 나는 그렇지 않았어. 내가 이렇게 되고 싶어서 된 게 아니니까. 우리 엄마랑 할머니는 내게 때로는 싸움으로 이길 수 있는 전투도 있지만 도움과 치유의 손길로 이길 수 있는 전투도 있다고 가르쳐 주셨어. 때로는 선택할 수 있는 길은 하나보다 많아. 어느 길로 가야 하는지 항상 명확한 건 아니지만 난 올바른 길을 선택하고 싶었어. 적어도 내가 갈 수 있는 최선의 길을 선택하고 싶었어. 그렇게 쓰러져 있는 로웨나를 보았을 때 왠지 모르게 발톱이 나가지 않았어. 내 말 이해가 돼?"

꽤 오랫동안 브레이든은 웨이사를 쳐다보지 않았다. 아니 쳐다볼 수가 없었다. 아무리 생각해도 웨이사를 용서할 수가 없었다. 하지만 마침내 브레이든이 고개를 들어 웨이사를 바라보며 고개를 끄덕였다. "알겠어. 그래서 그다음엔 어떻게 했는데?"

"로웨나를 안아서 안전한 은신처로 데려갔어. 상처를 치료한 다음에 몇 날 며칠 옆에서 간호하며 지켜보았지. 다 나을 때까지 먹여 주고 재워 주었지."

"그다음엔 어떻게 됐어?"

"반달이 뜨던 날 밤 돌아와 보니 로웨나는 사라지고 없었어. 그냥 그렇게 사라졌어."

"사라졌다고?"

"몰래 가 버린 거야. 며칠 동안 찾아다녔는데 연기처럼 흔적도 없이 사라져 버렸어."

"네가 말한 그 갈고리 같은 손을 가진 생명체랑 폭풍우랑 불어난 강물 말이야……."

"나도 그게 로웨나 짓인지는 모르겠어. 아니면 그 생명체가 로웨나에게 그렇게 끔찍한 상처를 입힌 장본인일지도 모르고." 웨이사가 대답했다.

세라피나는 저도 모르게 주변 숲속을 살폈다. 웨이사는 폭풍우를 불러일으키던 정체 모를 괴생명체를 보았다. 게다가 무언가 다가오고 있다는 사실을 알고 있었다.

브레이든이 무덤 속에 누워 있는 세라피나의 시신을 내려다보았다.

"결국은 그냥 이렇게 끝나는 걸까, 웨이사?" 브레이든이 물었다. "세라피나는 저렇게 무덤 속에 누워 있는데?"

"용기를 잃어선 안 돼, 친구. 그게 우리가 할 일이야." 웨이사가 말했다. "우린 맞서 싸워야 해."

"이미 진 싸움일지라도?" 브레이든이 자신 없는 목소리로 물었다.

"그렇다면 더더욱. 이 전쟁은 끝나지 않았어. 강해져야 해. 똑똑해져야 해." 웨이사가 말했다. "그 망토는 여전히 네가 가지고 있는 거지?"

"응. 내가 가지고 있어."

"잘 숨겨. 안전하게. 지금으로선 그 망토가 우리의 유일한 희망이야. 그리고 무슨 일이 닥쳐도 우린 함께 싸울 거야."

브레이든이 당연하다는 듯 고개를 끄덕였다. "그럼 넌 흑표범을 안전하게 지켜."

"최선을 다해 볼게." 웨이사가 맹세했다. "용기를 잃지 마!"

이 말을 남기고 웨이사는 허공으로 뛰어올라 퓨마로 변신한 다음 네발로 힘차게 숲속으로 모습을 감추었다.

브레이든은 웨이사의 뒷모습을 바라보았다. 무덤가에는 브레이든과 기디언만 남았다. 브레이든은 웨이사의 말을 곱씹으며 무엇을 해야 할지 고민하는 듯 보였다.

이윽고 브레이든은 천천히 관 쪽으로 돌아서서 무덤 안에 누워 있는 세라피나를 바라보았다.

"돌아와, 세라피나." 브레이든이 중얼거렸다.

"노력하고 있어, 믿어 줘." 슬픔을 억누르며 세라피나가 대답했다.

브레이든이 관 뚜껑을 제자리에 돌려놓았다. 그러고 나서 다시 흙으로 덮었다. 세라피나를 다시 묻고 싶지 않은 듯 느린 동작이었다.

무덤을 원래대로 돌려놓고 떠나기 전에 브레이든이 다시 한 번 천사 조각상을 올려다보았다.

"세라피나를 잘 보살펴 주세요." 브레이든은 천사 조각상에게 단단히 부탁한 뒤 발길을 돌려 빌트모어로 향했다.

세라피나는 브레이든을 따라가고 싶었지만 그냥 보내 주었다. 그쪽에서는 더 이상 브레이든을 도울 수 있는 방법이 없었다. 친구들이 다가올 어둠에 맞서 싸울 때 세라피나도 함께하려면 지금 선택할 수 있는 길은 단 하나뿐이었다.

그날 밤 세라피나는 늪지대를 지나 로웨나의 은신처로 숨어들었다. 로웨나는 이제 막 채집을 마치고 돌아오는 길이었다. 어깨에 멘 가죽 가방은 약초로 가득했다. 로웨나는 유리병 한가득 잡은 매미와 파리를 굶주린 식충 식물들에게 정성껏 먹였다. 망토가 벗겨지면서 붉은색 긴 머리가 어깨까지 흘러내렸다. 이전과 다름없이 로웨나의 얼굴에선 웃음기라곤 찾아볼 수 없었다. 로웨나의 머릿속은 세라피나는 가늠할 수 없는 생각으로 가득 차 있는 것 같았다.

“다 느껴져.” 로웨나가 끈끈이주걱에게 파리 한 마리를 먹이로 주며 말했다. “거기 숨어 있어 봤자야.”

“넌 변했다고 했잖아. 그건 무슨 뜻이었어?” 세라피나가 자리를 옮기지 않고 그냥 숨어 있던 곳에서 불쑥 물었다.

"언제나 많은 게 변하고 있어." 로웨나가 대꾸했다.

"그게 아니라 그때는 무슨 뜻으로 그런 말을 한 거야?"

"네가 무덤에서 낮잠을 자고 있는 동안 무슨 일이 있었는지 넌 아무것도 모른다는 뜻이었어."

"지금이라도 말해 주면 되잖아." 세라피나가 발끈했다.

"네 말투를 듣자 하니 이미 알고 있는 것 같은데." 세라피나가 브레이든과 웨이사를 만났다는 사실을 알아차린 듯 로웨나가 대꾸했다.

"아니. 다는 몰라."

"넌 이미 모든 조각을 보았고 끼워 맞추는 일만 남았어. 단지 현실을 받아들이고 싶지 않은 거겠지." 로웨나가 말했다.

세라피나가 로웨나가 한 말을 가만히 곱씹었다. "네 말은 내가 죽었다는 거지."

"당연하지. 아니면 거의 죽은 거나 다름없지. 죽어 가고 있는 중이니까."

"그리고 어둠의 힘이 빌트모어를 공격할 거고……."

"그것도 이미 알고 있잖아. 항상 그랬으니까. 아무것도 변하지 않았지만 동시에 모든 것이 변했어. 이 세상은 줄줄이 연결된 고리야. 고리는 끊어지기 마련이지."

"이해할 수 없는 소리만 하네." 세라피나가 말했다.

"이해하고 싶은 마음이 없는 사람에게는 세상이 이해할 수 없는 것투성이지. 넌 날 보고 있지만 네 눈엔 내가 보이지 않는 것처럼. 내 말은 그런 뜻이야."

"내 눈에 네가 보이지 않는다니, 그게 무슨 말이야?"

"네 눈엔 내가 적으로 보이잖아."

"넌 날 죽이려 했어!"

"너도 날 죽이려 했고." 로웨나가 무심한 듯 말했다.

"웨이사가 널 발견하고 구해 줬다며."

"그래, 그랬지." 로웨나의 목소리가 낮아졌다. 그 이야기는 하고 싶지 않다는 듯 말투가 방어적으로 변했다. 그때 느꼈던 감정을 이야기하고 싶지 않은 걸지도 몰랐다. 정확히 말하면 웨이사가 자신에게 해 준 일을 떠올리고 싶지 않은 것인지도 몰랐다. "여러 갈래 길이 있지……."

"숲속에 폭풍우를 일으키고 있는 게 너야? 우릴 공격하려고 하는 거야? 빌트모어를 무너뜨리려고? 여기서 무슨 일을 꾸미고 있는 거야?"

"난 살아남으려고 노력하고 있을 뿐이야."

"하지만 계속 수수께끼 같은 말만 늘어놓잖아." 세라피나가 말했다.

"망가진 세상을 스스로 되돌릴 수 있다고 믿는 사람에게는 그렇게 들리겠지." 로웨나가 대답했다. "때로는 네가 고칠 수 없는 것도 있는 거야. 몸을 낮추고 기다려야 할 때도 있는 거라고."

"아니면 일단 부딪쳐 보고 죽든가……." 세라피나가 씁쓸하게 덧붙였다.

세라피나는 로웨나의 속내를 낱낱이 파헤치고 싶었지만 사방에서 쿵쿵거리는 소리가 들려오기 시작했다.

고개를 들어 하늘을 올려다보았다. 숲 꼭대기로 먹구름이 모여들고 있었다. 별들이 사라졌다. 두려움으로 다리에 갑작스레 냉기가 몰려들었다.

처음에는 낮게 들려오던 소리가 가까워질수록 점점 더 커졌다. 땅과 나무가 흔들리기 시작했다. 거대한 심장 박동 같은 소리가 천지를 가득 메웠다. *쾅, 쾅, 쾅.*

회오리바람이 일었다. 나뭇잎이 일제히 흔들리기 시작했다. 바닥에 떨어져 있던 나뭇가지들이 회오리바람에 휩쓸려 공중으로 떠올랐다. 세라피나는 용감하게 대처하려 했지만 팔다리가 후들거리고 호흡이 가빠졌다. 로웨나가 키우는 염소들이 겁에 질려 이리저리 뛰어다니며 매 울어 댔다.

로웨나가 은신처로 달려 들어가 액체가 담긴 유리병을 들고 다시 나왔다. 공포에 질린 로웨나가 어두컴컴한 하늘을 올려다보았다가 주위를 두리번거리며 싸울 준비를 했다. 적이 모습을 드러내면 언제라도 던질 수 있도록 유리병을 꼭 움켜쥐고 있었다. 로웨나의 손이 덜덜 떨렸다.

"그가 우릴 찾아냈어. 넌 여길 떠나야 해." 로웨나가 세라피나에게 속삭였다.

"누가 우릴 찾았다는 거야? 이게 다 무슨 일이야?" 세라피나가 커다란 나무 뒤에 몸을 숨기며 물었다.

"바보처럼 굴지 말고 당장 여길 떠나!" 로웨나가 소리를 질렀다.

세라피나는 폭풍우를 피해 숲속을 달렸다. 머리 위로 나뭇가지가 우지끈 소리를 내며 부러져 사방으로 떨어졌다. 돌풍이 불어닥쳐 세라피나가 중심을 잃고 숲 바닥에 나동그라졌다. 세라피나는 겨우 몸을 일으킨 후 다시 달리기 시작했다. 그런데 그때 뒤에서 로웨나의 비명이 울려 퍼졌다.

놀란 숨을 들이켜며 세라피나가 뒤돌아보았다.

은신처에 몸을 웅크리고 숨어 있는 로웨나가 보였다. 어디선가 날아든 엄청난 힘에 주변의 나뭇가지가 한꺼번에 부러졌다. 거대한 파도 같은 그 힘에 밀려 넘어진 세라피나가 질질 끌려갔다. 세라피나는 진흙을 움켜쥐며 버텼다. 세라피나는 보이지 않는 상대와 맞서 싸우고 있는 로웨나 쪽으로 온 힘을 다해 기어가기 시작했다.

휘몰아치는 회오리바람과 날아다니는 나뭇가지 때문에 앞이 잘 보이지 않았다. 그 가운데 로웨나가 반쯤 부서진 은신처로 뛰어 들어가 유리병 하나를 움켜잡고선 던지겠다고 협박하는 모습이 눈에 들어왔다. “내 털끝 하나 건드리지 마요!” 로웨나가 소리를 질렀다. 두려움과 분노로 목소리가 떨리고 있었다. “맹세컨대 가만있지 않을 거예요!”

세라피나는 사방을 둘러보았지만 적은 보이지 않았다.

그때 축축하고 끈적끈적한 느낌이 들어 세라피나가 발밑을 내려다보았다. 이끼 낀 땅에 검붉은 피가 차오르고 있었다. 세라피나 주위로 온갖 벌레와 지렁이가 땅속에서 기어 나왔다.

“그만!” 로웨나가 악을 썼다. “날 좀 내버려 두란 말이야!”

부러진 커다란 나뭇가지 하나가 공기를 가르며 로웨나를 향해 날아갔다. 정통으로 얻어맞은 로웨나가 바닥에 나동그라졌다. 나뭇가지가 마치 날카로운 손톱처럼 무자비하게 로웨나를 공격했다. 로웨나의 등이 톱니바퀴 모양으로 찢겨 피가 흘러내렸다.

세라피나가 헉하고 숨을 삼켰다. 지금 막 입은 상처 때문만이 아니었다. 맨살이 드러난 로웨나의 등과 옆구리는 온통 흉터투성이였다. 공격은 이번이 처음이 아니었던 것이다. 마법과 변신 능력을 가진 로웨나 같은 종족조차 치유할 수 없을 정도로 깊은 상처인 것 같았다.

그러나 로웨나는 쓰러진 상태로 오래 있지 않았다. 로웨나는 재빨리 다시 일어나 터진 입술에서 흐르는 피를 닦고 불타는 눈으로 숲속을 노려보았다. 다음 공격이 날아들기 전에 로웨나는 재빨리 은신처 안으로 들어가 유리병 하나를 집어 들고 숲속으로 던졌다. 늪지대가 순식간에 짙은 안개로 가득 찼다.

로웨나의 공격에 화가 난 듯 이번에는 숲속에서 불덩이가 날아들었다.

이에 맞서 로웨나가 팔을 휘두르자 얼음과 눈송이가 쏟아져 나왔다. 순식간에 활활 타오르던 불덩이가 꺼지고 연기만 피어올랐다.

불덩이와 얼음덩이가 날아다니는 와중에 세라피나는 적을 찾으려고 사방을 둘러보았지만 코빼기도 보이지 않았다.

"오늘 밤!" 갑자기 어떤 목소리가 쩌렁쩌렁 울렸다. "검은 망토를 가져와라. 아니면 내가 직접 소년을 죽이겠다!"

"그 애를 죽이면 검은 망토는 영원히 찾지 못할걸요!" 로웨나가 바락바락 악을 쓰며 대들었다.

그러나 마치 최후통첩처럼 어둠 속에서 또 다른 거대한 불덩이가 로웨나를 향해 곧장 날아들었다. 조금 전에 날아든 불덩이보다 두 배는 빨랐다. 로웨나가 가까스로 몸을 날려 피했다. 하지만 바로 뒤에 있던 나무가 불덩이에 맞았다. 폭탄이 터지듯 불붙은 송진이 사방으로 튀었다.

뜨거운 액체가 맨살에 떨어지자 로웨나가 고통스런 비명을 내질렀다. 로웨나 주변에 있는 모든 것에 불이 옮겨붙었다.

세라피나가 로웨나를 돕기 위해 불꽃을 요리조리 피해 달려갔다. 불타는 송진에 휩싸여 고통으로 몸부림치는 로웨나 옆에 세라피나가 무릎을 꿇고 앉았다. 로웨나를 도와주어야 한다는 생각에 세라피나는 눈을 감고 자신의 일부가 흙 알갱이 사이사이 지하수를 찾아 내려가도록 내버려 두었다. 그런 다음 정신을 집중해 양팔을 휙 들어 올렸다. 세라피나는 순수한 의지만으로 진흙 속에 파묻혀 스펀지처럼 물을 머금고 있던 이끼에서 지하수를 끌어 올렸다. 땅 위로 흘러넘친 지하수가 불을 껐다. 로웨나의 몸 위로도 흘러들어 불타는 송진을 깨끗이 쓸어 버렸다. 그러고 나선 다시 땅속으로 흘러들어 감쪽같이 사라졌다.

자신이 한 일에 놀란 세라피나가 로웨나 옆에 털썩 주저앉았다.

세라피나와 로웨나는 불에 타 잿더미가 되려다가 지하수에 젖어 버린 나뭇조각과 나뭇가지 더미 가운데 누워 있었다. 로웨나를 공격했던 이도 사라지고 불도 꺼졌다.

두 사람은 몇 초 동안 숨을 고르며 가만히 누워만 있었다.

마침내 로웨나가 눈을 떴다. 나무 더미 사이에서 천천히 기어 나온 로웨나가 비틀거리며 두 발로 일어섰다. 로웨나는 움직일 수나 있을까 싶을 정도로 만신창이였다. 찢긴 망토 사이로 보이는 상처에서 피가 흘렀고 온몸이 타박상과 화상 투성이였다. 그러나 로웨나는 살아남았다.

로웨나가 쓸쓸한 눈으로 폐허가 돼 버린 은신처를 둘러보더니 마음을 다잡으려는 듯 심호흡을 했다.

공격을 빗겨 간 쪽의 은신처로 들어간 로웨나가 조그만 약병 하나를 열어 그 안에 든 끈적끈적한 회색 연고를 화상을 입은 팔다리에 바르기 시작했다. 많이 아픈지 로웨나가 인상을 찌푸리며 이를 악물었다.

로웨나는 세라피나에게 아무 말도 하지 않았다. 하지만 세라피나가 자신의 목숨을 구했다는 사실은 알고 있는 것 같았다. 아니면 적어도 세라피나 덕분에 지금 겪고 있는 고통보다 훨씬 더 끔찍한 고통을 면했다는 사실은 알고 있는 것 같았다.

연고를 다 바른 로웨나가 이번에는 가죽 가방을 집어 들더니 유리병과 흑마법에 쓰는 도구들을 서둘러 주워 담기 시작했다.

세라피나는 감탄스런 눈길로 그 모습을 바라보았다. 로웨나는 두려움과 비참함에 빠져 있느라 시간을 허비하지 않았다. 눈물을 흘리지도 않았다. 로웨나에게선 싸워서 살아남고야 말겠다는 분노에 찬 의지와 절박함이 새로이 뿜어져 나오고 있었다.

달빛 아래 모든 것이 낯설게 느껴지던 찰나 로웨나가 손바닥을 펴서 머리를 지그시 눌렀다. 그리고 머리카락을 천천히 쓸어내렸다. 그 순간 붉은색이었던 머리카락이 검은색으로 변했다. 이윽고 로웨나가 양손에 각각 검지와 중지만 펴서 눈 아래를 눌렀다. 그리고 뺨을 누르자 이번에는 얼굴 윤곽이 변하기 시작했다. 다음으로 로웨나는 허리를 굽혀 신발을 벗고 양발에 있는 새끼발가락을 꾹 눌렀다. 그러자 새끼발가락이 사라졌다. 마지막으로 검지로 눈동자를 살짝 만졌다. 그러자 눈동자가 황금빛을 띤 호박색으로 변했다.

이 모든 광경을 세라피나는 넋을 놓고 지켜보았다. 눈앞에서 보면서도 믿기지가 않았다. 로웨나는 차례차례 다른 누군가로 변신했다. 소름 끼치도록 *세라피나*와 닮은 모습으로!

마치 거울을 들여다보는 것처럼 닮았지만 세라피나로 변신한 로웨나는 실제 세라피나보다 훨씬 아름답고 매력적이었다.

“잠깐만, 로웨나. 이게 지금 무슨 상황이야? 너 지금 뭐 하는 거야?” 세라피나가 물었다.

“너도 들었잖아. 이제 나도 지긋지긋해.” 로웨나가 대꾸했다.

세라피나가 계속해서 물었다. “아까 그 사람은 도대체 누구야? 누가 널 공격한 거야?”

로웨나가 찢어진 망토를 두르더니 세라피나가 왔던 길을 따라 숲속으로 빠르게 걸음을 옮겼다.

“잠깐만, 거기 서! 도대체 어디로 가는 거야?” 세라피나가 다급한 목소리로 로웨나를 붙잡았다. “제발, 뭘 하려는 건지 말해 줘.”

“그만 징징거려, 나비야. 난 여름 무도회에 가야 하니까.” 로웨나가 말했다.

세라피나는 로웨나를 뒤따라 숲속으로 들어갔다. 브레이든이 위험했다. 그러나 짙은 새벽안개가 산골짜기와 산등성이를 따라 느릿느릿 떠다니고 있었다. 로웨나가 가는 길에도 새하얗고 으스스한 안개가 자욱했다. 세라피나는 이 안개가 자연적으로 생겨난 안개인지 아니면 로웨나가 눈에 띄지 않으려고 유리병을 던져서 만들어 낸 안개인지 헷갈렸다. 하지만 어느 쪽이든 세라피나는 로웨나를 놓치고 말았다.

로웨나의 흔적을 쫓던 세라피나는 어느 순간 피부에 닿는 아지랑이가 서늘하게 느껴졌다. 세라피나는 자칫 안개 속에 조금만 오래 서 있다가는 수증기가 되어 사라져 버릴 수도 있다는 사실을 깨달았다. *먼지에서 먼지로, 이제는 아지랑이에서 아지랑이로구나.*

세라피나는 조그만 입자를 움직이는 방법과 물방울로 변신하는 방법을 터득했다. 하지만 작은 입자들과 상호 작용이 활발해질수록 세라피나 자신도 그중 하나가 되어 가는 느낌이 커졌다.

사랑하는 사람들을 남겨 두고 떠날 생각을 하면 가슴이 무너져 내렸다. 하지만 죽음을 막을 수 있는 방법이 없다는 사실을 알고 있었다. 로웨나 말처럼 세라피나는 이미 죽어 가는 중이었다. 완전히 사라지기 전까지 하룻밤, 어쩌면 이틀밖에 남지 않은 것 같다는 느낌이 들었다.

누구나 죽어. 세라피나는 용기를 잃지 않으려고 스스로를 다독였다. *난 내가 사랑하는 사람들을 지켜야 해.*

하지만 어떻게? 그게 문제였다.

로웨나를 공격하는 엄청난 힘을 세라피나는 두 눈으로 똑똑히 보았다. 폭풍우를 불러일으키고 불덩이를 날려 로웨나에게 화상을 입힌 그 힘의 소유자는 로웨나에게 검은 망토를 되찾아 오라고 명령했다. 브레이든과 웨이사는 검은 망토를 숨긴 채 위험한 게임을 하고 있었다. 하지만 어쩌면 그 덕분에 두 사람이 아직까지 살아 있는 걸지도 몰랐다.

그날 오후 내내 세라피나는 로웨나를 찾아 헤맸다. 그러나 로웨나는 흔적도 없이 사라져 버렸다.

마침내 세라피나는 빌트모어로 발길을 돌렸다. 무슨 일이 벌어질지 몰라 너무 무서웠다. 오늘은 여름 무도회가 열리는 날이었다.

사냥의 여신 디아나 조각상 가까이에 있는 나무 사이로 세라피나가 모습을 드러냈다. 이 언덕 꼭대기에서 정면으로 보이는 빌트모어 대저택은 정말 근사했다.

가파른 언덕부터 잘 다듬어진 정원까지 푸르른 풀밭이 끝없이 펼쳐져 있었다. 양쪽으로는 마차가 지나다니는 길이 저택 입구까지 이어져 있었다. 우뚝 솟은 빌트모어 대저택이 보였다. 석회암 벽 위로 아름다운 조각과 기이한 괴물 석상이 늘어서 있었다. 높다란 탑이 여기저기 솟아 있었고 기울어진 지붕 너머로 저 멀리 보이는 산이 병풍처럼 빌트모어를 두르고 있었다. 세라피나는 바로 여기 이 장소에 빨간색과 검은색이 섞인 아름다운 드레스를 입고 서 있었던 적이 있었다. 그때는 옆에 브레이든과 기디언도 있었다. 셋은 나란히 서서 빌트모어를 내려다보았다. 하지만 오늘 밤은 아니었다.

오늘 밤, 세라피나는 혼자였다. 브레이든이 세라피나를 땅속에 묻을 때 입고 있던 더럽고 찢어지고 피 묻은 드레스 차림 그대로 달빛 아래 홀로 서 있었다.

일렁이는 횃불이 저택 입구까지 이어진 마차 다니는 길을 밝히고 있었다. 그리고 모든 창문에서 불빛이 새어 나오고 있었다. 대층계 옆에 비스듬히 난 커다란 창문에서 나오는 불빛은 눈이 부실 지경이었다. 그러나 그중에서도 가장 밝은 곳은 건물 전체가 유리창으로 뒤덮인 겨울 정원이었다. 무도회가 열리는 장소였다. 상상하긴 힘들었지만 바로 저기에 로웨나는 브레이든을 포획할 거미줄을 칠 것이다.

세라피나는 저택 입구로 줄지어 들어서는 마차 행렬을 바라보았다. 길은 진흙투성이에다가 일부가 물에 잠겼지만 다리는 무사해서 아직까진 마차가 어찌어찌 다닐 만했다. 마차가 꼬리에 꼬리를 물고 입구에 차례로 멈추어 섰다. 검은색과 흰색 제복을 똑같이 차려입은 집사 두 명이 현관에 서서 속속들이 도착하는 손님들을 맞이했다.

경계심 어린 눈빛으로 가만히 지켜보던 세라피나가 언덕을 내려가 마차들 쪽으로 걸어갔다.

"어머나, 숨이 멎을 것 같네요!" 마차 문을 열고 내려선 어느 귀부인이 가까이에서 본 빌트모어 대저택에 감탄하며 남편에게 말했다.

"이것 좀 보세요, 엄마. 동화 속에 나오는 성 같아요!" 마차에서 내린 꼬마 숙녀도 엄마에게 말했다.

"요즘 같아선 공포 소설에 나오는 성에 더 가깝지." 세라피나가 혼잣말로 투덜거렸다.

대부분의 손님들은 말 두 마리가 끄는 마차를 타고 왔다. 몹시 부유한 가문의 사람들만 말 네 마리가 끄는 마차를 타고 왔다. 그런데 그때 세라피나는 난생처음 보는 무언가를 발견했다.

말이 단 한 마리도 없는 마차가 있었다. 바퀴가 네 개 달리고 옆면은 옻칠한 나무로 되어 있고 승객 네 명이 가죽 의자에 앉아 있는 모양으로 보건대 분명히 마차였다. 그런데 마법처럼 혼자서 저절로 움직이는 것이었다. 세라피나의 눈이 어딘가 숨어 있을 마법사를 찾아 바삐 움직였다. 로웨나가 어떤 주문을 건 것이 틀림없다고 생각했지만 로웨나의 모습은 어디에도 보이지 않았다.

말 없는 마차가 덜덜거리는 희한한 소리를 냈다. 앞자리에 앉은 남자는 우스꽝스러운 모자와 안경을 쓰고 있었다. 듣도 보도 못한 저 마차가 로웨나의 흑마법이 아니라 최신식 기계라는 사실을 깨닫기까지는 시간이 조금 걸렸다.

세라피나는 평생 동안 아빠에게 시대가 변하고 있다는 말을 들으며 자랐다. 아빠는 전국 곳곳에서 남자 여자를 가리지 않고 모두가 세상을 바꿀 새로운 것을 발명하고 있다고 항상 말했다. 세라피나는 아빠가 하는 말이 무슨 뜻인지 정확히 이해한 적이 없었다. 그런데 보아하니 이 별나게 생긴 말 없는 마차가 바로 그 시작인 듯했다. 세라피나는 아빠가 옆에서 저걸 보고 세라피나에게 무엇인지 설명해 줄 수 있으면 좋겠다고 생각했다.

여전히 로웨나를 찾아 두리번거리며 세라피나는 줄지어 늘어선 마차들과 발굽을 구르는 말들과 굴뚝 모자를 쓴 마부들과 눈부시게 차려입은 숙녀들을 지나 입구로 다가갔다.

세라피나는 살금살금 계단을 올라가 대리석 사자 조각상 뒤에 숨었다. 세라피나는 빌트모어 정문에 있는 이 사자 조각상 두 마리가 악령에게서 빌트모어를 지키는 수호자라고 상상하곤 했다. 그러나 오늘 밤 그 악령은 *세라피나*였다. 저택에 몰래 숨어든 이상한 유령이 바로 세라피나였다.

마차가 정문 앞에 설 때마다 집사가 다가가 마차에서 계단을 내리고 문을 열어 주었다. 마차에 타고 있던 신사들이 먼저 나와 숙녀들이 내릴 수 있도록 손을 잡아 주었다. 그러면 풍성한 드레스를 입은 숙녀들이 눈부시게 빛나는 구두를 신고 마차 계단을 사뿐사뿐 내려왔다. 안전하게 바닥에 발을 디딘 숙녀들은 기다리던 신사들의 팔짱을 끼고 높다란 아치형 문을 통과해 붉은 양탄자가 깔린 저택 안으로 나란히 들어갔다.

여름 무도회의 빛과 열기와 소음이 저택 밖으로 쏟아져 나왔다. 이미 안에는 손님 수백 명이 모여 있었지만 아직 들어가지 않은 손님도 수백 명 더 있었다. 세라피나는 아무도 몰래 저택 안으로 숨어들었다. 뜨겁고 눈부신 거대한 생명체의 입안으로 빨려 들어가는 듯한 느낌이 들었다.

지금 세라피나의 머릿속에는 온통 늦기 전에 로웨나를 찾아서 브레이든을 해치지 못하도록 막아야 한다는 생각뿐이었다.

빌트모어 현관에 들어서자 향초와 향수, 깨끗한 양모 냄새가 코를 찔렀다. 이 모든 냄새가 저택 통로와 대들보를 장식한 수천 송이 장미와 백합 향기와 뒤섞였다. 웅웅거리는 손님들의 목소리가 바스락거리는 옷자락 소리, 와인 따르는 소리, 유리잔 부딪치는 소리와 뒤섞였다. 무도회장 안에는 사람들이 너무 많아서 가만히 서 있는데도 낯선 사람들끼리 서로 팔이 닿았고 친한 친구들끼리는 서로 몸을 기울여 대화를 나눠야 할 정도였다. 그러나 모두가 행복해 보였다. 서로를 존중하며 이처럼 크나큰 축제에 참여하게 된 걸 영광으로 여기는 것 같았다. 세라피나는 군중 속을 훑었지만 로웨나도, 브레이든도 보이지 않았다.

무도회에 참석한 신사들은 까만색 턱시도에 빳빳하게 다린

하얀색 셔츠를 받쳐 입고 나비넥타이나 남성용 스카프를 매고 있었다. 날씬한 신사도 있었고 뚱뚱한 신사도 있었다. 턱수염을 다듬거나 콧수염을 기른 신사도 있었고 깨끗하게 면도를 한 신사도 있었다. 모든 신사가 하나같이 손에는 하얀색 장갑을 끼고 있었다. 많은 신사가 주머니 밖으로 기다란 금색이나 은색 시곗줄을 늘어뜨리고 있었다. 몇몇은 은색 손잡이가 달린 지팡이나 격식을 차린 지팡이를 들고 있었지만 뒤틀린 지팡이를 들고 있는 신사는 아무도 없었다.

세라피나를 가장 놀라게 한 것은 마치 한 무리의 까마귀 떼처럼 서로 즐겁게 어울려 웃고 마시고 떠드는 신사들의 모습이었다. 같은 계층에 속한 부유한 가문의 한 소녀이 근처에 시체를 묻은 줄은 꿈에도 모른 채 말이다. 이 세상에서 사라져 가는 길 잃은 소녀의 영혼이 자기들 사이를 걸어 다니는 줄은 꿈에도 모른 채 말이다.

숙녀들은 새틴이나 호박단 같은 고급스런 재질로 만든 발끝까지 덮는 아름답고 풍성한 드레스를 입고 있었다. 짙은 보라색, 딸기 크림색, 복숭아색, 라일락색, 파란색 등등 셀 수 없이 다채로운 드레스 색깔은 여름날의 꽃밭을 떠올리게 했다.

세라피나는 자신과 닮은 소녀를 찾아 무도회장 안에 있는 모든 부인과 소녀를 의심이 가득한 눈초리로 차례차례 살펴보았다. 속임수에 천부적인 재능을 타고난 로웨나가 분명히 여기 어딘가에 숨어 있을 것 같은 느낌이 들었다.

세라피나는 어린 신사 숙녀들이 어울리는 모습을 때로는 천천히, 때로는 빠르게 눈으로 좇았다. 숙녀들 중에는 부채를 든 사람이 많았다. 마음에 드는 신사에게는 부채를 펼치거나 살랑살랑 흔들며 호감을 표시하기도 하고 마음에 들지 않는 신사에게는 부채를 접거나 탁 치면서 불쾌감을 표시하기도 했다.

어린 신사 숙녀들이 서로를 밀고 당기는 모습을 눈여겨보다 보니 남쪽으로 이동하다가 들판에 내려앉아 짝짓기 춤을 연습하는 모래언덕두루미가 떠올랐다. 모래언덕두루미는 날개를 쳐들고 폴짝폴짝 뛰었다가, 머리를 숙이고 서로에게 나뭇가지를 던졌다가, 제멋대로 빙빙 돌면서 짝짓기 춤을 추곤 했다.

세라피나는 모래언덕두루미와 어린 숙녀들이 왜 굳이 저런 번거로움을 감수하는지 정확한 이유는 알지 못했지만 그들만의 암호 같은 것이리라 짐작했다.

아직 두루미가 되려면 한참 남은 어린아이들은 삼삼오오 모여서 무도회장 안에서 일어나는 모든 일들을 지켜보며 자기들끼리 속닥거리고 있었다. 여자아이들은 보이지 않는 모험을 찾아 사람들 사이에서 서로를 잡아당기며 깔깔거렸다. 남자아이들은 음식이 놓인 탁자 가까이에 모여 있었다.

무도회장에는 가지각색 옷을 입은 여러 계층의 사람들이 있었다. 기업인도 있고 정치인도 있었다. 작가도 있고 예술가도 있었다. 대사도 있고 고위 공무원도 있었다. 세라피나는 이해할 수 없는 부류의 사람들이었다. 세라피나는 인자한 얼굴로 이야기를 들려주던 옴스테드 씨가 그리웠다. 하지만 옴스테드 씨는 저 멀리 집으로 돌아가고 없었다.

세라피나가 들어서자 아름다운 하프와 바이올린 선율이 무도회장을 가득 메우기 시작했다. 곧이어 묵직한 첼로 소리와 다른 악기 소리가 어우러졌다. 무도회장 중앙에는 검은색 외투를 입고 넥타이를 맨 악사들이 줄지어 앉아 세상에서 가장 아름답고 낭만적인 음악을 연주하고 있었다. 밴더빌트 씨가 독주자나 현악 사중주단이 아니라 오케스트라 전체를 집으로 불러들인 것이다!

세라피나는 몇 년 전 자신이 아직 꼬마였을 때 밤늦게 저택을 남몰래 돌아다니던 기억이 떠올랐다. 밴더빌트 씨는 친구 토머스 에디슨 씨에게 손잡이를 돌리면 나팔처럼 생긴 커다란 관에서 음악이 나오는 축음기를 선물로 받았다. 어린 세라피나는 도서관에 홀로 앉아 축음기로 오페라를 듣던 밴더빌트 씨를 자주 목격하곤 했었다. 밴더빌트 씨는 오페라 〈탄호이저〉를 너무 좋아한 나머지 유명한 조각가 칼 비터 씨에게 오페라 속 한 장면을 대연회장 안에 있는 커다란 세 개의 벽난로 위에 새겨 달라고 부탁했을 정도였다.

세라피나는 에디슨 씨가 발명한 축음기에서 나오던 귀를 긁는 듯한 조그마한 소리를 싫어했다. 하지만 *이건*, 눈앞에서 오케스트라가 연주하는 이 음악은 완전히 차원이 달랐다. 밴더빌트 씨는 유럽 전역을 여행하면서 예술품과 가구를 수

집했을 뿐만 아니라 콘서트나 오페라를 보러 다녔다. 세라피나는 이제야 그 이유를 알 것 같았다. 밴더빌트 씨가 왜 그토록 음악을 좋아하는지를 알 것 같았다.

모든 연주자가 완벽한 화음을 만들어 내며 악기를 연주했다. 모든 바이올린과 첼로와 다른 악기들이 동시에 움직이자 아름다운 음악이 흘러나왔다. 세라피나가 지금껏 들었던 어떤 음악과도 견줄 수 없을 만큼 훌륭했다. 어느 신사가 다른 손님에게 지금 연주하는 음악이 〈백조의 호수〉라는 새로운 발레 작품에 나오는 음악 중에 하나라고 말하는 걸 세라피나는 엿들었다. 유럽에서 처음 〈백조의 호수〉를 관람한 밴더빌트 씨가 그 음악에 반해 오늘 밤 특별히 오케스트라를 초청해 연주를 부탁했다고 한다.

오케스트라가 연주하는 음악이 빌트모어의 높다란 아치형 천장을 타고 저택에 있는 방방마다 퍼졌고 눈부신 드레스를 입은 우아한 숙녀들과 턱시도를 차려입은 멋진 신사들 하나하나에게 닿았다. 플루트 소리는 아침마다 지저귀는 개똥지빠귀 같았고 오보에 소리는 가을이면 호수에 내려앉는 작은 논병아리 같았고 웅장한 호른 소리는 마치 왕의 행차를 알리는 소리 같았다. 오케스트라에는 세라피나가 이름조차 모르는 악기도 수두룩했다.

그때 세라피나는 마침내 브레이든을 발견했다. 브레이든에게 별일이 없다는 사실을 확인하자 기쁨이 밀려들었다. 로웨나는 어디에도 보이지 않았고 브레이든은 무사했다. 어쩌면 오늘 밤이 세라피나가 두려워했던 것보다는 나쁘지 않을 수도 있겠다는 생각이 들었다.

브레이든이 사람들을 헤치고 삼촌과 숙모에게로 다가갔다. 브레이든은 까만색 턱시도를 입고 하얀색 넥타이를 매고 하얀색 장갑을 끼고 있었다. 여러모로 보나 부유한 가문에서 나고 자란 어린 신사처럼 보였다.

"오늘 아주 멋지구나." 밴더빌트 부인이 밝은 목소리로 반겼다.

"감사합니다." 브레이든이 살짝 얼굴을 붉히며 대답했다.

"오늘따라 기분이 좋아 보이는구나." 밴더빌트 씨가 말했다.

"기분이 조금 낫네요." 브레이든이 인정했다.

"그럼 너랑 춤추고 싶어서 기다리는 몇몇 숙녀들이 있는데……" 밴더빌트 부인이 얼른 입을 열었다.

브레이든의 안색이 어두워졌다. "춤은 안 추는 게 나을 것 같아요."

"네 마음 나도 안다, 브레이든." 밴더빌트 부인이 부드럽게 말했다. "그렇지만 음악이 시작됐는데 숙녀들에게 춤을 청하지 않는 건 신사로서 결례가 아니겠니. 너랑 함께하려고 여기까지 먼 길을 온 아가씨들도 많은데."

"알겠어요." 브레이든이 마지못해 응했다.

"다리는 괜찮니? 춤출 수 있겠어?"

"다리 때문이 아니에요. 전 그냥……." 브레이든이 다시 말을 하려다가 입을 다물었다. 브레이든이 숙모에게 거짓말을 하고 싶지 않을 뿐만 아니라 숙모가 듣고 싶지 않은 말 또한 하고 싶어 하지 않는다는 걸 세라피나는 알 수 있었다.

"세라피나가 좋은 친구였다는 거 알아. 하지만 네 자신을 위해서 세라피나가 이제 여기 없다는 사실을 받아들여야만 해." 밴더빌트 부인이 말했다.

"저도 알아요." 브레이든이 슬픈 목소리로 대답했다.

"나 아직 여기 있어, 브레이든!" 세라피나는 불과 몇 분 전에 자신의 죽음을 성숙하고 담담하게 받아들이기로 했다는 사실을 까먹고서 소리를 질렀다. "날 보내지 마! 날 붙잡아 줘!" 그러나 당연히 아무에게도 세라피나의 울부짖음이 들리지 않았다.

오케스트라 지휘자가 서곡을 끝내자 모두가 예의를 갖추어 박수를 쳤다. 그러자 지휘자가 연단에서 발을 세 번 구른 뒤 지휘봉을 들어 올렸다.

좌중에서는 설렘 가득한 웅성거림이 퍼져 나갔다. 다들 다음 순서가 무엇인지 알고 있었다.

오케스트라가 왈츠를 연주하기 시작했다. 춤을 출 시간이었다.

손님들 사이에서 흥겨운 박수 소리가 터져 나왔다. 모두가 기다리고 기다리던 바로 그 시간이었다. 나이 어린 신사도, 나이 지긋한 신사도 모두가 원하는 숙녀에게 다가가 허리를 숙여 인사한 다음 손을 내밀며 춤을 청했다.

평상시에 겨울 정원에서 한 자리씩 차지하고 있던 야자수와 가구와 예술품은 오늘 밤만큼은 춤출 공간을 확보하기 위해 잠시 옆으로 밀려나 있었다. 저택의 방과 복도에는 대부분 촛불이 켜져 있었지만 무도회장 천장에 가로놓인 대들보에는 조그만 전구 수천 개가 주렁주렁 걸려 있었다. 반딧불이 수천 마리가 날아다니는 마법의 정원에 들어온 것 같았다. 숙녀들이 입은 드레스가 저마다 조명 아래 눈부시게 반짝였다.

아빠 작품이구나. 그때 무도회장 건너편에 멋진 양복을 차려입고 대리석 기둥에 기대선 아빠가 눈에 들어왔다. 세라피나는 숨 쉬는 것도 잊은 채 아빠를 바라보았다.

아빠는 다른 신사들처럼 격식을 차린 하얀색 넥타이에 턱시도 차림은 아니었지만 깨끗이 씻고 면도를 해서인지 세라피나가 지금껏 본 아빠 모습 중에 가장 기품 있고 멋있었다. 아빠는 여름 무도회를 위해 손수 설치한 조명 아래 한껏 들뜬 모습으로 짝을 지어 걸어 나가는 신사 숙녀들을 물끄러미 바라보고 있었다. 아빠 얼굴에는 자랑스러움과 만족스러움이 동시에 떠올라 있었다. 그런 아빠를 보고 있노라니 세라피나의 마음속에서는 조금 전 느꼈던 모든 감정이 되살아났다.

세라피나는 당장이라도 달려가 아빠를 껴안고 자랑스럽다고, 사랑한다고 말하고 싶었다. 아빠는 학교를 다닌 적도 없는 데다가 마법의 주문 같은 건 알지도 못했지만 오늘 밤 아빠야말로 빛의 마술사였다.

우아한 신사 숙녀들이 쌍쌍이 무도장을 채우기 시작했다. 그때 세라피나는 건너편에 서 있는 한 소녀를 발견했다. 소녀는 보는 각도에 따라 색깔이 변하는 아름다운 초록색 드레스를 입고 있었다. 광대뼈는 유난히 높이 솟아 있었고 긴 머리카락은 칠흑같이 새카맸으며 커다란 두 눈동자는 호박색으로 빛났다. 세라피나는 목에 난 솜털이 쭈뼛 곤두서는 것을 느꼈다.

저기 있구나. 세라피나가 속으로 중얼거렸다.

로웨나의 얼굴은 세라피나의 얼굴과 소름 끼칠 정도로 닮아 있었다. 하지만 어딘지 모르게 달랐다. 한층 더 매력적이었다. 세라피나와 닮은 언니나 사촌쯤으로 보이도록 로웨나가 의도한 것 같았다. 드레스는 훔쳤거나 아니면 마법으로 만들어 낸 것 같았다. 새카만 머리카락 또한 완벽하게 손질되어 있었다. 지금 세라피나의 눈에 로웨나는 눈부시게 아름다운 동시에 사악하기 이를 데 없었다.

겉으로 보기에 로웨나는 거의 완벽에 가까웠다. 하지만 자세히 들여다보니 목 끝까지 올라온 드레스 깃 위로 로웨나의 창백한 피부에 새겨진 끔찍한 상처가 희미하게 보였다. 로웨나가 작전을 개시하기 전에 막아야만 했다. 세라피나는 망설임 없이 로웨나에게로 걸어갔다.

그때 등 뒤에서 들려오는 목소리에 세라피나는 가슴이 철렁했다.

"좋아요." 브레이든의 목소리였다. 초록색 드레스를 입은 낯설지만 이상하게 낯이 익은 검은 머리 소녀를 발견한 브레이든이 숙모에게 말했다. "*저 소녀*에게 춤을 청할래요."

"잘 생각했다, 브레이든. 고맙구나." 밴더빌트 부인은 저 소녀가 누구인지도 몰랐지만 조카가 갑자기 마음을 바꾸어 여기 모인 숙녀 가운데 한 명에게라도 신사의 의무를 다하겠다는 말에 반색했다.

"저 소녀는 누구지?" 밴더빌트 씨가 미심쩍은 얼굴로 로웨나를 바라보며 물었다.

"분명 좋은 집안 자제일 거예요." 밴더빌트 부인이 들뜬 마음을 숨기지 못하고 말했다.

브레이든이 로웨나에게 춤을 청하려고 다가갔다. 세라피나가 로웨나에게로 다가갔다.

"여긴 네가 있을 곳이 아니야!" 세라피나가 사납게 소리쳤다.

"훠이, 내 일을 방해할 생각일랑 말고 저리 가 있으렴." 로웨나가 들릴 듯 말 듯 속삭였다. 그러더니 고개를 들어 눈앞에 다가온 브레이든을 향해 우아하게 미소 지었다. 브레이든이 로웨나에게 고개 숙여 인사한 뒤 새하얀 장갑을 낀 손을 내밀었다.

그 자리에 모인 사람들에게 둘의 모습은 조금도 이상할 게 없었다. 무도회에 참석한 어린 신사라면 한 명도 빠짐없이 또래 숙녀에게 다가가 춤을 청하는 것이 신사로서 도리이자

의무라는 것쯤은 세라피나도 알고 있었다. 어린 숙녀를 홀로 세워 두는 것은 예의가 아니었다. 어린 숙녀 입장에서도 어린 신사가 정중하고 예의 바르게 춤을 신청한다면 이미 춤을 추기로 약속한 짝이 있는 경우가 아니면 거절은 예의가 아니었다.

“제 이름은 브레이든 밴더빌트입니다.” 브레이든이 로웨나에게 상냥하지만 격식을 차려 자신을 소개했다. “제게 춤 한 곡 출 수 있는 영광을 주시겠어요?”

“기꺼이 그러겠어요.” 로웨나가 상상할 수 있는 가장 달콤하고 아름다운 남부 억양으로 대답하며 브레이든이 내민 손 위에 자신의 가녀린 손을 살포시 얹었다.

32

세라피나는 브레이든과 로웨나가 천천히, 우아하게 무도회장으로 걸어 나가는 모습을 무기력하게 바라보았다. 브레이든은 로웨나의 정체를 눈치채지 못한 게 분명했다. 그런데도 브레이든은 저도 모르게 로웨나에게 끌리고 있는 것 같았다.

“그 앤 안 돼, 브레이든!” 세라피나가 소리를 질렀다. “다른 사람은 다 돼도 그 앤 안 돼!”

세라피나는 두 사람을 떨어뜨리려면 어떡해야 하나 머리를 쥐어짰다. 음악이 뚝 끊기도록 바람으로 악보를 날려 버릴 수 있을까? 분수대 물을 무도회장에 끼얹어 춤추는 사람들을 혼비백산 흩어지게 할 수 있을까?

로웨나가 브레이든 쪽으로 몸을 기울여 남부 지방의 명문 가문에서 자란 듯한 억양으로 속삭였다. "아무도 제게 춤을 신청하지 않으면 어쩌나 걱정이 이만저만이 아니었는데, 이렇게 멋진 신사 분이 절 구해 주셨네요." 로웨나가 브레이든과 눈을 맞추었다.

로웨나가 어찌나 아양을 떠는지 세라피나는 비명을 지르고 싶은 심정이었다.

로웨나가 브레이든을 속이려는 건 분명했지만 그 방법까지는 알 수 없었다. 게다가 브레이든은 지금 무슨 생각을 하는 거지? 왜 이러는 걸까? 이 소녀가 누구인지도 모르면서! 브레이든은 아름답게 머리를 손질하고 드레스만 차려입는다면 숲속에서 기어 나온 그 누구와도 손을 맞잡고 춤을 출 작정인가? 더군다나 다리에 찬 보조기 때문에 춤도 잘 못 출 뿐더러 고통이 심할 텐데?

그러나 세라피나가 이런저런 생각에 잠긴 사이 두 사람은 이미 서로를 마주 보며 춤출 준비를 하고 있었다. 브레이든이 격식에 따라 하얀 장갑을 낀 두 손을 등 뒤로 마주 잡고 허리를 깊숙이 숙여 로웨나에게 인사했다. 그러자 이번에는 로웨나가 한쪽 다리는 뒤로 빼고 양팔은 백조가 날개를 젖히듯 우아하게 올린 채 고개를 숙여 맞절을 했다. *눈 뜨고는 못 봐 주겠네!* 세라피나가 속으로 신경질을 냈다.

이윽고 두 사람은 절제된 동작으로 손을 마주 잡았다. 오케스트라가 연주하는 부드러운 선율에 맞추어 브레이든과 로웨나가 사뿐사뿐 춤을 추기 시작했다. 다른 신사 숙녀도 일제히 움직였다. 왈츠곡이 갈수록 빨라졌다. 브레이든과 로웨나의 움직임도 덩달아 빨라졌다. 빙글빙글 돌면서 무도회장을 누비는 두 사람의 모습은 숨 막힐 듯 아름답고 진지했다.

그 모습을 바라보는 세라피나의 심장이 쿵 내려앉았다.

세라피나는 브레이든이 저렇게 춤을 잘 추는지 미처 몰랐다. 게다가 다리에 보조기를 차고서 어떻게 저토록 힘 하나 들이지 않고 부드럽게 춤을 출 수 있는지 놀라웠다. 브레이든은 평소에 보조기를 찬 다리를 질질 끌면서 힘겹게 걸어 다녔다. 그런데 지금 브레이든은 마치 발이 땅에 닿지 않는 사람처럼 무도회장을 날아다니고 있었다.

문득 수상한 생각이 든 세라피나가 눈을 가늘게 뜨고 브레이든의 발을 자세히 쳐다보았다. 알아차리기 힘들 정도였지만 브레이든의 발아래 부자연스러운 광채가 보였다. 브레이든은 춤을 추고 있지 않았다. 로웨나가 마법을 부려 브레이든을 이리저리 끌고 다니고 있었다. 말 그대로 브레이든의 발이 제멋대로 움직이고 있었다. 그러나 브레이든은 가엾게도 아무것도 눈치채지 못했다. 그저 다리를 다친 이후로 오랫동안 느껴 보지 못했던 힘 있고 자유로운 움직임에 행복한 듯 브레이든은 황홀한 미소를 짓고 있었다.

세라피나가 혹시나 마법사의 농간을 눈치챈 사람이 있지 않을까 하는 기대를 품고 주위를 둘러보았다.

밴더빌트 부인은 미소 띤 얼굴로 브레이든과 로웨나를 바라보고 있었다.

다른 사람들도 마찬가지였다. 모두들 흐뭇하게 한 쌍의 어린 신사 숙녀가 춤추는 모습을 지켜보고 있었다. 오직 밴더빌트 씨만이 브레이든과 로웨나를 주의 깊게 관찰하고 있었다. 밴더빌트 씨는 무표정한 얼굴이었지만 무언가 이상하다는 사실을 눈치챈 듯 두 사람에게서 눈을 떼지 않고 있었다.

"저 애가 마법을 부리고 있는 거라고요!" 세라피나가 소리를 질렀다.

"훠이, 저리 가지 못해." 로웨나가 세라피나에게만 들리는 목소리로 속삭였다.

잠시 후 음악이 잦아들며 춤이 끝났다. 브레이든과 로웨나는 다시 한 번 서로를 마주 보고 처음에 했던 동작 그대로 맞절을 했다. 그러고 나서 브레이든이 오른팔을 내밀었다. 로웨나가 그 팔을 잡았다. 두 사람은 나란히 무도회장 바깥으로 나왔다.

"춤은 즐거웠어?" 브레이든이 로웨나에게 친근하게 물었다.

"응. 정말 즐거웠어, 넌?"

"나도 즐거웠어. 다리가 이렇게 가뿐했던 건 정말이지 오랜만이야." 브레이든이 즐겁고 들뜬 목소리로 대답했다.

두 사람은 겨울 정원을 빙 두르고 있는 산책로로 이어진 계단으로 나갔다. 세라피나는 그 뒤를 쫓아갔다. 산책로도 손님들로 북적였다.

춤이 끝난 뒤 신사는 으레 숙녀를 가족이나 친구들이 있는 곳으로 데려다주었다. 그런데 브레이든이 로웨나를 어디로 데려다주어야 할지 몰라 두리번거렸다.

"난 여기 혼자 왔어." 로웨나가 부드럽게 말했다.

"친구가 없거든." 세라피나가 끼어들었다. "그리고 걔 가족이 누군지 알면 절대 만나고 싶지 않을걸!"

"그렇구나." 브레이든이 어찌할 바를 모르고 말했다. "그럼 대연회장으로 가서 간단하게 요기 좀 할래?"

"그래, 그게 좋겠다." 로웨나가 대답했다. 두 사람은 대연회장으로 발걸음을 옮겼다.

"실례가 안 된다면 질문이 하나 있는데." 브레이든이 운을 뗐다. "혹시 예전에도 빌트모어에 온 적 있니? 우리가 전에도 만난 적이 있어?"

"응. 그랬던 것 같아." 로웨나가 의미심장하게 대답했다.

브레이든의 표정이 달라졌다. 브레이든이 로웨나 쪽으로 몸을 숙여 속삭였다. "너 혹시 고양잇과 맹수야? 웨이사 친구니?"

로웨나가 바로 대답하지 않자 브레이든이 또 물었다. "혹시 세라피나 친척이야?"

그러면서 브레이든이 로웨나의 발을 내려다보았다. 어떤 고양잇과 맹수는 인간으로 변신했을 때 발마다 발가락이 네 개씩밖에 없다는 사실을 알고 있었기 때문이었다. 로웨나의 발은 반짝거리는 구두에 가려져 보이지 않았다. 하지만 그 순간 세라피나는 로웨나가 얼마나 철저하게 이 모든 것을 계획했는지를 깨닫게 됐다. *머리부터 발끝까지 전체가 다 함정이야. 브레이든이 제대로 걸려들고 있어.*

“내가 오늘 밤 이 무도회에 온 건 너랑 이야기하기 위해서야, 브레이든.” 로웨나가 부드럽고 차분한 목소리로 긴히 할 말이 있다는 분위기를 풍기며 말했다.

“나랑?” 브레이든이 놀라서 되물었다.

“어디 조용한 데 가서 이야기 좀 할 수 있을까?” 로웨나가 말했다.

“속지 마, 브레이든!” 세라피나가 브레이든에게 외쳤다. 팔을 휘둘러 빌트모어 안에 커다란 회오리바람을 일으켜 로웨나를 지하실 계단 아래까지 나동그라지게 만들고 싶다는 생각이 들었다.

“그러자.” 브레이든이 차분하게 대답했다. “이쪽으로 와…….”

로웨나는 대연회장을 가로질러 브레이든을 따라가면서 의미심장한 미소를 지었다. 대연회장 안은 손님들로 북적거렸다. 다들 먹고 마시며 한바탕 축제를 즐기고 있었다.

세라피나는 멀리서 밴더빌트 씨가 브레이든과 로웨나를 지켜보고 있었으면 하는 마음으로 겨울 정원 쪽을 흘긋 쳐다보았다. 하지만 밴더빌트 씨는 보이지 않았다.

“뭘 어쩌려는 거야, 브레이든?” 세라피나가 물었다. 브레이든은 무도회장을 빠져나가 로웨나와 둘만 있을 수 있는 곳으로 가야겠다는 결심이 확고해 보였다. 브레이든답지 않았다.

세라피나는 두 사람을 따라 별관으로 들어갔다. 셋은 아무도 없는 깜깜한 복도를 걸어 내려갔다.

"여기 들어가면 될 것 같아." 브레이든이 총기실을 가리키며 말했다. 총기실은 장마다 소총과 엽총을 비롯해 무기류가 빼곡히 진열되어 있는 방이었다. 여느 신사들처럼 브레이든이 먼저 방에 들어가 불을 켰다.

"로웨나, 경고하는데 무슨 꿍꿍이인지는 몰라도 그만두는 게 좋을 거야." 세라피나가 으르렁거렸다.

하지만 로웨나는 세라피나를 무시했다.

"네가 공격당했을 때 난 널 도와줬잖아!" 세라피나가 소리를 질렀다.

"정직해지자, 제발." 그제야 로웨나가 낮은 목소리로 대꾸했다. "네가 순진한 아기 고양이가 아니라는 것쯤은 너도 알고 나도 아는 마당에. 날 도와주는 게 너한테도 이득이니까 그런 거잖아."

"그럼 넌 여기서 도대체 뭘 하려는 건데?" 세라피나가 맞받아쳤다. "브레이든은 건드리지 마!"

"지금쯤이면 너도 내 계획이 뭔지 깨달았을 텐데." 로웨나가 짜증스럽게 말했다.

"뭐라고?" 브레이든이 어리둥절한 표정으로 로웨나를 돌아보며 물었다. "그냥 빌트모어에서 살면 정말 좋겠다고 했어.” 다시 세라피나의 남부 억양을 흉내 내며 대답한 로웨나가 브레이든을 따라 총기실 안으로 들어갔다.

“이유는 모르겠지만 전등이 안 켜져서 대신 촛불을 켰어.” 브레이든이 설명했다.

그때 브레이든이 총기실 문을 닫았다. 세라피나는 깜짝 놀랐다. 어린 신사가 무도회장을 벗어나 어둡고 은밀한 공간으로 숙녀를 데려와서 문까지 닫는 건 아주아주 부적절한 행동이었다.

문이 닫히면서 대연회장의 풍경과 소음이 일시에 사라졌다. 총기실은 작고 조용한 공간이었다. 어두운 나무 장식 위에서 촛불이 일렁였고 유리로 된 장 안에는 총이 가득했다. 책상 위에 전시된 사냥용 칼들이 눈에 띄었다. 장인의 솜씨가 느껴지는 날카로운 칼이었다. 그런데 칼 한 자루가 비어 있길래 세라피나는 이상하다고 생각했다. 연두색 벽지를 두른 벽에는 박제된 동물 머리가 걸려 있었다. 구석에 있는 조그만 벽난로에서 따뜻하고 은은한 모닥불이 타닥타닥 타고 있었다.

“여기서 이야기하면 될 것 같아.” 브레이든이 말했다.

로웨나가 브레이든 쪽으로 돌아섰다. 딱 원했던 장소로 브레이든을 유인해 냈다는 표정이었다. 로웨나가 브레이든의 눈을 똑바로 쳐다보며 가까이 다가섰다.

“사실은,” 로웨나가 연약함을 가장한 목소리로 운을 뗐다. “네 도움이 필요해.”

로웨나의 입에서 그보다 더 달콤할 수 없는 목소리가 흘러나왔고 세라피나는 생각했다. *끝났어, 끝났다고! 우리가 졌어! 로웨나가 브레이든을 감쪽같이 속였어. 이제 우린 다 죽은 목숨이야!*

브레이든이 로웨나를 바라보며 말했다. “난 널 도와줄 생각이 없어.” 그 말과 함께 브레이든이 아찔할 정도로 길고 날카로운 사냥용 칼끝을 새틴 드레스를 입고 있는 로웨나의 옆구리에다가 겨누었다. 브레이든이 조금만 힘을 주어도 칼끝이 로웨나의 옆구리를 파고들 수 있는 위치였다. “난 네가 누군지 알아.”

“어머나, 너 칼을 가지고 있었구나?” 로웨나가 여전히 남부 억양을 고수하며 짐짓 당황스러운 척 양손을 올리고 천천히 뒷걸음질을 쳤다. “도대체 무슨 일이길래 이러는 거야?”

“난 네가 누군지 알아, 로웨나.” 칼을 움켜잡은 브레이든의 두 손이 덜덜 떨리고 있었다. 눈앞에 있는 흑마법사가 언제 주문을 외워 공격할지 모른다는 두려움으로 브레이든의 두 눈은 커다래져 있었다.

“브레이든, 내 말 좀 들어 봐.” 로웨나의 목소리가 원래대로 돌아왔다.

“네 마음대로 수많은 가면을 바꾸어 쓸 수 있을진 몰라도, 로웨나, 그 아래 숨겨진 네 본모습이 괴물이라는 사실은 변하지 않아.”

"난 널 해치지 않아……." 로웨나가 브레이든을 진정시키려고 했다.

"검은 망토도 토씨 하나 안 틀리고 그렇게 말했지!" 공포에 질린 브레이든이 로웨나에게 칼을 들이밀며 소리를 질렀다. 그토록 두려움과 불안함에 떠는 브레이든의 모습을 세라피나는 처음 보았다.

"멈춰, 브레이든! 우리에겐 로웨나가 필요해!" 브레이든에게 들리지 않는다는 걸 알면서도 세라피나가 고함을 질렀다.

"제발 나한테 설명할 기회를 줘." 로웨나가 주춤주춤 뒷걸음질하며 말했다.

"어디 한번 설명해 보시지." 브레이든이 로웨나의 앞에서 칼끝을 흔들며 말했다. "여기서 뭘 하고 있었던 거야? 원하는 게 뭐야?"

"사실대로 말해, 안 그러면 브레이든이 널 찌를 거야!" 세라피나가 이성을 잃고 소리 질렀다.

"난 우리 아빠가 돌아왔다는 사실을 알려 주려고 온 거야. 아빠는 너랑 네 가족들을 죽일 계획이야." 로웨나가 말했다.

예상을 완전히 빗나간 로웨나의 대답에 세라피나는 헉하고 숨을 들이켰다. 로웨나의 입에서 나온 말은 브레이든을 진정시키고 안심시킬 수 있는 말과는 거리가 멀었다.

그런데 그 말을 듣는 순간 심장이 쿵 떨어졌다. 의심이 사실로 굳어지는 순간이었다. 유라이아가 돌아왔다. 숲속에서 보았던 폭풍우를 불러일으키던 그 소름 끼치는 생명체가 바로 유라이아였던 것이다. 발톱 같은 손가락과 비늘 같은 피부는 예전 올빼미였을 때의 모습에서 남은 흔적이었다. 얼굴에 난 치유되지 않은 상처는 다름 아닌 세라피나의 작품이었다. 흑표범의 날카로운 발톱에 찔린 상처였던 것이다. 유라이아가 바로 폭풍우를 불러일으키고 강물을 넘치게 하고 숲을 파괴하고 있는 장본인이었다. 빌트모어에 대한 복수를 하기 위해 유라이아가 돌아온 것이다.

"이러면서 나더러 널 믿으라고? 너랑 너희 아빠가 날 죽일 거라면서?" 브레이든이 말했다.

"난 더는 아빠의 복수에 동참하지 않을 생각이야." 로웨나가 날이 선 목소리로 대꾸했다. "난 이제 싸우고 피를 보고 끝없이 반복되는 증오와 복수에 지쳤어."

"거짓말." 브레이든이 말했다.

"내가 널 속이고, 공격하고, 여러모로 해를 끼쳤다는 거 인정해. 하지만 난 이제 손 뗐어."

로웨나의 말을 들으면서 세라피나는 비로소 모든 것이 이해되기 시작했다. 웨이사가 로웨나를 발견하고 구해 줬던 그날 밤 로웨나에게 그렇게 끔찍한 상처를 입힌 사람은 다름 아닌 유라이아였다. 유라이아는 로지아에서 세라피나를 죽이는 데 실패하고 검은 망토를 잃어버린 로웨나에게 벌을 주었다. 로웨나는 협박과 공격을 일삼는 유라이아를 피해 늪지대에 숨어 있었다. 세라피나가 영혼의 모습으로 로웨나를 만나러 갔을 때, 로웨나는 유라이아를 향해 비명을 지르고 있었던 것이다. 세라피나는 로웨나가 지금까지 어떻게 견뎌 왔는지 상상조차 되지 않았다. 로웨나는 혼자 힘으로 강력한 마법사가 되었다. 하지만 로웨나의 몸과 마음이 뒤틀린 데에는 오랜 세월 유라이아가 미친 영향이 컸다. 유라이아는 지금까지 아니 어쩌면 지금도 자신의 복수심 때문에 딸아이를 쥐락펴락하고 있었다. 세라피나는 그런 아빠를 둔 심정이 어떨지 상상조차 할 수 없었다. 유라이아가 로웨나에게 한 짓은 협박이었고 학대였다. 그게 무엇이든지 간에 사랑은 아니었다.

"그럼 여긴 왜 온 거야?" 브레이든이 따졌다.

"검은 망토가 필요해." 로웨나가 말했다.

"나한테 없어." 브레이든이 날카롭게 말했다.

세라피나는 놀라웠다. 로웨나의 속임수나 브레이든의 날카로움 때문이 아니라 로웨나가 브레이든에게 유리병을 던지거나 주문을 외우거나 죽이려고 달려들지 않았다는 사실 때문이었다. 지금까지 로웨나는 브레이든을 공격하지 않았을 뿐만 아니라 브레이든에게 진실만을 말하고 있었다. 이게 바로 세라피나가 로웨나에게서 느꼈던 피곤함과 외로움의 실체였다. *많은 게 변했어.* 로웨나는 분명히 그렇게 말했다. 세라피나는 이제야 그 말이 로웨나 자신이 변했다는 말이었음을 깨달았다.

"이제 아무도 다치게 하고 싶지 않다고 했지. 그런데 검은 망토는 왜 찾는 거야?" 브레이든이 물었다.

"널 도와주려는 거야, 브레이든." 너무나도 수상한 대답이었지만 세라피나의 귀에는 이상하게 진실되게 들렸다. 로웨나는 정말로 브레이든을 도와주려는 것처럼 보였다.

"날 도와준다고? 네가 세라피나를 죽였잖아!" 브레이든이 역겹다는 듯이 소리를 질렀다.

온갖 감정이 실린 그 외침에 세라피나는 가슴이 무너지는 것 같았다. 모든 것을 제쳐 두더라도 브레이든이 결코 로웨나를 용서할 수 없는 단 한 가지 이유였다. *네가 세라피나를 죽였잖아.* 그 사실이 브레이든에게 입힌 타격은 그야말로 치명적이었다. 세라피나는 비로소 브레이든이 마음에 얼마나 큰 상처를 입었는지 깨달았다.

세라피나가 아는 브레이든은 언제나 남을 의심할 줄 모르는 사람이었다. 브레이든은 친구인 토른 씨를 변호했고 로웨나가 처음 빌트모어에 왔을 때도 전적으로 신뢰했다. 브레이든은 언제나 새로운 사람에게 마음을 열고 다가가는 사람이었다.

반면에 세라피나는 언제나 의심하는 사람이었다. 남을 믿지 *않는* 사람이었다. 세라피나는 구두 때문에 밴더빌트 씨가 검은 망토를 입은 남자일 거라고 의심했다. 집사 프랫 씨와 마부 크랭쇼드 씨와 탐정 그레이선 씨를 비롯해 수많은 사람을 의심했다. 세라피나는 언제나 쥐를 잡으러 뛰어다녔다.

하지만 이제 세라피나는 브레이든만큼이나 자신도 변했다는 사실을 깨달았다. 둘은 서로 반대 방향으로 변해 있었다.

세라피나는 로웨나의 말에 귀 기울이는 자신을 발견했다. 세라피나는 로웨나가 하는 말을 믿고 싶었다. 숲속에서 홀로 걷고 있던 로웨나를 처음 봤던 날 밤 세라피나는 로웨나의 영혼에 일어난 변화를 직감했다. 로웨나가 어두운 숲속을 향해 소리를 지를 때 그 목소리에 깃든 두려움도 들었다. 유라이아의 공격에 로웨나가 치열하게 반항하며 맞서 싸우던 모습도 보았다.

이 모든 게 세라피나의 신뢰를 얻기 위해 철저하게 계획된 속임수일까? 그럴지도 몰랐다. 하지만 세라피나는 로웨나가 진실을 말하고 있다는 느낌이 들었다.

무엇보다 지금 세라피나에게 두려움이나 불확실함이나 의심 따윈 별로 중요하지 않았다. 세라피나에게는 로웨나가 필요했다. 오늘 밤 로웨나가 성공하지 못한다면 유라이아가 브레이든을 죽일 것이다. 그것만큼은 확실했다.

그런데 여기 세라피나와 정반대로 변해 버린 브레이든이 있었다. 브레이든은 로웨나를 *증오했다*. 로웨나는 브레이든을 다치게 만들었고 두려움에 떨게 만들었으며 브레이든의 친구를 *죽였다*.

세라피나는 고민에 빠졌다. 내가 할 수 있는 게 뭘까? 어떡하면 브레이든과 이야기를 나눌 수 있을까? 내가 여기 있다는 걸 브레이든에게 어떻게 보여 주지?

세라피나는 은은한 불빛이 감도는 방 안을 둘러보았다. 유리 장 안에는 총기가 진열되어 있었다. 벽난로에서는 타다 남은 재 위로 불꽃이 타닥타닥 튀기고 있었다. 팔걸이의자와 나무 책상 아래 바닥에는 페르시아 양탄자가 깔려 있었다. 유리 장에 비친 브레이든과 로웨나의 모습이 보였다. 하지만 세라피나는 보이지 않았다. 세라피나는 그저 유리에 반사된 빛이었다.

그때 세라피나의 눈길이 다시 벽난로에 머물렀다.

재에서 재로. 좋은 생각이 떠올랐다.

"로웨나, 내 말 잘 들어." 세라피나가 말했다. "브레이든의 주의를 끌어야 해. 브레이든을 벽난로 가까이 데려와."

세라피나의 말을 못 알아들은 듯 로웨나는 대답하지 않았다.

"내가 시키는 대로 해." 세라피나가 명령했다. "이대로라면 브레이든은 절대 네 말을 듣지 않을 거야. 내가 도와줄게."

로웨나가 멈칫하더니 골똘히 생각에 잠겼다. 세라피나는 마법사에게조차 누구를 믿을지 선택하는 일은 쉽지 않다는 사실을 깨달았다.

"브레이든." 마침내 로웨나가 입을 열었다. "벽난로 옆에서 너한테 보여 줄 게 있어."

"좋아, 잘했어. 브레이든을 그쪽으로 데려가기만 해. 나머진 내가 알아서 할게." 세라피나가 로웨나를 격려했다.

"싫어!" 브레이든이 로웨나에게 칼을 겨누며 소리쳤다.

"세라피나에 관한 일이야." 로웨나가 말했다.

"세라피나가 왜?"

"벽난로 쪽으로 오면 내가 보여 줄게."

"난 네가 시키는 대로 하지 않을 거야." 브레이든이 말했다.

"네가 브레이든을 설득해야 해." 세라피나가 로웨나에게 말했다.

"브레이든은 내 말을 안 들을 거야." 로웨나가 말했다.

"너 지금 누구랑 이야기하는 거야?" 브레이든이 로웨나에게 물었다.

"방법을 찾아. 위협적으로 보이지 않게 바닥에 엎드려." 세라피나가 말했다.

"난 바보가 아니야. 그건 사양할게." 로웨나가 말했다.

"사양하다니 뭘 말이야!" 브레이든이 로웨나를 몰아붙였다.

"바닥에 엎드려!" 세라피나가 다시 소리쳤다. "내가 널 믿으려면 너도 날 믿어야 해."

"알았다고!" 로웨나가 사납게 대꾸했다. 하지만 브레이든에게는 다시 부드럽고 상냥한 말투로 말을 걸었다. "브레이든, 네가 날 두려워하는 거 이해해. 내가 너였어도 그랬을 거야. 그럼 이렇게 하자. 내가 가만있을게. 넌 내가 아무 짓도 못하도록 나한테 칼을 들이대고 있어."

브레이든이 시선을 고정한 채 로웨나 가까이로 칼을 움직였다. 로웨나는 천천히 몸을 숙여 벽난로 앞 바닥에 납작 몸을 엎드렸다. 브레이든도 천천히 그 옆에 앉아 로웨나의 목앞에 칼날을 들이댔다.

"이제 네 차례야." 로웨나가 말했다.

"무슨 말을 하는 거야?" 브레이든이 물었다.

"브레이든에게 벽난로 안에 재를 입으로 불라고 해." 세라피나가 말했다.

"브레이든, 보여 줄 게 있어. 너한테 중요한 일이야. 난 절대 움직이지 않을게. 벽난로 안의 재를 입으로 힘껏 불어." 로웨나가 세라피나가 시키는 대로 브레이든에게 말했다.

"자꾸 누구랑 얘기하는 거야?" 브레이든이 물었다.

"곧 알게 될 거야." 로웨나가 대답했다.

브레이든이 미심쩍은 눈초리로 로웨나를 뚫어져라 쳐다보다가 마침내 재를 후 하고 불었다. 재와 타다 남은 불씨가 방 안에 흩날렸다.

"완벽해!" 세라피나가 신이 나서 소리쳤다.

재와 타다 남은 불씨가 아래로 천천히 떨어져 내렸다. 세라피나가 손을 앞뒤로 움직여 공기 중에 흩날리는 재와 불씨를 한곳으로 모았다. 폐에 숨을 가득 불어넣은 세라피나가 이리저리 입김을 불었다. 새로운 생명을 얻은 재와 불씨가 공중에서 조금씩 움직였다. 그리고 바닥에 떨어지며 조그만 선을 만들었다.

"지금 이게 무슨 일이야?" 눈앞에서 벌어지는 이상한 현상에 브레이든의 목소리가 떨렸다.

떨어진 재와 불씨가 바닥에 완전히 내려앉아 반짝이는 선이 여러 개 생길 때까지 세라피나는 정신을 집중했다.

ㄴ ㅏ ㅇ ㅑ

"저게 뭐야? 글자?" 브레이든의 눈이 휘둥그레졌다.

브레이든이 몸을 숙여 일렁이는 촛불에 의지해 재가 만든 선들을 자세히 들여다보았다.

"ㄴ…ㅏ…ㅇ…ㅑ…." 브레이든이 더듬더듬 글자를 읽었다. "*나야? 나*가 누군데?"

"이제 관심을 끄는 데는 성공했네." 로웨나가 일어나 앉으며 말했다.

"너 누구랑 얘기하는 거야?" 브레이든이 다시 물었다.

"네 모든 질문에 대한 대답은 모두 똑같아, 브레이든."

"그게 무슨 말이야?" 브레이든이 답답해하며 되물었다.

"세라피나." 로웨나가 대답했다.

"세라피나라니 그게 무슨 말이야?"

"세라피나가 여기 있어."

"여기에 있다고?"

"세라피나가 지금 이 방 안에 우리와 함께 있어."

"거짓말하지 마! 이 역겨운 거짓말쟁이야!" 분노에 찬 브레이든이 참을 수 없다는 듯 재를 입으로 불어 글자를 없애 버렸다. 마치 *단 한 글자도 믿지 않겠어!*라고 외치는 것 같았다.

브레이든의 입김에 다시 공중으로 날아오른 재와 불씨가 방 안을 둥둥 떠다녔다. 가만히 두면 곧 바닥이나 가구에 아무렇게나 내려앉을 게 뻔했다. 하지만 세라피나가 손짓과 입김으로 흩날리는 재와 불씨를 다시 원래 있던 자리로 돌려놓았다. 이번에는 바닥에 새로운 글자가 나타났다.

ㄱ ㅇㅐ ㅁ ㅣ ㅇ ㅓ

ㅡ ㄹ ㄷ

넋을 놓고 글자를 바라보던 브레이든이 다시 정신을 차리고 소리를 질렀다.

"그만 좀 해! 이것도 네 알량한 속임수일 뿐이잖아!"

"그 고양이가 한 거야." 로웨나가 담담하게 말했다.

"아니, 아니야. 세라피나는 죽었어. 세라피나를 직접 땅속에 묻은 사람이 나라고."

"나도 세라피나가 죽었다고 생각했어. 하지만 우리가 틀렸어. 세라피나는 완전히 죽지 않았어. 세라피나의 영혼은 바로 이 방에 있어."

"제발 그만해!" 브레이든이 분노에 떨며 로웨나에게 고함을 질렀다. 이제 두 사람은 서로를 마주 보고 서 있었다. "넌 입만 열면 거짓말이지!"

"하지만 세라피나는 여기에 있어……." 로웨나가 말끝을 흐렸다.

"네가 거짓말한 적이 한두 번이어야지, 내가 널 어떻게 믿어? 정말로 세라피나가 여기에 있다면 증명해 봐."

"브레이든한테 오직 나만 대답할 수 있는 문제를 내 보라고 해." 세라피나가 말했다.

로웨나가 그렇게 전하자 브레이든의 표정이 바뀌었다. 브레이든은 잠시 생각에 잠기는가 싶더니 의심 가득한 눈초리로 로웨나를 쳐다보았다.

"내가 세라피나에게 처음으로 했던 말이 뭐야?"

세라피나가 기억을 더듬었다. 브레이든의 첫마디가 뭐였더라? 기억이 날 듯 말 듯했다. 검은 망토를 처음으로 목격하고 난 다음 날 아침이었다.

"길을 잃었니?" 마침내 기억이 떠올랐다. "브레이든이 그렇게 말했어."

"길을 잃었니?" 로웨나가 대답했다.

브레이든의 눈이 휘둥그레졌다. 순간적으로 브레이든은 로웨나에게 깜박 속아 넘어갈 뻔했다. 하지만 이윽고 브레이든은 눈앞의 상대가 누구인지를 깨닫고 다시 분노와 의심이 가득 담긴 눈으로 로웨나를 바라보았다.

"속임수야." 브레이든이 계속해서 말했다. "그럼 이것도 맞혀 봐. 내가 두 번째로 세라피나와 마주쳤을 때 크랭쇼드 씨가 세라피나의 어깨를 붙잡고 마구 흔들고 있었어. 그때 우리가 세라피나를 누구라고 했을까?"

세라피나가 미소를 지었다. 이번 문제는 아주 쉬웠다. "구두닭이 소녀."

"구두닭이 소녀라고 함께 둘러댔지." 로웨나는 세라피나에게 빙의해 브레이든에게 세라피나의 목소리가 그대로 전달되도록 해 주었다.

난데없이 들려온 세라피나의 목소리에 충격을 받은 브레이든이 방 안을 두리번거렸다.

"세라피나는 바로 지금 이 방에 있어." 로웨나가 다시 원래 자기 목소리로 부드럽게 말했다. "재로 글자를 쓴 것도 세라피나야. 세라피나는 너한테 날 믿으라고 말하고 있어."

"그런데 넌 어떻게 이런 일을 할 수 있는 거야?" 브레이든이 물었다.

"누군가 말하길, *우리를 죽이지 못하는 것은 우릴 더 강하게 만들 뿐*이라고 했어."

"무슨 말인지 모르겠어." 브레이든이 말했다.

"뒤틀린 지팡이 전쟁 때 너랑 고양이 두 마리가 날 쓰러뜨렸지. 시간이 좀 걸리긴 했지만 난 결국 되살아났어. 그리고 어느 때보다도 강해졌지. 난 이제 그냥 마법사가 아니라 *혼령술사*야."

"그게 뭔데?"

"죽은 사람의 영혼이나 이승과 저승 사이를 떠도는 영혼과 이야기할 수 있어."

브레이든이 공포에 질린 눈으로 로웨나를 바라보았다. 로웨나를 믿어도 되는 건지 확신이 서지 않는 표정이었다. "다른 문제를 하나 더 내 볼게." 브레이든이 이번에는 사람들이 귀신에게 이야기할 때처럼 허공에다 대고 말했다. "세라피나, 네가 정말 여기 있다면…… 내가 너한테 준 선물 있잖아, 길고 빨간……."

세라피나가 기억을 더듬었다.

길고 빨간 선물이라…….

브레이든이 무엇을 선물했었지?

세라피나가 신이 나서 외쳤다. "빨간 드레스!" 로웨나가 세라피나의 목소리로 대답을 전달했다.

"이거 굉장한데……." 로웨나의 입에서 또다시 들려온 세라피나의 목소리에 브레이든이 넋이 나간 듯 중얼거렸다. "그럼 그 드레스를 처음 입은 건 언제야?"

"검은 망토 입은 남자를 함정에 빠뜨리려고 입었지." 세라피나가 대답했고 로웨나가 감정까지 실어서 세라피나의 말을 되풀이했다. "실종된 아이들을 데리고 돌아온 날 아침, 난 기디언과 퓨마로 변신한 엄마와 함께 숲 가장자리에 서 있었어. 넌 수색대를 꾸려서 날 찾아 나서려던 참이었고."

"찢어진 드레스를 입고 숲 가장자리에 서 있던 네 모습은 진짜 늠름하고 또 아름다웠어……."

브레이든의 말에 가슴이 먹먹해진 세라피나가 울음을 터뜨렸다.

"아, 왜들 이래. 넌 아름답지 않아. 그냥 고양이일 뿐이라고!" 로웨나가 짜증 섞인 목소리로 말했다. "브레이든은 고양이를 좋아하고. 그게 다야! 이제 그만 정신 차려. 계획을 다 망칠 셈이야?"

세라피나는 눈물을 닦고 마음을 다잡았다. 로웨나 말이 맞았다.

세라피나가 로웨나에게 날카로운 말투로 말했다. "내가 너한테 검은 망토를 넘겨주라고 브레이든에게 말하면 넌 그걸로 뭘 할 건데? 네 계획이 뭐야?"

"넌 발톱만 빠르지 다른 건 다 느리구나." 로웨나가 비아냥거리는 투로 말했다. "지금까지는 다 이해한 거 확실하니?"

"브레이든, 진짜 나야." 세라피나가 최대한 마음을 가라앉히고 차분하게 말했고 로웨나가 그대로 흉내 내어 브레이든에게 전달했다.

"그런데 어디 있는 거야, 세라피나?" 브레이든이 물었다.

"몸은 네가 묻은 무덤 속에 그대로 있는데 영혼은 여기 너랑 함께 있어. 요 며칠 계속 네 옆에 있었어."

"널 느꼈던 것 같아." 브레이든이 이제야 알겠다는 듯 떨리는 목소리로 말했다.

"네가 도서관 테라스 벤치에 앉아 있었을 때 있잖아."

"맞아. 그때부터였어." 브레이든이 고개를 끄덕였다.

"그런데 네가 알아 두어야 할 게 있어. 나한테 허락된 시간이 길지 않아. 하룻밤 아니면 길어야 이틀 정도야. 그러니 서

둘러야 해.”

“하루나 이틀 뒤에는 어떻게 되는데?” 브레이든이 물었다.

세라피나는 대답하고 싶지 않았다. 생각하고 싶지 않았다. 그래서 브레이든의 질문에 대답하는 대신 하던 이야기를 마저 이어 나갔다. “유라이아가 살아 있어. 널 죽이려고 해. 그것만큼은 확실해. 하지만 로웨나는 우릴 돕고 싶대.”

“어떻게?” 브레이든이 물었다.

“검은 망토가 필요해.” 세라피나가 말했다.

“하지만 세라피나…….” 브레이든이 머뭇거렸다. “검은 망토는 끔찍한 물건이야. 너무 위험해! 그걸 넘겨줄 순……”

“나도 알아.” 세라피나가 검은 망토의 사악한 힘과 찢어진 망토 자락에서 떨어져 나온 끔찍한 검은 형체를 떠올리며 말했다.

“로웨나는 검은 망토로 뭘 하려는 건데?” 브레이든이 물었다.

세라피나가 다시 로웨나 쪽을 바라보며 말했다.

“네가 대답할 차례야. 우리가 너한테 검은 망토를 넘겨주기 전에 그걸로 뭘 할 건지 말해 줘.”

“내 계획을 설명할 만한 적당한 단어가 없어. 내가 아무리 잘 설명한다고 해도 너희는 지레 겁부터 먹을 게 뻔해.” 로웨나가 말했다.

“겁을 먹는다고?” 브레이든과 세라피나가 놀라서 동시에 되물었다.

"우리 둘 중에 누가?" 세라피나가 물었다.

"둘 다." 로웨나가 대답했다. "말로는 설명하기 힘들어. 직접 보여 줄게. 너희 둘 다 해치지 않겠다고 약속해. 원한다면 검은 망토는 네 눈에 보이는 곳이나 네 손이 닿는 곳에 두어도 좋아. 그리고 내 계획이 무엇인지도 네가 원하는 만큼 보여 줄게. 하지만 미리 경고하는데 아마 보고 싶지 않을 거야."

"수수께끼 같은 말만 하는구나." 브레이든이 의심과 혼란이 가득한 눈으로 로웨나를 바라보며 말했다.

"아니, 난 최대한 분명하게 말하고 있는 거야. 하지만 널 이해시키려면 직접 보여 주는 수밖에 없을 것 같네."

세라피나는 로웨나에게서 시선을 고정한 채 차근차근 생각했다. 로웨나의 속셈이 뭘까? 만약 브레이든을 공격할 계획이었다면 이미 그렇게 하고도 남았을 것이다. 세라피나는 선택할 수 있는 다른 길이 없을까 곰곰 생각해 보았다. 하지만 당장은 다른 길이 없었다.

"로웨나를 믿는 수밖에 없어, 브레이든." 세라피나가 말했고 로웨나가 세라피나의 목소리로 그 말을 그대로 브레이든에게 전달했다.

"만약에 네 계획대로 한다고 치면, 언제 하면 되는 건데?" 브레이든이 물었다.

"지금 여기선 아니겠지." 세라피나가 말했고 로웨나가 그대로 읊었다. "이 방에 너무 오래 있었어. 너희 삼촌과 숙모가 널 찾을 거야. 일단 잠깐이라도 대연회장으로 돌아가는 게 좋겠어."

브레이든이 세라피나의 말에 동의하듯 고개를 끄덕였다. "그런데 언제 다시 모일 거야?" 브레이든이 세라피나와 헤어져야 한다는 사실을 깨달은 듯 서둘러 물었다.

"오늘 밤에 다시 만나자." 세라피나가 대답했다. "검은 망토는 그때 그 장소에 그대로 있어?"

"아니. 내가 다른 곳으로 옮겨 놨어."

"잘했어." 세라피나가 말했다. "혹시 모르니까 우리한테도 검은 망토를 어디에 숨겨 놓았는지 말하지 마. 오늘 밤 무도회가 끝나고 시계가 한 시 반을 가리키면 검은 망토를 가지고 세 친구가 서 있던 돌로 된 사냥꾼 옆으로 와. 그게 어딘지는 알지?"

"알아. 그런데 정말로 괜찮겠어, 세라피나?"

"아니, 괜찮지 않아. 하지만 지금으로선 다른 길이 없는 것 같아. 조심해."

"너도 조심해." 브레이든이 말했다.

이 말을 끝으로 브레이든은 흡연실로 이어진 비밀 문을 통과해 당구실로 갔다. 세라피나는 큰 복도까지 쫓아 나가 브레이든이 대연회장에 있는 삼촌과 숙모에게 가는 모습까지 지켜보았다.

세라피나는 다시 총기실로 돌아와 로웨나에게 말했다. "뭐, 우리가 해냈네. 브레이든을 설득했어."

"그런 것 같네." 로웨나가 만족스럽다는 듯이 말했다.

"우리가 설득해야 할 사람이 한 명 더 남았어. 그리 호락호락하진 않을 거야."

"아, 싫어. 걔 도움까진 필요 없어!"

"네 생명의 은인이잖아!"

"그래 봤자 고양이잖아! 그건 변하지 않아!" 로웨나가 저항했다. 하지만 목소리에서는 큰 빚을 진 은인을 다시 만날 생각에 초조해하는 마음을 감출 수 없었다.

"웨이사도 함께하든가 아니면 없던 일로 하자." 세라피나가 단호하게 말했다.

"넌 나중에 늙으면 고집불통 할머니 고양이가 될 거야." 로웨나가 투덜거렸다.

"아무렴, 죽느니 고집불통이 되는 게 낫지." 세라피나가 퉁명스레 대꾸했다.

"넌 이미 죽었어."

"내가 아직 완전히 죽진 않았다는 데 우리 둘 다 동의한 걸로 아는데."

"네가 죽었다는 내 말은 현재 상태가 아니라 다가올 미래를 가리키는 거야."

"알았으니까 그만해." 세라피나가 짜증을 냈다. "어서 웨이사나 찾으러 가자."

잠시 뒤 본모습으로 돌아간 로웨나를 데리고 세라피나는 웨이사랑 가끔씩 몸을 뉘던 고사리가 우거진 조그만 산골짜기로 들어갔다. 그곳에 웨이사는 없었다. 근처에도 보이지 않았다. 하지만 두 사람은 계속 웨이사를 찾아 돌아다녔다.

마침내 인간의 모습으로 우두커니 서서 골짜기를 내려다보고 있는 웨이사를 발견했다. 골짜기 사이로 흐르는 거센 물살이 흙이며 나무며 모든 것을 집어삼키고 있었다. 밤마다 홍수는 점점 더 심해지고 있었다.

세라피나는 웨이사의 시야가 닿지 않는 사방이 트인 자갈밭으로 로웨나를 이끌었다.

"내가 다가가면 웨이사가 어떻게 반응할지 모르겠어." 로웨나가 말했다. "어쩌면 화를 내거나 공격할지도 몰라. 내가 다쳤을 때 도와주긴 했지만 그렇다고 날 믿진 않을 거야."

"네가 먼저 다가가면 안 돼. 웨이사는 고양잇과 맹수라고. 웨이사가 너한테 다가오도록 만들어야지." 세라피나가 말했다. "여기서 거리를 두고 웨이사한테 네가 여기 있다는 걸 알려 줘. 하지만 겁을 줘서 쫓아 버려선 안 돼."

"어떻게 하면 되는데?" 로웨나가 물었다.

웨이사는 놀라울 정도로 본능적인 반사 신경이 뛰어났다. 누군가 섣불리 다가갔다간 바로 덤벼들거나 달아나거나 둘 중 하나였다. 웨이사가 오랫동안 살아남을 수 있었던 것도 다 그러한 본능 덕분이었다. 웨이사가 본능적으로 반응하기 전에 이성적으로 생각할 수 있도록 관심을 끌어야 했다.

"찌르레기 소리를 낸 다음에 기다려." 세라피나가 말했다.

"찌르레기는 밤에 울지 않는걸."

"바로 그거야. 찌르레기 울음소리는 우리가 대낮에 인간의 모습으로 숲속에 있을 때 사용하던 암호였어. 그러니까 밤에 찌르레기 소리를 듣는다면 아마 어리둥절할 거야."

로웨나가 고개를 끄덕인 다음 찌르레기 울음소리를 흉내 냈다.

몇 초 뒤에 곧바로 로웨나와 세라피나가 있는 쪽으로 웨이사가 다가왔다. 웨이사는 숲 가장자리에서 걸음을 멈추고 탁 트인 자갈밭에 홀로 서 있는 로웨나를 바라봤다.

"잘했어. 이제 절대 움직이지 말고 가만있어." 세라피나가 로웨나에게 속닥거렸다. "위협적으로 느낄 수 있는 그 어떤 움직임도 안 돼."

로웨나는 고분고분 세라피나가 시키는 대로 했다.

웨이사가 멀리서 로웨나를 바라보았다. 로웨나도 멀리서 웨이사를 바라보았다. 두 사람은 서로를 신뢰할 수 있는지 탐색했다. 마치 교차된 과거, 맞서 싸운 전투, 웨이사가 로웨나를 간호하던 시간을 차례차례 떠올리는 것 같았다.

"돌아왔구나." 웨이사가 경계를 늦추지 않고 여전히 숲속에 서서 말했다.

"웨이사를 설득해." 세라피나가 말했다.

로웨나가 천천히 고개를 끄덕였다. "그래." 로웨나가 나지막한 목소리로 말했다. "고맙다는 인사를 하러 왔어."

웨이사는 움직이지 않았다. 아무 말없이 가만히 로웨나를 쳐다보고만 있었다.

"누군가에게 그런 보살핌을 받은 건 처음이었어." 로웨나가 이렇게 말한 후 입을 다물었다.

긴 시간이 흐른 뒤 마침내 웨이사가 나무 사이에서 모습을 드러냈다. 웨이사는 로웨나 쪽으로 천천히 다가와 6미터쯤 떨어진 곳에 멈추어 섰다.

"날 왜 구해 준 거야, 웨이사?" 로웨나가 머뭇거리며 부드러운 목소리로 물었다.

로웨나의 질문에 웨이사가 생각에 잠겼다가 대답했다. "길을 잃고 싶지 않았어."

"난 마법사를 죽여서 내가 사랑하는 사람들을 지킬 거야.

하지만 그 뒤에는 내게 묻은 피를 깨끗이 씻어 내고 두 번 다시 싸우지 않을 거야. 내 심장은 원래 살던 곳에서 잠시 떠나 있을 뿐이야. 하지만 집으로 돌아가는 길을 잊어선 안 돼."

로웨나가 웨이사를 바라보았다. 웨이사의 말을 이해한 듯한 표정이었다. 마침내 로웨나가 말했다. "오늘 밤엔 내가 널 도와주려고 여기 온 거야. 네 도움이 한 번 더 필요하기도 하고."

"내 도움은 이미 받았을 텐데." 웨이사는 방금 한 말과는 다르게 마음 한 켠에 남아 있는 철천지원수를 도와주었다는 자책감을 아직 떨치지 못한 것 같았다.

"그건 나도 알아." 로웨나가 말했다. "네가 날 믿을 만한 이유가 없다는 것도 알고. 하지만 내겐 네 친구들을 도울 수 있는 계획이 있어."

"그게 무슨 소리야?" 웨이사가 눈을 가늘게 뜨며 물었다.

"내가 아까 했던 말을 웨이사에게 그대로 읊어 줘." 세라피나가 로웨나에게 말했다.

"겨울이든 봄이든 가을이든, 내가 필요하다면 언제든, 기어오르는 곳이 바닥이 되고 비가 벽이 되는 곳으로 찾아오렴." 로웨나가 말했다. 예전에 웨이사가 세라피나에게 자신이 있는 곳을 알려 주기 위해 땅바닥에 남겼던 수수께끼 같은 글귀였다.

"네가 그걸 어떻게 알고 있는 거야?" 웨이사가 로웨나 쪽으로 다가서며 물었다.

"효과 한번 제대로네." 세라피나가 중얼거렸다.

웨이사가 갈색 눈동자를 이글거리며 로웨나를 뚫어져라 쳐다보았다. 웨이사는 필요하다면 곧장 로웨나에게 덤벼들 기세였지만 얼굴에 드러난 호기심은 감출 수가 없었다.

"말해. 네가 어떻게 그 문장을 알고 있는 거야? 그 찌르레기 울음소리는 또 뭐고." 웨이사가 로웨나를 몰아붙였다.

"내가 왜 널 찾아왔고 어떻게 그런 걸 알고 있는지 다 설명할게." 로웨나가 말했다. "하지만 그 전에 먼저 네 부족 사람들의 과거에서 내가 무엇을 보았는지 말해 주고 싶어."

"지금 무슨 소릴 하는 거야?" 웨이사가 되물었다.

"아주 오래전에 네 부족 사람들 대다수가 고향에서 쫓겨나 강제로 서부에 있는 척박한 땅으로 이주해야 했어. 하지만 고향 땅을 떠나기 싫었던 소수 사람들은 이 산속에 남았지. 넌 그들에게서 태어났고."

"우리 할머니 세대 이야기구나. 그런데 넌 이 이야기를 어떻게 알아?" 웨이사가 물었다.

"네가 나를 구하고 보살펴 줬을 때, 새로운 능력으로 네 마음속을 들여다보았어. 네 과거와 네가 속한 부족의 과거가 보였어. 그때 난 우리 아빠가 너희 부모님과 형제를 죽였다는 사실을 알게 됐어."

"내 여동생도." 웨이사가 말했다.

"네 여동생도." 로웨나가 고개를 끄덕였다. "전부 다 봤어. 전부 다 *느꼈어.* 왜냐하면 그건 시간의 흐름 속에 깊이 각인

되어 있으니까. 네가 네 두 눈으로 직접 보고 느낀 것은 네 일부가 돼. 우리 아빠는 *너희* 가족만 죽인 게 아니었어. 너희 부족에 속한 수많은 고양잇과 맹수를 죽였지. 어쩌면 너희 부족에선 네가 유일한 생존자일지도 몰라. 하지만 넌 상처와 부활에 관한 너희 할머니의 가르침을 기억해야 해. 그 가르침이 곧 너희 같은 종족의 본성이야. 고양잇과 맹수와 올빼미 같은 변신술사들은 심하게 다쳤을 때 그 고통을 이겨 내면 예전보다 더 강해져서 돌아오지. 예전과 다르지만 더 강한 모습으로…… 본연에 가까운 모습으로."

"그래, 무슨 말인지 알아……." 웨이사가 로웨나에게로 더 가까이 다가갔다. 이제 둘 사이에 거리는 한 걸음 남짓했다.

"너도 봤겠지만 난 송골매의 공격을 받고 하늘에서 떨어졌어." 로웨나가 계속해서 말했다. "거의 죽을 뻔했지만 죽진 않았지. 우리 아빠는 내가 검은 망토를 적에게 빼앗겼다고 날 초주검이 되도록 벌했어. 난 죽음의 문턱까지 갔지만 죽진 않았지. 상처를 입을 때마다, 고통으로 밤을 지새울 때마다 나는 내면에서부터 점점 더 강해졌어. 나는 *변했어.* 상처와 부활, 고난과 극복은 우리 종족의 특성이야. 내가 하려는 말은 내 능력도 변했다는 거야, 웨이사. 내 영혼도 변했어. 난 점점 더 나다워지고 있어."

웨이사는 로웨나가 하는 말을 하나도 놓치지 않고 귀담아들었다. "우리 할머니는 그걸 *탈-리-나 우-데-나*라고 부르셨어. 다시 태어나는 거 말이야."

"맞아, 그거야." 로웨나가 말했다.

"좀 전에 말한 변한 능력은……"

"난 이제 과거를 볼 수 있어. 그리고 이야기할 수 있어."

"죽은 사람이랑 말이지?"

"그 사이에 있는 존재와도."

"세라피나 말이구나?" 웨이사가 놀라서 목소리를 낮추어 말했다. "세라피나가 여기를 떠돌고 있구나……."

로웨나가 아주 느리게 고개를 끄덕였다. "이제야 제대로 이해하기 시작한 것 같네."

"세라피나는 어딨어?" 웨이사가 말했다. 갑자기 웨이사의 두 눈에 희망이 가득 담겼다.

"걱정 마, 가까이 있으니까. 우리랑 함께 있어." 로웨나가 부드러운 목소리로 말했다.

"여기에 함께 있다고? 지금?" 웨이사가 놀라서 고개를 두리번거리며 되물었다. 브레이든과는 달리 웨이사는 영혼이 존재할 수 있다는 사실을 의심하지 않는 것 같았다.

"세라피나와 함께 브레이든을 찾아갔었어. 우리 셋은 네 도움이 필요해." 로웨나가 말했다.

"내가 뭘 해야 하는지 말해 줘." 웨이사가 말했다.

로웨나가 머뭇거렸다.

"웨이사한테 내가 한 말을 전해. 아니면 우린 여기서 끝이야." 세라피나가 옆에서 채근했다.

"지금부터 하는 말은 내가 아니라 세라피나가 하는 말이란

걸 알아주었으면 좋겠어.” 로웨나가 말했다. “세라피나는 네가 오늘 밤 빌트모어로 가서 브레이든과 합류했으면 좋겠대. 브레이든을 지켜 달래. 우리 아빠한테서 보호해 달래. 하지만 그보다 브레이든을 나한테서 보호해 달래. 만약 내가 브레이든이나 너를 해치려고 허튼수작을 부린다면 그 즉시 발톱으로 내 눈을 찌르래.”

웨이사가 미소를 지었다. “세라피나답네.”

“그렇게 전하라네.” 로웨나가 말했다.

“알았어.” 웨이사가 대답했다.

“좋아. 이제 웨이사도 함께야.” 세라피나가 말했다.

“세라피나가 네 대답을 들으니 안심이 된대.” 로웨나가 말했다.

“너 지금 세라피나랑 이야기하고 있어? 세라피나한테 내 말도 전해 줄 수 있어?” 웨이사가 눈을 반짝거리며 물었다.

“직접 말해. 세라피나는 네 말을 들을 수 있어.” 로웨나가 말했다.

“세라피나, 무슨 일이 있어도 포기하지 마. 내 친구야, 용기를 잃지 마. 내 말 듣고 있지?”

웨이사의 눈에 눈물이 차올랐다. 세라피나가 말했다. “듣고 있다고 전해 줘.”

하고 싶은 말이 많았지만 세라피나는 대신 손으로 가만히 공기를 쓸었다. 부드러운 바람이 불었다. 웨이사의 갈색 머리가 잠깐 들렸다가 가라앉았다. *듣고 있어.*

몇 시간 뒤 세라피나는 깜깜한 어둠 속에서 빌트모어 현관 계단에 앉아 브레이든을 기다렸다. 여름 무도회는 끝났다. 밴더빌트 부부와 저택에 머무르는 손님들은 모두 각자 방으로 돌아갔다. 저택에 머무르지 않는 손님들도 마차를 타고 저택을 떠났다. 하인들도 대연회장 정리를 마쳤고 악사들도 악기를 챙겨 집으로 돌아갔다. 빌트모어에는 이제 어둠과 적막만이 감돌았다. 조금 전과는 모든 것이 너무나도 달라 보였다.

하지만 세라피나는 새삼스러운 만족감을 느꼈다. 마침내 브레이든 그리고 웨이사와 이야기를 나누었고, 세라피나가 여전히 여기에 있다는 사실을 알았을 때 두 사람의 얼굴에 번지는 미소도 보았다. 앞으로 넘어야 할 산이 많았다. 그중에는 세라피나가 넘기 어려운 산도 있었다. 하지만 적어도 이제는 세 사람이 함께 산을 오를 것이다. 무슨 일이 닥쳐도 함께할 같은 편이 생긴 것이다. 그 사실만 변하지 않는다면 세라피나는 어디든 갈 수 있었다.

그때 브레이든이 슬며시 밖으로 나와 조용히 대문을 닫았다. 어깨에는 낡은 가죽 배낭을 메고 있었다. 크기와 모양으로 짐작건대 그 안에는 검은 망토가 들어 있는 게 틀림없었다. 브레이든은 깜깜한 현관에 우두커니 서서 지금 하려는 일에 확신이 서지 않는 듯 멍하니 정면을 응시했다.

세라피나는 브레이든이 약속대로 나와 줘서 기뻤지만 한편으로는 불안했다. 로웨나를 믿고 검은 망토를 넘겨주는 건 위험천만한 계획이었다. 일이 잘못될 가능성이 너무나도 높았다. 하지만 세라피나는 시간이 별로 없다는 사실을 잘 알고 있었다. "오늘 밤 검은 망토를 가져오지 않으면 내가 직접 소년을 죽이겠다!" 유라이아는 로웨나를 공격하면서 쩌렁쩌렁 늪지가 떠나가라 그렇게 협박했었다. 로웨나는 브레이든을 죽이면 검은 망토를 숨겨 둔 장소가 어딘지 결코 알 수 없을 거라며 아빠를 말리려 했지만 이제 로웨나의 협박은 먹히지 않았다. 유라이아의 인내심은 이미 바닥이 난 상태였다. 유라이아가 브레이든을 공격하는 건 이제 시간문제였다.

세라피나는 지금 당장 브레이든과 이야기를 나누고 싶었지만 로웨나 없이는 불가능했다. 그저 브레이든을 따라다니는 일 말고는 아무것도 할 수 없었다.

브레이든은 깊은 한숨을 내쉬며 드넓은 정원을 바라보더니 고개를 들어 저 멀리 다이애나 언덕을 바라보았다. 세라피나가 브레이든에게 만나자고 한 바로 그 장소였다. 세라피나는 브레이든이 무슨 생각을 하는지 알 수 있었다. 다리를 다치기 전까지 브레이든에게 다이애나 언덕을 오르기란 식은 죽 먹기였다. 브레이든은 다이애나 언덕을 오를 때마다 즐거웠다. 하지만 다친 다리를 이끌고 꼭대기까지 올라가기란 여간 어려운 일이 아니었다. 세라피나는 할 수만 있다면 브레이든이 오르기 쉬운 길만 골라 안내해 주고 싶었다.

브레이든의 손이 떨렸다. 브레이든이 다리에 찬 보조기를 조정했다. 지지대 하나가 부러졌는지 걸음이 더 버거워 보였다.

브레이든이 숨을 깊이 들이마시더니 걸음을 떼었다. 브레이든은 길게 뻗은 정원을 지나 이내 다이애나 언덕을 오르기 시작했다. 다친 다리를 질질 끌며 한 걸음 한 걸음 옮길 때마다 브레이든의 호흡은 거칠어졌고 속도는 점점 느려졌다.

바로 그때 숲속에서 퓨마 한 마리가 불쑥 튀어나왔다.

"웨이사!" 브레이든이 놀라움 반, 반가움 반으로 소리쳤다. "너 여기서 뭐 해?" 질문과 동시에 브레이든은 깨달았다. "세라피나가 부탁했구나?"

세라피나는 미소를 지었다. 브레이든이 바로 알아줘서 기뻤다.

퓨마의 모습을 한 웨이사가 브레이든 옆으로 다가오더니

배를 깔고 엎드렸다.

브레이든이 진심으로 고마워하며 웨이사의 등에 올라탔다.

웨이사가 힘차게 내달리기 시작했다. 브레이든을 등에 매달고도 웨이사는 비탈진 오르막길을 엄청난 속도로 질주했다. 강인한 네 다리가 거의 보이지 않을 정도로 빨랐다.

언덕길은 자고로 저렇게 올라가야지. 웨이사를 부러운 눈길로 쫓으며 세라피나가 속으로 생각했다. 세라피나도 웨이사를 뒤따라 달리고 싶었다.

산들바람이 불어왔다. 세라피나는 발이 가벼워지는 것을 느꼈다. 브레이든이 검은 망토를 입었던 그날 밤 물로 변신했던 것처럼 바람으로도 변신할 수 있을지 모른다는 생각이 들었다. 하지만 자칫 바람으로 변신했다가 이 세상에서 사라지는 순간이 앞당겨질까 봐 세라피나는 차마 실행에 옮기지는 못했다.

세라피나는 흑표범으로 변신해 웨이사와 함께 숲속을 달리던 나날이 그리웠다. 하지만 영혼으로나마 친구들 옆에 있을 수 있어서, 브레이든과 웨이사가 함께 있는 모습을 볼 수 있어서 기뻤다.

검은 망토가 든 배낭을 어깨에 멘 브레이든을 등에 태우고 달리는 웨이사를 세라피나가 뒤쫓았다. 그렇게 셋은 깊은 숲속 늪지대에 숨겨진 로웨나의 은신처를 향해 함께 달렸다.

새하얀 새털구름에 가린 달이 서쪽 산자락 뒤로 뉘엿뉘엿 기울더니 완전히 사라졌다. 숲속에서 밤의 그림자가 가장 짙은 이 시간에 세라피나와 웨이사와 브레이든은 로웨나의 은신처로 숨어들었다.

조그마한 로웨나의 은신처는 며칠 전 유라이아의 공격으로 폐허가 되어 버렸다. 주변에 있던 나무들도 대부분 쓰러지거나 불에 타 버렸다. 그 암울한 광경이 마치 네 사람이 여기에 모인 이유를 보여 주는 것 같았다.

거의 무너진 은신처 안에서 고대 켈트족 사제가 입던 검은색 망토를 머리부터 뒤집어쓴 로웨나가 걸어 나왔다.

브레이든이 로웨나에게로 다가갔다. 웨이사는 혹시 모를 상황을 대비해 몇 걸음 떨어진 곳에서 발톱을 꺼낸 채 기다렸다.

"네 말대로 왔어. 이제 뭘 하면 돼?" 브레이든이 말했다.

"내가 하는 모든 일을 지켜보기만 하면 돼. 대신 검은 망토를 나한테 넘겨줘야 해." 로웨나가 말했다.

"검은 망토로 뭘 할 건데?" 브레이든이 뒷걸음질하며 물었다. "이게 정말로 세라피나가 원하는 일이라는 걸 우리가 어떻게 믿지?"

"브레이든에게 내가 제일 좋아하는 음식은 옥수수 가루를 뺀 닭고기라고 말해 줘. 그리고 브레이든이 제일 좋아하는 음식은 떠먹는 산딸기빵이라는 것도."

로웨나가 세라피나의 말을 전하자 브레이든이 말했다. "그래도 검은 망토로 뭘 할 건지는 들어야겠어."

"검은 망토를 수선할 거야." 로웨나가 말했다.

"수선한다고?" 브레이든이 다시 물었다. "너희 아빠한테 드리려고?"

"그럼 모두 끝장이야." 로웨나가 말했다.

"어쩌려고? 검은 망토를 수선하고 나면 그다음은?"

"모든 게 잘 풀린다면 검은 망토는 원래 기능대로 작동하겠지."

"다시 사람들의 영혼을 흡수해서 능력을 훔치겠다는 말이야?" 브레이든이 화들짝 놀라며 물었다.

로웨나와 브레이든의 대화를 들으면서 세라피나의 마음속에서 불길한 예감이 스멀스멀 피어올랐다. 이제야 로웨나의 계획이 무엇인지 알 것 같았다.

"로지아에서 싸우다가 검은 망토가 찢어졌을 때 세라피나는 검은 형체들과 같이 조각난 채 세상 밖으로 나왔어." 로웨나가 말했다. "그 검은 형체들은 검은 망토의 가장 내밀한 어둠이야. 내가 검은 망토를 제대로 수선한다면 검은 형체들과 세라피나의 영혼이 다시 검은 망토 안으로 빨려 들어갈지도 몰라."

"그게 무슨 말이야, *빨려 들어갈지도* 모른다니?" 브레이든이 물었다. "그래서 너도 장담은 못 한다는 거야?"

"그래, 장담 못 해." 로웨나가 말했다. "검은 망토가 너무 심하게 망가졌으니까."

"만약 실패하면 세라피나는 어떻게 되는 건데?"

"만약 실패하면," 로웨나가 대답했다. "세라피나의 영혼은 사라지고 영원히 돌아올 수 없게 되겠지."

"그렇지만 만약에 성공한다고 해도 결과는 더 최악이잖아!" 브레이든이 소리를 질렀다. "세라피나의 영혼이 검은 망토 안에 갇히게 되는 거잖아!"

"맞아." 로웨나가 말했다.

공포로 새파랗게 질린 클라라 브람스의 얼굴이 세라피나의 머릿속을 스쳐 지나갔다. 검은 망토가 클라라 브람스를 집어삼키던 순간 샛노란 드레스를 입고 있던 소녀는 끔찍한 비명을 질렀었다. 세라피나는 이 계획이 마음에 들지 않았다. *절대* 실행에 옮기고 싶지 않았다. 끔찍하리만치 싫었다. 세라피나는 지금껏 검은 망토를 피하기 위해, 검은 망토에게서 다른 사람들을 지키기 위해, 검은 망토를 무찌르기 위해 달렸고 이빨과 발톱을 세우고 싸웠다. 그런 세라피나가 제 발로 검은 망토에게 잡아먹힌다니 말도 안 되는 일이었다. 이 세상에 검은 망토 안에 갇히는 것보다 끔찍한 일은 없을 것 같았다. 차라리 죽는 게 나았다. 세라피나는 곧바로 어떻게 하면 브레이든과 웨이사와 직접 이야기할 수 있을지, 어떻게 하면 이 계획을 멈출 수 있을지 머리를 굴리기 시작했다.

"만약에 세라피나의 영혼이 검은 망토 안으로 빨려 들어가고 나면 그다음엔 어떻게 되는데?" 이렇게 되묻는 브레이든의 목소리가 파르르 떨리고 있었다. 브레이든도 세라피나가 느끼는 것과 똑같은 공포를 느끼고 있는 것 같았다.

"내가 경고했잖아." 로웨나가 사납게 대꾸했다. "내 계획을 들으면 너희가 겁부터 먹을 거라고. 날 믿어."

"하지만 그다음엔 어떻게 되는데?" 이번에는 세라피나가 로웨나에게 물었다. "우린 지금 그걸 알고 싶은 거잖아. 네가 계속 검은 망토를 가지고 있을 거야? 내 재능과 능력을 훔칠 생각이야? 아니면 너희 아빠한테 건넬 거야? 그러면 아빠가 만족하고 널 내버려 둘 거라고 생각해? 아빠가 널 다시 인정해 줄 거라고 생각하는 거야? 검은 망토만 있으면 넌 뭐든지 가질 수 있어! 모든 능력과 선택이 네 손안에 들어가는 거라고!"

로웨나가 갑자기 올빼미처럼 높고 날카로운 소리를 내더니 휙 등을 돌려 버렸다. 로웨나는 질린다는 듯 그르렁거렸다. "정말이지 말이 안 통하는구나." 로웨나가 내뱉다시피 말했다.

"무슨 말?" 로웨나가 세라피나에게 한 말인 줄도 모르고 브레이든이 어리둥절한 표정으로 되물었다.

"넌 계속 같은 말만 되풀이하고 있잖아, 로웨나!" 세라피나가 로웨나에게 꽥 소리를 질렀다. "말을 해 주든가 아니면 우린 빠질 거야! 브레이든을 해치지 않겠다고 맹세하란 말이야!"

"지금 세라피나랑 얘기하는 거야?" 브레이든이 혼란스럽다는 듯 물었다. "세라피나가 뭐래?"

"별로 중요한 얘긴 아니야." 성질을 이기지 못한 로웨나가 홱 돌아서서 걸어가며 손을 들어 마법으로 애꿎은 나뭇가지를 부러뜨렸다. 웨이사가 재빨리 브레이든 앞을 가로막으며 로웨나에게 덤벼들 준비를 했다.

세라피나는 목구멍으로 쓰디쓴 침을 삼켰다. 덫에 걸린 듯한 느낌이었다. 그런데 문득 오래전 공동묘지에서 보냈던 밤이 떠올랐다. 세라피나는 덫을 놓고 검은 망토를 입은 남자를 유인했었다. 한바탕 전투를 치른 후에 세라피나는 두 손으로 직접 검은 망토를 찢어 없애려고 했지만 천이 너무 튼튼해서 실패했다. 그래서 그다음에는 단검으로 천을 그었다. 하지만 보통 칼로는 어림도 없었다. 그날 밤 오래된 공동묘지에서 세라피나는 천사 조각상이 들고 있던 날카로운 검을 검은 망토에 내리꽂았다. 그제야 검은 망토는 갈기갈기 찢어졌다. 검은 망토가 찢어지는 순간 엄청난 열기와 연기와 안개가 뿜어져 나오며 그 안에 갇혀 있던 사람들이 순식간에 모두 풀려났었다. 세라피나는 나뭇잎으로 뒤덮인 숲 바닥에 엎어져 있던 클라라 브람스의 모습이 아직도 생생했다. 클라라가 움찔거리다가 서서히 몸을 일으키던 순간 세라피나는 시체가 좀비로 되살아난 줄 알고 기겁했지만 다행히도 그렇지 않았다. 클라라는 작은 소녀였던 원래 모습 그대로 검은 망토의 어두운 손아귀에서 풀려났다. 그날 밤 세라피나의 엄마도 똑같이 풀려났었다.

세라피나가 입을 열었다. "네 계획은 검은 망토를 수선한 다음에…… 천사 조각상이 들고 있는 칼로 다시 없애 버리는 거구나?"

그 말에 로웨나가 동작을 멈추고 뒤를 돌았다. 세라피나가 마침내 자신의 계획을 알아주었다는 사실에 안도한 듯한 모습이었다. "성공은 장담할 수 없지만 시도는 해 보려고……."

"뭘 시도한다는 거야?" 브레이든이 답답함과 두려움에 되물었다.

세라피나는 무덤에서 기어 나와 영혼으로 살았던 시간을 떠올렸다. 할 수 있는 일과 할 수 없는 일을 생각했다. 만질 수 있는 사람과 만질 수 없는 사람을 생각했다. 선택할 수 있는 길과 선택할 수 없는 길을 생각했다. 먼지와 물과 바람을 생각했다. 세라피나가 이 세상에서 머무를 수 있는 시간이 얼마 남지 않았다. 세라피나를 위해 온 마음을 다해 싸워준 브레이든과 웨이사를 생각했다. 영혼이 빠져나간 사람처럼 하루하루 죽지 못해 살고 있는 아빠를 생각했다. 모든 희망을 잃어버린 엄마를 생각했다. 로웨나의 아빠와 다가올 폭풍우와 걷잡을 수 없이 불어난 강물과 밴더빌트 가문을 향한 불타는 복수심을 생각했다. 유라이아는 빌트모어가 무너질 때까지 결코 포기하지 않을 것이다. 마지막으로 세라피나는 로웨나를 생각했다. 첫 만남부터 로웨나가 저질렀던 온갖 속임수와 배신 그리고 치열하게 맞서 싸웠던 모든 전투를 생각했다. 로웨나는 구불구불 얽히고설킨 길을 수도 없이 지나왔다. 발길을 돌릴 수 있는 기회도 여러 번 있었다.

이 모든 일을 겪으면서 세라피나는 친구나 심지어 적을 믿는 것보다 자기 자신을 믿는 것이 가장 어려운 일일지도 모른다는 사실을 깨달았다. 세라피나는 아무리 어두운 미래가 기다리고 있다고 하더라도 스스로가 충분히 강하다는 사실을 믿어야만 했다. 무슨 일이 일어나더라도, 영원히 사라지든지 아니면 어떻게든 다시 돌아올 수 있는 방법을 찾든지 간에, 자기 자신을 믿어야 했다. 세라피나가 가진 영혼과 지혜와 힘으로 어둠과 미지의 세계를 헤쳐 나올 수 있다는 사실을 믿어야 했다. 되고자 하면 그 모습 그대로 될 수 있다고 믿어야 했다.

손이 떨렸다. 다리가 후들거렸다. 목소리마저 불안정했다.

"마지막으로 부탁이 하나 있어." 세라피나가 로웨나에게 말했다. "내가 이걸 하겠다고 하면 나중에 무슨 일이 있어도 브레이든, 우리 아빠, 웨이사 그리고 빌트모어에 있는 모든 사람을 너희 아빠에게서 지켜 주겠다고 약속해 줘. 약속해."

로웨나가 멈칫했다. 인상을 쓰지도 않았고 미소를 짓지도 않았다. 공동묘지에 있는 돌로 된 천사 조각상의 얼굴처럼 아무런 표정이 없었다.

세라피나는 로웨나가 무슨 생각을 하는지 알아내려고 가만히 쳐다보았다. 약속을 망설이는 건가? 아니면 세라피나가 이런 부탁을 한다는 것 자체가 왠지 모르게 뿌듯한 건가? 이게 바로 로웨나가 바라던 거였을까? 세라피나와 브레이든과 웨이사와 친구가 되는 것, 서로를 위해 기꺼이 싸워 줄 친구가 생기는 것이?

하지만 세라피나가 죽으면 로웨나는 아빠인 유라이아에게 맞서서 빌트모어 사람 모두를 지켜야만 했다. 로웨나 혼자서 이길 수 있는 싸움이 아니었다. 로웨나에게는 유라이아의 눈을 피해 늪지대에 은신하는 것조차 녹록치 않았다. 로웨나가 빌트모어 사람 전부를 지키기란 불가능했다. 로웨나가 원하는 우정에는 어마어마한 대가가 뒤따랐다. 하지만 그 우정 없이 로웨나가 살아남을 수 있는 확률이 얼마나 될까?

"난 너한테 약속을 받아야 해, 로웨나." 세라피나가 말했다. 그런데 로웨나를 재촉하다가 문득 로웨나의 진짜 의도가 무엇인지는 알 수 없다는 사실을 깨달았다. 어쩌면 이 모든 게 속임수일지도 몰랐다. 하지만 다른 선택이 없었다. "만약에 네가 날 도와주지 않는다면, 로웨나 넌 어떻게 되는 거야?" 세라피나가 로웨나를 몰아붙였다.

"나 혼자 살아남겠지." 로웨나가 대답했다.

"그게 사실이 아니란 거 너도 알고 있잖아. 그래서 그날 밤 내 무덤으로 찾아와 내게 말을 걸었던 거 아니야? 너희 아빠에게 맞서서 어쩌면 한동안은 살아남을 수 있을지도 모르지. 어쩌면 계속 숨어 다닐 수 있을지도 모르지. 하지만 그게 정말로 사는 걸까? 우리가 널 믿는다면 너도 우릴 믿어야 해."

로웨나는 선뜻 대답하지 않았다. 한참 만에야 로웨나가 알겠다는 듯 고개를 끄덕였다. "네가 잘못되면 내 모든 힘을 다해서 빌트모어 사람들을 지킬게. 맹세해."

세라피나가 로웨나를 가만히 바라보았다. 얼굴과 눈과 그 말을 할 때 움직임을 찬찬히 관찰했다. 상대가 거짓말을 하고 있는지 아닌지 가려낼 수 있는 방법이 있을까? 아니면 상대가 약속을 지킬지 안 지킬지 알아낼 수 있는 방법이 있을까?

"무슨 얘길 하는 거야?" 브레이든이 물었다. "뭘 맹세한다는 거야?"

"우리에겐 시간이 별로 없어." 로웨나가 브레이든을 무시하며 말했다.

처음 느껴 보는 차갑고 어두운 두려움에 세라피나는 온몸을 떨었다. 이 세상에서 가장 하고 싶지 않은 일이 있다면 그건 바로 검은 망토 안으로 빨려 들어가는 것이었다. 하지만 해야만 하는 일이었다.

"난 준비됐어." 세라피나가 말했다. "난 널 믿어, 로웨나. 브레이든과 웨이사에게 우리 계획을 말해 줘."

세라피나와 브레이든과 웨이사는 로웨나가 하는 행동을 지켜보았다. 로웨나는 은신처에 앉아서 검은 망토를 무릎 위에 올려놓았다. 로웨나가 옷이 아니라 살아 있는 거대한 뱀을 다루듯이 손으로 천을 매만지자 검은 망토 자락이 부글부글 연기를 내뿜었다.

로웨나는 뼈로 만든 길고 얇은 바늘을 꺼내더니 찢어진 부분을 한 땀 한 땀 꿰매기 시작했다.

"망토 겉감은 방울뱀의 허물에다가 염소 털을 엮어서 만든 거야." 로웨나가 말했다. "꿰맬 때 염소 털로 만든 아주 가느다란 실을 사용해야 해. 하지만 검은 망토의 가장 핵심적인 힘이 깃든 안감은 검은과부거미가 뽑아낸 거미줄로 만든 검은 새틴 재질이야."

브레이든이 역겹다는 듯 얼굴을 찡그렸다. “거미라고? 검은 망토가 거미줄로 만들어졌단 말이야? 어떻게 거미가 충분한 실을 뽑아내게 만들어?”

“매우 어려운 작업이야.” 로웨나가 바느질을 하면서 대답했다. “하지만 주문만 알고 있으면 가능해.”

“*복종의* 주문이구나?” 브레이든이 못마땅하다는 투로 말했다.

“그래, 맞아. 복종하게 만들어야 돼.” 브레이든의 반응에 마음이 상한 로웨나가 퉁명스레 대꾸했다. “검은과부거미는 별로 협조적이지 않아. 정말이야. 더군다나 그 독은 과히 유쾌함과는 거리가 멀지. 하지만 검은과부거미가 뽑아내는 실은 다른 거미들이 뽑아내는 실과 비교도 안 되게 튼튼해. 거미는 원래 서로 다른 여섯 가지 실을 뽑아낼 수 있어. 매달릴 때 쓰는 튼튼한 실, 먹이를 잡을 때 쓰는 끈적끈적한 실, 바람을 타고 날아갈 때 쓰는 매끄러운 실 등등 저마다 용도가 달라. 검은과부거미가 뽑아내는 이 모든 종류의 실을 하나로 꼬아야만 검은 망토를 만드는 실이 돼. 복종의 주문을 외우면 검은과부거미들이 내가 원하는 실을 만들어 내는 거지.”

“근데 거미줄은 하얗거나 투명하지 않아?” 브레이든이 물었다. 검은 망토를 만드는 과정은 섬뜩하지만 흥미로웠다. 검은 망토를 제작하는 데 거미를 비롯한 동물들이 참여한다는 사실이 브레이든의 관심을 사로잡은 것 같았다.

“여섯 종류의 실을 하나로 꼬는 과정에서 색이 검게 변해.”

로웨나가 설명했다.

로웨나가 검은 망토를 바느질하는 동안 몇 시간이 흘렀다. 브레이든은 지루한 듯 점점 산만해졌다. 보조기를 찬 다리를 끌며 은신처 바깥에서 진창 위를 왔다 갔다 하기도 했다. 웨이사는 초조한 듯 꼬리를 흔들며 로웨나에게서 시선을 떼지 않았다. 여전히 발톱을 꺼내 놓고 언제라도 싸울 준비를 하고 있었다.

세라피나는 혹시라도 로웨나가 속임수를 감추고 있진 않은지 주의 깊게 관찰했다. 경계를 늦추지 말아야 했다. 하지만 솔직히 로웨나가 언제, 어떻게 배신할지 짐작조차 할 수 없었다.

로웨나는 묵묵히 바느질에만 열중했다. 최면에라도 걸린 듯 로웨나가 몸을 앞뒤로 흔들기 시작했다. 로웨나의 손에 들린 검은 망토가 뱀처럼 똬리를 틀기 시작했다. 로웨나는 몸을 흔드는 와중에도 계속해서 웅얼웅얼 주문을 외며 바느질을 했다. 사악한 어둠의 주문을 외며 바느질을 하는 로웨나의 손끝에서 검은 망토가 점점 힘을 되찾고 있었다.

세라피나는 허파가 쪼그라드는 것 같은 기분이 들었다. 숨이 잘 쉬어지지 않았다. 검은 망토를 되살리는 로웨나를 보고 있자니 불길한 예감이 스멀스멀 피어올랐다. 세라피나는 로웨나에게서 시선을 떼고 무너져 내린 은신처 입구를 지나 브레이든과 웨이사에게로 시선을 돌렸다. 그런데 갑자기 브레이든과 웨이사가 사라졌다. 온데간데없이 사라졌다.

당황한 세라피나가 눈을 깜박여도 보고 문질러도 보았다. 하지만 여전히 브레이든과 웨이사가 보이지 않았다.

세라피나는 숲으로 시선을 돌렸다. 눈앞에서 나무가 하나둘 사라지고 있었다. 마치 가장 어두운 밤보다 어두운 어둠이 세상을 몸서리가 날 정도로 끔찍한 검은 안개로 물들이고 있는 것 같았다. 이제 사라진 건 친구들뿐만이 아니었다. 숲 전체가 눈앞에서 사라졌다.

세라피나는 고개를 숙여 발아래를 바라보았다. 땅도 사라졌다. 발밑이 온통 깜깜했다.

아무것도 느껴지지 않았다.

아무것도 보이지 않았다.

모든 것이 사라지고 있었다!

세라피나가 숨을 들이켰다. 늪지 식물에서 나던 냄새도 더 이상 나지 않았다. 곤충들이 내는 울음소리도 더 이상 들리지 않았다.

공포에 질린 세라피나가 로웨나를 바라보았다. 이제 보이는 거라곤 망토를 뒤집어쓴 채 고개를 푹 숙이고 있는 로웨나뿐이었다. 로웨나의 무릎 위에서 검은 망토가 번쩍이며 꿈틀거렸다.

로웨나가 마지막 한 땀을 꿰매는 순간 세라피나의 세상이 암흑으로 뒤덮였다.

몸이 움직이지 않았다.

아무것도 만질 수도, 느낄 수도 없었다.

소용돌이치는 칠흑 같은 어둠 말고는 아무것도 보이지 않았다. 마치 휘몰아치는 그을음 한복판에 들어와 있는 것 같았다.

검은 망토의 천 자락이 움직이는 소리 말고는 아무 소리도 들리지 않았다.

잿더미에서 풍기는 냄새 말고는 아무 냄새도 나지 않았다.

온 세상이 사라지고 세라피나 혼자만 남은 느낌이었다. 영원히 혼자가 된 느낌이었다. 세라피나가 알던 모든 것이, 세라피나가 사랑했던 모든 것이 사라지고 세라피나는 끝없는 어둠의 감옥 속에 홀로 갇혔다.

용감해지려고 했다. 대담해지려고 했다. 하지만 헛수고였다. 공포에 질린 세라피나가 비명을 질렀다. "로웨나!"

"저항하지 마……." 어디선가 쉰 목소리가 들려왔다.

세라피나는 머릿속이 뒤죽박죽이었다. 검은 망토가 말을 거는 건가?

세라피나는 비명을 지르며 발버둥 쳤다. 세라피나는 *절대* 포기하지 않을 것이다. *절대* 그만두지 않을 것이다. 세라피나는 소용돌이치는 어둠을 찢고 찢고 또 찢었다.

엄마와 브레이든과 아빠가 보고 싶었다. 사랑하는 모든 사람이 보고 싶었다. 달빛과 햇빛과 별빛이 그리웠다. 모든 빛이 그리웠다. 친구들이 미소 지을 때 내면의 영혼에서 뿜어져 나오는 그 빛이 그리웠다. 새로운 생각이 움트기 직전에 나오는 그 빛이 그리웠다. 그 모든 것이 그리웠다!

"모든 걸 놓아야 해……." 목소리가 다시 들려왔다.

세라피나는 바람에 나뭇잎이 바스락거리는 소리도 듣고 싶었고 음악 소리도 듣고 싶었고 사람들이 웅성거리는 소리도 듣고 싶었다.

"모든 걸 놓아야 해……."

하지만 세라피나는 포기할 수가 없었다. 안개 낀 밤 피부에 닿던 서늘한 공기의 감촉과 따뜻한 아침 햇살의 온기를 느끼고 싶었다.

"날 믿어, 나비야, 모든 걸 놓아야 해."

나비야 그 한마디에 세라피나는 갑자기 정신이 번쩍 들었

다. 목소리는 분명히 세라피나를 *나비야*라고 불렀다. 검은 망토가 아니었다. 로웨나였다! 로웨나가 세라피나에게 길을 안내해 주고 있었다.

로웨나는 줄곧 세라피나의 적이었다. 둘은 서로를 공격했고, 서로를 속였고, 서로에게 상처를 입혔다. 하지만 로웨나는 *아직도* 세라피나의 적일까? 아니면 정말로 한편이 된 걸까?

그런데 그때 또 다른 생각이 머릿속을 스치고 지나갔다.

로웨나는 아빠인 유라이아가 시키는 대로 온갖 나쁜 짓을 저질렀지만 브레이든과는 언제나 친구가 되고 싶어 했다.

"우정이 뭔지도 모르는 주제에!" 브레이든을 의심하는 세라피나에게 로웨나는 답답하다는 듯 그렇게 외쳤었다. "내가 다 봤다고!"

로웨나는 브레이든의 우정을 직접 보았고 또 원했어. 세라피나는 생각했다. *그리고 로웨나는 내가 만약 살아남지 못한다면 브레이든 편에 서서 빌트모어를 지켜 주겠다고 내게 약속했어.*

세라피나는 로웨나에게서 지키기 어려운 약속을 받아 냈다고 생각했지만 돌이켜 생각해 보니 브레이든 편에 서는 것이야말로 로웨나가 바라던 바였다.

'레이디 로웨나'로 신분을 위장하고 빌트모어에서 지내는 동안 로웨나는 줄곧 브레이든을 좋아하는 척했지만 어쩌면 그건 연기가 아니었을지도 모른다는 데에 생각이 미쳤다.

로웨나의 계획은 세라피나를 제거하고 브레이든의 마음을 자기에게로 돌리는 것이었을까? 세라피나를 구슬려 검은 망토 안으로 들어가게 만들었으니 이제 세라피나를 없애려던 로웨나의 계획은 성공한 것일까?

세라피나는 로웨나가 무슨 생각을 하는지 알 수 없었다. 하지만 세라피나 앞에는 지금 두 갈래 갈림길이 놓여 있었다. 하나는 로웨나를 믿고 저항을 그만두고 온전히 검은 망토 안으로 흡수되는 것이었다. 다른 하나는 한 치 앞도 보이지 않는 이 어둠의 소용돌이 속에서 계속 맞서 싸우는 것이었다.

몇 달 전에 브레이든은 로웨나에게 당하고 나서 때로는 사람을 믿어서는 안 된다는 중요한 교훈을 얻었다. 반면에 그때 세라피나는 때로는 *사람을 믿어야 한다*는 교훈을 얻었다. 비록 로웨나는 성격도 까칠하고 눈속임으로 변신을 하기도 했지만 세라피나가 브레이든과 이야기할 수 있도록 도와주었고 벽난로 안에 남은 재로 글자를 쓸 수 있도록 도와주었고 검은 망토의 비밀도 알려 주었다. 로웨나가 브레이든을 좋아한다고 해서 세라피나를 검은 망토 안으로 들어가도록 설득한 것이 반드시 세라피나를 없애려는 사악한 속임수라고 할 수 있을까?

세라피나는 이 질문에 대한 답은 알 길이 없다는 사실을 깨달았다. 너무나 두려웠지만 답을 알 수 있는 방법은 없었다. 하지만 여기 이 어둠의 소용돌이 속에는, 육체를 떠나 떠도는 영혼의 세계에는 좋은 길이란 존재하지 않았다. 여기에는 아무것도 없었다. 세라피나가 몸부림을 치다가 원래 세상으로 돌아간다고 하더라도 *거기에는 아무것도 없었다.* 목소리를 낼 수도 없었다. 만질 수도 없었다. 사랑할 수도 없었다. 지금 세라피나에게 유일한 희망은 두려워도 *앞으로 나아가는 것뿐*이었다. *미지의 세계로 나아가는 것뿐*이었다.

날 믿어. 로웨나는 그렇게 말했다. *날 믿어.*

어쩌면 두 번 다시 살아서 돌아갈 수 없다는 사실을 세라피나는 알고 있었다. 어쩌면 두 번 다시 세상을 마주하지 못할지도 몰랐다. 세라피나는 마음속으로 브레이든과 웨이사에게 작별 인사를 했다. 아빠와 엄마와 새끼 퓨마 남매와 밴더빌트 부부에게도 작별 인사를 했다. 살아생전 세라피나가 알던 모든 사람에게 한 명씩 한 명씩 마음속으로나마 작별 인사를 했다. 어떻게든 그들을 돕고 싶은 마음뿐이었다.

마침내 세라피나는 눈을 감고 깊이 심호흡을 했다. 심장과 허파가 검디검은 어둠으로 부풀어 올랐다. 세라피나는 물에 빠진 사람처럼 최대한 오랫동안 숨을 참았다. 물에 빠졌을 때 더 이상 참지 못하고 숨을 뱉는 순간 폐에 물이 차올라 익사하는 것처럼 그렇게 될까 봐 두려웠다.

그리고 마침내 세라피나가 천천히 숨을 뱉었다. 검은 망토가 깊은 어둠 속으로 세라피나의 영혼을 빨아들였다.

이윽고 세라피나는 검은 망토 자락 속으로 사라졌다. 예전에 수많은 영혼이 갇혀 있던 바로 그곳이었다.

몸도 없었다. 방황하는 영혼도 없었다. 세라피나가 가진 건 깜깜한 감옥 안을 휘젓고 다니는 의식뿐이었다.

세라피나는 마침내 클라라 브람스와 아나스타시야 로스토노바와 엄마와 검은 망토에게 흡수된 수많은 희생자들이 무엇을 겪었는지 알게 됐다.

시간이나 변화를 인식할 수 없었다. 매 순간이 찰나 같았다. 물방울이 바닥으로 떨어지는 순간 분해되어 사라지는 것처럼. 아니면 매 순간이 잃어버린 일 년 같았다. 사랑하는 사람들과 보냈던 모든 순간처럼.

세라피나는 알 수 없었다.

위아래도 존재하지 않았고, 행동과 결과도 존재하지 않았다. 딱딱함과 부드러움, 명도와 채도, 움직임과 감각, 목소리와 촉감과 형체, 아름다움과 사랑과 연민도 존재하지 않았다.

로웨나는 아무것도 존재하지 않는 어둠 속에 세라피나를 가두었다.

눈을 뜨자 주변이 온통 깜깜했다. 눈을 떴는데도 여전히 눈을 감고 있는 것만 같았다.

세라피나는 어디선가 희미하게 자신을 부르는 목소리에 잠을 깼다. 하지만 주변은 온통 깊은 어둠뿐이었다. 꿈을 꾸듯 정신이 몽롱했다. 하지만 이제는 희미하게 들려오던 목소리마저 사라지고 아무 소리도 들려오지 않았다. 아무 움직임도 느껴지지 않았다.

오로지 어둠뿐이었다.

하지만 세라피나는 더 이상 검은 망토 안에서 깜깜한 허공을 떠다니고 있지 않았다. 길고 편평하고 차가운 바닥에 등을 대고 누워 있었다.

여기가 어디지? 세라피나는 생각했다. *내가 왜 여기 있는*

거지?

그때 드디어 어떤 소리 하나가 들려왔다. 지금까지 들었던 어떤 소리보다 또렷했다.

두근두근.

그게 전부였다.

두근두근, 두근두근.

세라피나의 심장과 맥박이 뛰는 소리였다.

두근두근, 두근두근, 두근두근.

세라피나는 느릿느릿 혀를 움직여 바싹 말라 부르튼 입술을 축였다. 아릿한 쇠 맛이 났다.

그러나 쇠는 아니었다.

피였다. 세라피나의 혈관을 타고 흐르던 피가 혀와 입술을 적시고 있었다.

목을 가다듬으려던 순간 갑작스레 들어온 공기에 목구멍이 컥 소리와 함께 고통스럽게 뚫렸다. 난생처음 공기를 들이마신 듯한 느낌이었다. 동시에 팔다리에 피가 돌기 시작하면서 찌릿찌릿한 감각이 온몸으로 퍼졌다.

내 몸이다……. 세라피나는 이게 무슨 상황인지 생각했다. *내 몸으로 들어왔어…… 살아 있어…… 진짜로 살아 있어…….*

세라피나는 무슨 일이 일어난 건지 미친 듯이 기억을 더듬었다. 그러나 손에 잡힐 듯 생생했던 꿈이 잠에서 깬 순간 손가락 사이로 빠져나가 버린 듯한 기분이었다.

세라피나는 냄새에서 단서를 찾을 수 있길 바라며 코로 공기를 빨아들였다.

흙냄새다. 세라피나는 생각했다. *사방이 온통 축축하고 썩은 흙으로 둘러싸여 있어.*

세라피나는 사방을 에워싸고 있는 관 속에서 재빨리 몸을 비틀어 차갑고 단단한 나무판자를 손바닥으로 눌렀다.

손바닥에서 땀이 났다. 숨이 가빠 왔다. 폐가 죄어들었다. 숨쉬기가 점점 힘들어졌다. 공포가 온몸을 훑고 지나갔다. 세라피나의 몸과 영혼이 다시 하나가 됐다. 세라피나는 살아 있었다! 하지만 지금 산소가 부족해서 죽을 판이었다!

세라피나는 관 아랫부분을 발로 찼다. 주먹으로 두드렸다. 손톱으로 긁고 온몸을 비틀며 몸부림을 쳤다. 하지만 탈출할 수 없었다. 그때처럼 나무판자가 사방을 둘러싸고 있었다. 좁고 낮은 폐쇄된 공간에 꼼짝없이 갇혀 있었다.

밀려드는 좌절감에 세라피나가 잇새로 으르렁거렸다. 여기까지 오느라 얼마나 힘들었는데, 여기 땅속 180센티미터 아래에 묻힌 관 속에서 숨이 막혀 죽게 되다니! 이럴 순 없었다! 세라피나는 소리를 지르며 울고 싶었다!

"딸아, 그만 징징거리고 쓸모 있는 인간이 될 궁리나 해라!" 아빠 목소리가 귓전에 울리는 듯했다. "해야 할 일을 찾아서 그걸 하거라!"

세라피나는 이로 드레스 자락을 찢어서 코와 눈에 흙이 들어가지 않도록 얼굴을 꽁꽁 싸맸다. 그러고 나서 몸을 뒤집어 배를 깔고 엎드린 다음 관 뚜껑 정중앙에 자리를 잡고 어깨로 뚜껑을 밀었다. 세라피나는 밀고 또 밀었다. 어깨가 관 뚜껑에 부딪칠 때마다 *쿵, 쿵, 쿵* 소리가 났다.

마침내 관 뚜껑에 금이 가는 게 느껴졌다. 세라피나는 다시 몸을 돌려 금이 간 나무판자 가장자리를 손으로 잡아당겼다. 거대한 흙더미가 쏟아져 내리며 세라피나를 짓눌렀다.

세라피나는 쏟아지는 흙더미를 구석으로 열심히 퍼냈다. 그러고 나서 갈라진 틈 사이로 고개를 들이밀고 맨손으로 미친 듯이 흙을 파기 시작했다. 느슨해진 흙더미가 머리와 어깨 위로 끊임없이 쏟아져 내렸다. 세라피나가 흙을 퍼내는 속도보다 흙이 무너져 내리는 속도가 훨씬 빨랐다.

머리 위로 쏟아져 내리는 흙더미가 사방에서 세라피나를 짓눌렀다. 숨이 막혔다. 다리를 움직일 수 없었다. 그러나 세라피나는 포기하지 않고 손으로 흙을 파고 다리로 흙을 차면서 아무것도 보이지 않는 어둠 속에서 꿈틀꿈틀 위로 올라갔다. 산소가 절실했다.

지표면 위로 올라가기 위해 미친 듯이 흙을 팠지만 역부족이었다. 세라피나는 너무 작았고 너무 약했고 너무 둔했다. 이 작고 연약한 손으로는 도저히 켜켜이 쌓인 흙을 뚫고 올라갈 수 없었다. 세라피나는 죽고 말 것이다.

"싫어! 싫어! 싫다고!" 목구멍 깊숙한 곳에서 외마디 비명이 터져 나왔다.

기회는 한 번뿐이었다. 그리고 그 기회가 바로 지금이었다. 세라피나는 움직이길 포기하고 숨쉬기를 포기한 채 흙에게 항복할 수도 있었다. 아니면 되고 싶은 모습을 마음속에 그리고 그대로 될 수도 있었다.

세라피나는 울부짖었다. 계속해서 울부짖었다. 속에서 분노가 끓어올랐다. 바로 그때였다. 세라피나는 온몸이 변하기 시작하는 걸 느꼈다. 이제는 멈출 수 없었다.

세라피나는 마음속으로 퓨마인 엄마와 흑표범인 아빠를 떠올렸다. 세라피나는 머리부터 발끝까지 고양잇과 맹수였다. 세라피나는 *검은* 놈이었다. 숲속의 전사이자 지도자였다. 화산이 폭발하듯 몸속 깊은 곳에서부터 변화가 시작되었다.

갑자기 세라피나를 둘러싸고 있던 흙이 팽창하더니 커다랗게 변한 근육질 몸에 자리를 내주었다. 흙을 파고드는 네발과 꼬리가 느껴졌다. 흑표범으로 변신한 세라피나는 인간일 때와는 차원이 다른 힘과 근력으로 땅을 파기 시작했다.

세라피나의 발톱이 흙을 인정사정없이 파헤쳤다. 강인한 다리가 세라피나를 지표면을 향해, 공기를 향해, 생명을 향해 밀어 올렸다.

땅 위로 올라가려고 몸을 밀자 얼굴과 수염과 귀가 흙에 짓눌렸다. 태곳적부터 존재했고 세라피나가 태어난 이 산골짜기에 천둥이 울려 퍼지듯 강인한 가슴이 깊고 어두운 포효로 들끓었다.

그때 위쪽에서 미친 듯이 땅을 파 내려오는 소리가 들렸다.

세라피나의 발톱이 또 다른 고양잇과 맹수의 발톱과 탁탁 소리를 내며 맞부딪쳤다. 웨이사였다. 웨이사가 맹렬하게 무덤을 파고 있었다. 기디언도 함께였다!

"거의 다 왔어!" 브레이든 역시 땅을 파헤치며 외쳤다.

"나비야, 좀 더 힘을 내!" 로웨나가 두 손으로 흙을 한 움큼 퍼냈다.

마침내 흑표범으로 변신한 세라피나의 머리가 흙을 뚫고 나왔다. 세라피나는 그토록 원했던 공기를 한참 동안 깊숙이 들이켰다. 입안으로 들어온 따뜻한 밤공기가 목구멍을 타고 폐 속으로 들어갔다. 폐에 은혜로운 공기가 가득 찼다. 가슴이 부풀어 올랐다. 아직 흙 속에 파묻혀 있던 몸이 손쉽게 흙을 밀어냈다. 세라피나는 자신의 의지대로 움직이는 심장과 뼈와 근육을 하나하나 느꼈다.

"해냈구나! 해냈어!" 브레이든이 환호성을 질렀다.

이제 네발로 땅을 딛고 올라선 세라피나가 몸을 흔들어 까만색 털에 묻은 흙을 한 번에 털어 냈다. 온 세상이 서서히 시야에 잡히기 시작했다. 세라피나는 천사 조각상과 숲과 나무 위에 걸린 별들을 바라보았다. 폐가 마침내 다시 숨을 쉬고 있었다! 세라피나는 이제 완전한 모습으로 다시 살아났다! 세라피나는 살아 있었다! 세라피나가 샛노란 눈을 들어 미소 띤 얼굴로 자신을 바라보고 있는 친구들을 쳐다보았다.

인간의 모습으로 돌아온 세라피나가 천사 조각상이 있는 빈터를 두리번거렸다.

"우리가 없앴어." 브레이든이 흥분한 목소리로 말했다.

세라피나는 천사 조각상을 올려다보았다. 천사 조각상이 들고 있는 장검 아래 검은 망토가 조각조각 찢어져 있었다. 검은과부거미가 뽑아낸 거미줄에 주문을 걸어 만든 검은 망토의 질긴 천이 완전히 조각나 있었다. 검은 망토 더미에서 뜨거운 김이 치익 피어올랐다. 검은색 아지랑이가 천사 조각상이 있는 빈터를 가로질러 그 너머에 있는 공동묘지까지 흘러들었다. 브레이든과 웨이사와 로웨나는 몇 달 전 세라피나가 클라라 브람스를 비롯해 검은 망토 안에 갇혀 있던 다른 희생자들을 풀어 주었을 때 했던 것처럼 천사 조각상이 들고 있는 칼로 검은 망토를 조각냈다. 친구들이 검은 망토를 파괴하자 망토에 걸려 있던 주문이 풀리면서 조각나 있던 세라피나의 몸과 영혼이 다시 합쳐졌고, 그렇게 다시 완전해진 세라피나가 검은 망토에서 풀려난 것이다.

"검은 망토를 파괴했을 때 우린 네가 땅바닥에 누워 있을 줄 알았어. 예전에 네가 클라라랑 다른 실종된 아이들을 구해 주었을 때처럼 말이야." 브레이든이 말했다. "그런데 네가 안 보이는 거야."

"망가진 검은 망토가 널 조각내 버렸어." 로웨나가 이어서 말했다. "주문이 풀리자 네 영혼이 무덤 속에 누워 있는 인간일 때의 몸으로 들어가 버린 거야."

"흑표범일 때의 몸도 무덤 속으로 빨려 들어갔고." 웨이사가 덧붙였다. "네가 무덤을 파는 소리를 듣고서야 어떻게 된 일인지 이해했고 다른 두 사람에게 알려 줬어."

"그래서 우리 모두 힘을 합쳐 우리가 낼 수 있는 가장 빠른 속도로 땅을 파기 시작했어!" 브레이든이 말했다.

굉장했다. 계획이 예상대로 정확하게 흘러가진 않았지만 아무튼 *성공*했다.

세라피나가 브레이든을 쳐다보았다. 브레이든의 눈이 기쁨과 안도감으로 반짝거렸다. 입이 귀에 걸려 있었다.

"믿을 수가 없어!" 브레이든이 말했다. "네가 살아 돌아오다니! 정말로 여기에 있다니! 네가 살아 있다니!" 너무 기쁜 나머지 브레이든이 성큼 다가오더니 세라피나를 껴안아 번쩍 들어 올린 채 제자리에서 빙글빙글 돌았다.

브레이든의 열정 넘치는 포옹에 세라피나가 웃음을 터뜨렸다. 두 팔로 브레이든을 껴안을 수 있다는 건, 친구의 체온을 느낄 수 있다는 건 놀라울 만큼 기분 좋은 일이었다.

세라피나가 브레이든을 꼭 껴안았다. 맞닿은 가슴 너머로 브레이든의 심장 박동과 숨 쉴 때마다 들락날락하는 공기의 움직임이 느껴졌다. 맞닿은 손으로 브레이든의 손 떨림이 전해졌다. 세라피나는 브레이든을 온전히 느낄 수 있었다. 브레이든도 세라피나를 온전히 느끼고 있을 것이다. 이게 바로 살아 있는 진정한 세계였고 그 *안에* 세라피나도 존재했다. 브레이든의 어깨 너머로 깜깜한 밤하늘을 가로지르는 별똥별이 보였다. 영혼 깊은 곳에서 지금 올려다보는 하늘과 하나로 연결되어 있다는 느낌이 들었다. 마음 깊은 곳에서 사랑하는 사람들 곁으로 돌아왔다는 사실에 감사하는 마음이 샘솟았다.

"날 포기하지 않아 줘서 고마워, 브레이든." 세라피나가 브레이든을 꼭 안은 채로 말했다. 고마운 마음이 넘쳐 목소리가 떨렸다.

"천만에, 우리가 방법만 찾아낸다면 넌 돌아올 줄 알았어." 브레이든이 말했다.

세라피나가 이번에는 웨이사를 바라보았다. 웨이사는 어느새 인간의 모습으로 돌아와 있었다. 지금 이 순간 바로 눈앞에 웨이사가 행복한 듯 히죽 웃으며 서 있었다.

"돌아온 걸 환영해." 웨이사와 세라피나가 서로를 껴안았다. 웨이사의 두 팔에서는 힘이, 가슴에서는 자랑스러움이 느껴졌다. 웨이사 안에 있는 전사의 영혼이 느껴졌다. 마침내 적을 무찌르고 전투에서 승리했다는 뿌듯함이 느껴졌다. 마침내 세라피나를 다시 만나게 되었다는 기쁨이 느껴졌다. 세라피나와 웨이사는 아주 많은 것을 함께했다. 함께 숲속을 달렸고 폭포 뒤에서 잠을 잤고 웅덩이에서 수영을 했다. 하지만 어떤 것도 지금 이 순간 느끼는 기쁨과는 비교할 수 없었다.

브레이든과 웨이사를 바라보는 세라피나의 얼굴에 미소가 떠올랐다. 두 친구는 세라피나를 기다렸고, 세라피나를 위해 싸웠으며, 오늘 밤 세라피나가 다시 살아날 수 있도록 최선을 다했다. 그리고 마침내 성공했다.

마지막으로 세라피나가 몸을 돌려 로웨나를 바라보았다. 머리에 뒤집어쓴 망토 아래로 어깨까지 내려온 붉은색 곱슬머리가 보였다. 로웨나는 근처에 조용히 서서 세 사람을 가만히 지켜보고 있었다. 초록색 눈동자는 밝고 생기가 넘쳤지만 경계심이 깃들어 있었다.

"난 너랑 포옹할 생각 없으니까 꿈도 꾸지 마." 로웨나가 말했다.

세라피나가 웃으며 고개를 끄덕였다. "알아. 하지만 고마워, 로웨나. 정말 진심으로 고마워. 네가 날 구했어."

"그 안에 널 집어넣은 것도 나야." 로웨나가 잊지 말라는 듯 말했다. "그랬는데 내가 널 다시 꺼냈네."

로웨나가 잘못된 걸 바로잡은 건지 아니면 병 주고 약 주었으니 고마워할 필요 없다고 하는 건지 세라피나는 헷갈렸다. 하지만 어느 쪽이든 관계없었다. 세라피나가 다시 한 번 말했다. "오늘 밤 일은 정말 고마워."

친구들과 이야기를 하다가 세라피나는 저도 모르게 자신을 둘러싼 세상을 온몸으로 느끼고 있었다. 두 발에 무게를 실어 땅을 딛고 서 있는 느낌은 단순하지만 결코 단순하지 않았다. 공기 중을 떠다니다가 수증기로 흩어져 버리지 않고 자기 몸을 마음대로 움직이며 어느 한곳에 실제로 *존재*하는 느낌은 당연하지만 결코 당연하지 않았다. 세라피나는 코로빈터를 둘러싸고 있는 버드나무에서 나는 향을 들이마셨다. 귀로 다양한 곤충들의 날갯짓이 만들어 내는 부드러운 교향곡을 들었다. 더는 스스로가 물방울이나 먼지처럼 느껴지지 않았다. 언제라도 흩어져 사라질 수 있는 바람처럼 느껴지지 않았다. 세라피나는 *살아 있었다.* 진정으로 살아 있었다. 세라피나는 다시 온전해졌다. 단단하고 견고하게 몸과 영혼이 다시 하나가 되었다. 인생에서 이보다 더 기분이 좋았던 적은 없었다.

새삼스러운 눈으로 주변을 둘러보던 세라피나는 무언가 달라졌다는 사실을, 무언가 새로워졌다는 사실을 서서히 깨달았다. 귀를 쫑긋하면 머리 위에 있는 나뭇가지 사이로 가벼운 바람이 스쳐 지나가는 소리가 들렸다. 나뭇잎에 매달려 있다가 바닥으로 굴러떨어져 흙 속으로 스며드는 이슬의 움직임이 느껴졌다. 나무들이 내쉬는 호흡과 구름 위로 올라가는 물방울이 눈에 보였다. 주위를 둘러싼 모든 것들이 더 가깝게, 더 미세하게, 더 또렷하게 느껴졌다.

달이 뜨고, 별이 지고, 재에서 재로, 먼지에서 먼지로. 세라피나는 죽음이 가까웠다고 생각했다. 세라피나는 이 세상과 저세상 *사이*를 헤맸다. 세라피나의 영혼은 이 세상을 떠돌아다녔다. 하지만 이제는 *세상*이 *세라피나* 안에서 떠돌아다니고 있었다. 저 아래 흙을 떠받치고 있는 지반과 저 멀리 흘러가는 강과 저 위로 떠다니는 구름이 느껴졌다. 세라피나는 이제 자신을 둘러싼 세상의 영혼을 보고 느낄 수 있었다.

차례차례 시선을 옮기며 새로워진 감각과 능력을 이해해 나가던 세라피나는 완전히 망가져 바닥에 쌓여 있던 검은 망토 더미에서 희미한 반짝거림을 포착했다. 멀리서 봤을 땐 조그만 빛이었는데 가까이 다가가니까 너무 환해서 눈이 부실 지경이었다.

세라피나는 조각난 검은색 천 더미 옆에 쪼그리고 앉아 검은 망토에 달려 있던 은색 고리 장식을 집어 들었다. 묵직했다. 예전에 이 고리 장식에는 복잡한 가시덤불 무늬가 새겨져 있었다. 심지어 그 사이사이로 실종된 아이들의 조그만 얼굴이 보였던 적도 있었다. 그러나 오늘 밤 은색 고리 장식은 매끈했다. 아무런 무늬도 보이지 않았다.

세라피나는 돌아서서 다시 브레이든에게로 걸어갔다. 여

전히 승리감에 도취된 브레이든이 세라피나를 보고 활짝 미소 지었다.

"이건 꼭꼭 숨기는 게 좋을 것 같아." 세라피나가 브레이든에게 검은 망토의 은색 고리 장식을 건넸다.

그 긴 시간 동안 브레이든이 망가진 검은 망토를 숨겨 두고 있었던 걸 생각하면 아직도 신기했다. 브레이든은 검은 망토가 지닌 어둠의 힘을 두려워하면서도 언젠가 어떻게든 검은 망토를 이용해 세라피나를 다시 살릴 수 있을지도 모른다는 희망을 놓지 않았다. 그리고 오늘 밤 그 희망이 현실로 이루어졌다. 브레이든이 해낸 것이다!

세라피나는 다가가 브레이든을 다시 한 번 껴안으려고 했다. 그런데 로웨나가 불쑥 끼어들어 둘 사이를 가로막았다.

"눈물겨운 재회를 방해해서 미안한데 같이 차 한잔할 시간이야 언제든 있지 않겠니." 로웨나가 비아냥거리는 투로 말했다. "이제 곧 우리 아빠가 검은 망토가 파괴된 걸 알아차리고 들이닥치실 것 같거든. 그때는 지금까지와는 차원이 다른 복수를 경험하게 될 거야. 고양이가 탈출한 걸로도 모자라 내가 그걸 도와주었다는 걸 아시면 그 분노는 걷잡을 수 없을 거야."

로웨나 말이 맞았다. 세라피나는 친구들을 둘러보았다.

"무슨 일이 있어도 이제 우리 넷은 함께야."

빌트모어에 도착하자마자 세라피나는 한달음에 작업실로 뛰어 내려갔다. 작업실 문 앞에서 잠시 숨을 고른 뒤에 천천히 문을 열고 들어가 아빠를 찾았다.

아빠는 공구 선반 뒤편 간이침대 가까이에 서 있었다. 세라피나의 기억 속 아빠는 밤이면 언제나 저 간이침대 위에 누워서 잠을 자고 있었다. 아빠가 침대 위에 이불을 펴고 있었다. 너무나도 간단한 일이었지만 세상에서 가장 힘든 노동을 하는 것처럼 아빠의 뒷모습은 힘겨워 보였다.

여기 평생 동안 세라피나를 키우고 먹이고 보살핀 남자가 있었다. 가르쳐 줄 수 있는 모든 걸 가르쳐 주고 지켜 주고 밤마다 안아서 재워 주던 남자가 있었다.

세라피나는 아빠 뒤에서 있는 듯 없는 듯 가만히 서 있었다. 스스로가 아직도 영혼이 아닐까 하는 착각이 들 정도로 가만히 서 있었다.

갑자기 두 눈에 뜨거운 눈물이 차올랐다. 마침내 세라피나가 입을 열었다. "저 왔어요, 아빠. 제 딴에는 최대한 빨리 온다고 온 거예요."

세라피나의 목소리에 아빠가 동작을 멈추고 그 자리에 얼어붙었다. 아빠는 뒤를 돌아보지도 않았고 말을 하지도 않았다.

몇 초가 흘렀다. 아빠는 세라피나의 목소리를 듣지 못한 것 같았다. 아니면 듣고서도 귀를 의심하는 것 같았다.

그런데 그때 세라피나의 목소리를 한 번만 더 듣고 싶다는 듯 아빠의 고개가 천천히 옆으로 돌아갔다. 이윽고 아빠가 몸을 돌려 세라피나를 발견했다.

그 순간 하늘에서 내려온 날개 달린 천사를 영접한 사람처럼 아빠의 눈이 휘둥그레졌다. 아빠는 말문이 막힌 듯 아무 말도 하지 못했다. 그러다 마침내 아빠의 얼굴에 주름진 미소가 떠올랐다. 아빠가 두 눈에서 흘러내리는 눈물을 훔치며 말했다. "이제야 네가 이 아빠를 보러 왔구나."

세라피나가 다가가 아빠 품에 쓰러지다시피 안겼다. 울음이 터졌다. 울음이라기보다는 통곡에 가까웠다.

"미안해요, 아빠. 정말 미안해요. 집에 올 수가 없었어요. 노력하고 또 노력했지만 돌아올 수가 없었어요." 세라피나가 울부짖었다.

아빠는 절구통 같은 가슴팍으로 세라피나를 끌어당겨 두툼한 팔로 꽉 껴안았다.

세라피나도 아빠 품에 얼굴을 묻고 떨리는 팔로 아빠를 껴안았다. 그토록 그리웠던 아빠 냄새를 코로 한껏 들이켰다. 지금 이 순간 아빠와 함께 있다는 기쁨에 심장이 두방망이질쳤다. 따뜻한 아빠 체온이 느껴졌다. 아빠의 숨소리가 들렸다. 기적이었다. 세라피나는 아빠를 *느낄* 수 있었다. 실제로 *느낄* 수 있었다. 그리고 아빠도 세라피나를 *느낄* 수 있었다.

아빠가 입은 티셔츠에서는 리넨 냄새와 기름 냄새가 났다. 익숙한 아빠 냄새도 났다. 작업실에서는 떡갈나무 벤치 냄새, 조그만 난로 안에서 반쯤 타다 남은 석탄 냄새, 기름 먹은 망치와 스패너 같은 공구 냄새가 났다. 세라피나는 살아 있었다. 그리고 마침내, 마침내, 마침내 작업실로 돌아와 아빠 품에 안겼다. 마침내 *집*에 왔다.

세라피나는 따듯한 물에서 오랫동안 목욕을 했다. 무덤에서 나온 흙과 핏자국을 말끔히 씻어 내고 깨끗하고 단정한 옷으로 갈아입었다. 호사스러운 생활을 누리는 듯한 기분이 들었다.

잘 준비를 하는 동안 아빠와 세라피나 둘 다 이게 꿈인지 생시인지 얼떨떨했다. 두 사람은 지금 이 순간이 현실임을 확인하려는 듯 계속해서 서로를 쳐다보고 쓰다듬었다.

아빠는 닭고기와 아빠가 제일 좋아하는 그레이비소스를 곁들인 만두, 고추튀김, 버터와 치즈에 녹인 옥수수 가루로 근사한 저녁을 차려 주었다. 너무 굶주렸던 나머지 세라피나는 남김없이 먹어 치우고도 더 달라고 했다. 아빠랑 시원한 물 한잔을 마시더라도 가장 소박한 일상으로 돌아온 것이 세라피나에게는 가장 큰 기쁨이었다.

"오늘은 깨끗이 잘 먹는구나." 접시를 바닥까지 싹싹 긁어 먹는 세라피나를 흐뭇한 표정으로 바라보며 아빠가 말했다.

"진짜 너무너무 맛있어요." 세라피나가 말했다. 진심이었다. 아빠 얼굴에 미소가 번졌다.

저녁을 먹는 동안 아빠가 이런저런 이야기를 늘어놓았다. 특별히 할 얘기가 있어서가 아니었다. 이제 모든 게 다 괜찮다는 걸 확인하기 위해서였다. 아빠는 평소처럼 무슨 기계를 어떻게 고쳤는지 이야기했다. 세라피나는 아빠가 망치와 스패너를 들고 불가능에 맞서 싸우는 영웅으로 등장하는 이야기라면 언제나 좋아했지만 오늘 밤만큼 좋았던 적은 없었다.

세라피나는 아빠에게 저녁 파티가 열렸던 날 아빠가 정원에 설치한 동화 속에나 나올 법한 아름다운 전구들을 보았다고 말해 주고 싶었다. 아빠가 언제 돌아올지 모르는 세라피나를 위해 등대처럼 환히 밝혀 둔 전구들을 보았다고 말이다. 또 반짝이는 여름 무도회장에서 멋진 옷을 차려입고 미소 짓던 아빠 모습을 보고 얼마나 자랑스러웠는지 모른다고 말해 주고 싶었다.

저녁 먹은 그릇을 설거지하고 난 다음에 아빠가 사뭇 진지한 이야기를 꺼냈다.

"이런 이야길 하기엔 너무 이를 수도 있다만, 세라야." 아빠가 말했다. "그동안 무슨 일이 있었던 게냐?"

어려운 질문이었다. 아빠가 이해할 수 있게끔 대답하기란 쉽지 않았다. 아빠가 아닌 누구에게라도 마찬가지일 것이다. 하지만 세라피나는 최선을 다해 그간 있었던 일을 설명했다.

아빠는 세라피나의 엄마가 퓨마라는 사실을 어렴풋이나마 눈치채고 있는 것 같았다. 하지만 세라피나도 원할 때마다 네발로 걸을 수 있다는 사실까진 모르는 것 같았다. 의심을 한다고 해도 아빠에게는 유령이나 악마 같은 어둠의 존재만큼이나 생각하기 싫은 일일 게 분명했다. 아빠에게 세라피나는 그저 세상 그 무엇보다 소중한 딸아이였고 인간이었고 열두 살 난 소녀였다. 아빠는 세라피나를 다른 그 무엇으로 생각하길 꺼렸다. 게다가 아빠가 만약 흑표범으로 변신한 세라피나를 본다면 상당한 충격을 받을 것이 뻔했다. 하지만 아빠는 한밤중에 일어나는 기이한 일들에 대해서 어느 정도는 알고 있었다. 세라피나에게 그런 것들을 조심해야 한다고 수없이 당부한 사람도 아빠였다.

"우리의 오랜 적…… 기억하시죠?" 세라피나가 입을 열었다.

"몇 달 전에 야생 동물들을 잡아서 소나무 숲에 있는 우리에다가 가두어 두었던 사람들 말이냐?" 아빠 말에 세라피나가 고개를 끄덕였다.

"그들이 돌아왔어요, 아빠. 절 공격했고 그래서 끔찍하게 다쳤어요.”

세라피나의 이야기를 듣는 아빠의 표정이 괴로운 듯 일그러졌다.

“절 어두운 장소에 가둬 두는 바람에 탈출할 수가 없었어요.” 세라피나가 말했다.

세라피나는 아빠에게 말할 수 있는 부분은 말하고 말할 수 없는 부분은 생략했다. 아빠는 한마디도 놓치지 않으려는 듯 열심히 귀를 기울였다. 평생 옆에서 아빠를 지켜본 세라피나는 아빠가 이런 류의 이야기를 별로 좋아하지 않는다는 사실을 알고 있었다. 하지만 아빠는 열심히 들었다. 이 모든 이야기가 세라피나에게 일어난 일이라는 사실을 알았기에 아빠는 이해하고 싶어 했다. 그런 아빠의 마음이 눈빛에서 고스란히 드러났다. 지금까지 아빠는 세라피나가 무사히 집으로 돌아오길 기다리고 바라고 기도했기에 무슨 일이 있었던 건지 속속들이 알길 원했다. 아빠는 세라피나를 알길 원했다. 사랑하는 사람을 알고 이해할 때 생기는 유대감을 원했다.

“그럼 네가 탈출하는 데에 결정적인 도움을 준 사람이 브레이든 도련님이라는 거구나.” 아빠가 물었다.

세라피나가 고개를 끄덕였다. “네, 맞아요.”

“네가 없는 동안 그 소년도 참 보기 딱했다.” 이번에는 아빠가 그간 있었던 일을 들려주었다. “밴더빌트 씨와 난 슬픔에 빠져서 우리가 무얼 해 줄 수 있을까 이야기를 나누곤 했다. 그런데 생각해 보니 밴더빌트 씨와 대화를 나누면서 정작 우리만 위로를 받았더구나. 하지만 결국엔 소년 스스로 길을 찾아낸 모양이구나."

"그런 것 같아요." 세라피나가 그렇게만 대답하고 말을 아꼈다. 브레이든을 향한 세라피나의 마음은 이루 헤아릴 수 없을 만큼 커졌지만 아빠랑 터놓고 얘기하긴 어려운 감정이었다.

"고맙다는 인사는 제대로 했겠지?" 아빠는 항상 세라피나가 예의 바르게 행동하길 원했다.

세라피나는 고개를 끄덕이며 이미 브레이든에게 고맙다는 인사를 했고 나중에 한 번 더 하겠노라고 아빠를 안심시켰다.

"그나저나 너희 엄만 잘 계시니?" 아빠는 세라피나의 엄마를 개인적으로 알진 못했지만 세라피나에게 엄마가 중요한 존재라는 사실을 알고 있었다. "돌아온 뒤로 만나 봤고?"

세라피나의 마음에 먹구름이 드리웠다. "아니요." 세라피나가 대답했다. "엄마는 멀리 떠나 버려서 만날 길이 없어요."

"음, 잘 지내시겠지." 아빠는 딱히 더 할 말을 찾지 못했다.

세라피나가 생각에 잠겼다. 무덤에서 기어 나온 뒤로 마음속에서 소용돌이치는 질문이 있었다. 그러나 어떻게 물어야 할지 감이 잡히질 않았다. 하지만 아빠라면 질문에 대한 답을 찾을 수 있도록 세라피나를 도와줄 수 있을 것 같았다.

"아빠, 아빠는 제가 떠난 뒤로 많은 게 변한 것처럼 느껴져요? 전 모든 게 다 변한 것 같아요. 하지만 한편으로는……." 세라피나가 말꼬리를 흐렸다. 마음속에서 느끼는 감정을 고스란히 말로 표현하기란 쉽지 않았다.

하지만 아빠가 세라피나를 바라보며 말했다. "네가 하려는 말이 뭔지 알 것 같구나. 내가 보기엔 모든 건 항상 변하지만 동시에 항상 그대로이기도 하단다."

말이 안 되는 것 같으면서도 말이 되는 것 같았다.

"너도 보다시피 우리 주위에 있는 모든 것은 항상 변하지." 아빠가 말을 이었다. "살다 보면 기계나 발명품도 그렇고 사람들도 그렇고 항상 새로 생겨났다가 사라졌다가 하지 않니. 하물며 우리 몸도 시간이 지날수록 네 몸은 자라고 내 몸은 늙어 가고 말이다. 숲속에 있는 나무도 변하고 강줄기도 변한다. 마찬가지로 우리 마음도 배우고 성장하고, 새로운 길을 찾기도 하고…… 그렇게 시간의 흐름에 따라 변한단다."

"하지만 계속해서 모든 게 변한다면 뭘 믿고 살아요?" 세라피나가 물었다.

"그래서 내가 말하지 않았니, 세라야." 아빠가 말했다. "모든 건 변하지만 동시에 그대로이기도 하다고 말이다. 나무는 자라서 언젠가는 죽지만 숲은 그대로이지 않니. 오랜 세월이 흘러서 강줄기의 흐름은 바뀔지라도 강은 계속 흐르고……. 네 몸과 마음도 변하지만 마음속 깊은 곳에 있는 네 영혼은 그대로란다. 나 역시도 마음속 깊은 곳에는 열두 살 소년이었을 때 영혼을 그대로 간직하고 있단다. 오늘 밤 네 마음속에 있는 영혼은 오십 년이 지나도 네 안에 그대로 있을 거다. 물론 시간이 지나면 너도 변하고 세상도 변하겠지만 네 안에 있는 영혼만큼은, 너를 너답게 만드는 바로 그 영혼은 언제나 그 자리에 있을 게다."

"하지만 우리가 항상 자라고 변하는데 어떻게 영혼은 그대로일 수가 있는지 이해가 안 돼요." 세라피나가 말했다.

"밴더빌트 씨를 생각해 봐라." 아빠가 말했다. "밴더빌트 씨가 네 나이였을 때 그는 책 읽기를 좋아하고 예술 공부를 좋아하고 먼 나라로 여행하기를 좋아하는 착하고 과묵한 소년이었지. 지금은 엄청난 부와 권력을 가진 어른이 됐지만……"

"그렇지만 지금도 여전히 책 읽기를 좋아하고 예술 공부를 좋아하고 먼 나라로 여행하기를 좋아하는 착하고 과묵한 신사죠." 세라피나가 아빠의 말을 가로챘다.

"그래 바로 그거다." 아빠가 미소를 지으며 맞장구를 쳤다. "그 열두 살 소년이 언젠가는 오십 살 노인이 되겠지. 하지만 시간이 흘러도 여전히 밴더빌트 씨는 밴더빌트 씨 그대로란다. 몸도 변하고 환경도 변했지만 그의 영혼은 그 자리에 언제나 그대로 있단다."

세라피나가 고개를 끄덕였다. 아빠의 말이 어렴풋이 이해되기 시작했다.

"계속 모든 게 변한다면 뭘 믿고 사느냐고 물었지?" 아빠가 말했다. "내가 말해 주고 싶은 건 이거다. 네 곁에 있는 사람들을 믿고 살거라, 세라야. 친구와 가족, 네가 사랑하는 사람들을 믿고 살거라. 네 마음속 깊은 곳에서 절대 네 곁을 떠나는 일 없이 언제나 강처럼 흐르고 있는 네 영혼을 믿거라."

마침내 말을 마친 아빠가 잠시 생각에 잠긴 듯 바닥을 지그시 응시했다. 이내 아빠가 고개를 들어 세라피나를 바라보았다. "횡설수설했다만 내 말 이해했지?"

세라피나가 미소를 지으며 고개를 끄덕였다. 정말로 이해했다. 아빠는 세라피나가 몸과 영혼이 분리되고 귀신이 되어 떠돌아다닌 줄은 꿈에도 몰랐다. 하지만 아빠는 세라피나에게 무슨 말을 해 주어야 하는지 정확하게 알았다.

"하나만 더요, 아빠." 세라피나가 말했다. "오늘 밤에 아빠 도움이 필요한 일이 하나 더 있어요."

"질문이 또 있냐?" 아빠가 부드럽게 물었다.

"아니요." 세라피나가 멋쩍게 말했다. "제가 뭘 만드는 걸 좀 도와주세요."

"뭘 만든다고?" 세라피나가 평생 작업실에서 무엇을 고치거나 만드는 데 관심이 없었기에 아빠가 놀라서 되물었다. 세라피나는 기계랑은 아예 담을 쌓고 살았다.

"브레이든이 다리에 차고 있는 보조기 보셨죠?" 세라피나가 말했다.

"그래." 아빠의 목소리에서 안타까움이 배어났다.

"관절 부분에 금속 부품 하나가 부서졌어요." 세라피나가 말했다. "우리가 그걸 단순히 고쳐 주는 게 아니라 더 좋게 만들어 줄 수 있을까 싶어서요. 이를테면 뼈보다 연골에 가깝게?"

세라피나를 바라보는 아빠의 얼굴에 환하디환한 미소가 떠올랐다. 그런 일이라면 아빠 전문이었다.

이후로 몇 시간 동안 두 사람은 어깨를 맞대고 작업에 몰두했다. 밤이 깊어 갔다. 조그만 시제품을 하나 만들어서 서로 다른 의견을 주고받은 끝에 마침내 원하는 설계 도면을 완성했다. 세라피나는 단 한 번도 아빠와 이런 식으로 함께 일을 해 본 적이 없었다. 세라피나에게는 인간이 만든 발명품이 필요했던 적이 없었기 때문이다. 그래서 아빠와 함께 실제로 *무언가를 만들어 내는* 일은 세라피나에겐 완전히 새롭고 즐거운 경험이었다.

그날 아빠와 세라피나는 밤늦게 잠자리에 들었다. 이불로 몸을 돌돌 말고 베개에 머리를 얹은 채 세라피나는 잠이 들었다. 이렇게 편안했던 적이 있었나 싶었다. 저 숲속에 어둡고 끔찍한 위험이 도사리고 있다는 사실을 알고 있었다. 또 다른 싸움이 세라피나를 기다리고 있다는 사실도 알고 있었다. 하지만 오늘 밤만큼은 아빠가 있는 집으로 돌아와 쉬고 있었다. 지금 이 순간만큼은 다른 건 아무것도 바라지 않았다. 모든 건 항상 변하지만 동시에 언제나 그대로였다.

44

다음 날 아침 세라피나는 위층으로 올라가 곧장 브레이든을 찾았다.

무도회에 참석하기 위해 빌트모어를 방문했던 손님들이 폭우로 길이 물에 잠길까 봐 서둘러 마차를 타고 떠나 버린 뒤였다. 그래서 저택은 안팎으로 텅 비어 있었다. 세라피나는 빌트모어 대저택 관리인인 맥나미 씨를 지나쳤다. 맥나미 씨는 인부들과 함께 마구간에서 간밤에 폭우로 입은 피해를 복구하고 있었다.

마구간 뒤편에서 세라피나는 브레이든을 발견했다. 브레이든은 저 멀리 초원에서 풀을 뜯고 있는 검은색 말 네 마리에게로 혼자 걸어가고 있었다. 말들은 브레이든의 오랜 친구였다. 하지만 세라피나가 떠나 있었던 지난 몇 달 동안 브레이든은 너무나 큰 절망감에 빠져 친구들을 멀리했다. 말들은 오랜만에 다가온 브레이든을 마치 낯선 사람 대하듯 멀뚱멀뚱 쳐다만 보았다.

브레이든이 무릎 관절 부분에 찬 보조기를 접고 풀밭 한가운데 털썩 주저앉았다. 멀리서 브레이든을 한참 동안 관찰하던 말들이 드디어 천천히 다가오기 시작했다.

검은색 말 네 마리가 브레이든을 둘러싸고 고개를 숙여 브레이든에게 코를 들이밀었다. 그 모습이 마치 오랫동안 헤어져 있다가 다시 만난 사이 같았다.

그러더니 대장 말이 앞다리를 뻗고 목을 구부려 고개를 낮게 숙이고 한쪽 무릎을 꿇고 앉았다. 브레이든이 안장도 얹지 않은 그 등에 올라탔다. 브레이든을 태운 말이 튼튼한 네 다리로 벌떡 일어섰다.

세라피나는 말을 타고 드넓은 풀밭을 향해 달려가는 브레이든을 지켜보았다. 브레이든을 태운 말과 나머지 말 세 마리는 풀밭을 가로질러 커다란 흰색 떡갈나무가 있는 언덕 꼭대기로 올라갔다. 두꺼운 떡갈나무 가지가 사방으로 뻗어 있었다. 말들이 언덕 꼭대기에서 풀을 뜯는 동안 브레이든은 다시 한 번 어엿한 일원으로서 그 옆에 머물렀다.

브레이든과 말들을 쫓아 언덕을 오르려던 세라피나가 순간 멈칫했다. 황금빛 아침 햇살이 안개가 피어오르는 키가 큰 풀숲 사이로 내리쬐고 있었다. 순간적으로 안개의 서늘함과 태양의 열기와 가볍게 피부를 스쳐 지나가는 바람의 촉감이 생생하게 느껴졌다. 살아 있는 사람들의 세상으로 돌아왔다는 사실을 분명히 알고 있는데도 지금 이 순간 자기 자신과 주변 세상의 경계가 무너지는 듯한 느낌이 들었다. *우린 세상으로 이루어져 있고 세상은 우리로 이루어져 있어.* 세라피나는 생각했다.

세라피나는 새로워진 능력으로 무얼 할 수 있을까 궁금했다. 천천히 눈앞으로 손을 들어 올려 손가락을 움직였다. 세라피나를 둘러싼 안개가 움직이기 시작했다. 세라피나의 의지대로 기다란 덩굴손 모양으로 바뀐 안개가 바깥쪽으로 흘러갔다. 세라피나는 덩굴손 모양의 안개를 브레이든과 말들이 있는 언덕 꼭대기로 올려 보냈다가 떡갈나무를 타고 하늘로 올려 보냈다. 안개는 태양을 만나자 증발해서 사라져 버렸다. 세라피나가 미소를 지었다. 앞으로 익힐 게 많겠다는 예감이 들었다.

하지만 머뭇거릴 시간이 없었다. 이제 겨우 검은 망토에서 탈출했을 뿐이었다. 진짜 전쟁은 아직 시작되지 않았다. 세라피나는 브레이든과 말들이 있는 언덕 꼭대기로 올라갔다. 그런데 그때 이상한 일이 벌어졌다.

검은 까마귀 떼가 사방에서 힘차게 날아들기 시작했다. 순식간에 언덕 꼭대기에 우뚝 솟은 떡갈나무 위로 까마귀 수백 마리가 하늘을 뒤덮었다. 단체로 무슨 비밀 회의에라도 참석한 것처럼 까마귀 떼는 내려앉았다가 날아올랐다가, 빙글빙글 하늘을 맴돌았다가 하며 까악까악 야단법석을 떨었다.

세라피나는 까마귀 떼를 올려다보고 있는 브레이든을 바라보았다. 세라피나는 브레이든도 자기처럼 그냥 까마귀 떼를 구경하고 있다고 생각했다. 그런데 그때 세라피나는 까마귀 떼를 여기로 불러들인 사람이 바로 브레이든임을 깨달았다. 브레이든이 긴급한 목소리로 까마귀 떼에게 무어라 말을 하고 있었다. 까마귀 떼가 떡갈나무 꼭대기에서 커다란 원을 그리며 날면서 브레이든의 말을 듣고 있었다. 브레이든은 서서히 길을 찾아 나가는 사람처럼 때로는 더듬거리며, 때로는 틀린 표현을 고쳐 가며 말을 이었다.

마침내 까마귀 한 마리가 브레이든 가까이에 있는 나뭇가지에 내려와 앉았다. 까마귀는 반짝반짝 윤기가 흐르는 까만 머리를 기울인 채 까악까악 소리를 냈다. 브레이든은 실제로 까마귀의 말을 이해하는 것 같았다. 이제 브레이든이 영어로 까마귀에게 말을 했다. 까마귀도 브레이든의 말을 이해하는 것 같았다. 다른 까마귀들도 하나둘 다가와 대화에 동참했다. 이윽고 브레이든 가까이에 있는 낮은 떡갈나무 가지는 까마귀 떼로 만석이 됐다.

세라피나도 재빨리 언덕을 올라갔다. 행여나 겁을 주어 쫓는 건 아닐까 걱정했지만 까마귀 떼는 전혀 개의치 않고 소란스러웠다. 그 커다란 검은 날개로 푸드덕푸드덕 사방을 날아다니며 까마귀 떼는 브레이든과 이야기하느라 여념이 없었다.

브레이든은 처음에는 까마귀들의 언어가 낯선지 모든 말을 이해하는 것 같진 않았다. 하지만 시간이 지날수록 그 특유의 억양에 익숙해지는 것 같았다. 세라피나는 까마귀들이 우는 소리를 무심코 들어 넘기곤 했었다. 그런데 지금 가만히 지켜보고 있자니 까마귀들이 내는 여러 가지 소리가 귀에 들리기 시작했다. 꾸짖듯 길게 딱딱거리는 소리, 못 참겠다는 듯 깍깍거리는 소리, 의기양양한 듯 까악까악 하는 소리, 시끄럽게 우우 하는 소리, 명랑하게 깔깔거리는 소리, 경고와 신호, 칭찬과 격려, 긴급 비행 신호 등 정말로 다양한 소리가 들렸다. 세라피나는 까마귀들에게도 자기들만의 완전한 언어가 있다는 사실을 알게 됐다. 그리고 브레이든은 세라피나에겐 없는 능력으로 까마귀들의 언어를 습득해 나가고 있었다.

마침내 브레이든이 말을 끝맺자 까마귀 떼가 일제히 공중으로 날아올랐다. 한 무리의 까마귀 떼가 힘차게 날개를 펄럭이며 저 멀리 서쪽에 보이는 산으로 날아갔다. 나머지는 조그맣게 무리 지어 저택과 정원과 근처 숲으로 제각기 흩어졌다.

"다들 어디로 날아간 거야?" 세라피나가 불쑥 나타나 물었다.

깜짝 놀라 뒤돌아선 브레이든이 세라피나를 발견하고 미소를 지었다. "세라피나!" 브레이든의 목소리에는 기쁨이 가득했다. 세라피나는 브레이든의 눈에 실제로 자신이 보인다는 사실이 기쁘기만 했다.

"잘 잤어?" 세라피나가 물었다.

"요 근래 들어 제일 잘 잤어." 브레이든이 열정적으로 고개를 끄덕이며 말했다.

"나도." 세라피나가 미소를 지으며 말했다. "집에 오니까 좋다. 여기 올라와서 우리가 이제 뭘 해야 하는지 말해 주려고 했는데 보니까 이미 시작한 것 같네."

"그동안 연습을 게을리했더니 까마귀들 말을 다시 알아듣는 데 시간이 좀 걸렸어."

세라피나는 서쪽으로 날아가는 까마귀 떼를 바라보았다. 새하얀 구름이 두둥실 떠다니는 눈부시게 새파란 하늘 속으로 까마귀 떼는 이내 조그만 점이 되어 사라졌다.

"쟤네는 어디로 날아가는 거야?"

"내가 스모키산으로 가 달라고 부탁했어."

스모키산이라는 단어에 세라피나는 가슴이 저몄다.

세라피나는 브레이든을 바라보았다가 다시 한 번 날아가는 까마귀 떼를 바라보았다. "그렇게 멀리까진 무슨 일로?" 세라피나가 물었다.

"너희 엄마를 찾으러 간 거야." 브레이든이 대답했다. "네가 돌아왔으니 널 만나러 돌아오시라는 말을 전하려고."

세라피나가 브레이든을 쳐다보았다. 생각지도 못한 배려에 마음이 따뜻해졌다. "거기까지 생각해 주다니 고마워." 세라피나가 말했다. "내 말은 까마귀 떼한테 그런 부탁을 해줘서 고맙다고. 엄마를 꼭 찾으면 좋겠다. 동생들도. 하루빨리 다시 만나고 싶어. 정말 고마워, 브레이든."

"별말씀을." 기뻐하는 세라피나의 모습에 브레이든이 흐뭇해하며 말했다. "네가 돌아왔으니까 이제 너희 엄마도 동생들을 데리고 여기 우리 숲으로 돌아오실 거야."

세라피나는 같은 생각이었다. 그리고 *우리* 숲이라는 말이 참 듣기 좋았다.

이야기를 나누다가 세라피나는 브레이든이 다친 다리가 좋지 않은지 이상한 자세로 서 있다는 사실을 눈치챘다. 흘긋 보니까 보조기의 이음새가 여전히 고장 난 상태였다.

"다리는 좀 어때?" 세라피나가 물었다.

"점점 나아지고 있어." 브레이든이 짐짓 쾌활한 척 말했다. 하지만 안간힘을 쓰며 가죽끈을 조이는 손가락이 덜덜 떨리고 있었다. 틀림없이 아직도 많이 아픈 것 같았다. "보조기가 너무 낡아서 손을 좀 봐야 할 것 같아." 브레이든이 먼저 말을 꺼냈다. "삼촌이 구해다 주셨을 때만 해도 완전히 새거였는데 그동안 너무 험하게 다녔더니 여기저기 흠집이 많이 나 버렸어. 여기 이 금속으로 된 부속품은 완전히 망가져서 끊임없이 말썽이야."

그 말에 세라피나가 수줍게 손바닥을 내밀었다. "이게 도움이 되려나 모르겠네."

세라피나의 손바닥 위에는 구멍이 여러 개 뚫린 강낭콩 모양의 가죽끈 두 개가 놓여 있었다. 어젯밤 아빠와 함께 만든 것이었다.

"그게 뭐야?" 브레이든이 세라피나 쪽으로 몸을 숙이며 물었다.

"그 금속으로 된 부속품 대신에 무릎 양쪽에 하나씩 끼는 거야. 내가 어제 아빠랑 만들었어." 세라피나가 말했다.

"네가 만들었다고?" 브레이든이 놀란 눈으로 세라피나를 올려다보며 물었다.

"한번 해 봐."

"알았어. 맞는지 보자." 브레이든이 신이 나서 말했다.

브레이든이 세라피나의 손에 있던 가죽끈을 집어 들었다. 브레이든의 손가락이 스치자 팔을 타고 등허리까지 찌릿찌릿 전류가 통하는 느낌이었다. 브레이든이 허리를 숙여 망가진 부품을 떼어 내고 세라피나가 만들어 준 새 가죽끈으로 갈아 끼웠다.

"맞으면 좋겠다." 세라피나가 말했다.

"잘 맞는 것 같은데. 고마워!" 브레이든이 일어서서 새로운 다리를 선물받은 사람처럼 무릎을 앞뒤로 구부렸다 폈다 하면서 말했다.

행복해하는 브레이든을 보며 세라피나가 미소를 지었다.

세라피나는 산 너머 서쪽을 바라보았다. 서쪽 하늘로 날아간 까마귀 떼는 이제 보이지 않았다.

"까마귀들이 과연 엄마를 찾을 수 있을까?" 세라피나가 아련한 목소리로 말했다. "숲이 저렇게나 넓은데. 게다가 우리 엄마는 숨는 데 귀신이잖아."

"까마귀는 매처럼 시력이 뛰어나지도, 독수리처럼 후각이 발달하지도, 송골매처럼 속도가 빠르지도 않지만 내가 아는 새 중에서 가장 똑똑하니까 아마도 찾을 수 있을 거야."

"까마귀들은 항상 그렇게 수다스러워?" 세라피나가 물었다. 아까 까마귀 떼가 시끄럽게 떠들던 소리가 아직도 귓가에 쟁쟁했다. 한바탕 소란을 피우던 까마귀 떼가 사라지니 언덕 꼭대기는 순식간에 조용해졌다. 이제는 말들만 한가로이 풀을 뜯고 있었다.

"응." 브레이든이 대답했다. "까마귀들은 논쟁하는 걸 좋아해. 또 얼마나 잘 삐치는지 몰라. 그래도 착해."

"다른 방향으로 흩어져서 날아간 까마귀 떼들은 뭐야?"

"까마귀는 조그맣게 무리 지어 생활하는 새야. 신뢰를 바탕으로 함께 사냥하고 먹이를 찾으러 다녀. 그러다 좋은 게 있으면 서로를 부르기도 하고 위험이 있으면 서로에게 알려 주곤 해. 무리마다 각자 영역이 있는데 그 안에서 먹이를 찾고 밤에 잠을 자고 스스로를 지키는 법을 배워. 내가 이 지역에 사는 여러 까마귀 무리한테 빌트모어를 돌아다니면서 보초를 서 달라고 부탁했어. 뭔가 수상한 점이 있으면 우리한테 바로 알려 달라고. 유라이아는 까마귀들의 오랜 원수이기도 하거든."

세라피나는 넋을 놓고 까마귀 이야기를 듣다가 갑작스레 등장한 유라이아의 이름에 창자가 배배 꼬이는 것 같았다.

"그럼 까마귀 떼는 유라이아를 봤대?"

"까마귀 떼 말로는 유라이아가 매일 밤 빌트모어 주변을 맴돌고 있대."

세라피나는 저도 모르게 침을 꼴깍 삼켰다. "듣는 것만으로도 소름 끼친다."

"나도 마찬가지야." 브레이든이 말했다. "까마귀 떼가 조금 빨리 위험을 알려 줄 순 있겠지만 그게 다야."

세라피나는 뒤돌아서서 빌트모어 대저택과 그 주변을 둘러싼 정원을 바라보았다. 불길한 예감이 스멀스멀 피어올랐다. 바람이 갑자기 다른 방향으로 불기 시작했다. 세라피나는 하늘을 올려다보았다.

유라이아는 어떤 모습으로 공격해 올까? 방울뱀처럼 갑자기 나타나 눈 깜짝할 새에 달려들까? 아니면 폭풍우처럼 서서히 다가와 한순간에 모든 것을 쓸어 버릴까?

"어젯밤에 웨이사가 그러던데 강물이 점점 더 심하게 불어나고 있대." 브레이든이 말했다. "빌트모어 위쪽으로는 숲 전체가 홍수와 산사태로 엉망진창이래."

"유라이아는 호시탐탐 기회만 노리다가 이때다 싶을 때 공격해 올 거야." 세라피나가 말했다.

"그럼 우린 어떡해야 돼?"

"우리 편을 찾아야 해."

"저 아래 연못 배수로 옆에 있어." 대답이 너무 빨리 돌아와 깜짝 놀라는 세라피나를 바라보며 브레이든이 이어서 말했다. "까마귀들은 기억력이 좋아. 그래서 로웨나가 가는 곳마다 따라다니며 감시하고 있나 봐. 유라이아를 못 믿는 만큼 로웨나도 못 믿거든."

"넌 어떤데?" 세라피나가 물었다. "*넌* 로웨나를 믿어?"

"응. 로웨나는 이제 우리 편이 맞는 것 같아." 브레이든이 말했다. "우리 넷이 힘을 합치면 유라이아를 무찌를 수 있어."

세라피나도 그렇게 생각하고 싶었다. 브레이든의 저 긍정적인 생각은 어디에서 오는 건지 알 수가 없었다. 엄청난 힘을 가진 흑마법사와의 목숨을 건 대결을 눈앞에 두고도 브레이든은 행복해 보였다. 그러나 예전 모습으로 완전히 돌아가진 않았다. 브레이든은 어딘가 달라졌다. 집중력과 의지력이 더 강해진 것 같았다.

"가자." 브레이든이 세라피나의 팔에 손을 올리며 말했다. "웨이사랑 로웨나도 우리를 찾고 있을 거야." 브레이든과 세라피나는 언덕 아래 연못으로 내려가기 시작했다. 보조기에 부속품을 새로 갈아 끼운 덕분인지 브레이든의 걸음걸이가 한결 부드러워졌다.

브레이든 옆에서 걷고 있노라니 세라피나는 새삼스레 마음이 흡족했다. *이게 정상이지.* 세라피나는 생각했다. 세라피나는 브레이든 옆에 있을 때가 좋았다. 가죽 장화를 신은 발은 아직도 걸을 때마다 풀밭에 끌렸고 손도 여전히 떨리고 있었지만 브레이든은 어느 때보다도 강하고 편안해 보였다.

세라피나는 지금 느끼는 이 평화와 안정을 가능한 한 오래도록 느끼고 싶었다. 하지만 언덕을 내려갈수록 주변 공기가 심상치 않았다. 작은 회오리바람이 세라피나 곁을 스쳐 지나갔다. 예전 같으면 감지하지 못했을 미묘한 변화였지만 지금은 모르고 지나가기에는 세라피나의 감각이 너무나 날카로웠다. 갑자기 공기 중에서 비 냄새가 났다. 폭풍우가 다가오고 있었다.

떡갈나무 꼭대기로 바람이 불었다. 폭풍우가 불어오는 속도가 심상치 않았다. 태양조차 모든 빛을 거두었다. 하늘에 번갯불이 번쩍했다.

"좋은 날은 이걸로 끝인가 보네." 브레이든이 중얼거렸다. 브레이든이 비단 날씨만 두고 이야기한 게 아니라는 걸 세라피나도 알았다.

가장 가까운 산등성이 너머로 먹구름이 거대한 파도처럼 밀려오고 있었다.

"이쪽으로 온다." 세라피나가 시커먼 먹구름을 바라보며 말했다. "유라이아가 공격을 시작했어."

연못에 다다르자 비가 쏟아지기 시작했다. 처음에는 여름 소나기처럼 쏟아지던 빗줄기가 어느덧 사나운 폭우로 변했다. 동쪽 지평선에 걸려 있던 해도 사라지고 머리 위로 먹구름이 드리웠다. 하늘이 어둑어둑해졌다.

"거의 하루도 안 빼놓고 비가 이렇게 쏟아지네." 빗줄기를 뚫고 달리며 브레이든이 투덜거렸다.

세라피나가 무어라 대답하려다 말고 소스라치게 놀라 펄쩍 뛰어올랐다. 언덕 꼭대기에 번개가 내리꽂히면서 눈앞이 번쩍했다. 방금 전까지만 해도 두 사람이 서 있던 떡갈나무가 번개에 맞아 산산조각 났다. 불타는 나뭇조각이 사방에서 날아들었다. 세라피나의 머리 위로도 불붙은 나뭇조각 하나가 휙 공기를 가르며 스쳐 지나갔다. 곧이어 하늘 가득 울려 퍼지는 천둥소리에 심장이 터질 것 같았다. 브레이든의 말 네 마리가 공포에 질려 뒷다리로 일어서더니 들판을 가로질러 달아나기 시작했다.

"세라피나!" 브레이든이 세라피나의 팔을 붙잡고 저 멀리 저택 앞에 있는 다이애나 언덕의 푸릇푸릇한 경사면을 가리키며 말했다. 시커먼 강물이 콸콸콸 흘러내리고 있었다. 인정사정없는 물줄기에 무너진 흙더미가 언덕 아래 빌트모어 대저택과 정원으로 쏟아지고 있었다.

"맙소사, 저게 다 뭐야." 세라피나가 경악했다. "모두들 무사해야 할 텐데."

브레이든과 세라피나는 언덕 아래 연못으로 달려 내려갔다. 연못으로 흘러들던 조그만 개울이 어느덧 성난 강이 되어 있었다. 연못 물이 넘치면서 주변에 있던 강둑과 나무가 이미 물에 잠긴 뒤였다.

발목까지 찰랑거리는 물을 헤치고 두 사람은 연못 물이 흘러나가는 배수로 끝에 있는 돌댐으로 나아갔다. 평소에 물이 조금 넘친다고 해 봐야 댐에서 떨어질 때는 졸졸 떨어지는 수준에 불과했는데 지금은 폭포수처럼 콸콸 떨어져 산골짜기로 흘러들고 있었다.

"너무 늦기 전에 건너가야 해." 세라피나가 폭포 꼭대기에 가로놓인 조그만 나무다리를 가리키며 소리쳤다.

다리를 건너는데 빗물과 폭포수가 얼굴로 사정없이 날아들었다. 비바람이 떼로 몰려드는 유령처럼 울부짖었다. 거센 물살이 앞뒤로 다리에 부딪칠 때마다 발밑에 널빤지가 삐걱거렸다. 세라피나가 난간을 부여잡고 다리 아래로 콸콸 흐르는 물줄기를 따라 눈을 바삐 움직였다. 그때 다리가 기우뚱하더니 나무가 부서지는 소리와 함께 한쪽으로 급격히 기울었다.

"브레이든, 뛰어!" 세라피나가 고함을 질렀다.

세라피나와 브레이든이 반대편으로 건너뛰자마자 다리 전체가 와르르 무너졌다. 부서진 나무판자 더미가 폭포수 아래로 추락했다.

"살았다." 브레이든이 가쁜 숨을 몰아쉬었다. 세라피나는 웨이사와 로웨나를 찾아 두리번거렸다. 웨이사와 로웨나가 세라피나 쪽으로 달려오고 있었다.

"아빠 짓이야!" 로웨나가 빗줄기를 뚫고 소리쳤다. 마지막 남아 있던 다리마저 완전히 부서져 폭포 속으로 떨어져 내렸다. "여기서부터 점점 더 심해질 거야."

"일단 몸을 피하자!" 세라피나가 외쳤다.

네 사람은 빗속을 뚫고 빌트모어를 향해 달리기 시작했다. 거대한 흙더미가 정원 가장자리로 무너져 내려 식물들과 대리석으로 만들어진 그리스 조각상을 덮쳤다.

빗줄기 사이로 세라피나는 저택 쪽을 바라보았다. 언덕 경사면을 무너뜨린 거센 강물이 이제 빌트모어의 하층부를 위협하고 있었다.

"저기 우리 삼촌이야!" 브레이든이 외쳤다.

폭풍우가 휘몰아치는 가운데 밴더빌트 씨와 관리인 맥나미 씨가 비바람을 온몸으로 맞으며 일꾼들에게 고함을 지르고 있었다. 그 지시에 따라 오십 명쯤 되는 장정들이 저택을 집어삼킬 듯이 밀려드는 빗물을 막으려고 정신없이 움직였다. 그때 한 남자가 급류에 휩쓸려 떠내려가면서 살려 달라고 비명을 질렀다. 그 모습을 세라피나는 공포에 질려 바라보았다.

"어떡할 거야?" 당황한 브레이든이 겁에 질려 외쳤다. "폭풍우에 맞서 싸울 순 없잖아!"

저택에 다다른 세라피나는 친구들과 함께 옆문을 통해 대층계 아래에 자리한 동그란 방으로 들어갔다. 네 사람은 폭풍우에 쫄딱 젖어 녹초가 된 채 숨을 헐떡였다. 세라피나가 친구들을 하나하나 쳐다보았다. 두려움과 막막함, 집으로 돌아왔다는 안도감이 뒤범벅된 얼굴이었다. 세라피나도 같은 심정이었다. 저 밖으로는 한 발자국도 나가고 싶지 않았다.

그런데 문득 세라피나는 무언가를 깨달았다.

겁에 질려 몸을 웅크리고 숨는 것이야말로 유라이아가 바라는 것이었다. 유라이아는 저택에 막대한 피해를 입혀 적의 주의를 분산시키려는 속셈이었다.

"우리가 공격해야 해." 세라피나가 말했다.

"지금?" 브레이든이 놀라서 되물었다. "폭풍우가 저렇게 휘몰아치는데?"

"바로 그거야." 세라피나가 말했다. "지금이 우리에겐 기회야. 유라이아는 아마도 우리가 숨어서 몸을 사리고 있는 줄 알 거야. 폭풍우가 휘몰아치는데 우리가 공격해 올 거라곤 생각도 못할 거란 말이지."

"세라피나 말이 맞아." 웨이사가 말했다.

"상대가 얼마나 처치하기 힘든지를 너네가 잊고 있는 것 같은데." 로웨나가 말했다.

"유라이아가 어디에 숨어 있는지 알아?" 세라피나가 로웨나에게 물었다.

"아마도 빌트모어가 내려다보이는 산봉우리 가운데 하나에서 이 폭풍우를 조종하고 있을 거야. 하지만 정확히 어디 있는지는 알 길이 없어."

세라피나는 문으로 다가가 비바람이 몰아치는 모습을 바라보았다. "브레이든, 까마귀 떼는 이런 날씨에서도 날 수 있어?"

"폭풍우가 휘몰아칠 때는 보통 피해 있지." 브레이든이 시커먼 하늘을 올려다보며 말했다. "하지만 까마귀는 강한 비행사들이니까 유라이아를 무찌르는 일이라면 기꺼이 동참할 거야."

"그럼 까마귀 떼랑 다른 동물 친구들에게 말 좀 전해 줘." 세라피나가 부탁했다. "우리 모두 힘을 합쳐서 한꺼번에 유라이아를 공격했으면 좋겠다고 말이야."

"분명히 우리와 함께해 줄 거야." 브레이든이 말했다. "우리보다 오랫동안 유라이아와 싸워 왔으니까."

힘을 얻은 세라피나가 고개를 끄덕인 다음 이번에는 로웨나를 바라보았다.

"난 가죽 가방에 물약을 가득 채울게." 로웨나가 말했다. 로웨나의 눈에는 두려움과 의지의 빛이 동시에 서렸다. 로웨나는 아빠의 분노가 얼마나 큰지 누구보다 잘 알았다. 로웨나는 아빠의 공격을 온몸으로 겪어 보았다. 로웨나의 주문으로는 그 공격을 살짝 빗나가게만 할 수 있을 뿐이었다. 하지만 세라피나에겐 보였다. 로웨나는 아빠에게 맞서 싸워야 할 때가 왔다는 사실을 알고 있었다.

"몰래 급습해야 한다는 것쯤은 알고 있겠지." 로웨나가 경고했다.

웨이사가 앞으로 나섰다. "내가 먼저 공격할게."

웨이사의 눈이 이글거렸다. 세라피나는 알고 있었다. 웨이사는 둘 중 하나가 죽을 때까지 결코 포기하지 않을 것이다. 웨이사는 가족들을 대신해 복수를 하거나 아니면 명예롭게 싸우다 죽기를 각오하고 있었다.

세라피나는 세 친구를 둘러보았다. "지금 유라이아를 공격하는 건 우리가 했던 일 중에 가장 위험한 일이 될 거야. 하지만 유라이아를 물리치지 않으면 이 숲에 평화는 없어."

"하지만 어떻게?" 로웨나가 물었다.

"작전을 짜야지. 아주 세세한 부분까지." 세라피나가 말했다. "까마귀 떼를 시켜서 유라이아를 찾은 다음에 웨이사랑 내가 선봉에 서서 서로 다른 방향에서 동시에 유라이아를 공격할 거야. 브레이든 너도 동물 친구들을 이끌고 동시에 공격해. 로웨나 너는 네가 아는 주문을 총동원해서 동시에 공격하고. 유라이아가 정신을 차릴 새도 없이 빠르고 강하게 공격해야 해."

세라피나가 세 친구를 둘러보았다. 모두 싸울 준비를 마쳤다. 세라피나는 하늘을 향해 손을 저었다. "이 날씨는 잊어. 비바람도 머릿속에서 지워 버려. 우리에게 이 정도는 아무것도 아니야. 지금 우리는 이 폭풍우를 뚫고 공격할 거야. *우리가* 바로 폭풍우야."

46

밤이 되자 세라피나와 친구들은 울퉁불퉁한 산길을 올라갔다. 흑표범과 퓨마로 변신한 세라피나와 웨이사는 수풀 사이로 빠르고 조용하게 이동했다. 로웨나는 비바람에 맞서 머리부터 발끝까지 망토를 뒤집어쓰고 두 발로 걸었다. 브레이든은 말을 타고 기디언과 함께 산으로 올라갔다.

어두운 야외 활동용 외투를 걸치고 검은 말 위에 올라탄 브레이든의 모습은 늠름했다. 그 옆에는 검은 도베르만이 함께였고 머리 위에는 검은 까마귀 떼가 날고 있었다. 그리고 흑표범으로 변신한 세라피나가 나란히 달리고 있었다. 브레이든이 친구를 고르는 기준이 무엇인지 알 것만 같았다.

산등성이를 따라 올라가는 동안에도 끊임없이 바람이 불었다. 하지만 비와 천둥 번개는 저 아래 골짜기에 두고 온 것 같았다. 길을 안내해 주는 까마귀 떼를 따라 네 사람은 고산 지대로 빠르게 진입했다. 까마귀들은 보통 밤에는 날지 않았지만 오늘 밤은 예외였다. 휘몰아치는 바람을 뚫고 열심히 날갯짓을 했다. 바람을 이기지 못하고 공기 중에서 나동그라지는 까마귀도 있었고 불어오는 돌풍 속으로 정면으로 돌진하는 까마귀도 있었다. 하지만 모두가 서로를 격려하며 앞으로 나아갔다.

산꼭대기에 다다르자 마침내 바람이 잦아들었다. 공기가 죽은 듯 고요했다. 세라피나와 친구들은 모양이 들쭉날쭉하고 비스듬히 기울어진 큰 바위가 많은 숲속으로 들어섰다. 땅에서 튀어나와 머리 위로 우뚝 솟은 바위들은 엄청난 땅의 압력을 받은 듯 금이 가거나 부서져 있었다. 얼룩덜룩 검푸른 이끼가 바위를 온통 뒤덮고 있었다. 갈라진 바위틈 사이로 나무뿌리가 거대한 거미 다리처럼 바위를 옭아매고 있었다.

천천히 바위 숲을 빠져나오자 짙은 안개가 길을 가로막았다. 한 치 앞도 보이지 않았다. 어떻게 이 안개 속을 뚫고 지나갈지 고민하던 찰나 세라피나는 눈을 찌르는 통증과 입안에 감도는 독한 유황 맛을 느꼈다. 갑자기 콧구멍이 화끈거리고 목구멍이 따가웠다. 당황스러움과 어지러움이 세라피나를 덮쳤다. 브레이든도 괴로워하며 콜록거렸다. 브레이든을 태운 말이 불안한 듯 고개를 마구 흔들더니 걸음을 돌리려 했다.

"이 안개에 독이 섞여 있나 봐." 로웨나가 말했다.

세라피나가 인간의 모습으로 변신했다. "모두 후퇴!" 콜록거리며 따가운 눈을 문지르던 세라피나가 고함을 지르며 비틀비틀 언덕을 내려갔다.

"이게 다 뭐야?" 브레이든이 입을 가리며 물었다.

"아빠가 아무도 산봉우리에 접근하지 못하도록 주문을 걸어 놓은 거야." 로웨나가 좌절감 가득한 목소리로 말했다. "하지만 난 그 주문을 해제하는 방법을 몰라."

안전한 장소로 후퇴한 다음 세라피나가 산봉우리를 둘러싸고 있는 고리 모양의 안개를 올려다보며 말했다. "방어선이야. 유라이아가 저 꼭대기에 있는 게 틀림없어."

"하지만 저걸 뚫고 갈 방법이 없잖아." 브레이든이 말했다.

"그렇지." 세라피나가 인정했다. "하지만 내게 좋은 생각이 있어. 일단 여기서 모두 기다려."

세라피나는 혼자 언덕을 오르면서 새로이 습득했던 모든 능력을 되새겼다. 세라피나가 손을 들어 공기를 밀었다. 주변에 있는 공기가 움직이는 것이 느껴졌다. 세라피나는 미소를 지으며 다시 연습했다.

천천히 독 안개 속으로 걸어 들어간 세라피나는 공기의 흐름에 온 신경을 집중하며 손바닥으로 공기를 쓸었다. 세라피나의 손짓을 따라 이리저리 떠밀리던 공기가 안개를 하늘 위로 밀어 올렸다.

세라피나가 원한 대로 안개 사이로 좁은 길이 하나 생겼다. 세라피나가 다시 친구들을 불러 바짝 붙어서 오라고 말했다. 세라피나가 맨 앞에 서고 브레이든과 기디언, 웨이사, 로웨나 순으로 뒤따랐다.

마침내 안개 반대편에 이르자 다시 맑은 공기가 나타났다. 다들 커다란 바위 뒤에 있는 히스 덤불 속에 몸을 숨겼다.

"도대체 어떻게 한 거야?" 브레이든이 놀랍다는 듯 속닥거리며 물었다.

"그냥 떠돌다가 배운 거야." 세라피나가 연습한 보람을 느끼며 말했다. 그러나 산봉우리를 올려다보던 세라피나의 표정이 심각해졌다.

블루리지산맥에는 세상에서 가장 오래된 산이 많았다. 그래서 뾰족하지 않고 바위를 둥그렇게 깎아 놓은 듯한 산봉우리가 많았다. 여기도 그런 산봉우리였다. 수백만 년이라는 세월 동안 비바람에 풍화되어 지금처럼 뭉툭한 바위 모양이 된 산봉우리를 가리켜 산마을 사람들은 *대머리*라고 불렀다. 가문비나무와 무화과나무 수백 그루가 바닥에 쓰러져 있었다. 바람의 소행인지 마법사의 소행인지는 알 수 없었다. 나뭇가지가 부러진 채 쓰러진 나무 위로 또 다른 나무가 쓰러져 겹겹이 쌓여 있었다. 그 모습이 마치 산꼭대기에서 벌어진 전쟁에서 스러져 간 거인족들의 시체 같았다.

"여기야." 오랜 세월을 견디며 갈라지고 비바람에 풍화된 바위 뒤에 웅크리고 앉으며 로웨나가 속삭였다. "가까이에 있어. 기운이 느껴져."

세라피나는 말 등에 탄 채 조금 뒤떨어져 산비탈을 올라오고 있는 브레이든을 바라보았다. "지금 당장 우리 편을 모두 불러 모아. 계획대로 다 같이 한꺼번에 공격하자."

"저기 있다!" 로웨나가 몸을 수그리며 다급하게 속삭였다.

세라피나의 팔다리에 바짝 힘이 들어갔다. 일촉즉발의 긴장감이 감돌았다.

깊이 심호흡을 한 다음 세라피나가 천천히 바위 위로 고개를 내밀었다.

들판에 거대하고 어두운 형체가 모습을 드러냈다. 폭풍우를 불러일으키는 유라이아였다. 공동묘지를 뒤덮은 안개처럼 유라이아 주변으로 시커먼 연기가 자욱했다. 유라이아가 세라피나와 브레이든의 존재를 눈치챈 것 같진 않았다. 유라이아가 입은 검은색 긴 외투는 썩어 가는 동물의 사체처럼 심하게 찢겨 너덜너덜했다. 구부러진 긴 다리로 서 있는 유라이아는 믿을 수 없을 정도로 컸다. 등은 괴기스러울 정도로 굽어 있었다. 몸 앞으로 구부러진 긴 팔이 덜렁거렸다. 흰 비늘이 덮인 발톱 같은 손이 외투의 소맷자락 밖으로 삐죽 튀어나와 있었다. 몇 가닥 안 되는 하얗게 센 머리카락이 두피 양쪽으로 들러붙어 있었다. 쭈글쭈글 메마른 얼굴에는 몇 달 전 세라피나의 발톱에 패인 상처가 그대로 남아 피와 고름이 흘러내리고 있었다. 유라이아가 구부정한 몸을 움직여 들판 한가운데로 나왔다. 앞뒤로 흐느적거리며 초조한 눈빛으로 저 멀리 빌트모어가 있는 골짜기를 바라보았다. 유라이아가 일으킨 폭풍우가 휘몰아치고 있었다.

처음에 숲속에서 갈고리 같은 손을 가진 생명체를 마주쳤을 때만 해도 세라피나는 긴가민가했다. 그러나 지금은 똑똑히 보였다. 폭풍우를 불러일으키던 그 괴기스러운 생명체가 다름 아닌 뒤틀린 복수심에 불타는 인간이라는 사실이. *상처를 입을 때마다 우린 더 본연에 가까운 모습으로 변해 가지.* 로웨나는 그렇게 말했었다. 그리고 여기에 괴물처럼 변해 버린 *유라이아*가 있었다. 흑마법사이자, 야생 동물을 잡아들여 조종했던 밀렵꾼이자, 세라피나의 아빠를 비롯해 수많은 생명을 죽인 살인자이자, 복수심에 불타 세라피나가 사랑하는 모든 것을 파괴해 버리려는 남자가 여기에 있었다.

폭풍우와 독 안개를 뚫고 세라피나는 원래 계획했던 대로 유라이아를 사방에서 들키지 않고 완전히 포위했다고 생각했다. 다들 각자 위치에서 세라피나의 지시만을 기다리고 있었다. *이제 유라이아는 독 안에 든 쥐야.* 세라피나는 생각했다. 그런데 세라피나가 막 공격 신호를 보내려던 찰나 머리 위로 불덩이가 날아들었다. 모든 것을 태워 버릴 듯 이글이글 불타는 불덩이가 허공에 검은 연기를 그리며 휙 지나갔다.

목표물은 브레이든이었다.

"브레이든, 조심해!" 로웨나가 비명을 지르며 바위 뒤에서 뛰쳐나가 팔을 들어 올리며 주문을 외웠다. 동시에 얼음과 서리가 쏟아졌다. 불덩이를 파괴하진 못했지만 가까스로 방향을 바꾸는 데 성공했다. 덕분에 불덩이는 브레이든을 비껴가 브레이든 옆에 있던 말에게 명중했다. 불덩이에 맞은 말이 뒷발을 들고 울부짖으며 땅바닥에 쓰러졌다. 브레이든은 옷에 불이 붙은 채 말에서 떨어졌다.

로웨나가 브레이든을 지켜 내는 모습을 보고 분노한 유라이아가 팔로 허공을 내리쳤다. 응축된 공기가 어마어마한 속도로 날아들었다. 로웨나의 몸이 뒤편에 있던 바위로 날아가 꽂혔다. 정신을 잃고 축 늘어진 로웨나의 몸이 헝겊 인형처럼 바위를 타고 스르르 미끄러져 바닥으로 떨어졌다.

세라피나가 흑표범으로 변신해 유라이아를 향해 곧장 달려들었다.

유라이아가 길고 가느다란 팔을 휘저었다. 갑자기 쓰러져 있던 나뭇가지들이 앞뒤로 삐그덕삐그덕 움직이기 시작했다. 나뭇가지에 드리워져 있던 이끼 식물에서 연기가 나기 시작했다. 나무가 불에 타는 것처럼 밑동에서 서서히 껍질이 벗겨지기 시작했다. 세라피나의 발아래서 풀이 갈색으로 변하면서 바스라졌다.

세라피나가 돌진해 오는데도 유라이아는 달아나거나 피하지 않았다.

유라이아는 그저 손을 이쪽저쪽으로 휘둘렀다. 거센 바람이 일기 시작하더니 순식간에 시커먼 회오리바람이 되었다. 눈앞에서 나뭇가지며 나뭇잎이 회오리바람에 휩쓸려 날아다니기 시작했다. 끔찍한 굉음이 모든 것을 집어삼켰다.

유라이아가 언제든지 공격을 받아 주겠다는 듯이 세라피나를 똑바로 쳐다보았다.

"검은 놈아, 날 보고 놀랐느냐?" 유라이아가 포효했다. "감히 고양이 새끼 따위가 날 죽일 수 있을 거라 생각했느냐?" 유라이아의 쩌렁쩌렁한 목소리가 고막을 파고들어 심장을 뒤흔들었다. "넌 날 죽일 수 없다!"

세라피나는 유라이아를 정면으로 공격하는 건 어리석은 짓이라는 걸 알고 있었다. 유라이아가 세라피나의 공격을 감당하기 힘들다고 생각했다면 저토록 아무런 두려움 없이 서 있을 수 없을 테니까 말이다. 그러나 이건 미리 짜 놓은 속임수였다. 유라이아의 등 뒤로 숲속에서 튀어나와 전속력으로 돌진하는 웨이사가 보였다.

세라피나가 유라이아의 얼굴로 뛰어올랐다. 동시에 웨이사가 유라이아의 등으로 뛰어올랐다. 고양잇과 맹수 두 마리가 동시에 한 사람에게 달려들어 날카로운 발톱으로 휘갈겼다.

분노에 찬 비명과 함께 유라이아가 뒤로 손을 뻗어 웨이사를 붙잡았다. 유라이아는 웨이사를 어깨 너머로 둘러멘 다음 집어 던졌다. 엄청난 괴력에 웨이사가 데굴데굴 굴러 나가떨어졌다. 유라이아는 원래도 강한 힘의 소유자였지만 이 정도까진 아니었다.

로웨나가 주문을 외면 브레이든이 다른 동물 친구들을 이끌고 돌격을 하고 동시에 세라피나와 웨이사가 다른 방향에서 유라이아를 공격하자던 계획은 이미 틀어진 지 오래였다. 네 사람이 머리를 맞대고 세웠던 계획은 완전히 결딴나 버렸다. 이제 세라피나에게 남은 건 *싸우는 일*뿐이었다.

네발에 발톱을 모두 세우고 유라이아의 몸통과 다리에 매달려 세라피나는 기다란 송곳니를 유라이아의 목덜미에 내리꽂았다. 유라이아가 고통스러운 비명을 내지르며 세라피나를 붙잡았다. 그러나 웨이사가 다시 달려들어 유라이아의 팔을 덮쳤다. 바닥에서는 기디언이 유라이아의 다리에 송곳니를 박아 넣고 으르렁거리며 유라이아를 넘어뜨리려고 맹렬하게 끌었다.

유라이아가 가슴팍에 달라붙은 세라피나를 떼어 내려고 안간힘을 썼다. 잠시 물러났던 세라피나가 목덜미를 물었다. 날카로운 이빨이 유라이아의 숨통을 파고들어 공기를 차단했다. 엄마는 세라피나에게 큰 고양이는 먹잇감을 사냥할 때 발톱으로 찢거나 목을 부러뜨려 죽이기도 하지만 숨통을 막아 질식시켜 죽이기도 한다고 가르쳐 주었다. 지금 세라피나는 유라이아를 그렇게 죽이려 하고 있었다. 이번에야말로 유라이아를 죽여야만 했다. 세라피나 자신을 위해서, 브레이든을 위해서, 빌트모어를 위해서, 세라피나가 지키고자 싸워온 모든 것을 위해서 유라이아를 죽여야만 했다. 세라피나는 이빨로 유라이아의 목을 꽉 문 채 절대 놓아주지 않을 작정이었다.

유라이아와 싸우면서도 세라피나는 곁눈질로 브레이든을 바라보았다.

브레이든은 말 등에서 굴러떨어져 땅에 세게 부딪쳤다. 하지만 재빨리 몸을 굴려 옷에 붙은 불을 껐다. 그리고 곧바로 바닥에 쓰러진 말에게로 달려갔다. 브레이든은 오랜 친구를 치료하려고 손바닥을 말의 몸에 댔다. 그러나 이내 브레이든의 얼굴이 고통으로 일그러졌다. 너무 늦은 것이다. 브레이든의 말은 이미 싸늘하게 식어 있었다.

브레이든이 눈물을 훔치고 로웨나에게로 달려갔다. 유라이아를 상대하느라 자세히 볼 순 없었지만 세라피나는 뿔 달린 수사슴으로 추정되는 동물이 무릎을 꿇고 엎드려 있는 모습을 언뜻 보았다. 브레이든이 피를 흘리며 의식을 잃고 쓰러져 있는 로웨나를 끌어다 그 등에 태웠다.

"안전한 곳으로 데려가 줘." 브레이든이 부탁했다. 그러자 그 동물이 네발로 일어나더니 로웨나를 등에 태우고 숲속으로 사라졌다.

그때 나무 사이에서 늑대 열두 마리가 이빨을 드러낸 채 으르렁거리며 나타났다. 늑대 무리는 곧바로 전투에 가담해 유라이아를 공격했다.

"팔을 공격해!" 브레이든이 손가락으로 유라이아를 가리키며 소리쳤다. "세라피나를 보호해. 유라이아를 넘어뜨려!"

유라이아가 세라피나를 떼어 내려고 격렬하게 몸부림을 쳤다. 그러나 세라피나는 송곳니를 목덜미에 박아 넣은 채 꿈쩍도 하지 않았다. 유라이아가 그 발톱 같은 손으로 세라피나를 움켜잡았다. 그러나 기디언과 웨이사와 늑대들이 사방에서 유라이아의 팔다리를 물어뜯으며 공격해 오는 바람에 세라피나를 떼어 낼 수가 없었다. 이대로 세라피나가 몇 초만 더 버티면 유라이아를 영원히 끝장낼 수 있었다.

세라피나는 지금 이 전투가 최후의 전투가 되리라 생각했다. 숲속의 모든 동물이 함께 나와 싸우고 있었다. 세라피나의 엄마와 아빠가 십이 년 전에 치렀던 전투도 이와 같았을 것이다. 그러나 이번에는 세라피나가 *승리*할 것이다. 세라피나와 친구들이 역대 이 숲에서 가장 위험했던 적을 마침내 무찌를 것이다.

유라이아의 강력한 일격에 웨이사가 땅바닥에 나동그라졌

다. 그러나 구르던 몸이 멈추기도 전에 웨이사는 돌아서서 사나운 포효와 함께 다시 유라이아에게로 달려들었다. 그 힘에 유라이아가 세라피나를 매단 채로 중심을 잃고 넘어졌다.

세라피나는 송곳니를 유라이아의 목에 더 깊숙이 박아 넣었다. 송곳니 아래 신경으로 유라이아의 기관지가 막히고 폐로 들어가는 공기의 흐름이 느려지는 것이 느껴졌다. 유라이아는 폭풍우를 불러일으킬 수 있는 존재였지만 그래도 여전히 숨을 쉬어야 하는 존재였다. 세라피나는 자신의 몸 밑에 깔린 유라이아의 움직임이 점점 잦아드는 것을 느꼈다. 세라피나가 유라이아의 숨통을 서서히 끊고 있었다.

그런데 갑자기 유라이아의 몸이 악령에게라도 씐 듯 부르르 떨리기 시작했다. 유라이아의 심장이 새로운 힘으로 부풀어 오르더니 두 발로 벌떡 일어났다. 유라이아가 다리를 물고 있던 기디언을 발로 힘껏 찼다. 기디언의 몸이 제비를 돌며 저 멀리 나가떨어졌다. 유라이아가 이번에는 자신의 피부에 발톱을 꽂고 있던 웨이사를 붙잡아 떼어 낸 다음 빈 포대자루 던지듯 별 힘도 들이지 않고 집어 던졌다.

유라이아는 다리를 물고 있던 늑대들도 걷어차 버리고 팔을 물고 있던 늑대들도 집어 던져 버렸다. 나동그라진 늑대들이 불타는 눈으로 유라이아를 노려보았다. 그때 시커먼 흙바람이 불어와 유라이아를 둘러싸고 있던 늑대들을 무자비하게 공격했다.

"지금이야! 공격해!" 브레이든이 외쳤다. 거대한 곰 한 마리가 유라이아에게로 달려들었다. 그 엄청난 힘에 다리와 꼬리가 들린 채로 유라이아에게 매달려 있던 세라피나의 몸이 휘청했다. 유라이아가 세라피나의 옆구리를 사정없이 때리며 머리통을 붙잡고 필사적으로 떼어 내려 했다. 세라피나는 젖 먹던 힘을 다해 버텼다.

그래, 잡아당겨! 세라피나는 되려 마음속으로 유라이아를 응원했다. *잡아당기라고! 날 떼어 내면서 네 목덜미도 같이 뜯겨 나가게!*

세라피나는 한사코 버텼다. 무슨 일이 있어도 절대 놓지 않을 것이다.

그런데 그때 유라이아의 몸에서 폭발적인 힘이 뿜어져 나왔다.

브레이든과 늑대들이 바닥으로 나가떨어졌다. 곰조차 쓰러졌다.

웨이사는 공중으로 날아가 나무에 부딪쳤다. 축 늘어진 웨이사의 몸이 나뭇가지에 대롱대롱 걸렸다. 웨이사의 눈이 감겨 있었다.

기디언도 나동그라졌다. 바닥에 몸을 질질 끌며 몸부림치던 기디언도 마침내 잠잠해졌다.

새로워진 위력으로 유라이아가 세라피나의 머리와 송곳니를 붙잡고 천천히 목덜미에서 들어 올렸다. 유라이아의 손가락을 타고 유라이아의 피가 뚝뚝 떨어졌다.

"말했지, 넌 날 죽일 수 없다고!" 유라이아가 소리 높여 고함을 질렀다.

세라피나가 으르렁거리며 유라이아가 자신의 송곳니를 목덜미에서 완전히 빼내는 걸 막으려고 더 힘을 주었다. 그러나 세라피나가 할 수 있는 일은 그뿐이었다. 유라이아가 세라피나를 완전히 들어 올린 다음 바닥에 내리꽂았다. 충격이 너무 커서 순간적으로 숨이 잘 쉬어지질 않았다. 이어서 유라이아가 시커먼 공기를 사방에 쏘아 대자 쓰러진 세라피나와 친구들 주위로 시뻘건 불꽃이 피어올랐다.

세라피나와 친구들은 가장 용맹한 동물 친구들까지 모아서 온 힘을 다해 유라이아를 급습했지만 실패하고 말았다.

세라피나는 반쯤 넋이 나간 채 바닥에 쓰러져 있었다. 고개를 들어 연기 사이로 처참한 현장을 두리번거렸다. 웨이사는 아직 살아 있나? 브레이든은 아직까지 싸우고 있을까?

주위에는 온통 죽고 다친 늑대들이 널브러져 있었다. 그 몸에 불이 옮겨붙었다.

세라피나는 불타는 숲을 뚫고 달아나는 곰의 뒷모습을 바라보았다. 털이 불꽃에 그슬려 있었다.

나뭇가지에 걸려 있는 웨이사를 보았을 때는 심장이 요동쳤다. 살았는지 죽었는지는 알 수 없었지만 웨이사는 움직이지 않았다.

세라피나는 몸을 일으켜야 했다. 이 모든 충격과 고통 속에서도, 이 모든 타격과 부상 속에서도 일어나야 했다. 그러나 세라피나가 다시 몸을 움직여 숨을 쉬려던 순간 뜨거운 열기가 목구멍과 폐 안으로 훅 들어왔다. 숲이 불타고 있었다.

세라피나는 일렁이는 화염에 휩싸인 들판을 바라보았다. 땅바닥에 아무런 움직임도 없이 엎어져 있는 브레이든을 발견한 순간 두려움이 엄습했다.

정신이 번쩍 들었다. 세라피나는 인간으로 변신해 연기와 불꽃을 뚫고 재빨리 브레이든에게로 다가갔다. 겨우 가까이 다가갔더니 브레이든의 눈이 감겨 있었다. 브레이든 옆에는 기디언이 부상을 입고 누워 있었다. 주변에는 온통 까마귀 시체와 늑대 시체가 켜켜이 쌓여 있었다.

세라피나가 브레이든 옆에 무릎을 꿇고 앉아 소리를 질렀다.

"브레이든, 일어나!" 세라피나가 외투 깃을 붙잡고 브레이든을 일으켜 세웠다.

헉하고 숨을 들이켜며 깨어난 브레이든이 공포에 질린 눈으로 바닥에 쓰러진 친구들을 둘러보았다.

"너무 많이 죽었잖아!" 브레이든이 절망에 빠져 소리를 질렀다.

"움직여야 해, 브레이든!" 연기 때문에 콜록거리며 세라피나가 정신이 반쯤 나가 있는 브레이든에게 소리를 질렀다. "살아 있는 친구들을 데리고 여길 빠져나가야 해!"

브레이든이 비로소 정신을 차리고 늑대들을 하나둘 일으켜 세우기 시작했다.

세라피나는 연기 사이로 다시 웨이사 쪽을 바라보았다. 편평한 들판에서 천천히 옮겨붙던 불이 초목이 무성한 경사면에 이르자 걷잡을 수 없이 번지기 시작했다. 불꽃이 하늘로 치솟았다. 사방에서 불에 탄 나뭇가지가 와지끈 부러지는 소리가 들려왔다. 나무 안에 있는 진액이 끓으면서 나무 밑동이 폭발했다. 심장이 공포로 날뛰기 시작했다. 하지만 지체할 시간이 없었다.

세라피나는 웨이사가 걸려 있는 나뭇가지 아래로 달려가 나무를 타고 기어오르기 시작했다. 나무 밑동이 너무 뜨거워져서 그 안에 있던 진액이 피처럼 뚝뚝 떨어지기 시작했다. 얼마 안 가 나무가 폭발하리라는 사실을 알면서도 세라피나는 멈출 수가 없었다.

세라피나는 정신없이 웨이사의 몸이 걸려 있는 나뭇가지까지 올라갔다. 퓨마로 변신한 상태인 웨이사의 머리를 손바닥 위에 올렸다. 유라이아의 공격에 의식을 잃은 것 같았다.

"웨이사!" 세라피나가 웨이사를 흔들며 소리를 질렀다. "여기서 빠져나가야 해!"

그때 갑자기 밑에서 엄청나게 뜨거운 열기가 훅 끼쳤다. 나무 밑동에서 불꽃이 피어오르고 있었다. 아래로 내려갈 방법이 없었다. 송진을 가득 품은 나뭇가지에서 타닥타닥 불꽃이 튀겼다. 주변이 온통 연기로 자욱했다. 숨을 들이쉴 때마다 뜨거운 불덩이를 삼키는 것 같았다.

다른 선택이 없었다. 타오르는 불길에 나뭇가지가 삐걱거리며 부러졌다. 세라피나는 웨이사를 어깨에 들쳐 메고 아래로 뛰어내렸다. 몸이 바닥에 부딪는 순간 어깨와 갈비뼈 사이로 엄청난 고통이 전해졌다. 억 하고 신음이 절로 나왔다. 세라피나는 웨이사의 어깨를 잡고 끌고 가려 했지만 사방에서 불에 탄 나무가 쓰러졌다. 세라피나가 바닥에 주저앉았다. 그 순간 마침내 의식을 되찾은 웨이사가 멍한 표정으로 주위를 둘러보았다.

"여길 빠져나가야 해!" 세라피나의 절규에 웨이사가 일어섰다.

다시 브레이든에게로 가는 길에 세라피나가 기디언을 일으켜 세웠다. 기디언이 비틀거리며 일어났다. "일어나, 기디언. 가야지, 얼른!" 그러자 부상을 입은 몸을 이끌고 기디언이 느릿느릿 세라피나를 따라왔다.

"모두 일어나!" 세라피나가 살아남은 늑대들에게 소리를 질렀다. 불길이 날름거리며 거리를 좁혀 오고 있었다. 빈터는 뜨거운 연기로 자욱했다. 숨이 턱턱 막혔다.

불길이 모두를 집어삼키는 건 시간문제였다. 주변에 있는 나무가 모두 불타고 있었다. 빠져나갈 길이 없었다.

세라피나는 바람을 움직여 불길을 꺼 버리면 어떨까 생각했지만 그러면 오히려 바람을 타고 불길이 더 빨리 번질 것 같았다. 지하 암반에서 물을 끌어 올릴까도 생각했지만 그걸로는 턱도 없을 것 같았다. 세라피나는 구름을 올려다보았다. 하지만 구름 속에 있는 비를 쏟아지게 할 방법이 없었다.

상황은 너무나도 절망적이었다. 세라피나는 사방을 에워싸고 있는 불길을 바라보았다. 매캐한 연기에 숨이 막혔다. 눈이 따가웠다. 피부가 화끈거렸다. 셋은 불길에 완전히 포위됐다.

"이 불길을 빠져나갈 수 있는 방법을 찾지 못하면 우린 여기서 죽고 말거야." 세라피나가 빠져나갈 길을 찾아 불타는 숲속을 뚫어져라 바라보며 브레이든에게 소리를 질렀다.

"아니, 우린 죽지 않아." 브레이든이 날카롭게 말했다.

세라피나가 브레이든의 시선이 향하는 방향으로 고개를 돌렸다. 머리 위로 보이는 밤하늘이 갑자기 새 떼로 가득 찼다. 매와 독수리와 물수리였다.

"엎드려." 브레이든이 말했다.

"뭐라고?" 세라피나가 어리둥절한 표정으로 되물었다.

"엎드리라고!" 브레이든이 소리를 질렀다. "웨이사, 너도 엎드려!"

인간의 모습으로 변신한 웨이사가 브레이든과 세라피나 곁으로 비틀거리며 걸어왔다. 세라피나와 웨이사가 바닥에 납작 엎드리자 브레이든이 다시 소리를 질렀다. "이제 팔다리를 활짝 벌려!"

세라피나는 브레이든이 도대체 왜 이러는지 영문을 몰랐지만 잠자코 시키는 대로 했다. 그 순간 위쪽에서 공기의 움직임이 느껴졌다. 크고 강인한 발톱 수십 쌍이 세라피나의 팔과 다리, 손목과 발목을 움켜쥐었다.

“가!” 브레이든이 새 떼에게 소리를 질렀다. “둘을 데려 가!”

팔다리가 들렸다. 이어서 온몸이 공중으로 들려 올라갔다. 두려움이 온몸을 훑고 지나갔다. 새들이 세라피나를 땅에서 들어 올리고 있었다. 세라피나는 땅에서 떨어지고 싶지 않았다! 세라피나는 땅이 좋았다!

그러나 정신을 차리고 보니 온몸이 두둥실 공중으로 떠오르고 있었다. 세라피나가 날고 있었다. 하늘로 들려 올라가면서 세라피나는 사나운 불길에 휩싸인 숲을 내려다보았다. 산이 온통 불타고 있었다. 새들이 세라피나를 데리고 점점 더 높이 올라갔다. 빈터 중앙에 서 있는 브레이든의 모습이 점점 작아졌다. 다음 순간 세라피나는 연기와 불길을 아래에 두고 한 마리 매처럼 숲 꼭대기를 날고 있었다.

웨이사도 옆에서 매와 물수리 떼의 발톱에 들린 채 하늘을 날고 있었다.

순식간에 불타는 숲이 멀어졌다. 검푸른 숲 지붕을 뒤로하고 달빛이 비추는 맑은 하늘 위로 올라갈수록 밤은 어둡고 서늘해졌다.

세라피나가 고개를 돌려 목이 빠져라 브레이든을 찾았다. 불길에 휩싸인 빈터 한가운데 서 있는 브레이든이 시야에 들어왔다. 브레이든은 매를 비롯해 가지각색의 새 떼에게 목이 터져라 명령을 내리며 기디언과 살아남은 늑대 무리를 구해 내고 있었다. 불길이 브레이든에게로 혀를 날름거리며 다가왔다. 자욱한 연기에 숨도 제대로 쉴 수 없었다. 하지만 브레이든은 친구들을 내버려 두고 혼자만 탈출할 생각이 전혀 없었다. 모두가 무사히 구출될 때까지 끝까지 남을 작정이었다. 모두 구하고야 말겠다는 의지가 확고했다.

"거기서 빠져나와, 브레이든." 브레이든을 말릴 수 없다는 사실을 알면서도 세라피나가 소리를 질렀다.

세라피나가 마지막으로 고개를 돌리는 순간 불길이 들판을 완전히 집어삼켰다. 이제 불타는 숲 꼭대기로 피어오르는 불길과 불꽃 말고는 아무것도 남지 않았다.

"잠시만." 세라피나가 자신을 운반하는 매들에게 외쳤다. "잠시만! 돌아가자! 돌아가서 브레이든을 구해야 해!"

하지만 매들이 세라피나의 말을 알아들을 리 없었다. 매들은 가던 길을 갈 뿐이었다.

새들은 세라피나와 웨이사를 데리고 하늘 높이 날아올랐다. 저 아래 펼쳐진 나무와 산이 어둡고 적막했다. 유라이아가 일으킨 폭풍우는 물러갔다. 하늘 높이 새하얀 구름이 반짝이는 별을 가득 싣고 믿기지 않을 정도로 밝은 달을 지나 유유히 흘러갔다. 세라피나는 다시 한 번 아래를 내려다보았다. 산골짜기를 굽이굽이 흘러가는 프렌치브로드강으로 보이는 물줄기가 어둠 속에서 반짝였다.

커다란 강이 흐르는 협곡 위를 천천히 날아가는 동안 세라피나는 언덕 꼭대기에 자리 잡은 빌트모어 대저택을 바라보았다. 하늘 위로 우뚝 솟은 탑 아래로 그 회색빛 벽면을 달빛이 살포시 비추고 있었다.

하지만 세라피나의 머릿속엔 온통 불타는 숲속에 남겨 두고 온 용감한 친구 생각뿐이었다.

빌트모어 앞에서 세라피나는 무릎을 꿇고 쓰러졌다. 괴로움으로 가슴이 아려 왔다. 그러나 세라피나는 재빨리 다시 일어나 저 멀리 산을 바라보았다. 불길은 더 이상 보이지 않았다. 유라이아와 한바탕 전쟁을 벌였던 산봉우리는 새카맣게 타 버린 채 짙은 연기만 뭉게뭉게 피어오르고 있었다.

웨이사가 세라피나 옆에 서서 나란히 산을 바라보았다. 웨이사의 얼굴에 두려움이 가득했다.

빌트모어는 홍수 피해가 심각했다. 저택 하층부가 일부 무너져 있었다. 그러나 이제 폭풍우는 물러가고 해가 나고 있었다.

"브레이든을 찾으러 다시 올라가야겠어." 세라피나가 이렇게 선언하고 걸음을 옮기기 시작했다.

“기다려.” 웨이사가 세라피나의 팔을 붙잡았다.

창자가 배배 꼬이는 듯한 느낌이 들었다. 움직일 수 있는데 가만히 서 있는 건 질색이었다. “여기서 마냥 기다릴 순 없어, 웨이사. 얼른 가서 브레이든을 구해야 해.”

하지만 웨이사는 몸을 돌려 저 멀리 무언가를 바라보았다.

아지랑이가 숲을 지나 빌트모어 저택 앞에 있는 드넓은 잔디밭 위로 떠다녔다. 떠오르는 아침 햇살이 아지랑이 사이로 떨어졌다. 햇빛을 받아 저택 정면이 황금색 고리로 얼룩덜룩 물들었다.

“*아-위-에-쿠아*가 브레이든을 집으로 데려왔어.” 웨이사가 감탄 어린 목소리로 부드럽게 말했다.

안개를 뚫고 느릿느릿 소리 없이 나타난 엘크 떼를 본 뒤에야 세라피나는 웨이사의 말뜻을 이해했다.

블루리지산맥에 사는 엘크는 밴더빌트 씨의 책에서 그림으로만 봤던 크고 멋진 동물이었다. 지금 여기서 엘크를 보다니 꿈만 같았다. 왜냐하면 이백 년 전에 이 숲에 마지막으로 남은 엘크가 사냥꾼에게 죽임을 당하면서 멸종된 줄 알았기 때문이다. 세라피나는 문득 어젯밤 브레이든이 수사슴같이 생긴 커다란 동물에게 로웨나를 안전한 곳으로 옮겨 달라고 부탁하던 모습이 떠올랐다.

지금까지 몇몇 엘크가 살아남아 아무도 찾을 수 없는 깊은 산골짜기와 그늘진 습지에 숨어 지냈던 것일까? 이제야 나타난 건 브레이든이 도움을 요청했기 때문일까?

대장 엘크는 400킬로가 넘어 보이는 어마어마하게 큰 맹수였다. 머리 위로 약 1미터 길이의 뿔을 이고 있는 모습이 마치 숲속의 임금님처럼 위엄이 넘쳤다. 그 엘크 왕의 등에 브레이든이 타고 있었다. 한 손으로는 풍성한 진갈색 갈기를 움켜잡고 다른 한 손으로는 엘크의 목에 늘어진 로웨나를 받치고 있었다. 엘크 왕이 엘크 무리를 이끌고 천천히 풀밭을 가로질러 세라피나와 웨이사 쪽으로 다가왔다.

세라피나는 온몸을 훑고 지나가는 안도감을 느꼈다. 세라피나가 앞으로 달려가 브레이든이 엘크 등에서 내려올 수 있도록 부축해 주었다. 브레이든의 옷은 불에 타고 찢어져 엉망이었지만 다행히 브레이든은 큰 상처 없이 멀쩡해 보였다.

웨이사가 의식이 없는 로웨나를 엘크의 등에서 조심스레 내려 두 팔로 안아 들었다. 로웨나의 기다란 붉은 머리가 땅에 끌렸다.

브레이든이 엘크 왕에게로 돌아섰다. "고마워, 친구야." 브레이든이 속삭였다.

엘크 떼가 천천히 숲속으로 걸어 들어가 아침 안개 속으로 모습을 감추었다. 세라피나는 엘크 떼를 다신 볼 수 없으리라는 사실을 직감적으로 깨달았다.

세라피나가 브레이든에게 팔을 둘렀다. "걱정했어." 세라피나가 말했다. "어쩌려고 그랬어? 하마터면 네가 죽을 뻔했잖아!"

"내 능력이 닿는 데까지 최대한 많은 늑대를 살려야만 했어.” 브레이든이 고개를 저으며 말했다. “하지만 결국에 매들이 날 끌고 나왔어. 우리가 지다니 믿을 수 없어. 마침내 유라이아를 무찌를 수 있을 줄 알았는데…… 너무 많은 친구들을 잃었어. 내 말이랑 수많은 까마귀들이랑 늑대들까지…….”

“미안해.” 세라피나가 말했다. 브레이든은 괴로워하고 있었다.

브레이든이 세라피나를 안고서 슬프게 고개를 가로저었다. “내가 위험해질지도 모른다고 미리 경고를 했는데도 싸우겠다고 했어. 정말이지 용감했어.”

세라피나가 브레이든을 힘주어 한 번 더 꼭 껴안은 다음에 팔을 풀었다.

“우리 친구들은 명예롭게 싸웠고 넌 훌륭하게 이끌었어.” 세라피나가 말했다. “우리는 적한테 맞서서 우리가 할 수 있는 최선을 다해서 싸웠어.”

세라피나와 브레이든은 로웨나를 안은 웨이사의 뒤를 따라 저택으로 걸음을 옮겼다. 브레이든이 앞장서서 대문을 열어주었다. 셋은 위층으로 올라갔다.

세라피나는 지금껏 빌트모어에서 이상하고 신기한 장면을 수도 없이 보았다. 하지만 지금 눈앞에서 펼쳐지는 장면은 상상도 할 수 없을 만큼 진기했다. 퓨마로 변신하는 갈색 머리 체로키 소년이 흑마법을 쓰는 빨간 머리 영국 소녀를 안고 동틀 무렵에 빌트모어의 대층계를 올라가고 있었다.

“3층에 있는 남탑 방으로 데려가자.” 남탑 방은 타원형으로 생긴 널찍하고 우아한 방이었다. 브레이든이 앞장서서 길을 안내하며 말했다. “삼촌과 숙모는 애쉬빌에 가셨어. 삼촌이 숙모의 몸 상태가 걱정되어서 도로가 그나마 괜찮을 때 떠나셨거든. 그래서 지금 이 집은 거의 다 우리 차지야.”

그런데 브레이든이 그렇게 말하는 순간 검은색과 흰색 하녀복을 갖추어 입은 소녀가 허둥지둥 대층계를 내려왔다. 이렇게 아침 일찍 누군가를 마주치게 될 줄은 예상 못 한 듯 놀란 기색이었다. 세라피나는 그 소녀가 자신의 오랜 친구 에시 워커임을 알아보고 너무너무 반가웠다. 상기된 얼굴로 바삐 계단을 내려오는 에시는 생기가 넘쳐 보였다.

“어머나, 여러분 잠시 실례하겠습니다.” 놀란 에시가 황급히 걸음을 멈추며 말했다. 하마터면 부딪칠 뻔했다. 에시는 웨이사와 맨 먼저 눈이 마주쳤다. 잠깐 동안 에시의 눈길이 웨이사에게 고정된 것처럼 보였다. 그러나 에시의 관심은 이내 웨이사가 안고 있는 정신을 잃은 소녀에게로 옮겨 갔다. “맙소사, 이게 도대체 무슨 일이래요? 많이 다쳤나요?”

그러면서 에시가 고개를 들었다. 그리고 다음 순간 브레이든과 그 옆에 있는 세라피나를 발견했다. 귀신이라도 본 듯 에시의 눈이 휘둥그레졌다. *이제는 귀신 아닌데.* 세라피나가 속으로 생각했다.

“에시, 나야.” 오랜 친구 앞으로 한 발짝 다가서며 세라피나가 미소를 지었다.

에시의 얼굴이 환해졌다. "세상에나, 세라피나 아가씨, 아가씨셨군요!" 에시가 소리를 지르다시피 말했다. "그동안 어딜 다녀오신 거예요? 너무 오랜만이잖아요! 무사하셔서 기뻐요! 가여운 아가씨 아버지께서 아가씨를 보시면 눈물을 한 바가지 쏟으실 거예요!"

재회의 기쁨도 잠시 브레이든이 재빨리 모두를 이끌고 남탑 방으로 갔다. 침대 위에는 캐노피가 드리워져 있었고 손으로 조각한 상아 테두리가 둥근 벽면을 두르고 있었으며 천장도 돔 모양이었다.

웨이사가 로웨나를 침대 위에 조심스레 눕혔다. 세라피나는 에시가 웨이사를 뚫어져라 쳐다보고 있다는 사실을 눈치챘다. 웨이사가 로웨나에게서 물러났는데도 에시의 눈은 여전히 웨이사를 좇고 있었다. 마치 빌트모어 안에서는 물론이거니와 바깥세상에서도 본 적 없는 존재를 마주한 듯 에시는 웨이사에게서 눈을 떼지 못했다.

웨이사가 갈색 눈동자를 들어 에시의 눈길을 마주하자 에시가 재빨리 사과하며 고개를 돌렸다. "앗, 죄송해요." 에시의 얼굴이 빨갰다. "가서 따뜻한 물이랑 수건 좀 가져올게요." 그렇게 말하며 에시가 황급히 자리를 떴다.

브레이든은 침대맡에 앉아서 정성스럽게 로웨나의 상처를 살폈다. 로웨나의 머리에서는 피가 흐르고 있었고 어깨에도 긁힌 상처가 있었다. 하지만 벌어진 상처는 눈에 띄지 않았다. 뼈가 부러진 것 같지도 않았다.

"유라이아의 공격으로 바위에 부딪쳐서 의식을 잃었을 뿐 다른 큰 부상은 없는 것 같아." 브레이든이 말했다.

그때 에시가 필요한 것을 챙겨 돌아왔다. 브레이든이 세숫대야에 수건을 담갔다가 꼭 짜서 로웨나의 머리와 얼굴에 묻은 피를 꼼꼼하게 닦아 주었다.

세라피나는 의식을 잃고 침대에 누워 있는 로웨나를 가만히 바라보았다. 온통 수수께끼와 독설만 늘어놓던 로웨나였지만 결국에는 약속을 지켰다. 로웨나는 세라피나를 살아 있는 세상으로 다시 데려왔고 자기 아빠를 배신했다. 그러나 무엇보다 브레이든의 목숨을 구하기 위해 날아드는 불덩이 앞으로 몸을 날리던 로웨나의 모습을 잊을 수가 없었다. 세라피나의 예상을 훨씬 뛰어넘는 행동이었다.

시간이 흐른 덕분인지 브레이든이 젖은 수건으로 정성껏 간호한 덕분인지 로웨나의 의식이 돌아오기 시작했다. 로웨나가 신음 소리를 내며 뒤척이더니 마침내 눈을 떴다. 세라피나와 브레이든과 웨이사와 에시가 침대 주위를 에워싼 채 로웨나를 내려다보고 있었다.

"어떻게 된 거야?" 로웨나가 물었다. "우리 계획이 성공했어? 아빠는 죽었어?"

실패했어. 세라피나는 다른 친구들과 함께 남탑 방에 앉아서 생각했다. *유라이아를 물리치는 데 실패했어.* 계획을 짰고, 함께 싸울 동물 친구들을 모아서 총공세를 펼쳤지만 결국에는 지고 말았다.

세라피나는 로웨나와 웨이사와 브레이든을 차례차례 바라보았다.

힘없이 멍하니 누워 있던 로웨나가 침대에서 일어나 서성이기 시작했다. 아빠가 여전히 살아 있다는 사실에 사색이 되어 초조하게 얼굴을 문질렀다.

웨이사는 햇빛이 드는 커다란 창문 세 개 중에 하나로 다가가 커튼을 젖히고 바깥쪽으로 난 창문을 열었다. 웨이사는 거기 서서 불어난 강물이 흐르는 산골짜기 너머 안개 낀 남쪽 산등성이를 바라보았다. 저 멀리 우뚝 솟은 피스가산이 자리한 지평선에 먹구름이 가득했다. 세라피나는 웨이사가 적의 동태를 살피고 있다고 생각했다. 그런데 빌트모어에 도착한 이후로 웨이사는 내내 불안해 보였다. 웨이사는 평생을 가족과 함께 숲속에서 살아온 고양잇과 맹수였다. 실내에 있는 것이 익숙할 리 없었다. 웨이사는 반들반들 매끄러운 바닥이나 부자연스럽게 조용한 벽으로 둘러싸인 공간을 신뢰하지 않았다. 나무나 이끼 식물이라곤 찾아볼 수 없는, 새와 곤충의 소리라곤 들리지 않는, 머리를 스치는 바람이라곤 느껴지지 않는 공간을 신뢰하지 않았다. 웨이사는 해랑 달이 보이지 않으면 못 견뎌 했다.

반면에 세라피나는 실내에서 누릴 수 있는 편안함을 만끽하고 있었다. 에시가 접시에다가 음식을 가져와 방 한가운데 놓인 고급스런 마호가니 식탁 위에 차려 주었다. 세라피나와 나머지 셋은 허겁지겁 먹어 치웠다.

"에시, 여기는 내 친구야." 세라피나가 소개했다. "이름은 웨이사야."

웨이사가 돌아서서 에시에게로 한 발짝 다가왔다. "안녕하세요." 에시가 무릎을 살짝 굽히며 인사를 했다. 긴장한 티가 역력했다.

"만나서 반가워요, 아가씨." 웨이사가 최선을 다해 상냥하게 말하려는 게 눈에 보였다.

"에시, 널 보니까 정말 좋다." 세라피나가 미소를 지으며 에시를 껴안았다. "얼마 전에 4층에 있는 네 방으로 널 찾아 갔었는데, 방이 비어 있더라?"

"저 승진했어요!" 에시가 자랑스러운 목소리로 크게 외쳤다가 다른 사람들도 있다는 사실을 뒤늦게 의식한 듯 재빨리 입을 다물었다. "제 이야긴 나중에 자세히 말씀드릴게요. 우선 말씀들 나누세요."

"고마워, 에시. 전부 다." 브레이든이 말했다. 이윽고 에시가 방을 나갔다. 브레이든도 익숙한 일상으로, 상대적으로 안전한 햇살이 비치는 빌트모어의 방에 돌아와 있다는 사실에 안심한 듯 보였다.

하지만 모두들 여기서 완전히 마음을 놓고 쉴 수 없다는 사실을 알고 있었다.

"그래서 우린 이제 어떡해야 해?" 브레이든이 나머지 세 사람을 둘러보며 물었다.

"다시 돌아가 싸워야지." 웨이사가 말했다.

브레이든이 고개를 숙였다. 세라피나는 브레이든이 말과 늑대들을 비롯해 간밤에 싸우다가 목숨을 잃은 다른 동물들을 생각하고 있다는 사실을 알아차렸다.

슬픔에 잠긴 브레이든을 바라보며 웨이사가 다시 입을 열었다. "나도 싸우고 싶지 않아. 하지만 유라이아를 물리치지 않는 한 우리 중 누구도 안전하지 않아. 숲속에 있는 다른 동물들도 마찬가지고."

세라피나는 로웨나 쪽으로 시선을 돌렸다. 방 안을 왔다

갔다 하던 로웨나는 이제 걸음을 멈추고 친구들을 바라보고 있었다. 두려움과 걱정으로 로웨나의 얼굴에는 먹구름이 드리워져 있었다. 로웨나는 유라이아가 당장이라도 들이닥칠까 봐 걱정이 되는 듯 문과 창문을 차례로 바라보았다.

세라피나는 무엇을 해야 할지 생각했다. 지금 당장이라도 일어나서 유라이아를 공격하러 가자고 말한다면 여기 모인 세 사람은 아마도 세라피나를 따를 것이다. 마음 같아서는 그러고 싶었다. 싸우고 싶었다. 하지만 마음속 깊은 곳에서는 실수를 하는 걸지도 모른다는 생각이 들었다.

마침내 세라피나가 로웨나에게로 돌아섰다.

"넌 어때, 로웨나?" 세라피나가 나긋하게 물었다. "넌 어떡하고 싶어?"

로웨나가 고개를 가로저었다. 하지만 이를 꽉 깨문 채 아무런 대답도 하지 않았다.

"네 생각을 말해 줘." 세라피나가 로웨나를 채근했다.

"내 생각은 중요하지 않아." 로웨나가 대답했다.

"하지만 무언가 걸리는 게 있는 것 같은데……."

로웨나가 다시 고개를 가로저었다. 세라피나가 자꾸 대답을 강요해서 짜증이 난 것 같았다. 하지만 이내 운을 뗐다.

"난 태어나서 열세 살이 될 때까지 아빠를 본 적이 없었어." 로웨나가 말했다. "내가 네 살인가 다섯 살이었을 때 엄마는 아빠가 아주 오래된 설화를 찾아 여러 나라를 여행하고 있다고 말씀해 주셨어. 하지만 그때는 그 말이 무슨 뜻인지 몰랐고 그 질문을 할 수 있을 만큼 내가 크기도 전에 엄마는 돌아가셨어."

"그럼 넌 태어날 때부터……." 세라피나가 무언가 말을 하려 했다.

"난 내 안에 무언가가 있다는 사실을 알아차렸어. 하지만 그게 정확히 무엇인지, 어떻게 조절하는지는 알지 못했어." 로웨나가 말했다. "내가 아는 건 내가 다른 사람과는 다르다는 것, 내가 무언가를 할 수 있다는 것뿐이었어. 엄마가 돌아가시면서 고아원에 맡겨졌지만 고아원 어른들이 날 키우는 건 파리가 말벌을 키우는 거나 다를 바 없었지."

모두 말없이 로웨나의 이야기에 귀를 기울였다.

"몇 년이 지나고 아빠라는 사람이 고아원을 찾아와 날 데려갔어. 태어나서 단 한 번도 본 적 없는 아빠였지만 난 그때까지 어둠을, 내 뒤틀리고 고통스런 존재를 참고 견디며 살아왔던 터라 이제야 비로소 내 진짜 인생이 시작되는구나 하고 생각했어."

"미국에 온 게 그때야?" 세라피나가 물었다.

"아니, 그건 나중 일이야. 아빠는 먼저 평생 동안 수수께끼처럼만 느껴졌던 내 능력을 사용할 수 있도록 날 훈련시켰어. 그러고 나서 날 여기로 데려온 거야. 아빠가 태어난 이 산으로. 아빠는 오랜 원수에게 복수하려 했고 내게도 같은 길을 가도록 시켰어. 난 기쁜 마음으로 기꺼이 따라갔지. 아빠의 관심과 인정에 목말라 있던 나로서는 더할 나위 없이 좋은 기회였으니까. 난 아빠가 내게 원하는 모습 그대로 되고 싶었어."

로웨나가 잠시 어두운 기억이 떠오른 듯 이야기를 멈추었다. 그러나 여기서 멈추지 않겠다는 듯 다시 이야기를 이어갔다. 목소리가 떨리고 있었다. "우리에 동물들을 잡아 가두고, 독사로 사람을 죽이고, 난간 아래로 개를 던지고, 말 등에서 소년을 떨어뜨리고, 그 소년을 흙바닥 위로 질질 끌고 가고 또 공격해서 상처를 입히고, 싸우고 또 싸우고, 로지아에서 피를 보고……." 로웨나의 목소리가 점점 잦아들더니 시선이 바닥으로 떨어졌다. 긴 침묵 끝에 로웨나가 눈을 들어 세라피나와 브레이든과 웨이사를 바라보며 물었다. "자기가 주인공인 이야기 속에서 스스로가 괴물이라는 사실을 깨닫는 순간, 너네라면 어떡하겠어?"

잠시 침묵이 흘렀다. 그 침묵을 깨뜨린 건 세라피나였다. "이야기를 다시 써야지."

로웨나가 날카롭다 못해 표독스럽게 세라피나를 노려보았다. "과거는 바꿀 수 없어."

"하지만 미래는 바꿀 수 있잖아." 세라피나가 맞받아쳤다.

"이제 와서 그게 무슨 소용이야." 로웨나가 세라피나에게서 돌아서며 말했다.

로웨나의 말에 반박하려던 순간 세라피나는 저 말이 로웨나의 진심이 아니라는 사실을 깨닫고 입을 다물었다. 로웨나에게는 진심과 다른 저 말이 속임수나 거짓말이 아닌 방패였다. 로웨나는 전에도 똑같은 말을 한 적이 있었다. *이제 와서 그게 무슨 상관이겠니.* 로웨나의 은신처에서 처음으로 두 사람이 대화를 나누었을 때 로웨나는 분명 그렇게 말했다. *그저 불안한 영혼의 의미 없는 넋두리였어.*

세라피나가 로웨나를 올려다보았다. "*너였구나.* 내 무덤에 와서 이야기를 늘어놓았던 사람이…… 내가 들었던 목소리가…… 날 깨운 사람이 너였어."

로웨나는 세라피나에게서 여전히 등을 돌리고 서 있었다. 금방이라도 저 문으로 나가 영영 다시는 돌아오지 않을 것만 같았다.

그런데 그때 브레이든이 다가가 로웨나의 팔에 손을 얹었다. 그러자 주술에 걸리기라도 한 듯 로웨나가 제자리에 그대로 얼어붙었다. "무슨 상관이냐니 그런 말이 어딨어?" 브레이든이 말했다. "당연히 상관이 있지. 진심은 아니지, 로웨나? 앞으로 우리랑 함께할 거잖아, 그렇지?"

그 말이 로웨나를 붙잡았다. 로웨나가 천천히 돌아서서 브레이든을 바라보았다.

세라피나는 로웨나의 눈에서 자신이 저지른 짓에 대한 죄책감을 보았다. *의미 없는, 불안한 영혼.* 그건 로웨나가 스스로를 가리켜 한 말이었다. 로웨나는 한때 그 모든 것에서 빠져나올 길을 찾은 듯했다. 그러나 지금 로웨나의 눈에서는 깊은 절망이 보였다. 모든 걸 바로잡을 길이 없다는 데서 오는 절망, 아빠에게서 브레이든도, 자기 자신도, 그 누구도 보호할 길이 없다는 데서 오는 절망이었다. 자신이 어떤 감정을 느끼고 어떤 행동을 하든 결국에는 똑같은 결말을 맞이하게 되리라는 데서 오는 절망이었다.

세라피나가 로웨나에게로 다가갔다. "넌 *변했어,* 로웨나." 세라피나가 단호하게 말했다. "지금 네 모습이 마음에 들지 않으면 스스로를 바꾸면 돼. 이미 넌 그렇게 했잖아. 그렇게 하고 있잖아. 넌 아빠에게서 숨고 새로운 길을 찾았어. 자신 없고 무서운 거 알아. 우리 모두 그러니까. 하지만 넌 이야기를 다시 *쓸 수 있어.* 무엇을 해야 하는지를 결정하고 그게 무엇이든 하면 돼. 아무리 힘들어 보이더라도 말이야. 여기선 선택하고 말고 할 게 없어. 그냥 옳은 일을 하면 되는 거야."

"아니." 로웨나가 세라피나에게 으르렁거렸다. "내 말이 그 말이야, 나비야. 넌 선택*할 수 있지.* 넌 언제나 옳고 그름 중에 선택할 수 있었겠지…… 언제나 말이야."

"너도 선택했잖아. 앞으로도 그럴 거고." 세라피나가 지지 않고 맞섰다. "네가 우리 편에 서서 함께 싸우기를 선택했잖아."

"그래, 나도 선택했지." 로웨나의 목소리가 굳었다. "그래서 지금 우린 전쟁 중이지. 우린 저기 산꼭대기에 있는 우리 아빠를 기습 공격했고 상처를 입혔어. 하지만 아빠는 이제 우릴 잡으러 다시 돌아오겠지. 아빠에게 복수보다 중요한 건 없으니까. 아빠는 변신하고 진화해. 뱀처럼 허물을 벗는, 우리 아빤 그런 존재야. 경고 하나 할게. 아빠는 어젯밤 우리가 저지른 일을 결코 그냥 넘어가지 않을 거야. 그리고 우리 모두를 죽일 거야. 나부터 말이야."

웨이사가 로웨나 앞으로 다가섰다. "너도 이제 우리 편이야, 로웨나. 우리 모두 함께 싸울 거야. 유라이아가 널 해치지 못하도록, 우리 중에 누구도 해치지 못하도록 다 함께 맞서 싸울 거야."

웨이사의 말을 들은 브레이든이 세라피나와 로웨나를 번갈아 바라보았다. "하지만 이미 싸웠고 물리쳤는데도 계속 돌아오잖아. 어젯밤 우리가 가진 모든 것을 동원해서 공격했는데도 수많은 친구를 잃었어. 거기다가 유라이아에게 완전히 패배했어. 죽지 않는 적을 어떻게 죽인단 말이야?"

방 안이 갑자기 조용해졌다.

아무도 그 질문에 답을 할 수가 없었다. 어린 마법사 로웨나는 방을 뛰쳐나가진 않았지만 아무 말도 하지 않았다. 아빠를 물리치지 못했다는 사실에 로웨나는 다른 세 사람보다 훨씬 더 큰 타격을 입은 것 같았다.

등 뒤에서 쏟아지는 시선을 느낀 로웨나가 몸을 돌려 세라피나를 마주하며 말했다. "내 말 명심해. 아빠는 우릴 공격하러 올 거야."

로웨나의 말이 세라피나의 마음속에서 메아리가 되어 울렸다. 로웨나 말이 백번 옳았다. 하지만 세라피나에게는 이렇다 할 대책이 없었다. 공격할 수도 없었고 방어할 수도 없었다. 다른 친구들도 마찬가지였다. 무엇을 해야 할지 아무도 몰랐다.

길고 힘들었던 밤이 지나고 나머지 세 사람이 씻고 허기를 달래고 쉴 동안 세라피나는 아빠를 만나러 지하 작업실로 내려갔다. 아빠는 넓적한 검정색 냄비에 아침 식사를 만들고 있었다.

"어젯밤 폭풍은 재앙 수준이더구나." 걸어 들어오는 세라피나를 보고 아빠가 말했다. "그 피해를 복구하느라 나랑 나머지 일꾼들이 거의 밤을 샜지 뭐냐. 넌 밤새 어디 갔다 이제

오는 게냐?"

"잠을 거의 못 잤어요." 세라피나가 밥 먹는 조그만 식탁에 앉으며 말했다.

"별일 없는 거지?" 아빠가 걱정스러운 목소리로 물었다. "평소보다 더 지쳐 보이는데."

"전 괜찮아요." 세라피나가 대답했다.

"고민이 있는 것 같구나." 아빠가 세라피나 앞에 음식이 담긴 접시를 내려놓으며 말했다.

"별일은 아니고 질문이 하나 있어요." 세라피나가 햄을 집어서 입안에 넣고 우물거리며 말했다. "아빠 도움이 필요해요."

"찾아야 할 냄새만 알려 주면 바로 나서지." 아빠가 가장 즐겨 쓰는 사냥개 표현을 써서 말했다. 무슨 일인지만 말해 주면 기꺼이 도와주겠다는 뜻이었다.

"기계를 고치려고 하는데 고칠 수가 없으면 아빠는 어떻게 해요? 아니면 뭐 문제 같은 걸 풀려고 하는데 풀 수가 없으면요? 불가능한 것처럼 보일 때가 있잖아요." 세라피나가 물었다.

아빠가 세라피나를 쳐다보았다. 아빠는 직감적으로 이 질문이 세라피나에게 중요한 문제라는 걸 알아차린 것 같았다.

"풀리지 않을 것 같은 문제를 마주할 때라……." 아빠가 말했다. "난 우선 내가 할 수 있는 모든 걸 해 보고 나서 그걸로도 충분하지 않으면 잠시 손을 놓고 뒤로 물러난단다. 그리고 정말 신중하게 다른 각도에서 문제를 살펴보면서 이전에 나뿐만 아니라 누구도 생각지 못한 방식으로 접근해 보려고 노력하지."

"그러면 문제가 풀리나요?"

"풀릴 때도 있지. 하지만 여기서 핵심은 네 공구 상자에 들어 있는 드라이버나 스패너가 중요한 게 아니란 거다. 네 상상력이 가장 중요하지."

세라피나는 열심히 귀를 기울였지만 아빠의 말은 알쏭달쏭하기만 했다. 세라피나의 표정을 읽은 아빠가 다시 입을 열었다.

"그럼 이렇게 하자. 네가 나한테 '예'를 들어 봐라."

"네?"

"나한테 어떤 곤란한 상황을 제시하면 내가 해결책을 말해 보마."

"좋아요." 세라피나가 말했다. "예를 들어 아빠가 널빤지에 못을 박으려고 한다고 해 봐요. 위치를 잡은 다음에 손가락으로 못을 잡고 망치로 반복해서 머리를 때려요. 못이 웬만큼 들어가긴 했는데 완전히 들어가진 않았어요. 아빠가 망치로 못을 있는 힘껏 두드리고 또 두드려도 못이 완전히 안 들어가요. 그래서 도와 달라고 친구를 세 명이나 불렀는데도 소용없어요. 뭘 해도, 아무리 열심히 두드려도 못은 절대 들어가질 않아요. 그럼 아빠 어떻게 하겠어요?"

"망치를 내려놓겠지." 아빠가 대답했다.

아빠가 농담으로 포기하겠다고 말한 걸로 착각한 세라피나가 씩 웃었다. 그런데 다음 순간 농담이 아니라는 사실을 깨달았다. 아빠는 진심이었다.

"망치를 내려놓고, 한 걸음 물러나서 내가 정말로 하려는 일이 무엇인지 생각해 보고 망치가 필요 없는 다른 방법을 찾아볼 거다. 어쩌면 못도 필요하지 않을지도 모르지."

세라피나는 아빠를 가만히 쳐다보면서 아빠가 한 말을 곱씹었다. 확실친 않았지만 이해가 될 듯했다.

아침 식사를 마치고 설거지를 하면서 아빠가 말했다. "난 오늘 고장 난 석탄 수송 장치를 고치러 가야 해. 폭풍우가 몰아칠 때마다 지하실에 빗물이 새서 큰일이야. 그게 끝나면 무슨 일이 있을지 모르겠다만 근처에 있도록 하마." 말을 마친 아빠가 세라피나를 뚫어져라 쳐다보았다. "넌 어디 있을 거니?"

"나중에 아빠가 있는 곳으로 찾아갈게요." 세라피나가 말했다. 아빠는 세라피나에게서 무사히 돌아오겠다는 바로 그 말이 듣고 싶었던 것이다.

두 사람은 헤어지기 싫어서 서로를 꼭 껴안고 떨어질 줄 몰랐다. 몇 초 뒤에야 아빠와 세라피나는 작별 인사를 했다.

"네가 돌아와서 너무 기쁘구나, 세라야." 아빠가 다정하게 말했다.

"저도요, 아빠." 세라피나가 말했다. "도와줘서 고마워요."

"비 맞지 말고 다녀라." 아빠가 말했다.

세라피나는 다시 위층으로 올라가 브레이든과 웨이사와 로웨나를 찾았다. 마음속에는 온통 아빠 생각과 앞으로 일어날 일에 대한 생각뿐이었다.

유라이아는 세라피나와 친구들을 공격하러 곧 들이닥칠 것이다. 유라이아를 무찔러야만 했다. 하지만 어떻게? 세라피나의 머릿속에는 계속 똑같은 질문이 맴돌았다. 무찌를 수 없는 적을 어떻게 무찌르지?

머리로는 어떤 일이 닥쳐도 용기를 잃지 말아야 한다고 생각하면서도 눈앞에 놓인 문제는 도저히 해결할 길이 보이지 않았다. 세라피나는 유라이아를 대적할 수 있을 만큼 강하지 않았다. 세라피나의 친구들도 마찬가지였다.

그런데 그때 마음속 깊은 곳에 도사리고 있던 무언가가 고개를 들기 시작했다. 보일 듯 말 듯 희미한 그림자의 움직임. 흐릿한 생각의 흔적. 어두운 길이었다. 세라피나와 친구들을 죽음으로 이끌고 빌트모어를 파멸로 이끌 수 있는 위험천만한 길이었다.

여러모로 말이 안 되는 계획이었다.

이 계획의 묘미는 바로 거기에 있었다.

망치를 내려놓자. 세라피나가 생각했다.

세라피나는 브레이든과 함께 식물원으로 걸어갔다. 높다란 아치형 창문과 비스듬한 유리 지붕 위로 쏟아지는 아침 햇살에 식물원 전체가 반짝반짝 빛났다. 간밤에 불어닥친 폭풍우 때문에 유리창 여기저기가 깨져 있었지만 벽돌로 지어진 나머지 부분은 여전히 튼튼했다.

두 사람은 뜨겁고 습한 유리온실 안으로 들어갔다. 야자수와 고사리 식물과 난초가 사방을 에워싸고 있었다. 마치 정글에 들어온 듯 울창한 야자수 이파리가 유리창을 뚫고 들어오는 햇빛을 가려 주었다.

세라피나와 브레이든은 재빨리 중앙에 있는 야자수 온실을 지나 난초 온실로 들어갔다. 로웨나와 웨이사가 활짝 핀 난초 수백 송이에 둘러싸인 채 세라피나와 브레이든을 기다리고 있었다.

다들 여기 모인 이유가 유라이아와의 다음 싸움을 준비하기 위해서라는 사실을 알고 있었다. 하지만 이미 여러 번 마주쳤던 문제를 로웨나가 또다시 꺼냈다. "죽지 않는 적을 어떻게 죽일 건데?"

"내가 생각해 봤는데 죽이지 않는 게 묘책이야." 세라피나가 말했다.

세 사람이 어리둥절한 표정으로 세라피나를 바라보았다.

"숨어 봤자 그다지 오래 버티진 못해. 유라이아가 곧 들이닥칠 테니까." 웨이사가 경고했다.

"그 말이 아닌 것 같은데." 로웨나가 세라피나를 찬찬히 뜯어보며 말했다.

"이빨과 발톱으로는 유라이아와 맞서 싸워 이길 수 없어." 세라피나가 설명했다. "정면으로 맞서 싸워서는 유라이아를 이길 수 없어. 설사 운이 좋아 이긴다고 하더라도 유라이아는 다시 부활할 거야."

"그럼 어떡해." 웨이사가 말했다.

"내 생각에 다른 방법이 있을지도 몰라." 세라피나가 느릿느릿 말했다. 그리고 브레이든을 쳐다보았다. "천사 조각상이 있는 빈터에서 내 영혼이 풀려났던 날 밤에 내가 너한테 안전하게 간직하고 있으라고 준 거 있지?"

"은색 고리 장식." 브레이든이 말했다.

"아직도 가지고 있어?" 세라피나가 물었다.

"늪에 사는 헬벤더에게 아무도 찾을 수 없도록 진흙 깊숙이 숨겨 달라고 부탁했어."

"맙소사, 브레이든." 로웨나가 고개를 가로저으며 말했다. "우리 아빠가 그까짓 거 하나 못 찾겠니."

하지만 세라피나는 미소를 지었다. 완벽했다. 헬벤더는 60센티미터에 육박하는 마치 지옥에서 온 것처럼 이루 말할 수 없이 못생긴 도롱뇽이었다. 산마을 사람들은 헬벤더를 가리켜 코흘리개 수달이라 부르기도 했고 진흙 악마라 부르기도 했다. 은색 고리 장식을 숨기기에 헬벤더보다 적합한 동물은 없었다.

"그래서 네 계획이 뭔데, 세라피나?" 웨이사가 물었다. 세라피나가 몸을 돌려 로웨나를 바라보았다. "내 계획은 로웨나한테 달려 있어."

"말해." 로웨나가 말했다.

"브레이든이 은색 고리 장식을 다시 찾아오면, 그걸 사용할 수 있어?" 세라피나가 물었다.

"어디에 쓰려고?" 브레이든이 놀라서 물었다.

하지만 세라피나의 시선은 로웨나에게 고정되어 있었다. "할 수 있어, 로웨나?"

로웨나가 믿을 수 없다는 듯 세라피나를 마주 보았다. "이 앙큼한 쥐 사냥꾼 같으니라고." 로웨나가 사악한 음모에 가담하듯 나지막한 목소리로 속닥거렸다.

"뭐라고? 둘이 무슨 얘길 하는 거야?" 브레이든이 물었다.

“다시 만들자는 거구나?” 로웨나가 말했다.

“다시 만들다니, 뭘?” 브레이든이 불안한 목소리로 물었다.

“검은 망토…….” 세라피나가 대답했다.

브레이든이 소리를 질렀다. “안 돼, 세라피나. 그건 안 돼! 이제야 겨우 그 끔찍한 물건을 없앴는데! 그걸 되살린다니 말도 안 돼!”

예상했던 반응이었다. 하지만 세라피나는 아랑곳하지 않고 로웨나만 뚫어져라 바라보았다. “할 수 있겠어? 은색 고리 장식을 사용해서 검은 망토를 완전히 복원할 수 있어?”

로웨나는 세라피나가 이 일에 얼마나 확신을 가지고 있는지 가늠하려는 듯 똑바로 세라피나의 시선을 마주했지만 대답은 하지 않았다.

“세라피나, 지금 뭘 하려는 거야? 이건 우리가 원하는 게 아니야.” 웨이사가 세라피나의 팔을 붙잡으며 말했다.

세라피나가 웨이사를 바라보았다. “웨이사, 생각해 봐. 상처와 부활, 고난과 극복의 주기는 검은 망토에게도 똑같이 적용돼. 내가 검은 망토를 파괴했는데도 다시 돌아왔잖아. 그 말은 또 돌아오게 되어 있다는 뜻이야.”

“은색 고리 장식은 검은 망토의 심장이야. 천은 피부에 불과해.” 로웨나가 말했다.

“아무튼 할 수 있겠어?” 세라피나가 또다시 로웨나를 몰아붙였다.

로웨나가 세라피나를 바라보았다. "흑염소의 털, 검정쥐잡이뱀의 허물, 끈끈이주걱에서 나오는 점액 그리고 방울뱀의 허물과 검은과부거미의 거미줄이 필요해."

세라피나가 침을 꼴깍 삼켰다. 검은 망토를 만드는 데 필요한 재료는 정말 끔찍했다. "염소랑 뱀은 아마도 찾을 수 있을 거야." 로웨나가 머리를 굴리며 말했다.

"하지만 검은 망토의 새틴 재질 천을 만들려면 검은과부거미가 뽑은 거미줄이 있어야 해." 로웨나가 말했다.

"너희 둘 다 제정신이야?" 브레이든이 말했다. "검은 망토를 되살리는 건 위험천만한 일이라고! 자칫 엉뚱한 사람 손에 들어가기라도 하면 어쩌려고 이러는 거야?"

"유라이아 손에 들어가기라도 하면 말이지." 웨이사가 브레이든을 거들었다. "난 브레이든 말이 맞다고 생각해. 이건 너무 위험한 일이야."

"불가능한 일이기도 해." 로웨나가 단호하게 말했다. "거미줄을 이용해서 검은 망토의 찢어진 부분을 꿰매는 것까진 내가 어찌해 볼 수 있었지만 검은과부거미들이 완전히 새로운 천을 짜도록 만드는 주문은 아빠만이 알고 있어."

세라피나의 눈이 휘둥그레졌다. "거미들이 거미줄만 뽑아내는 게 아니라 실제로 천을 짠다고?"

로웨나가 고개를 끄덕였다. "한 거미가 거미줄을 뽑으면 다른 거미가 그 위에 또 거미줄을 뽑는 식으로 검은과부거미들이 천을 짜. 그러면 매우 쫀쫀한 천이 만들어지지. 천을 결합시키는 주문이라든가 다른 주문들은 나도 아는데 천을 만드는 주문은 아빠만 알고 있어."

"그럼 시작도 하기 전에 막힌 거네." 웨이사가 말했다. "다시 우리 편을 모아서 유라이아가 있는 곳을 알아낸 다음 우리가 가진 모든 힘을 총동원해서 공격하는 수밖에 없어."

"그 못은 이미 망치로 두드려 봤잖아. 들어가지 않는다는 것도 확인했고." 세라피나의 말에 나머지 세 사람이 얼떨떨한 표정을 지었다. 세라피나가 또다시 로웨나를 바라보았다. "방법이 있을 거야, 로웨나."

로웨나가 고개를 가로저었다. "난 거미들에게 천을 짜라고 시킬 수 있는 능력이 없어."

브레이든이 어떻게 이런 극단적인 선택을 할 수 있는지 도저히 믿을 수 없다는 표정으로 세 사람을 번갈아 쳐다보았다.

"이건 끔찍한 생각이야." 브레이든이 말했다.

검은 망토를 되살리는 계획에 찬성하기에 브레이든이 너무 많은 일을 직접 겪었다는 사실을 세라피나도 알고 있었다. 이야기를 할수록 브레이든은 표정이 사라지더니 급기야 등을 보인 채 돌아서 버렸다.

"브레이든……." 세라피나가 말했다.

"악에 맞서기 위해 악한 무기를 사용하는 건 잘못 아니야?" 브레이든이 다시 세 사람을 마주 보며 물었다.

세라피나가 말없이 브레이든을 쳐다보았다. 이 길이 브레이든을 어디로 데려갈지 종잡을 수 없었다.

"꼭 이래야만 하는 거야?" 브레이든이 땅바닥으로 시선을 떨군 채 물었다. 세라피나는 브레이든이 지금 네 사람이 처한 상황을 말하는 거라고 생각했다. 그런데 그 순간 세라피나는 비로소 브레이든의 말뜻을 이해하기 시작했다.

이게 바로 브레이든이 가진 재능이었다. 브레이든이 가진 *사랑*이었다. 브레이든은 동물들과 우정을 맺고 그 우정을 바탕으로 소통하고 이야기했다. 그런데 과연 그 능력은 어디까지일까? 능력이 있다고 해서 그 능력을 끔찍한 무기를 만드는 일에 사용해도 되는 것일까? 아무리 악에 맞서 싸우기 위한 용도라고 해도? 그 무기 자체가 세상에 있어서는 안 될 끔찍한 물건 아닐까?

오랜 고민 끝에 마침내 브레이든이 천천히 돌아서서 세 사람을 둘러보았다.

"너희가 말하는 검은과부거미들 있잖아……." 브레이든이 입을 열었다. "천을 만들어 달라고 *부탁*할 생각은 안 해 본 거야?"

로웨나가 브레이든을 쳐다보았다가 다시 세라피나를 보았다. "만약 브레이든이 검은과부거미들을 설득할 수 있다면, 복종의 주문을 걸 때보다 훨씬 더 쫀쫀한 천을 만들어 낼 수 있을 거야. 그 말은 곧 검은 망토가 예전보다 훨씬 더 강력해진다는 뜻이기도 해."

"그게 가능해? 예전에도 충분히 끔찍했다고." 브레이든이 당황하며 말했다.

"우리에겐 그 힘이 필요해." 세라피나가 말했다.

"그런데 잠깐만." 웨이사가 끼어들었다. "검은 망토를 다시 만들 수 있더라도 그걸로 우리 문제가 해결이 돼? 검은 망토로 뭘 할 건데?"

52

그 뒤로 며칠 동안 네 사람은 밤낮으로 쉬지 않고 모여서 일하고 또 지켜보았다. 죽음이 다가오고 있었다. 빼앗긴 숨과 날아드는 공기와 불덩이. 죽음이 실제로 다가오고 있었다.

빌트모어 영지 내에서는 수많은 일꾼들이 폭풍우로 무너진 길과 다리와 집과 정원을 보수하고 복구하느라 여념이 없었다. 비가 쏟아질 때조차 복구 작업은 계속되었다.

밤마다 세라피나는 웨이사와 함께 흑표범으로 변신해서 빌트모어를 순찰했다. 빌트모어 경계선을 한 바퀴 돌고 어두운 숲속을 달리며 눈으로는 모든 그림자를 쫓고 귀로는 모든 소리를 들었다. 세라피나는 준비만이 유일한 희망이라는 사실을 알고 있었다.

세라피나는 밤새도록 달리길 좋아했다. 웨이사는 빠르고 강했고 언제나 가야 할 길을 잘 알았다. 세라피나와 웨이사는 어떨 때는 앞서거니 뒤서거니 하며 달리기 시합을 하기도 하고 또 어떨 때는 개울 근처나 낭떠러지에 엎드려 밤의 숲에서 나는 소리에 귀를 기울이기도 했다. 고양잇과 맹수의 모습으로 있을 때면 두 사람의 몸과 영혼은 함께였다.

그러나 쥐를 사냥하면서 세라피나는 매일 밤 같은 시각, 같은 장소에 나타나서는 안 된다는 사실을 배웠다. 사냥감에게 도망갈 기회를 주고 싶지 않다면 말이다. 그래서 셋째 날 밤에 세라피나는 웨이사에게 말했다. "넌 오늘 밤 우리가 원래 달리던 길로 그냥 가. 나는 다른 길로 갈게. 여기서 다시 만나자."

세라피나와 떨어지길 주저하던 웨이사는 이유를 알고서 할 수 없이 고개를 끄덕였다. "우리는 순찰만 한다는 거 잊지 마. 유라이아를 보면 절대 혼자서 접근하지 말고 바람처럼 도망가."

"그럴게." 세라피나가 순순히 고개를 끄덕였다.

흑표범으로 변신한 세라피나가 밤으로 나아갔다. 세라피나는 남쪽으로 달려갔다. 침수 피해를 입은 빌트모어의 정원을 지나 밖으로 넘쳐흐른 저수지를 지나 물이 불어난 계곡을 따라 내려갔다. 한때 백조들이 노닐던 작고 아담했던 저수지는 이제 물이 넘쳐 거대한 호수가 되어 있었다. 언덕 전체가 사라졌다. 풍경은 무서우리만치 변했고 지금도 변하는 중이었다.

그곳에서 세라피나는 숲속을 지나 프렌치브로드강의 기슭으로 갔다. 프렌치브로드강은 홍수로 몸집이 거대하게 불어나 원래 강기슭은 물에 잠긴 지 오래였다. 세라피나는 새로운 강기슭에 멈추어 서서 유라이아의 흔적을 찾아 강 건너편을 바라보았다.

세라피나는 아지랑이와 그림자와 틈새를 자세히 살피면서 강을 따라 북쪽으로 올라갔다.

자정에 가까울 무렵 세라피나는 거대한 강굽이에 자리한 편평한 저지대를 지나 빌트모어의 드넓은 농장 지대로 들어갔다. 농사짓는 땅도 물에 잠겨 있었다. 세라피나는 홍수 때문에 농사를 망친 옥수수, 시금치, 감자밭과 다른 수십 가지 농작물 밭을 지나갔다. 세라피나는 조용히 어둠 속을 가로질러 빌트모어의 헛간이 있었던 자리를 지나갔다. 급작스레 불어난 강물에 헛간이 휩쓸려 떠내려가고 부서진 목재 더미만 쌓여 있었다. 농부들은 가축들을 데리고 갈 수 있는 가장 높은 곳까지 올라갔지만 여전히 수많은 가축들이 위험에 처해 있었다. 밴더빌트 씨가 영국에서 수입해 온 황갈색 저지 젖소 떼가 발을 물에 담근 채 초원에 서 있었다. 검정 앵거스 소 떼는 한때는 초원이었으나 지금은 호수 한가운데 조그만 섬처럼 떠 있는 진흙투성이 언덕 위에서 서로에게 몸을 기대고 있었다. 그런데 이 와중에 오늘따라 농장에 있는 동물들은 유난히 조용했다. 저 멀리서 간간이 들려오는 바스락거리는 소리 말고는 아무런 소리도 들려오지 않았다. 마치 위험이 다가오고 있다는 사실을 이미 알고 있는 것 같았다.

한때 온갖 먹거리를 풍성하게 수확하던 빌트모어의 자랑이었던 농장이 한순간에 피폐해진 모습을 보니 세라피나는 마음이 아팠다. 농장은 빌트모어 생활에서 언제나 중요한 부분을 차지했다. 밴더빌트 씨는 세라피나에게 예쁜 집을 짓는 것뿐만 아니라 가족과 손님과 일하는 사람들과 일하는 사람들의 식구들까지 먹여 살릴 수 있는 자급자족 공동체를 만드는 것이 꿈이라고 말해 준 적이 있었다. 전국에서 너 나 할 것 없이 도시로 이사를 가고 거대한 공장을 짓고 시커먼 기계에 삶을 내맡기던 시절, 땅과 가까이 살 수 있는 조용하고 목가적인 공동체를 만들고자 했다.

원하던 목표를 이룬 밴더빌트 씨는 우유 수백 리터를 애쉬빌에 있는 병원과 고아원 등 지역 사회에 기부하기 시작했다. 빌트모어에서 생산한 우유와 버터와 크림은 맛이 풍부하고 품질이 좋기로 소문이 났다. 그렇게 또 새로운 사업이 탄생했다.

얼마 지나지 않아 '빌트모어 농장'이라는 글자가 새겨진 마차 수백 대가 이 지역 곳곳으로 유리병에 든 신선한 우유를 배달하기 시작했다. 세라피나는 가끔씩 새벽마다 덜컹덜컹 길을 나서는 우유 마차를 목격하곤 했다.

그런데 지금 우유 마차들은 폭풍우에 뒤집혀 산산조각이 났고 도로에는 강처럼 물이 흘렀다.

농장을 뒤로하고 세라피나는 스와나노아강과 프렌치브로드강이 만나는 지점에 이르렀다. 그러나 강 하나가 다른 강으로 흘러들어야 할 곳에는 거대한 호수 하나만 덩그러니 놓여 있었다.

세라피나는 호수 가장자리를 따라 동쪽으로 갔다. 빌트모어 마을이 나왔다. 몇 년 전에 밴더빌트 씨가 빌트모어에서 일하는 장인과 수공업자 같은 일꾼들을 위해 지은 작은 마을이었다. 빌트모어 마을에는 수많은 상점과 오두막집, 학교, 기차역 그리고 밴더빌트 씨가 모든 영혼 교회라고 이름 붙인 아름다운 교회가 있었다. 밴더빌트 씨는 일요일마다 계층에 상관없이 모든 사람이 한데 모여 예배를 드렸으면 하는 마음에서 교회 이름을 그렇게 지었다. 마을 안에는 사람들이 다닐 수 있게 벽돌로 된 길이 놓여 있었고 벽돌 길을 따라 가로수와 철제 가로등이 줄지어 늘어서 있었다. 그런데 최근에 불어닥친 폭풍으로 마을 전체가 엉망이 되어 있었다. 오두막집은 대부분 물에 잠겨 손쓸 수 없게 망가져 있었다. 수많은 가로수가 커다란 몸뚱이와 나뭇가지를 도로에 누인 채 쓰러져 있었다. 한때 부드러운 곡선을 그리며 마을을 가로지르던 벽돌 길은 여기저기 부서지고 뒤집혀 기묘한 뱀처럼 보였다.

세라피나는 여전히 흑표범의 모습을 하고서 어둡고 황폐한 마을 거리를 순찰했다. 여름밤을 즐기러 나온 마을 사람이나 따뜻하게 불을 밝힌 집 대신 거리는 텅 비어 있었고 집집마다 깜깜했다. 유령 같은 안개가 마을을 떠다녔다. 마을을 벗어나자마자 세라피나는 축축한 땅 밑에 반쯤 파묻힌 거대하고 시커먼 철제 짐승과 맞닥뜨렸다. 세라피나는 샛노란 눈으로 그 고철 덩어리를 한참 동안이나 쳐다보고 나서야 그게 쓰러진 기차라는 사실을 깨달았다. 옆으로 쓰러진 기차의 옆구리에서는 아직도 석탄이 타고 있었다. 세라피나는 기차를 운전하던 기관사가 무사히 탈출했는지 걱정했다.

폭풍우가 입힌 피해는 생각보다 심각했다. 세라피나는 방향을 틀어 다시 남쪽으로 달리기 시작했다. 집으로 돌아갈 시간이었다. 유라이아를 어떻게든 막아야만 한다는 생각이 어느 때보다도 강해졌다. 수년 전 밴더빌트 씨와 빌트모어에 대한 피의 복수로 시작된 전쟁이 이제는 세라피나와 친구들뿐만 아니라 모든 것에 대한 전쟁으로 변해 있었다. 유라이아는 모든 것을 파괴하려 하고 있었다. 세라피나가 맞서 싸우지 않는다면 유라이아의 승리가 머지않았다.

세라피나는 다시 숲속으로 들어가 언덕을 넘고 계곡을 지나 집을 향해 달려갔다. 마침내 빌트모어의 정문을 통과해 며칠 전 밤에 마차들의 행렬을 보았던 저택 입구에 다다랐다. 그러나 오늘 밤은 그날 밤과는 달라도 너무 달랐다. 고요와 적막만이 감돌았다.

세라피나는 빌트모어 대저택을 올려다보았다. 깜깜했다. 랜턴 하나, 전구 하나, 촛불 하나 켜 있지 않았다. 세라피나의 눈에 빌트모어가 버려진 집처럼 보인 건 이번이 처음이었다.

흑표범의 모습 그대로 세라피나는 저택 쪽으로 걸어갔다.

빌트모어 대저택에 깃든 영혼이 얼마나 빨리 변할 수 있는지 놀라웠다. 세상에서 가장 환하고 생동감 넘치는, 눈부신 웅장함을 자랑하던 저택이 한순간에 음울한 잠의 나락으로 떨어진 것 같았다.

세라피나와 친구들은 밤마다 저택의 모든 문을 걸어 잠갔다. 그래서 세라피나는 단골 비밀 통로인 저택 뒤편 주춧돌에 설치된 환기구를 통해 지하실로 들어간 다음 위층으로 올라갔다.

웨이사는 아직 돌아오지 않았다. 브레이든과 아빠, 로웨나와 하인들은 모두 잠들어 있었다. 텅 비어 버린 저택 1층은 어둡고 조용했다.

세라피나는 잠시 흑표범의 모습으로 아무도 없는 빌트모어 복도를 걸을 수 있는 기회를 만끽했다. 기다란 검은색 몸이 꼬리를 흔들며 그림자 사이로 미끄러져 지나갔다. 샛노란 눈이 어둠 속을 훑었다. 마침내 본연의 모습 그대로 집에 돌아왔다는 사실에 세라피나는 한없이 만족스러웠다. 여덟 살 때 왜 모두들 이 시간에 잠을 잘까 고개를 갸웃하며 깜깜한 복도를 살금살금 돌아다니던 기억이 떠올랐다. 그때는 맨발이 바닥에 닿을 때마다 거의 들리지 않긴 했지만 아주 작은 소리를 내곤 했다. 그러나 오늘 밤 털로 뒤덮인 앞발이 반들반들 윤이 나는 바닥에 닿을 때는 그야말로 아무 소리도 나지 않았다. 세라피나는 평생 이 복도를 돌아다녔지만 오늘 같았던 적은 없었다. 세라피나는 지금 이 모습 그대로 한밤중에 화장실을 가려고 일어난 하인과 마주치는 상상을 해 보았다. 상상만으로도 짜릿했다.

다시 인간으로 변신한 세라피나는 모든 방을 차례차례 순찰했다. 열두 살 소녀 세라피나는 빌트모어의 수호자였다.

빌트모어 대저택 정중앙에 위치한 불 꺼진 현관 로비에 서 있는데 도서관 쪽으로 향하는 발소리가 들렸다.

세라피나는 눈과 귀로 앞서가는 그림자를 쫓으면서 태피스트리 갤러리를 따라 천천히 걸어 내려갔다. 창문을 통과한 달빛이 바닥에 비스듬한 직사각형 모양의 하얀 그림자를 드리웠다. 태피스트리 갤러리 벽에 걸린 색색의 양탄자들과 천장을 떠받친 정교하게 색칠된 대들보가 달빛을 받아 희미하게 빛났다.

그때 또다시 소리가 들려왔다. 무언가가 창문에 손을 대는 소리가 들렸다. 발소리가 들렸다. 목소리가 들렸다. 누군가 밖에서 창문을 열고 도서관으로 들어오려는 것 같았다.

세라피나는 자세를 낮추었다. 심장이 쿵쾅거렸다. 무슨 일이 일어나도 바로 뛰쳐나갈 수 있도록 세라피나는 천천히 깊은 숨을 들이마셨다.

세라피나는 태피스트리 갤러리 여기저기에 놓인 가구에 몸을 숨기며 엉금엉금 기어갔다. 하지만 깜깜한 도서관으로 이어진 아치형 통로에서 절대 눈을 떼지 않았다.

딸깍 문고리가 돌아가는 소리가 들렸다.

기다란 소파 등받이를 꽉 붙든 채로 세라피나가 그 너머에 줄지어 늘어선 프랑스풍 문을 훔쳐보았다. 그중 하나가 스르르 열렸다.

목덜미에 난 털이 오스스 곤두섰다.

검은색 망토를 뒤집어쓴 누군가가 도서관으로 들어왔다.

세라피나는 겁먹지 말자고 스스로를 다독였다. 세라피나는 빌트모어의 수호자였다! 이미 예상하고 있던 일이었다! 하지만 소용없었다. 공포로 세라피나의 얼굴이 새파랗게 질렸다.

심장이 쿵쾅거렸다. 심장이 죄어들었다. 폐가 쪼그라들었다. 산소가 부족했다. 팔다리에 잔뜩 힘이 들어갔다.

안으로 들어온 그림자가 머리에 뒤집어쓰고 있던 망토를 벗더니 고개를 휙 돌려 방 안에 아무도 없는지를 확인했다. 로웨나였다. 어깨 위로 흩어진 붉은색 머리카락이 오늘따라 유난히 헝클어져 있었다. 얼굴에는 그을음과 진액이 잔뜩 묻어 있었다. 로웨나의 눈이 어둠 속을 훑었다. 그림자의 정체가 로웨나라는 사실을 알았으니 긴장이 풀려야 마땅했다. 그런데 공포가 가시질 않았다. 온몸에 있는 세포 하나하나에 두려움이 차올랐다. 로웨나는 마지막으로 대화했을 때와는 분위기가 딴판이었다. 머리부터 발끝까지 지난 며칠 동안 함께했던 아군의 모습이 아니었다. 지금 로웨나는 강가에서 보았던 어둡고 정체 모를 켈트족 사제의 모습이었다. 거미에게 주문을 걸고 죽은 사람과 이야기할 수 있는 숲속의 어린 흑마법사의 모습이었다. 세라피나는 머리로는 로웨나를 믿어야 한다고 생각했다. 로웨나와 머리를 맞대고 함께 짠 작전이었다. 그러나 지금 눈앞에 보이는 로웨나는 음침한 배신자의 기운을 풍기고 있었다.

로웨나가 바깥에 있는 누군가에게 뭐라고 속삭였다. 로웨나는 혼자가 아니었다.

그냥 가만히 있어. 세라피나가 스스로에게 되뇌었다. *절대 움직이지 말고 가만히.* 하지만 심장이 튀어나올 정도로 거세게 쿵쾅거렸다.

로웨나가 또다시 무언가를 속삭였고 문밖에 서 있던 사람이 천천히 들어왔다.

그 순간 세라피나의 손에 힘이 들어갔다. 주먹 쥔 손이 부들부들 떨려 왔다.

썩은 흙냄새가 코를 찔렀다. 곧바로 *끼익, 끼익, 끼익* 이를 가는 소리가 들렸다. 그리고 세라피나는 보았다. 낡아 빠진 긴 외투와 너덜너덜한 소매 사이로 삐죽 튀어나온 갈고리 같은 손을. 심하게 짓이겨져 피가 뚝뚝 흐르는 얼굴이 은색 눈동자를 빛내며 빌트모어 안으로 불쑥 들어왔다. 세라피나는 온몸의 피가 차갑게 식는 것 같았다. 유라이아였다! 유라이아가 빌트모어에 발을 들였다!

"이쪽으로 오세요, 아빠." 로웨나가 속삭였다. "모두 자고 있어요."

세라피나는 소파 등받이 너머로 유라이아가 빌트모어 대저택의 도서관 안을 느릿느릿 둘러보는 모습을 지켜보았다. 끔찍하게 증오하는 적이 내밀한 공간을 탐색하듯 도서관의 책과 가구를 훑어보고 있었다.

지금처럼 쉭쉭거리는 등 굽은 괴물로 변하기 전에 유라이아는 수염 난 숲속의 노인이었다. 낮 동안에는 거의 사람들 눈에 띄지 않는 은둔자였다. 유라이아는 버려진 소나무 숲에서 가마솥에다가 송진을 끓이며 어둠의 주문을 집어넣었지만 적들과 정면으로 맞닥뜨리는 일은 피했다. 유라이아는 스스로를 위험에 빠뜨릴 만한 일은 절대 하지 않았다. 유라이아는 가장 깊숙한 숲속에 몸을 숨기고 살아가는 불만 많은 들쥐나 악취 나는 족제비 같은 자였다. 적을 공격할 때면 유라이아는 멀리서 주문을 외우거나 자신을 대신할 하수인을 빌트모어 안으로 잠입시켰다. 그러나 오늘 밤에는 유라이아가 몸소 나타났다. 그토록 파괴하고 싶어 하는 바로 그 장소에 들어온 것이다.

로웨나가 깜깜한 저택 안으로 아빠를 안내했다. 유라이아가 목을 긁어서 내는 듯한 쉰 목소리로 물었다. "얘기했던 대로 다 했겠지?"

"완벽해요, 아빠." 로웨나가 잔뜩 들뜬 듯 대답했다. "우리가 바라던 것 그 이상이에요."

"자세히 말해라." 유라이아가 말했다.

"아빠 말이 맞았어요. 소년이 지금껏 검은 망토의 은색 고리 장식을 가지고 있었어요. 하지만 그보다 이제 그 소년이 거미들을 조종할 수 있게 됐어요."

"뭐라고?" 분노한 유라이아가 두 손으로 딸의 목을 움켜쥐었다. "네가 직조의 주문을 가르쳐 준 게냐?"

"아니요, 아니요." 숨이 막히는 듯 목을 조르는 아빠의 손을 움켜잡으며 로웨나가 말했다. "아빠, 제 말 좀 들어 보세요. 맹세코 아니에요! 그 소년은 주문을 쓰지 않아요. 소년에게는 모든 동물과 친구가 될 수 있는 능력이 있어요."

"그 매랑 늑대를 친구로 만들었던 것처럼 말이지……." 유라이아가 로웨나의 목에서 손을 떼며 쉿소리로 중얼거렸다.

여전히 인간의 모습으로 유라이아와 로웨나의 대화를 엿듣던 세라피나는 깜짝 놀랐다. 유라이아는 강력한 흑마법사였다. 유라이아가 어둠의 주문으로 탄생시킨 뒤틀린 지팡이로는 동물들을 억지로 조종할 수 있었다. 그런 유라이아가 브레이든의 재능을 부러워하는 듯 보였다. 유라이아와 그 딸인 로웨나는 한때 수많은 야생 동물을 노예로 삼아 마음대로 조종했었다. 그러나 그런 유라이아조차 늑대와 엘크와 다른 야생 동물들을 완벽한 한편으로는 만들 수 없었다.

"지금 저택 안에는 누가 있느냐?" 유라이아가 물었다. "그 도둑놈 내외는 어디 있지?"

"밴더빌트 부부는 지금 집에 없어요, 아빠." 로웨나가 대답했다. "아빠가 일으킨 폭풍우를 피해 도망갔어요."

"그럼 그 검은 놈이랑 다른 퓨마는?"

"지금 빌트모어 영지를 순찰 중이에요. 하지만 어디로 갔는지 제가 알아요. 그들이 저택 맞은편 경계에 다다를 때까지 기다렸다가 아빠를 여기로 모시고 온 거예요."

"그럼 지금 이 저택 안에는 그 소년밖에 없다는 게로구나." 유라이아가 탐욕스러운 목소리로 말했다. "그 도둑 내외가 돌아왔을 때 바닥에 피를 흘리며 쓰러져 있는 소년의 시체를 발견하도록 만들자꾸나."

"그들이 고통에 몸부림치도록 만들어야 해요, 아빠." 로웨나가 으르렁거렸다. "우리에게 저지른 모든 일을 되갚아 주어야 한다고요."

"그놈들이 널 철석같이 믿고 있다고 했지?" 유라이아가 물었다.

"걔네는 멍청이예요, 아빠." 로웨나가 말했다. "이번에는 그 나비조차 절 믿더라고요. 무엇이 옳고 그른지 헷갈려서 괴롭다는 듯 연기했거든요. 어느 길을 선택해야 할지 모르겠다는 식으로요. 그러면서 검은과부거미의 비밀을 슬쩍 흘렸더니 덥석 물더라고요."

"검은 망토는?"

"그 소년이랑 제가 밤낮으로 힘을 합쳐 다시 만들고 있는 중이에요." 로웨나가 말했다. "소년이랑 거미들이 천을 짜면 제가 아빠가 가르쳐 주신 주문을 외워서 어둠의 영혼을 불어넣는 식으로요. 그런데 아빠, 이 검은 망토는 지금까지 우리가 만든 것보다 훨씬 더 강력해요."

"훨씬 더 강력하다고?" 유라이아의 눈이 휘둥그레졌다. 세라피나는 그렇게 되묻는 유라이아의 목소리에서 피어오르는 질투심을 느꼈다. "검은 망토는 지금 어디에 있느냐?"

"지금 여기 이 저택 안에 있어요, 아빠. 하지만 그들이 꼭꼭 숨겨 놓았어요. 저 혼자 힘으로는 꺼낼 수 없고 아빠 도움이 필요해요."

유라이아가 만족스러운 듯 고개를 끄덕였다. "먼저 검은 망토를 되찾은 다음에 소년을 죽이자꾸나."

"이쪽이에요." 로웨나가 유라이아를 도서관에서 태피스트리 갤러리로 이끌었다.

걸어가면서 유라이아가 로웨나의 어깨에 손을 얹었다. 사악함으로 일그러진 얼굴에 묘한 자랑스러움이 묻어났다. 유라이아는 배신에 능하고 무엇으로든 변신할 수 있는 능력으로 악한 일을 서슴지 않는 딸아이가 무척이나 흡족한 것 같았다. 로웨나는 선한 존재와 악한 존재, 흑발과 금발, 인간과 동물 그 무엇으로도 변신할 수 있는 완벽한 변신술사였다. 유라이아의 다른 부하들과 도구들은 하나같이 결함이 있었지만 그의 수제자인 딸에게는 결함이 없었다! 로웨나는 유라이아가 만들어 낸 가장 완벽한 창조물이었다.

세라피나는 가장 어두운 그림자 속에 몸을 숨겼다. 유라이아와 로웨나가 세라피나 곁을 스쳐 지나갔다. 유라이아에게서 풍기는 썩은 흙냄새가 공기를 타고 코로 흘러들었다. 병에 걸려 썩어 가는 나무에서 나는 듯한 악취가 코를 찔렀다.

그 순간 유라이아가 갑자기 걸음을 멈추고 주위를 둘러보았다.

세라피나가 제자리에 얼어붙었다. 심장이 쿵쾅거리기 시작했다.

"왜 그러세요, 아빠?" 로웨나가 속삭였다.

"조용." 유라이아가 로웨나에게 명령한 후 어둠 속에 귀를 기울였다.

세라피나는 소파 뒤에 숨어서 유라이아를 가만히 지켜보았다. 유라이아는 천천히 고개를 들더니 그 은색 눈동자로 달빛에 물든 기다란 갤러리 안에 있는 그림자란 그림자는 빼놓지 않고 샅샅이 훑었다.

세라피나는 달아나고 싶었다. 당장이라도 일어나 꽁무니

가 빠지게 달아나고 싶었다. 하지만 세라피나는 알고 있었다. 절대 움직여서도 안 되고 소리를 내서도 안 된다는 사실을. 세라피나는 그림자 뒤에 그대로 몸을 숨긴 채 유라이아를 지켜보았다.

유라이아가 고개를 갸우뚱하더니 먹잇감이 풍기는 냄새를 알아차린 포식자처럼 코를 킁킁거렸다.

고통이 가슴을 가득 메웠다. 폐가 공기를 원했다. 그러나 숨을 쉬는 순간 죽음이었다.

절대 움직이면 안 돼. 세라피나는 스스로를 다독였다.

세라피나가 어둠 속으로 한 걸음 더 물러났다. 행여나 유라이아에게 들킬까 봐 쿵쾅거리는 심장과 후들거리는 다리를 진정시키려고 애썼다.

유라이아가 또다시 코를 킁킁거렸다.

"그놈이 여기 있다……." 특유의 쇳소리로 유라이아가 속삭였다.

"누가요?" 로웨나가 물었다.

"검은 놈이……." 유라이아가 대답했다.

"어디요?" 로웨나가 주위를 두리번거리며 물었다.

"그놈이 여기 있어, 지금 이 저택 안에 말이다." 유라이아가 낮은 목소리로 말했다. 유라이아가 먹이를 노리는 사마귀처럼 갈고리 같은 손을 앞으로 내밀고서 천천히 탁자와 소파 사이를 지나 세라피나가 숨어 있는 곳으로 다가오기 시작했다.

"바로 이 방 안에 있다……." 유라이아가 쉭쉭거렸다.

유라이아가 가구 하나하나를 옮기며 다가왔다.

유라이아가 점점 더 가까이 다가왔다.

"저기다!" 유라이아가 정확히 세라피나가 숨어 있는 곳을 가리키며 고함을 질렀다.

세라피나는 후다닥 뛰쳐나와 달아나기 시작했다.

세라피나는 전속력으로 태피스트리 갤러리를 가로질러 달려갔다. 유라이아가 소름 끼치는 속도로 세라피나 뒤를 바짝 쫓았다. 유라이아가 뒤에서 공기를 쏘아 대기 시작했다. 뒤에서 들려오는 소리라곤 가구가 옆으로 밀려나는 소리와 유라이아가 거칠게 이를 가는 소리뿐이었다.

세라피나가 모퉁이를 돌아 현관으로 뛰쳐나갔다. 불덩이가 얼굴 옆을 스쳐 지나갔다. 오래된 괘종시계의 유리에 금이 가고 나무로 된 몸통이 순식간에 불길에 휩싸였다.

세라피나는 몸을 숙이고 복도를 달려 응접실로 들어갔다. 가구들을 뛰어넘으며 응접실을 가로질렀다. 유라이아가 모퉁이를 돌면서 주문을 외자 불덩이가 날아들며 지나는 길에 놓은 모든 것을 넘어뜨렸다. 불덩이에 맞은 유리창이 와장창

깨졌다.

세라피나가 달리면서 가쁜 숨을 몰아쉬었다. 가슴이 오르락내리락했다. 팔에 힘이 들어갔다. 다리에 있는 근육이 지잉 지잉 떨렸다. 흑표범으로 변신하고 싶은 마음이 굴뚝같았지만 아직은 때가 아니었다. 등 뒤에서 웨이사가 사납게 울부짖으며 방 안으로 뛰어드는 소리가 들렸다. 세라피나가 흘긋 뒤를 돌아보는 순간 송곳니를 드러낸 퓨마가 유라이아의 등을 덮쳤다. 웨이사가 송곳니와 발톱으로 유라이아를 물고 할퀴며 바닥으로 끌어 내렸다.

웨이사가 시간을 끌어 준 덕분에 세라피나는 거리를 벌릴 수 있었다. 그런데 그때 유라이아가 돌기둥에다가 웨이사를 내리꽂았다. 웨이사가 바닥으로 스르르 미끄러졌다.

웨이사가 쓰러지는 모습을 보는 순간 세라피나의 심장이 무너져 내렸다. 하지만 웨이사는 맡은 일을 해냈다. 이제 나머지는 세라피나 몫이었다.

웨이사의 차례가 끝나자마자 세라피나는 전속력으로 내달렸다. 뒤에서 유라이아가 불덩이를 쏘아 댔다. 사방에 주황색 불빛이 번쩍하더니 가죽으로 된 벽지에 불이 붙었다.

삶과 죽음을 가르는 건 단 몇 초였다.

세라피나가 마침내 대연회장으로 들어섰다.

세라피나는 해냈다!

정확히 원하는 순간에 원하는 장소에 도착했다.

모퉁이를 돌아 방 안에 있는 거대한 벽난로 세 개를 스쳐 지나가면서 세라피나는 흑표범으로 변신했다. 흑표범으로 변신한 세라피나가 값비싼 프랑드르 태피스트리를 발톱으로 움켜잡고 엄청난 속도로 벽을 타고 올라갔다. 벽 꼭대기에서 세라피나가 반대편에 있는 창문을 향해 몸을 날렸다. 창문 밖에서 기다리고 있던 브레이든이 세라피나를 위해 창문을 미리 열어 두었다.

그러나 흑표범에게는 창문이 너무 작았다. 세라피나는 어쩔 수 없이 공중에서 다시 인간으로 변신해 창틀에 착륙했다. 대연회장 꼭대기에 난 눈에 잘 띄지 않을 정도로 작은 이 창문은 다른 창문과는 달리 *밖으로* 나 있지 않고 위층에 있는 뒤편 복도로 나 있었다.

"여기 있어." 브레이든이 쉭쉭 소리를 내며 꿈틀거리는 검은 망토를 세라피나에게 건넸다. 계획대로였다. "가!"

검은 망토를 건네받은 세라피나가 위층 복도로 올라서서 예상되는 유라이아의 위치를 향해 다시 왔던 길을 되짚어 달려가기 시작했다. 세라피나는 대연회장으로 난 두 번째 창문에서 멈추어 섰다. 조금 전에 몸을 날려 들어온 창문과 비슷했지만 세라피나가 이 창문을 선택한 데에는 이유가 있었다.

계획대로 로웨나가 유라이아를 꾀어내어 빌트모어로 데려왔다. 기다리고 있던 웨이사가 유라이아를 공격해 시간을 벌었다. 브레이든은 약속한 장소에서 검은 망토를 가지고 대기하고 있었다. 그리고 이제 세라피나는 유라이아가 자신을 찾아 대연회장으로 들어올 때 지나게 될 문 바로 위에 자리를 잡고 기다리고 있었다.

유라이아가 문 아래를 지나는 순간 세라피나가 유라이아를 덮쳤다.

세라피나가 거대한 박쥐처럼 양팔을 벌려 검은 망토를 펼친 채 공중에서 유라이아를 덮쳤다. 그러나 뛰어내리는 순간 세라피나는 타이밍이 약간 어긋났다는 사실을 깨달았다. 이대로라면 유라이아를 놓치게 된다! 흑표범으로 변신해서 꼬리로 공격 각도를 조정하면 될 것 같았다. 그러나 검은 망토를 들고 있으려면 인간의 모습이어야 했다. 유라이아의 등 뒤로 떨어지는 순간 지금까지의 노력이 모두 물거품이 될 것이다. 그 순간 세라피나는 새로운 능력을 이용해 자신을 둘러싼 공기를 힘껏 밀었다. 그 찰나의 순간 세라피나는 공기의 움직임을 조종하는 걸 넘어서 공기 그 자체가 되었다. *재에서 재로, 먼지에서 먼지로.* 세라피나는 생각했다. *난 인간이고 흑표범이야. 난 몸이고 영혼이야. 난 어둠 속에 있는 모든 것이야.*

타이밍은 완벽했다. 유라이아가 문을 통과하는 순간 세라피나가 유라이아의 머리 위로 떨어졌다. 양손에 펼쳐 든 검은 망토 자락이 유라이아의 머리와 어깨를 뒤덮었다.

유라이아가 분노에 찬 비명을 내질렀다.

세라피나가 유라이아의 등에 올라탔다. 유라이아가 몸부림을 치며 저항하다가 뒷걸음질하는 바람에 세라피나는 뒤에 있던 벽난로에 쿵 박았다. 그러나 세라피나는 유라이아에게서 절대 떨어지지 않았다. *난 영혼이야!* 세라피나는 온몸을 관통하는 고통을 느끼며 생각했다. *나는 힘이야!*

세라피나는 끝까지 매달렸다. 꿈틀거리며 무는 거대한 쥐를 잡고 있는 듯한 기분이었다. 한번 잡은 쥐는 절대 놓지 않는다. 잡아서 목을 조르든 무엇을 하든 *절대 놓지 않는다!*

세라피나는 검은 망토를 끌어 내리고 또 끌어 내렸다. 유라이아의 머리와 팔이 검은 망토 자락 안에서 격렬하게 움직였다. 갈고리처럼 생긴 손이 허공에서 허우적거렸다. 유라이아가 분노에 찬 비명을 내질렀다. 그는 유라이아였다. 흑마법사이자 이 숲의 주인이자 모든 것을 마음대로 조종할 수 있는 사람이었다! 이렇게 끝날 수는 없었다!

갑자기 유라이아의 몸이 빙글빙글 돌기 시작했다. 끔찍한 울부짖음과 함께 유라이아의 입에서 어둠의 소용돌이가 쏟아져 나왔다. 유라이아가 검은 망토 자락을 찢고 나오려 하고 있었다. 그러나 세라피나는 자신을 둘러싼 입자가 가진 힘을 끌어모았다. 공기와 벽난로에 있던 재로 소용돌이를 일으켰다.

유라이아가 일으킨 소용돌이와 세라피나가 일으킨 소용돌이가 허공에서 충돌했다. 엄청난 힘이 동시에 서로 반대 방향으로 튕겨져 나갔다. 미친 듯이 회전하던 소용돌이 두 개가 점점 잦아들더니 완전히 멈추었다. 세라피나는 오로지 의지만으로 유라이아를 가만히 붙잡고 있었다.

그리고 바로 그때 세라피나는 들었다.

얘야, 난 널 해치지 않아……. 검은 망토였다.

검은 망토 자락이 굶주린 뱀처럼 유라이아를 휘감았다. 검은 망토는 스스로의 의지대로 꿈틀꿈틀 움직였다. 방울뱀 수백 마리가 먹잇감을 노릴 때처럼 끔찍한 방울 소리가 울려 퍼졌다. 망토 자락 사이로 공포에 질린 유라이아와 눈이 마주쳤다. 그 순간 세라피나는 모든 것이 돌고 돈다는 사실을 깨달았다. 클라라 브람스가 검은 망토 자락 안으로 빨려 들어가던 그때와 모든 것이 똑같았다. 그러나 간절한 눈으로 세라피나의 도움을 원하던 클라라 브람스의 순진무구한 파란색 눈동자 대신 지금은 증오와 두려움에 휩싸인 유라이아의 눈동자라는 사실이 다를 뿐이었다. 그때 검은 망토 자락이 유라이아를 완전히 집어삼켰다. 비명이 순식간에 사라졌다. 유라이아의 몸과 영혼이 감쪽같이 사라졌다.

세라피나는 검은 망토와 함께 바닥으로 떨어졌다. 세라피나는 탐욕스럽기 그지없는 검은 망토가 이번에는 자신을 노리고 덤벼들까 봐 두려워 얼른 뒤로 물러났다.

몇 초 동안 검은 망토가 격렬하게 꿈틀거렸다. 검은 안개 속에서 으스스한 초록빛이 뿜어져 나왔다. 시체 썩는 듯한 끔찍한 냄새가 콧구멍을 찔렀다. 세라피나는 저도 모르게 고개를 돌렸다. 냄새를 맡지 않으려 콧잔등을 찡그렸다.

갑자기 검은 망토가 빈틈없이 똬리를 틀더니 대폭발을 일으켰다. 한꺼번에 터져 나온 불덩이와 번개와 얼음장처럼 차가운 공기가 사방으로 날아갔다. 벽에 장식용으로 걸려 있던 창과 방패가 바닥으로 와장창 떨어졌다. 흑표범의 발톱에 찢긴 태피스트리를 비롯해 벽에 걸려 있던 다른 태피스트리들도 바닥으로 우수수 떨어졌다. 깃발에 불이 붙었다. 조각품이 나뒹굴었다. 방 전체가 숨 막히는 연기에 휩싸였다.

마침내 끝이 났다.

세라피나는 두 발로 벌떡 일어나 방 안을 둘러보았다. 아직도 두려움이 가시지 않았다. 유라이아는 사라졌다. 세라피나가 유라이아를 검은 망토 안에 있는 끝없는 공허 속에 가두었다. 세라피나가 마침내 죽일 수 없는 남자를 무찔렀다!

세라피나는 기나긴 숨을 내쉬었다. 숨소리가 떨렸다. 안도감에 눈물이 왈칵 쏟아질 것 같았지만 꾹 참았다. 폐 안으로, 다리 근육으로 순수한 기쁨이 퍼져 나갔다. 재 범벅에 불까지 붙어 완전히 초토화된 방 안 풍경을 눈앞에 두고도 세라피나는 마냥 기뻤다.

"우리가 해냈어!" 세라피나의 머리 위에 있는 창문 너머로 브레이든이 몸을 내밀고 주먹을 휘두르며 환호성을 질렀다. 그 와중에 들고 있던 수건으로 태피스트리에 붙은 불도 두들겨 껐다.

그제야 세라피나는 방이 온통 불타고 있다는 사실을 깨달았다.

세라피나는 도망가지 않았다. 겁을 집어먹지도 않았다. 내부에서 커져 가는 힘이 느껴졌다. 세라피나는 어느 때보다도 스스로가 강하게 느껴졌다. 세라피나가 정신을 집중해서 머리 위로 주먹 쥔 손을 들어 올렸다. 그리고 다음 순간 갑자기 손바닥을 펼쳐 아래로 내리면서 외쳤다. "그만!"

방 전체에 차가운 공기가 퍼졌다. 공기 중을 떠다니던 먼지들마저 하나도 빼놓지 않고 땅으로 떨어졌다. 순식간에 모든 불이 꺼졌다. 방 전체가 고요했다.

"내 수건보다 훨씬 효과가 좋은데!" 브레이든이 창문에 붙어 선 채로 즐거워하며 소리 질렀다.

웨이사가 피를 흘리며 절뚝절뚝 걸어 들어왔다. 하지만 얼굴에는 웃음꽃이 피어 있었다. "내가 바람처럼 뛰라고 했지, 세라피나! 막판에 네가 잡히는 줄 알았잖아!"

"다친 널 두고 그럴 리가, 친구." 세라피나가 명랑하게 대꾸했다.

웨이사 뒤로 로웨나도 대연회장 안으로 걸어 들어왔다. 로웨나, 웨이사, 브레이든 모두 무사한 모습을 보니 세라피나는 절로 웃음이 나왔다. 모두 살아남았다는 사실에 이루 말할 수 없이 기뻤다.

로웨나가 걱정스러운 눈길로 세라피나가 바닥에 놓아둔 검은 망토를 바라보았다.

"이제 다 끝났어." 세라피나가 로웨나를 안심시켰다.

로웨나가 천천히 눈을 들어 세라피나를 바라보았다. 로웨나가 입을 뗐다. 비꼬는 말투가 아니었다. 냉담하거나 거만한 말투도 아니었다. 속삭이거나 이를 꽉 깨물고 이야기하지도 않았다. 로웨나는 아무 감정을 싣지 않고 진지하게 말했다. "이제 이 망토가 다시는 세상 빛을 볼 수 없게 만들어야 해."

"세상 어둠도 말이지." 세라피나가 고개를 끄덕이며 로웨나의 말을 받았다. "맹세컨대 우리가 책임지고 검은 망토를 꼭꼭 숨길게. 너희 아빠가 너뿐만 아니라 빌트모어 사람 그 누구도 협박하는 일이 다시는 없도록 말이야."

집사들이 드나드는 뒤편 계단과 이어진 문으로 브레이든이 걸어 들어왔다.

"저 끔찍한 것 좀 파괴해 버리면 좋으련만." 브레이든이 말했다.

"검은 망토를 파괴하면 그 안에 갇혀 있던 사람도 풀려날 거야." 세라피나가 말했다. "절대 파괴해 버릴 순 없어. 영원히 아무도 찾을 수 없는 곳에 숨기고 봉인해 버려야 해."

"내가 딱 적당한 장소를 알아." 브레이든이 말했다.

세라피나는 브레이든이 어디를 말하는지 바로 알아챘다.

세라피나가 로웨나 쪽으로 다시 고개를 돌렸다. 로웨나는 여전히 믿기지 않는다는 표정으로 검은 망토를 멍하니 바라보고 있었다. 세라피나는 로웨나가 아빠를 생각하는 것이리라 짐작했다.

"끝났어." 로웨나가 스스로를 설득하려는 듯 중얼거렸다.

"이제 넌 뭘 할 거야, 로웨나?" 세라피나가 다정하게 물었다.

세라피나의 질문에 로웨나가 그런 건 한 번도 생각해 보지 않은 듯 멈칫했다. 이윽고 로웨나가 세라피나를 바라보며 말했다. "난 내 삶을 살 거야."

세라피나가 입꼬리를 살짝 올리며 옅은 미소를 지었다. 로웨나는 이제 막 *살아남았다*는 사실을 깨닫기 시작했다. 로웨나는 이제 자유롭게 완전히 다른 세상으로 나아갈 것이다. 진정으로 자기 자신만의 삶을 살아갈 것이다.

"그냥 살기만 해선 안 된다." 웨이사가 다정한 눈으로 로웨나를 바라보며 덧붙였다. "잘 살아야 해. 이 모든 일이 가치 있게끔."

로웨나가 고개를 끄덕였다. 웨이사의 말을 곱씹는 듯했다. "너도."

세라피나가 행복하게 미소 짓고 있는 친구들과 차례로 눈을 마주쳤다. 네 사람이 빌트모어를 구했다. 그리고 서로를 구했다.

믿기지 않았지만 마침내 네 사람이 유라이아를 무찔렀다. 숲속의 노인을, 흑마법사를, 수염 난 남자를, 뒤틀린 지팡이와 검은 망토의 창조자를, 죽일 수 없는 적을 무찔렀다.

이 모든 일을 겪고 나니 기계를 고치는 아빠, 방에서 방을 바쁘게 오가는 에시, 밴더빌트 부부와 곧 태어날 아기, 빌트모어에서 낮을 사는 모든 사람이 떠올랐다. 늑대 무리와 까마귀 떼와 숲속의 모든 동물이 떠올랐다. 그리고 세라피나는 생각했다. *이제 드디어 우리는 안전해졌어.*

세라피나가 조심스레 대연회장 바닥에 놓인 검은 망토를 들어 올렸다. 세라피나의 손안에서 검은 망토가 꿈틀꿈틀했다.

다른 길도 있어……. 검은 망토가 세라피나의 팔을 휘감으며 쉰 목소리로 속삭였다. 세라피나가 자신을 어찌할지 아는 듯했다. 세라피나에게 말을 거는 장본인은 검은 망토 안에 갇힌 유라이아가 아니라 검은 망토 자체였다.

세라피나는 당장이라도 검은 망토를 집어 던지고 멀리멀리 달아나고 싶었지만 그럴 수는 없었다. 세라피나는 검은 망토를 더욱 세게 움켜잡고 브레이든을 바라보았다. "모종삽이랑 모르타르 좀 가져다줘."

브레이든이 부탁한 것들을 가져왔다. 세라피나는 아무것

도 없던 은색 고리 장식에 문양이 생긴 것을 발견했다. 얽히고설킨 가시덤불 사이로 조그만 얼굴 하나가 흐릿하게 떠올라 있었다.

세라피나와 브레이든이 검은 망토를 들고 둘이서만 밖으로 나갔다. 검은 망토를 숨겨 둘 장소를 가능하면 최소한의 사람만 알길 원했다.

세라피나와 브레이든은 깜깜한 정원을 지나 연못으로 갔다.

날 어깨에 걸치면 상상조차 할 수 없는 힘을 가질 수 있어……. 하늘을 날 수 있고…… 네가 단 한 번도 꿈꾸지 못한 삶을 살 수 있어……. 검은 망토가 쉭쉭거렸다.

세라피나는 쉭쉭거리는 검은 망토의 유혹에 넘어가고 싶은 충동을 느꼈다. 검은 망토를 몸에 걸치고 싶었다. 입고 싶었다. 사용하고 싶었다. 검은 망토를 입으면 다른 사람의 영혼을 흡수해서 절대적인 힘을 가질 수가 있었다. 하지만 세라피나는 검은 망토를 입고 싶은 충동에 넘어가선 안 된다는 사실을 잘 알고 있었다.

"여기야." 브레이든이 연못 입구에 이르러 말했다.

세라피나와 브레이든은 호수에 물을 대는 용수로 안으로 기어 들어갔다.

우리가 힘을 합치면 전지전능해질 수 있어, 세라피나…….

"함부로 내 이름 들먹이지 마!" 세라피나가 으르렁거렸다. 세라피나는 검은 망토를 단단히 말아 쥐고 귀를 닫았다.

랜턴과 모종삽과 다른 필요한 도구들을 챙겨 든 브레이든과 함께 세라피나는 호수 아래 벽돌로 만들어진 좁은 터널을 따라 들어갔다. 터널 안에는 물은 흐르진 않았지만 벽면을 뒤덮은 검은 조류에서 떨어지는 진흙 때문에 축축했다.

네가 무엇을 지배할 수 있는지를 생각해 봐. 검은 망토가 속삭였다. *이제 모든 건 네 손안에 있어…….*

세라피나는 검은 망토를 꽉 움켜쥐고 앞장서서 터널 안으로 걸어 들어갔다. 걷고 또 걸어서 터널 안에서 가장 낮고 어두운 곳에 이르러서야 두 사람은 걸음을 멈추었다.

"여기야." 브레이든이 말했다.

"서둘러." 세라피나가 말했다.

날 입기만 하면 유라이아가 가진 모든 힘이 다 네 거야, 세라피나……. 검은 망토가 속삭였다.

세라피나는 검은 망토를 입었을 때 얻을 수 있는 지식과 힘을 상상하지 않으려 애썼다. 하지만 검은 망토를 쥔 손이 자꾸만 떨렸다. 손안에서는 검은 망토가 쉼 없이 꿈틀거렸다. 세라피나는 검은 망토를 어깨에 두르고 싶어 견딜 수가 없었다.

"브레이든, 제발 서둘러!" 세라피나가 울부짖었다.

브레이든이 재빨리 모종삽으로 벽돌을 들어 올린 다음 무릎을 꿇고 앉아 벽돌을 치웠다. 그 안에는 이미 얕은 구멍이 있었다. 예전에도 브레이든이 여기에 검은 망토를 숨겨 두었기 때문이었다. 하지만 세라피나가 말했다. "구멍을 더 깊이 파.”

브레이든이 세라피나의 말대로 모종삽을 집어 들고 자갈을 60센티미터 정도 더 파냈다.

우리가 힘을 합치면 수천 개도 넘는 주문을 자유자재로 쓸 수 있어……. 검은 망토가 쉭쉭거렸다.

“더 깊이.” 세라피나가 말했다.

우리가 힘을 합치면 불사신이 될 수 있어…….

“더 깊이!” 세라피나가 브레이든에게 말했다.

떡갈나무로 만들어진 모종삽 손잡이를 쥔 브레이든의 손에 물집이 터지면서 피가 흐르기 시작했다. 하지만 브레이든은 불평 한마디 없이 세라피나가 시키는 대로 묵묵히 땅을 팠다. 브레이든의 눈에 몸을 부들부들 떨면서 초조한 표정을 짓고 있는 세라피나가 보였다. 브레이든은 군말 없이 땅을 파 내려갔다.

“얼마나 깊이 팔까?” 브레이든이 손을 계속 놀리면서 물었다.

“180센티미터.” 세라피나가 말했다. “180센티미터까지.”

마침내 브레이든이 삽질을 끝내자 세라피나가 검은 망토를 들고 구덩이 안으로 기어 들어갔다. 세라피나는 구덩이 제일 깊숙한 곳까지 검은 망토 자락을 쑤셔 넣고 손바닥으로 꾹꾹 눌렀다. 검은 망토가 뱀처럼 꿈틀거리고 방울 소리를 내며 저항했다.

“묻어!” 세라피나가 애꿎은 브레이든에게 쏘아붙이듯 말했다. 세라피나의 목소리가 소름 끼칠 정도로 검은 망토의 목소리와 비슷해져 있었다.

"묻어, 브레이든, 묻으란 말이야!" 세라피나의 목소리가 갈라졌다. 세라피나의 입 밖으로 검은 망토의 목소리가 흘러나오고 있었다.

브레이든의 두 눈이 공포로 휘둥그레졌다. 브레이든이 허둥지둥 구멍을 메우기 시작했다. 처음에는 손을 쓰다가 이내 삽을 집어 들었다. 흙이 차오르기 시작했다. 세라피나는 구덩이 속에서 검은 망토를 들고 서 있었다. 꼭 검은 망토를 익사시키려는 사람 같았다. 세라피나는 몸 주변으로 차오르는 흙의 감촉을 느꼈다.

"거기서 나와야 해, 세라피나!" 브레이든이 소리를 질렀다.

그냥 날 입어……. 검은 망토가 속삭였다.

"삽질을 멈추지 마!" 세라피나가 손안에서 꿈틀거리는 검은 망토를 흙 속으로 내리누르며 소리를 질렀다. "묻어!"

세라피나의 몸이 온통 흙 속에 파묻히고 나서야 검은 망토도 완전히 파묻혔다. 그제야 세라피나가 구덩이 밖으로 기어 나왔다. 브레이든이 세라피나를 잡고 끌어 올렸다.

세라피나와 브레이든은 구덩이를 마저 흙으로 덮고 단단해질 때까지 발로 꾹꾹 눌렀다.

그러고 나서 무릎을 꿇고 엎드려 모종삽으로 흙 위에 모르타르를 두껍게 덧발랐다.

"더." 세라피나가 명령했다. "최대한 두껍게 발라야 해."

모르타르가 동나자 그제야 두 사람은 벽돌을 제자리에 돌려놓았다. 회백색 모르타르가 벽돌과 벽돌 사이 얇은 틈새로 속속들이 스며들었다.

차곡차곡 벽돌을 쌓아 검은 망토를 가두었다.

차곡차곡 벽돌을 쌓아 쇳소리를 조용히 시켰다.

차곡차곡 벽돌을 쌓아 유라이아를 그 아래 묻었다.

모르타르가 굳고 난 뒤에도 세라피나는 벽돌 바닥에서 의심스런 눈초리를 거두지 못했다. 교활한 검은 천 자락이 소름 끼치는 손가락처럼 모르타르 틈 사이로 불쑥 튀어나올 것만 같았다. 그 소름 끼치는 쇳소리로 세라피나더러 자신을 입으라고 유혹할 것만 같았다.

그러나 더 이상 아무런 소리도 들려오지 않았다. 아무런 기척도 들려오지 않았다.

세라피나와 브레이든이 검은 망토와 유라이아를 영원히 묻었다.

여기 연못 아래 아무런 표식도 없는 벽돌로 만들어진 무덤 안, 이 어둠 아래 어둠 속에 검은 망토와 유라이아가 묻혔다.

56

다음 날 세라피나는 빌트모어가 내려다보이는 높은 곳에 자리 잡은 숲을 거닐었다. 나무 사이로 느릿느릿 움직이는 그림자가 보였다. 로웨나가 세라피나 쪽으로 다가오고 있었다.

로웨나는 켈트족 사제 같은 검은 망토를 머리부터 뒤집어 쓰고 기다란 월계수 지팡이를 들고 있었다. 목에는 황동과 은으로 된 꽈배기 모양의 토크(팔찌처럼 생긴 켈트족이 차던 목걸이_옮긴이)를 하고 붉은 머리카락은 땋아서 망토 뒤로 늘어뜨리고 있었다.

로웨나가 한두 걸음 정도 거리를 두고 세라피나 앞에 멈추어 섰다. 로웨나가 세라피나를 빤히 바라보았다. 나뭇잎 사이로 내리쬐는 햇살에 초록색 눈동자가 반짝반짝 빛났다.

"그건 잘 숨겼니?" 로웨나가 물었다.

"응. 잘 숨겼어." 세라피나가 고개를 끄덕이며 대답했다.

"잘했네." 로웨나가 안심했다.

로웨나는 잠시 생각에 잠긴 듯 땅바닥을 내려다보았다. 그러고 나서 고개를 들어 세라피나를 다시 마주 보았다. "그럼 우린 여기서 헤어지는 거네."

한때는 적이었고 지금은 친구가 된 로웨나에게 무슨 말을 해야 할지 몰라 세라피나는 머뭇거렸다.

"뭘 할지 결정했나 보구나……." 세라피나가 겨우 입을 열었다.

로웨나가 고개를 끄덕였다. "웨이사의 충고대로 잘 살아 보려고."

"어디로 가려고?"

"오래전 이 어두운 숲과 험준한 산이 숲속의 노인이라 불리던 어느 강력한 마법사의 숨겨진 영토였던 때가 있었지. 저 어딘가에 주인 없는 영토가 있어. 이제 어느 소녀가 그곳을 제 영토로 만들 차례야. 그 소녀만의 방식으로."

로웨나의 말을 이해한 세라피나가 고개를 끄덕였다.

로웨나는 저 멀리 보이는 빌트모어를 향해 시선을 돌렸다가 다시 세라피나를 바라보았다. "넌 저길 지키는 사람이야." 로웨나가 말했다. "잘 지켜. 저기 사는 사람들도 모두."

세라피나가 고개를 끄덕였다. 로웨나가 잘 지키라는 사람이 누구인지는 세라피나가 누구보다 잘 알고 있었다.

“잘 살아, 마법 소녀.” 세라피나가 말했다.

“잘 살아, 나비야.” 로웨나가 말했다.

그날 밤 동쪽 하늘에 달이 뜨자마자 세라피나는 남몰래 빌트모어를 빠져나왔다. 네발로 소리 없이, 가볍게 정면 테라스를 지나고 계단을 내려가 풀밭을 가로질러 숲속으로 들어갔다.

멀리서 걸어오는 세라피나를 발견한 웨이사가 꼬리를 흔들며 달려왔다.

너도 달리고 싶었구나……. 세라피나가 속으로 이렇게 생각하며 힘차게 내달리기 시작했다.

세라피나는 웨이사를 쫓아 숲속을 달렸다. 고사리 덤불을 지나고 개울을 뛰어넘고 바위 사이를 질주했다. 몸을 움직일 때만 느낄 수 있는 기쁨으로 심장이 부풀어 올랐다.

웨이사가 세라피나 뒤로 왔다 갔다 하더니 편평한 바위 위로 올라가 세라피나를 뛰어넘었다. 세라피나가 그런 웨이사를 피해 달렸다. 고양잇과 맹수 두 마리가 재미 삼아 몸싸움을 하느라 뒤엉켜 데굴데굴 숲 바닥을 굴렀다. 세라피나가 재빨리 빠져나와 웨이사더러 쫓아올 테면 쫓아와 보라는 듯 전력으로 질주하기 시작했다.

세라피나는 웨이사와 숲속을 달리는 게 좋았다. 그럴 때면 온몸의 감각이 살아나고 온몸의 근육에 기운이 솟아났다. 세라피나는 달릴 때 느껴지는 속도와 온몸에 부딪치는 바람과 바닥을 스치는 발바닥의 감촉과 재빨리 방향을 바꿀 수 있도록 도와주는 우아한 꼬리의 움직임이 좋았다. 흑표범의 모습으로 달릴 때 세라피나의 모습은 그야말로 세라피나가 꿈꾸던 모든 것이었다.

한바탕 술래잡기를 하다가 세라피나와 웨이사는 프렌치브로드강이 내려다보이는 절벽에 이르렀다. 절벽 가장자리에서서 둘은 숨을 헐떡이며 행복한 표정으로 달빛에 물든 풍경을 바라보았다. 홍수로 넘친 물이 벌써 제자리로 돌아가고 있었다. 강과 숲도 서서히 원래 모습을 되찾아 가고 있었다.

저 멀리 고지대에서 어떤 움직임을 발견한 세라피나의 심장이 한 박자 느리게 뛰기 시작했다.

세라피나가 웨이사와 눈을 맞추었다. 웨이사도 본 것 같았다.

검은 그림자들은 너무 멀리 있어서 잘 보이지 않았다. 그림자가 천천히, 은밀하게 산등성이를 따라 움직이고 있었다.

그림자들이 점점 더 또렷해졌다.

저 멀리 산등성이에서 퓨마 세 마리가 모습을 드러냈다. 등 뒤로 떠오른 달빛에 검은 실루엣만 보였다.

세라피나의 심장이 부풀어 올랐다. 셋 중에 하나는 다른 두 마리보다 더 컸다. 나머지 두 마리는 아직 어린 듯 몸매가 더 날렵했다.

신이 난 세라피나와 웨이사가 냅다 달렸다.

마침내 다시 만난 고양잇과 맹수 다섯 마리가 얼굴과 어깨를 서로 부비며 갸릉갸릉 울었다. 세라피나의 엄마는 여전히 늠름하고 강인했다. 동생들은 그 사이에 몰라볼 만큼 자라 있었다!

세라피나와 엄마와 웨이사는 인간의 모습으로 변신했다.

세라피나가 엄마의 얼굴을 들여다보았다. 높이 솟은 광대뼈와 황갈색 긴 머리와 금빛이 감도는 호박색 눈동자는 언제 봐도 아름다웠다. 엄마가 눈물이 그렁그렁한 눈으로 세라피나를 바라보았다. 두 사람은 다가가 서로를 꼭 껴안았다.

"세라피나……." 엄마가 세라피나를 꼭 껴안으며 나지막한 목소리로 불렀다.

"엄마……." 세라피나도 엄마 목에 팔을 감은 채 따뜻한 엄마 품속으로 파고들었다.

"네가 살아 있다는 이야기를 듣자마자 달려오는 길이란다. 기뻐서 얼마나 울었는지 몰라." 엄마가 말했다.

세라피나가 엄마에게 더욱 매달렸다. 엄마의 따듯한 사랑이 온몸으로 느껴졌다. 서로 헤어져 있던 수많은 밤이 지나고 마침내 두 사람은 다시 만났다.

갑자기 세라피나는 어린 시절 남몰래 빌트모어 위층을 돌아다니며 혹시라도 엄마를 찾을 수 있을까 하는 마음에 만나는 부인마다 얼굴을 들여다보던 날들이 떠올랐다. 그리고 숲속에서 눈동자를 처음 마주한 순간 엄마가 세라피나를 알아보았던 그날 밤이 떠올랐다. 지금은 아득히 먼 옛날처럼 느껴졌지만 마음속에 샘솟는 사랑은 그때나 지금이나 변함없었다.

몇 달 전 세라피나가 처음으로 엄마를 만났을 때 세라피나는 엄마에게서 많은 것을 배웠다. 숲의 전통과 고양잇과 맹수의 삶에 대해 배웠다. 세라피나라는 존재의 의미가 무엇인지에 대해서도 배웠다. 그러나 이제 세라피나는 그때 이후로 수많은 일을 겪었음에도 아직 배워야 할 것이 많다는 사실을 깨달았다. 세라피나는 이제 막 세상에 첫발을 내디딘 새내기였다. 세라피나에게는 세라피나를 이끌어 줄 엄마가 필요했다. 영혼과 몸, 심장과 영혼, 빛과 어둠, 세라피나는 이 모든 걸 배우고 싶었다.

배움이 기다리고 있다고 생각하니 마음에 평화가 가득 찼다.

그날 밤 밤새도록 고양잇과 맹수 다섯 마리는 숲속으로, 계곡으로, 산등성이로 함께 뛰고 굴렀다. 밤은 그들의 영역이었다. 세라피나는 자신과 같은 종족을, 가족을, 태초에 세라피나에게 생명을 준 존재를 찾았다.

밤이 깊어지자 다섯 고양이는 처음에 출발했던 자리로 되돌아왔다. 높은 곳에 위치한 이 산등성이에서는 강 건너 먼 산이 내려다보였다. 웨이사가 인간의 모습으로 변신했다. 세라피나도 따라서 변신했다.

웨이사의 눈빛이 오늘따라 이상해서 세라피나는 걱정이 됐다. 웨이사는 고민이 있는 것 같았다.

세라피나가 웨이사의 눈을 들여다보았다. 하지만 웨이사가 그 눈길을 피했다.

세라피나가 다가가 웨이사의 팔에 손을 얹었다.

마침내 웨이사가 눈을 들어 세라피나를 바라보았다.

"할 말이 있어, 세라피나." 웨이사가 운을 뗐다. 목소리가 어딘지 모르게 슬펐다.

심장이 철렁했다. "말해 봐." 세라피나가 부드럽게 말했다. 목소리가 떨리고 있었다.

"이제 너도 안전하고 너희 엄마도 돌아오셨으니 난……." 웨이사의 목소리가 잦아들었다.

"왜 그래, 웨이사?" 세라피나가 다시 물었다. 하지만 마음 같아서는 대답을 듣고 싶지 않았다. 시간을 되돌리고 싶었다. 할 수만 있다면 예전으로 돌아가고 싶었다.

"난 떠날 때가 된 것 같아." 웨이사가 말했다.

웨이사를 바라보는 세라피나의 눈에 눈물이 차올랐다. "안 돼, 웨이사……."

"마침내 가족들의 복수를 한 순간 난 균형을 되찾을 수 있을 줄 알았어. 마음에 상처가 나을 줄 알았어. 그런데 동생과 형, 엄마 아빠를 생각할 때면 아직도…… 마음이 텅 빈 것 같아. 우리 가족은 죽었어. 받아들여야 한다는 걸 알아. 하지만 고양잇과 맹수인 체로키 부족 중에 살아남은 사람이 있는지 알고 싶어. 유라이아 때문에 내 부족은 뿔뿔이 흩어졌어. 내가 그들을 찾아야 할 것 같아. 찾아서 여기서 일어난 일을 알려 주고 이제 더 이상 두려워하지 않아도 된다고 말해 줘야 할 것 같아. 내가 흩어진 우리 부족을 다시 모아야 할 것 같아."

세라피나가 웨이사를 쳐다보았다. 웨이사에게 그러라고 하고 싶지 않았다. 웨이사를 떠나보내고 싶지 않았다. 웨이사에게 떠나지 말라고 소리를 지르고 싶었다. 웨이사를 강제로라도 붙들어 두고 싶었다.

하지만 세라피나는 그러면 안 된다는 사실을 알고 있었다. 웨이사를 보내 주는 것이 웨이사를 위해서 옳은 일이라는 사실을 알고 있었다. 고양잇과 맹수로 변신할 수 있는 체로키 사람들이 아직도 어딘가 살아 있다면 웨이사가 찾아 나서야 했다. 다시 하나로 모아야 했다. 그게 웨이사가 할 일이었다. 웨이사는 자기 부족을 *구해야* 했다. 세라피나를 구했던 것처럼.

"알겠어." 세라피나가 부드럽게 말했다.

웨이사가 천천히 팔을 뻗어 세라피나를 끌어안았다. 세라피나도 웨이사를 꼭 끌어안았다. 잠깐이지만 두 사람의 영혼이 하나가 되었다. 세라피나의 머릿속에 홀연히 나타나 자신을 공격하던 사냥개 무리에 맞서 용맹하게 싸우던 더벅머리 야생 소년의 모습이 떠올랐다. 그 소년이 어둠 속으로 사라졌을 때 다시는 만날 수 없을지도 모른다는 생각에 불쑥 찾아왔던 외로움이 떠올랐다. 야생 소년이 남긴 수수께끼를 쫓아 폭포 뒤에 감추어진 동굴을 찾아 함께 은신했던 기억이 떠올랐다. 웨이사가 세라피나의 등을 떠밀어 폭포에 빠뜨린 뒤 수영을 가르쳐 주었던 기억, 함께 싸우고 함께 달렸던 기억, 웨이사가 세라피나에게 되고 싶은 모습을 머릿속에 그리기만 하면 무엇이든 될 수 있다고 격려해 주었던 기억이 차례차례 떠올랐다.

"용기를 잃지 마, 세라피나." 감정이 북받치는지 웨이사의 목소리가 떨렸다.

"용기를 잃지 마, 웨이사." 세라피나가 대답했다. "가서 네 사람들을 찾아. 그리고 기억해. 무슨 일이 있어도 우린 네 가족이야. 너한테는 우리 엄마, 동생들 그리고 내가 있다는 사실을 잊지 마."

웨이사가 말없이 고개를 끄덕이며 천천히 돌아섰다. 퓨마로 변신한 웨이사는 이윽고 숲속으로 사라졌다.

엄마와 동생들과 나란히 서서 세라피나는 웨이사의 뒷모습을 바라보았다. 산등성이를 따라 힘차게 달리는 모습을 마지막으로 웨이사는 은은하게 빛나는 달빛 속으로 사라졌다.

브레이든과 세라피나가 유라이아와 싸우느라 엉망진창으로 만들어 놓은 집을 치운 지 며칠이 지난 어느 화창한 날 오후 빌트모어에 마차 한 대가 도착했다. 애쉬빌에서 돌아오는 마차였다. 마차에는 밴더빌트 부부와 하인 한 명이 타고 있었다.

집사가 마차에서 짐을 내려 밴더빌트 부부의 방까지 올려다 주었다. 밴더빌트 부부 곁에서 도맡아 시중을 드는 하인과 하녀가 짐을 풀어 정리를 시작했다. 빌트모어는 다시 활기로 가득 찼다. 하인들이 부산을 떠는 소리, 찻잔끼리 쨍그랑 부딪치는 소리, 밴더빌트 씨가 키우는 세인트버나드인 세드릭이 주인이 가는 곳마다 졸졸 따라다니는 소리가 들려왔다. 온 가족이 다시 집에 모였다. 빌트모어는 다시 네 시에 차를 마시고 여덟 시에 저녁을 먹는 일상으로 돌아왔다.

세라피나가 빌트모어로 돌아왔다는 기쁜 소식을 듣자마자 밴더빌트 씨가 브레이든에게 저녁에 있을 가족 식사 자리에 세라피나를 초대하라고 말했다.

이제는 전통으로 굳어진 듯 이번에도 브레이든이 세라피나에게 드레스를 선물했다. 세라피나는 브레이든이 도대체 어디서 드레스를 이렇게 빨리 구해 오는지 알 길이 없었다. 어쩌면 깃털 달린 친구들한테 부탁해서 저 멀리 떨어진 도시에서 공수해 온 것일지도 몰랐다. 세라피나는 그저 브레이든이 검은과부거미들에게 드레스를 만들어 달라고 부탁한 것만 아니길 바랐다.

드레스가 어디서 왔는지는 몰라도 세라피나는 윤기가 흐르는 새파란 천이 마음에 쏙 들었다. 숲속을 흐르는 어떤 개울을 떠올리게 하는 색깔이었다. 여름 무도회에서 숙녀들이 입고 있던 것과 같은 풍성한 고전적인 드레스나 저녁에 정원에서 열리는 파티에서 입던 것과 같은 가볍고 레이스 달린 드레스는 아니었다. 그런 드레스를 주문해서 받으려면 내년까지 기다려야 할 것이다. 브레이든이 선물해 준 이 드레스는 어떤 특별한 때에 입는 드레스가 아니라 매일 밤 가족과 저녁 식사를 할 때 입을 수 있는 치맛단이 차분하게 떨어지는 단정한 드레스였다. 매일 밤 입을 수 있는 드레스라고 생각하니 얼굴에 절로 미소가 지어졌다. 완벽했다. 지금도 그리고 앞으로도 영원히 여기가 세라피나의 집일 테니 말이다.

세라피나는 오랫동안 따뜻한 물에 몸을 담갔다. 머리도 감았다. 오늘 저녁 식사는 2층에 있는 붉은색과 황금색으로 꾸며진 루이 16세 방에서 있을 예정이었다. 세라피나가 드레스를 갈아입자 에시가 머리를 해 주었다. "아, 아가씨." 세라피나가 옷매무새를 점검받기 위해 에시 앞에 서자 에시가 말했다. "드레스가 아가씨의 검은 머리카락이랑 정말 잘 어울리네요. 오늘 밤 정말이지 사랑스러우세요. 아가씨가 이렇게 밝게 웃는 모습은 처음 보는 것 같네요."

세라피나와 브레이든이 팔짱을 끼고 나란히 저녁 식사 자리에 들어섰다. 밴더빌트 부부가 환한 미소로 세라피나를 반기며 포옹했다. 자리에 앉아 저녁을 먹으면서 밴더빌트 부부와 다시 이야기를 나눌 수 있어서 세라피나는 기뻤다.

폭풍우가 마침내 물러갔다는 안도감과 곧 태어날 아기에 대한 기대감 때문인지 밴더빌트 부부는 기분이 좋아 보였다. 빌트모어에 머무르는 손님이 없어서 오늘 저녁은 세라피나와 브레이든 그리고 밴더빌트 부부 이렇게 넷뿐이었다. 근처에 엎드려 있는 세드릭과 기디언이 보였다. 어느 하나 어긋나거나 어색하지 않은 저녁이었다. 모든 것이 정상이었다. 세라피나는 냅킨을 어디에 두고, 언제 어느 포크를 사용하는지 기억해 내야 했지만 아빠의 특훈이 효과를 톡톡히 발휘했다. 게다가 새로운 도전은 세라피나를 언제나 설레게 했다.

브레이든은 세라피나와 숙모와 삼촌과 함께 식탁에 앉아 있는 이 시간이, 모든 것이 제자리로 돌아왔다는 사실이 기뻐고 만족스러운 것 같았다. 브레이든은 오늘 아침에 모두가 제대로 회복 중인지 확인하러 말을 타고 숲속에 다녀왔다. 세라피나는 브레이든의 눈동자에 깃든 새로운 명랑함과 미소와 태도에 깃든 새로운 자신감을 알아차렸다.

"오늘 아침에 맥나미 씨와 정원을 어떻게 복구하면 좋을지 이야기를 나누었어요." 브레이든이 말했다. "아주 재미있었어요."

"그 끔찍했던 폭풍우가 지나가서 다행이야." 밴더빌트 부인이 말했다.

밴더빌트 씨가 냅킨으로 콧수염을 문지르며 고개를 끄덕였다. "다시 지을 때가 됐어."

"다시 지으신다고요?" 세라피나가 홍수 때문에 엉망이 된 농장과 마을 등을 떠올리며 호기심 가득한 눈으로 밴더빌트 씨를 바라보았다.

"그래, 다시 지을 거야." 밴더빌트 씨가 말했다.

"저도 도울게요." 브레이든이 불쑥 끼어들었다. "맥나미 씨를 도와서 계획 단계부터 정원을 복구하는 일에 참여할 거예요. 배울 수 있는 건 전부 배우려고요. 기대가 되네요."

"모든 것을 예전보다 더 좋게 만들 거다." 밴더빌트 씨가 고개를 끄덕이며 말했다. "그게 바로 우리가 앞으로 나아갈 수 있는 방법이지. 특히 지금 같은 때일수록 더더욱."

그렇게 말하며 밴더빌트 씨가 살짝 미소 띤 얼굴로 아내를 바라보았다. 밴더빌트 부인은 손으로 배를 쓰다듬고 있었다.

"참, 태어날 아기 이름을 지었단다." 밴더빌트 부인이 행복한 얼굴로 말했다. "너희 둘에게 살짝 알려 줘도 될까?"

"물론이죠!" 브레이든이 미처 대답하기도 전에 세라피나가 신이 나서 외쳤다.

"비밀로 해 줄 수 있겠니?" 밴더빌트 부인이 세라피나에게 눈을 찡긋하며 물었다.

"저만 믿으세요." 브레이든이 말했다. "세라피나는 당연히 비밀을 지킬 거예요. 저도 그렇고요."

"그렇다면," 밴더빌트 부인이 들뜬 목소리로 말했다. "아기 이름은 조지가 사랑해 마지않는 조부님 코넬리우스 밴더빌트의 이름을 따서 짓기로 했단다. 그러니까 태어날 아기가 남자면 코넬리우스, 여자면 코넬리아가 되겠지. 하지만 아직 이 사실을 아는 사람은 아무도 없으니까 공식적으로 발표하기 전까지는 둘 다 아무한테도 말하면 안 된다."

"근사한 이름이네요." 세라피나가 말했다.

"우리 생각도 그렇단다." 밴더빌트 부인이 만족스러운 듯이 말했다.

"우리가 없는 동안 너희 둘은 별일 없었니?" 밴더빌트 씨가 브레이든과 세라피나에게 물었다.

"항상 똑같죠, 뭐." 삼촌에게는 절대 거짓말을 하고 싶어 하지 않는 브레이든이 대답했다. 브레이든과 세라피나에게 '항상 똑같은 일'이란 한밤중에 돌아다니면서 사악한 존재와 싸우고 죽음의 경계에서 아슬아슬하게 살아남는 것을 뜻했다.

"아니길 바란다." 세라피나와 브레이든이 휘말릴 법한 소동을 너무나 잘 아는 밴더빌트 씨가 대꾸했다.

밴더빌트 씨의 날카로운 눈빛을 보니 이미 자신이 집을 비운 사이에 무언가 중요한 일이 일어났다는 사실을 눈치챈 듯했다. 밴더빌트 씨는 몇 달 전 실종된 아이들을 찾은 사람이 세라피나라는 것도, 세라피나 덕분에 소나무 숲에 있는 우리에 갇힌 세드릭과 기디언을 구출할 수 있었다는 것도 알고 있었다. 이제 밴더빌트 씨가 여행에서 돌아왔으니 대연회장 창틀에 난 이상한 긁힌 자국과 프랑드르 태피스트리에 난 찢긴 자국을 들키는 건 시간문제였다.

밴더빌트 씨가 마침내 입을 열었다. "나는 세라피나 네가 돌아와서 기쁜 마음뿐이구나. 네 집은 여기 빌트모어다. 그리고 네 덕분에 빌트모어가 더 안전하게 느껴진다는 말은 꼭 해야겠구나."

"감사합니다." 세라피나가 천천히 고개를 끄덕이며 인사했다. "진심으로 감사해요. 오래 떠나 있었지만 제 마음은 언제나 여기 있는 것 같았어요."

그날 밤 세라피나와 브레이든은 대층계로 4층까지 올라가 전망대로 들어갔다. 전망대에서 다시 나선형으로 된 철제 계단을 타고 다락으로 올라간 다음 창문을 열고 지붕 위로 나왔다.

세라피나는 대층계의 둥근 구리 천장을 지나 높이 솟은 탑과 기울어진 지붕과 여러 굴뚝과 신화 속에 등장하는 괴물 석상을 지나 걸어가는 내내 아무 말도 하지 않았다.

"정말로 우리가 유라이아를 영원히 무찌른 걸까, 세라피나?" 브레이든이 물었다. "정말로 다 끝난 걸까?"

"응, 그런 것 같아." 세라피나가 고개를 끄덕였다. "하지만 너랑 난 지금도 빌트모어의 수호자야. 이 저택과 여기 사는 사람들과 주변에 있는 숲을 지키는 사람들이야. 그러니까 항상 경계를 늦추지 말고 어떤 위험이 닥치더라도 준비가 되어 있어야 해."

"저기 어딘가 다른 사악한 존재가 있다고 생각하는 거야?"

"당연히 있다고 생각해." 세라피나가 대답했다.

"이를테면? 어떻게 생겼을까?"

"그건 모르지." 세라피나가 대답했다. "하지만 그게 무엇이든 우린 함께 맞서 싸울 거야."

세라피나와 브레이든은 지붕 위에 앉아서 따뜻한 저녁 시간을 즐겼다. 숲 너머에서 불어온 산들바람이 세라피나의 머리카락을 들어 올리며 목덜미를 부드럽게 어루만졌다. 세라피나는 바람과 흙과 물에 대해 생각했다. 짧은 시간이었지만 세라피나는 세상의 움직임과 흐름 그리고 자신의 영혼이 지닌 능력을 맛보았다. 이제 세라피나는 앞으로 자신이 무엇을 할 수 있는지 배워 나갈 일이 기대가 됐다.

세라피나와 브레이든은 드넓게 펼쳐진 잔디밭과 꽃이 만발한 정원과 빌트모어를 둘러싼 짙은 숲을 바라보았다. 바로 아래 식물원 유리창이 달빛에 반사되어 반짝였다. 빌트모어를 밝힌 전깃불이 주변에 있는 모든 것을 은은하게 물들였다. 세라피나와 브레이든은 어둠이 드리운 숲의 지붕과 저 멀리 산봉우리가 겹치고 겹쳐 하나로 이어진 산속을 바라보았다. 그 위에 걸린 별과 행성이 쏟아질 듯 반짝였다.

세라피나는 문득 작년 가을이 떠올랐다. 이제는 너무나도 머나먼 옛날처럼 느껴졌다. 그때만 해도 세라피나는 작고 말이 없는 외로운 소녀였다. 지하실 계단 아래에 서서 위층에서 들려오는 부유한 손님들의 이야기 소리에 귀 기울이며 올라가서 노란 드레스를 입은 소녀가 검은 망토를 입은 사악한 남자에게 잡아먹혔다는 사실을 알려 주어야 할지 말지를 고민하던 소심한 소녀였다.

세라피나는 그때 자신은 오로지 소녀를 돕고 싶다는 마음밖에 없었다는 사실을 떠올렸다.

어두운 지하실에서 환하디환한 위층 세계를 올려다보았던 바로 그때 그 순간부터 세라피나는 오로지 자신도 어딘가에 소속되고 싶다는 마음뿐이었다. 보기만 하는 것이 아니라 보여지는 것, 원했던 건 단지 그뿐이었다. 느끼기만 하는 것이 아니라 다른 사람들에게도 자신의 존재가 느껴지는 것. 다른 사람과 어울리며 체온을 주고받는 것. 다른 사람의 삶을 바꾸어 놓기도 하며 그 사람으로 인해 자신의 삶 또한 바뀌는 것. 그리고 오늘 밤 지금 여기 이 지붕 위에서 세라피나는 지난날 그토록 간절히 바랐던 일들이 마침내 이루어졌음을 깨달았다.

세라피나는 자신의 몸에서 분리된 채 한낱 영혼이 되어 아무것도 만지지 못하고 느끼지 못하고 다른 사람의 주의를 끌 수도 없었을 때 느꼈던 기분을 떠올렸다.

아빠와 나누었던 대화도 생각이 났다. 아빠는 시간이 지나면 많은 것이 변한다고 했다. 새로운 것이 생겨나고 한때는 새로웠던 것이 오래된 것이 되는 일은 늘상 일어나는 일이라고 말이다. 세라피나는 물질적인 것은 언제나 변한다는 사실을 비로소 깨달았다. 우리들조차도 배우고 성장하고 쓰러지고 일어나며 끊임없이 변화한다.

변화의 소용돌이 가운데 변하지 않는, 어쩌면 가장 중요한 하나가 있다면 그건 바로 우리 내면 깊은 곳에 있는 영혼일 것이다. 우리 영혼은 어릴 때나 어른이 되어서나, 집에 있으나 세상 밖으로 나갈 때나 항상 우리 안에 머물러 있다. 세월이 지나 우리 몸이 변하고 우리를 둘러싼 세상이 변하더라도 말이다.

이 모든 시간을 지나며 우리가 놓지 말아야 할 한 가지가 있다면 그건 바로 주변 사람들과 관계를 유지하는 일이다. 서로 체온을 주고받으며 우리를 둘러싼 세상과 그 변화를 함께 나눌 수 있는 진정한 가족과 친구를 옆에 두는 일이다. 가족과 친구는 영혼과 마찬가지로 우리 마음속 한가운데에 깊이 자리 잡고 있는 절대 변하지 않는 근원이다.

세라피나는 고개를 돌려 브레이든을 바라보았다. 세라피

나는 브레이든의 얼굴과 머리카락과 눈과 저 멀리 숲속을 바라보는 시선까지 차례로 찬찬히 훑어보았다.

심장이 두근거리고 손이 떨렸다.

세라피나는 느리게 손을 뻗어 브레이든의 손 위에 자신의 손을 포개었다.

따뜻한 체온과 살아 있는 맥박과 부드러운 살결과 그 아래 단단한 뼈가 느껴졌다. 이게 바로 여태껏 나랑 함께 싸워 온 내 편이자 친구구나.

브레이든이 살짝 놀란 듯 고개를 돌려 세라피나를 바라보았다.

당황한 세라피나는 왜 자신이 갑자기 브레이든의 손을 만졌는지 설명해야 할 필요를 느꼈다.

함께 겪은 모든 일을 떠올리며 세라피나가 말했다.

"난 그냥 내가 정말로 지금 여기에 있는 게 맞나 확인하려고."

브레이든이 이해한다는 듯 미소 지었다.

"너는 지금 여기에 있어. 우리 둘 다."

작가의 말

세라피나 시리즈를 읽은 모든 분께 감사드린다. 재미있게 감상하셨기를 바란다. 그리고 재미있게 보셨다면 주변 사람들에게 널리널리 소문을 퍼뜨려 주시기를 부탁드린다. 다만 세라피나가 영혼이 되어 나타난다든지 로웨나와 검은 망토가 다시 등장한다든지 하는 자세한 내용은 전하지 않길 바란다. 3권으로 마법사 유라이아와 검은 망토의 이야기는 끝이 난다. 하지만 나 그리고 세라피나와 브레이든의 이야기는 여기서 끝이 아니다.

전에도 언급했듯이 빌트모어 대저택은 실제로 존재하는 장소이기 때문에 언제든 방문해서 둘러볼 수 있다. 이야기에 등장하는 빌트모어 대저택과 역사적 내용들은 실제에 가깝게 묘사하려고 노력했다. 세라피나 시리즈를 집필하는 데 지원과 격려를 아끼지 않은 빌트모어 대저택 관계자 및 밴더빌트 가문의 후손 조지 밴더빌트와 이디스 밴더빌트에게 고마움을 전한다.

나는 거의 매일 집에서 글을 쓴다. 그래서 가족들에게 도움을 많이 받는다. 세라피나 시리즈를 쓰는 동안 큰 도움을 준 세 딸 카밀, 제너비브, 엘리자베스에게 고맙다는 말을 전하고 싶다. 더불어 나와 함께 끊임없이 원고를 다듬어 준 사랑하는 아내 제니퍼에게도 고마움을 전한다. 아내와 세 딸을 떼어 놓고 세라피나 시리즈의 집필 과정을 이야기하기란 불가능하다.

세라피나 시리즈가 오늘에 이를 수 있도록 도와준 에이전트 그리고 애쉬빌을 비롯한 전국에 있는 세라피나 전담 팀 모두에게 감사를 드린다.

또한 편집자 로라 슈라이버와 에밀리 미핸을 비롯한 출판 팀 모두에게도 심심한 감사를 전한다. 연령에 상관없이 모든 독자에게 상상력을 자극하는 고품격 소설을 선보이는 멋진 출판사와 함께 일할 수 있어서 영광이었다.

마지막으로 독자 여러분께 진심으로 감사의 마음을 전한다. 자극적인 유흥이 넘쳐 나는 시대에 세라피나가 사는 세상을 마음으로 느끼고 머리로 상상하며 함께 여행해 주셔서 감사하다. 독자 여러분의 성원에 다시 한 번 감사드린다.

언제나 용기를 잃지 마세요!

ROBERT BEATTY

더 어둡고, 더 깊어진 미스터리 판타지로의 초대 : 모든 것이 변해도 변하지 않는 것

손에 땀을 쥐는 도입부, 숨 돌릴 틈 없는 전개, 극적인 반전은 세라피나 시리즈의 특징이다. 《세라피나와 검은 망토》, 《세라피나와 뒤틀린 지팡이》에 이어 《세라피나와 조각난 심장》도 이런 기대를 저버리지 않는다. 아니, 오히려 어둠은 더 짙어졌고 그 어둠에 맞서는 주인공들은 더욱 성장했다.

3권에서는 가혹하다 싶을 만큼 극한 상황으로 내몰린 주인공들의 입체적인 변화가 두드러진다. 한때 사람과 동물을 가리지 않고 순수한 애정과 믿음을 보였던 브레이든은 예민하고 날카로운 소년이 되어 주변에 날을 세운다. 복수심에 눈먼 아빠 유라이아의 뒤틀린 사랑을 맹목적으로 갈망했던 로웨나는 난생처음 아빠에게, 자기 자신에게 회의를 품고 흔들린다. 그리고 빌트모어 대저택의 수호자로서 언제나 경계를 늦추지 않고 절체절명의 순간마다 용기 있는 결단을 내렸던 세라피나는 하룻밤 사이에 너무나도 달라진 현실을 마주하고 갈팡질팡한다.

아군이라 믿었던 브레이든이 적으로 보이고, 적이라 믿었던 로웨나가 아군으로 보이는 혼돈 속에서 갈피를 잡지 못하는 세라피나에게 로웨나는 '아무것도 변하지 않았지만 동시에 모든 것이 변했다'는 의미심장한 말을 남긴다.

'변화'는 3권의 키워드다. 특히 죽음의 문턱까지 갔다가 더욱 강력한 마법사가 되어 돌아온 로웨나는 다시 만난 세라피나와 브레이든에게 '우리를 죽이지 못하는 것은 우릴 더 강하게 만들 뿐'이라며 자신이 예전보다 본연의 모습에 더 가까워졌다고 고백한다.

그러나 본연의 모습으로의 변화가 반드시 선하고 옳다는 보장은 없다. 본연의 모습은 성장 과정에서 외부의 영향을 많이 받기 때문이다. 여기서 세라피나와 로웨나는 극명한 대비를 이룬다. '진정한 용기란 두려움을 느끼지 않는 것이 아니라 아무리 두려워도 해야 할 일을 하는 것'이라고 가르쳐 준 아빠 밑에서 자란 세라피나에게 선하고 옳은 선택을 하기란 상대적으로 어렵지 않다. 그러나 오로지 밴더빌트 가문을 향한 비뚤어진 복수심에 불타 결국 괴물이 되어 버린 아빠 밑에서 자란 로웨나에게 선택지는 언제나 하나밖에 없는 것처럼 보인다. 옳고 그름 중에 하나를 선택하라며 자신을 몰아세우는 세라피나에게 '넌 언제나 선택할 수 있었겠지.'라며 으르렁거리는 로웨나의 모습이 안쓰럽게 느껴지는 이유다.

그러나 설령 선택지가 없는 것처럼 보일지라도 어떻게 변화할 것인가를 결정할 권한은 누구에게나 주어진다. 작가 로버트 비티는 세라피나 아빠의 입을 빌어 그 선택의 중심에는 변하지 않는 것에 대한 믿음이 있어야 한다고 말한다. 모든 것이 변하는데 뭘 믿고 살아야 하느냐는 세라피나의 질문에 아빠는 이렇게 대답한다.

"네 곁에 있는 사람들을 믿고 살거라, 세라야.

친구와 가족, 네가 사랑하는 사람들을 믿고 살거라.

네 마음속 깊은 곳에서 언제나 강처럼 흐르고 있는 네 영혼을 믿거라." (본문 310쪽)

변하지 않는 것, 그건 바로 우리가 저마다 내면 깊숙한 곳에 간직한 때 묻지 않은 영혼이다. 아빠의 대답을 듣는 순간 세라피나는 깨닫는다. 자신의 영혼이 간직한 순수함을 믿을 때 다른 사람의 영혼 또한 믿을 수 있다는 사실을, 그리고 그렇게 서로를 믿을 때 다 함께 옳은 길로 나아갈 수 있다는 사실을.

원래 3부작으로 기획된 세라피나 시리즈는 이렇게 대단원의 막을 내릴 예정이었다. 그러나 독자들의 성원에 힘입어 원작 출판사와 작가는 세라피나 시리즈 4권을 출간하기로 결정했다. 한국 독자들에게도 세라피나 시리즈의 다음 이야기를 전할 수 있는 기회가 주어지길 바라 본다.

2019년 1월 김지연

아르볼 N 클래식
세라피나와 조각난 심장

1판 1쇄 인쇄 2019년 1월 25일 | **1판 1쇄 발행** 2019년 2월 10일

글 로버트 비티 | **옮김** 김지연
펴낸이 권준구 | **펴낸곳** (주)지학사
본부장 황홍규 | **편집장** 박미영 | **팀장** 김은영 | **편집** 전해인 문지연 김솔지
디자인 이혜리 | **제작** 김현정 이진형 강석준 | **마케팅** 송성만 손정빈 윤술옥 이승혜
등록 2010년 1월 29일(제313-2010-24호) | **주소** 서울시 마포구 신촌로6길 5
전화 02.330.5297 | **팩스** 02.3141.4488 | **이메일** arbolbooks@naver.com
ISBN 979-11-6204-047-8 04840
979-11-6204-034-8 04840(세트)
잘못된 책은 구입하신 곳에서 바꿔 드립니다.

이 도서의 국립중앙도서관 출판예정도서목록(CIP)은 서지정보유통지원시스템 홈페이지(http://seoji.nl.go.kr)와 국가자료공동목록시스템(http://www.nl.go.kr/kolisnet)에서 이용하실 수 있습니다.(CIP제어번호: CIP2019001117)